Diogenes Taschenbuch 24468

BARBARA VINE (alias Ruth Rendell), geboren 1930, lebte in London. Sie wurde nicht nur für ihren Kommissar Wexford berühmt, sondern schrieb unter ihrem Pseudonym Barbara Vine auch faszinierende Psychothriller. Ihre Bücher erhielten zahlreiche Auszeichnungen. 1996 erhielt sie von der Queen den Ehrentitel Commander of the British Empire und 1997 schließlich den Grand Master Award der Mystery Writers of America für das Gesamtwerk. Sie wurde auf Vorschlag von Tony Blair geadelt und ins House of Lords berufen. Barbara Vine starb 2015 in London.

Barbara Vine

Die im Dunkeln sieht man doch

ROMAN

Aus dem Englischen von
Renate Orth-Guttmann

Diogenes

Titel der 1986 bei Viking, Penguin Books Ltd.,
London, erschienenen Originalausgabe:
›A Dark Adapted Eye‹

Die deutsche Erstausgabe erschien
1988 im Diogenes Verlag
Die vorliegende Übersetzung von
Renate Orth-Guttmann wurde
1989 mit dem ›Wieland-Übersetzerpreis
des Freundeskreises zur internationalen Förderung
literarischer und wissenschaftlicher
Übersetzungen‹ ausgezeichnet
Covermotiv: Illustration von
René Gruau

Veröffentlicht als Diogenes Taschenbuch, 1989 und 2018

www.diogenes.ch
30/18/36/1
ISBN 978 3 257 24468 7

1

An dem Morgen, als Vera starb, wachte ich sehr früh auf. Die Vögel hatten schon angefangen zu singen, in unserem grünen Vorort war ihre Zahl größer und ihr Gesang lauter als auf dem Land. So hatten sie vor Veras Fenstern im Tal von Dedham nie gesungen. Ich lag da und horchte auf Laute, die sich monoton wiederholten. Es muß eine Drossel gewesen sein, eine Drossel, von der Browning so schön gedichtet hat, daß sie jedes Lied zweimal singt. Es war ein Donnerstag im August vor hundert Jahren. In Wirklichkeit natürlich ist es vielleicht fünfunddreißig Jahre her, es kommt einem bloß so lange vor.

Nur unter diesen Umständen weiß man genau, wann ein Mensch sterben wird. Jeder andere Tod läßt sich mit einiger Bestimmtheit voraussagen, mutmaßen, ja sogar absehen, nicht aber auf die Stunde, die Minute genau, ohne jeden Hoffnungsschimmer. Vera würde um acht sterben, basta. Mir wurde flau. Ich lag übertrieben still und horchte auf Geräusche aus dem Nebenzimmer. Wenn ich wach war, würde mein Vater es auch sein. Bei meiner Mutter war ich mir nicht so sicher. Sie hatte nie ein Hehl daraus gemacht, daß sie seine beiden Schwestern nicht leiden mochte. Das war einer der Gründe für die Entfremdung zwischen ihnen, obgleich sie nach wie vor zusammen im Nebenzimmer schliefen, in einem Bett. Einen Ehebruch, eine Trennung, diese Dinge ging man damals nicht so leichten Herzens an.

Ich überlegte, ob ich aufstehen sollte, aber zuerst wollte ich wissen, wo mein Vater war. Ihm auf dem Gang zu begegnen, wir beide im Morgenrock, mit vor Schlaflosigkeit verquollenen Augen, beide auf dem Weg ins Badezimmer und uns höflich den Vortritt lassend – irgendwie war das eine scheußliche

Vorstellung. Gewaschen wollte ich ihm gegenübertreten, gekämmt und gegürtet. Ich hörte nichts, nur die Drossel, die ihre stupide Strophe nicht zweimal, sondern fünf- oder sechsmal wiederholte.

Bestimmt würde er wie gewohnt zur Arbeit gehen. Und Veras Name würde nicht fallen. In unserem Haus hatte über die ganze Geschichte seit Vaters letztem Besuch bei Vera niemand ein Wort verloren. Einen schwachen Trost gab es für ihn: Niemand wußte etwas. Man kann seiner Schwester, seiner Zwillingsschwester, sehr nahe stehen, ohne daß jemand um die Beziehung weiß, und keinem unserer Nachbarn war bekannt, daß er Vera Hillyards Bruder war. Auch von den Bankkunden wußte es niemand. Wenn heute der Hauptkassierer eine Bemerkung über Veras Tod machte, was durchaus denkbar war, was viele Leute tun würden, besonders auch ihres Geschlechts wegen, würde mein Vater ein liebenswürdig-glattes, gemäßigt interessiertes Gesicht machen und eine passende Platitüde äußern. Schließlich ging das Leben ja für ihn weiter.

Auf dem Gang knarrte ein Bodenbrett. Ich hörte, wie die Schlafzimmertür, dann die Badezimmertür zuschlug. Daraufhin stand ich auf und besah mir den Tag. Ein sauberer, weißer, stiller Morgen ohne Sonne und blauen Himmel, ein Morgen im Wartestand, so schien es mir, weil ich wartete. Wenn man in einem bestimmten Winkel an diesem Fenster stand und hinausschaute, sah man keine Häuser, so üppig waren die Bäume und Büsche, so dicht ihr Laub. Es war wie der Blick in die Lichtung eines sehr gepflegten Waldes. Vera hatte über die Wohnlage meiner Eltern die Nase gerümpft, nicht richtig Stadt und nicht richtig Land, sagte sie immer.

Jetzt war meine Mutter auf. Wir waren alle blödsinnig früh dran, wie vor einer Urlaubsreise. Früher, vor einer Fahrt nach Sindon, war ich manchmal so früh wach gewesen, zappelig, voller Vorfreude. Wieso hatte ich mich immer auf Vera gefreut, die, wenn sie mit mir allein war, ständig und unmotiviert an mir herumnörgelte, die gemeinsam mit Eden jeden abgeschmettert hatte, der versuchen mochte, in ihren Bund einzudringen? Ich hatte wohl immer noch Hoffnung gehabt. Bei jedem Besuch war ich ein bißchen älter geworden, vielleicht hatte sie sich ja inzwischen geändert. Doch das geschah nie – fast bis zum Schluß nicht. Und dann brauchte sie so dringend Verbündete, daß sie es sich nicht mehr leisten konnte, wählerisch zu sein.

Ich ging ins Badezimmer. Man merkte sofort, ob mein Vater dort fertig war. Er benutzte ein altmodisches Rasiermesser und wischte die Klinge nach jedem Strich an einem Stückchen Zeitungspapier ab. Die Zeitung und den Krug mit heißem Wasser holte er sich selbst, aber die Überbleibsel mußte immer meine Mutter wegräumen, das Papier mit der Rasierseifenschicht, die voller Stoppeln war, und den leeren Krug. Ich wusch mich mit kaltem Wasser. Im Sommer setzten wir den Boiler nur einmal in der Woche in Gang, zum Baden. Vera und Eden badeten jeden Tag, und das gehörte zu den Dingen, die mir an Sindon gefallen hatten, mein tägliches Bad, obschon Vera behauptete, daß ich mich, wäre das möglich gewesen, bestimmt gedrückt hätte.

Die Zeitung war gekommen. Die Meldung, einige wenige nüchterne Zeilen, würden sie natürlich erst morgen bringen. Heute stand nichts über Vera drin. Sie war nicht mehr aktuell, war vergessen gewesen bis zu diesem Morgen, da, wie in einer jäh aufschießenden Stichflamme, das ganze Land von ihr sprechen würde; den einen würde sie leid tun, und die anderen würden sagen, es sei ihr recht geschehen. Mein Vater saß am Eßtisch und las die Zeitung. Den *Daily Telegraph*, eine andere Tageszeitung kam uns nicht ins Haus. Das Kreuzworträtsel würde er sich für heute abend aufheben, genau wie Vera, die in all den Jahren nur einmal meinen Vater angerufen und um die Lösung für ein Stichwort gebeten hatte, das sie verrückt machte. Als Eden ihr eigenes Heim hatte und reich war, hatte sie sich oft von ihm das Rätsel telefonisch komplettieren lassen. So gut wie die anderen beiden war sie nie gewesen.

Er sah auf und nickte mir zu. Er lächelte nicht. Auf dem Tisch lag das Tischtuch von gestern, gelbe Karos, damit man die Eiflecken nicht so sah. Die Lebensmittel waren noch rationiert, Fleisch war sehr knapp, wir aßen immerfort Eier, die uns Mutters Hühner lieferten. Daher die krähenden Hähne in unserem Villenvorort, versteckt hinter Geißblatt- und Lorbeerbüschen. An diesem Morgen aber gab es keine Eier. Auch keine Cornflakes. Meine Mutter hätte Cornflakes in ihrer weiß-gelben Packung als frivol empfunden. Vera war ihr unsympathisch gewesen, Vaters intensive Familienbindungen waren ihr gegen den Strich gegangen, aber sie hatte ein ausgeprägtes Gefühl für das, was in einer bestimmten Situation schicklich war. Wortlos brachte sie uns Toast, der – noch heiß – dünn mit Margarine bestrichen worden war, ein Glas Kürbis-Ingwer-Konfitüre, eine Kanne Tee.

Ich wußte, daß ich nichts würde hinunterbringen können. Er aß. Demnach hatte er für sich beschlossen, daß dies ein Tag wie jeder andere war. Es war vorbei, ausgelöscht, er hatte eine gewaltige Anstrengung unternommen, wenn nicht zu vergessen, so doch zumindest vorzugeben, daß alles vergessen sei.

Heiser-theatralisch brach seine Stimme das Schweigen. Er las laut vor, irgend etwas über den Koreakrieg. Er las und las, spaltenweise, es wurde zunehmend peinlich, weil niemand ohne Einführung, ohne Erklärung oder Anlaß in dieser Weise liest. Etwa zehn Minuten ging das so. Er las bis zum Ende der Seite, wo vermutlich auf die Fortsetzung des Artikels im Innenteil des Blattes verwiesen wurde. Er blätterte nicht um. Er hielt mitten im Satz inne. »Im Fernen«, sagte er, kam nicht mehr bis zum »Osten«, sondern legte die Zeitung aus der Hand, rückte die Seiten zurecht, faltete das Blatt einmal, zweimal, ein drittes Mal, bis es wieder so dalag, wie der Zeitungsjunge es durch den Schlitz gesteckt hatte.

»Im Fernen« hing in der Luft und nahm eine eigenartige

Bedeutung an, die der Verfasser gewiß nicht beabsichtigt hatte. Mein Vater nahm noch einen Toast, ohne ihn zu essen. Meine Mutter beobachtete ihn. Ich denke mir, daß sie früher einmal Zärtlichkeit für ihn empfunden hat, aber da er keine Zeit oder keine Verwendung dafür gehabt hatte, war das Gefühl verkümmert. Ich erwartete nicht, daß sie zu ihm gehen, seine Hand nehmen, die Arme um ihn legen würde. Hätte ich es getan, wäre sie nicht dabei gewesen? Vielleicht. Mitglieder dieser Familie zeigten ihre Liebe zueinander nicht. Mit anderen Worten: Es hatte keine Umarmungen gegeben. Die Zwillinge hatten sich nicht geküßt, die Frauen allenfalls luftige, spitze Wangenküßchen ausgetauscht.

Es war Viertel vor acht. Ich wiederholte (wie die Drossel, die indessen verstummt war) immer wieder: »Im Fernen, im Fernen.« Als es geschehen war, als man es ihm sagte, hatte er sich wütend, ungläubig, in ohnmächtigem Protest aufgebäumt.

»Ermordet, ermordet!« rief er immer wieder, wie ein Schauspieler in einer elisabethanischen Tragödie, wie jemand, der mit einer Schreckensbotschaft in den Burgfried stürzt. »Meine Schwester!« und »Meine arme Schwester!« und »Meine kleine Schwester!«

Doch dann waren Schweigen und Verschweigen heruntergegangen wie ein Rolladen, der sich nach Veras Tod kurz hob, als wir, nach Anbruch der Dunkelheit in einem geschlossenen Raum beieinandersitzend wie Verschwörer, von Josie hörten, was sich an jenem Apriltag zugetragen hatte. Er sprach nie mehr davon. Die Zwillingsschwester war aus seiner Erinnerung getilgt, und er machte sich – unglaublich, aber wahr – zum Einzelkind. Ich hörte ihn zu jemandem sagen, er habe es nie bedauert, keine Geschwister zu haben.

Erst als er krank und selbst dem Tode nahe war, holte er wieder Erinnerungen an seine Schwester hervor. Sein Schlaganfall hatte wie in einer physiologischen Reaktion Hüllen der Reserve, der Hemmungen von ihm geschält, brachte ihn manchmal zum Lachen und ebenso oft zum Weinen und setzte pausenloses Geplapper über seine Empfindungen in jenem Sommer frei. Aus seiner früheren Liebe zu Vera waren in den repressiven Jahren Abscheu und Furcht geworden, seine Illusionen waren ebensosehr an dem Hin und Her und Edens Unmoral zerbrochen – seine Worte, nicht die meinen – wie an dem Mord selbst. Meine Mutter hätte sagen können (sagte es aber nicht), daß er endlich seine Schwestern so sah, wie sie wirklich gewesen waren.

Er stand auf. Der Tee war erst halb getrunken, die zweite Scheibe Toast lag mitten auf seinem Teller, der *Telegraph* lag, ordentlich gefaltet, pingelig genau ausgerichtet, an der Tischkante. Er sagte kein Wort zu meiner Mutter und mir. Er ging nach oben, kam herunter, die Haustür schlug hinter ihm zu. Er wird durch die grünen Straßen gehen, dachte ich, wird Umwege machen, den knappen Kilometer zum Bahnhof auf das Doppelte dehnen, sich vor der Zeit an Orten verbergen, wo es keine Uhren gab. Und dann merkte ich, daß er die Uhr auf dem Tisch hatte liegenlassen. Ich griff nach der Zeitung, und darunter lag die Uhr.

»Wir hätten irgendwohin fahren sollen«, sagte ich.

»Wozu?« erwiderte meine Mutter heftig. »Sie war kaum je hier, wie kämen wir dazu, uns von ihr vertreiben zu lassen?«

»Ich meine ja nur«, sagte ich.

Ich überlegte, welche Uhr wohl richtig ging, die Wanduhr, die auf fünf vor acht stand, oder die Armbanduhr meines Vaters, auf der es drei vor war. Meine Uhr war oben. Die Zeit vergeht so langsam in solchen Augenblicken. Ich hatte den Eindruck, noch eine Ewigkeit vor mir zu haben. Meine Mutter stellte das Geschirr aufs Tablett und ging damit in die Küche, sie tat es geräuschvoll, unter heftigem Tassengeklapper, das war ihre Art darzutun, daß sie nichts dafür konnte. Sie selbst war unschuldig, war durch die Heirat in diese Familie hineingezerrt worden, ahnungslos. Für mich war es etwas anderes, ich war von deren Blut.

Ich ging hinauf. Meine Uhr lag auf dem Nachttisch. Sie war neu, ein Geschenk meiner Eltern zum Examen. Daß es wegen des Geschehenen nicht so gut ausgefallen war, wie alle erwartet hatten, darüber hatte niemand ein Wort verloren. Das Zifferblatt war klein, nicht viel größer als die Gruppe kleiner Brillanten auf meinem Verlobungsring, der danebenlag, und man mußte nah herangehen, um die Zeiger erkennen zu können. Gleich, dachte ich, wird der Himmel herabstürzen, es wird einen lauten Donnerschlag geben, die Natur kann so etwas doch nicht einfach ignorieren. Nichts geschah. Nur die Vögel waren verstummt, wie immer um diese Zeit, wenn sie ihre Gebietsansprüche angemeldet, sich auf ihren Bäumen niedergelassen und ihren normalen Tageslauf begonnen hatten. Wie würde mein Tageslauf aussehen? Eins, dachte ich, werde ich tun, ich werde Helen anrufen, ich werde mit Helen reden. Es war typisch für meine Einstellung zu Verlobung und künftiger Ehe, daß ich mich trostsuchend Helen und nicht dem Mann zuwenden wollte, der mir den Ring mit dem zifferblattgroßen Brillantencluster geschenkt hatte.

Ich ging zum Nachttisch, steif und theatralisch wie eine schlechte Schauspielerin in einer Laienaufführung. Der Regisseur hätte Halt gesagt und verlangt, ich solle es noch einmal machen, solle weggehen und es noch einmal machen. Fast wäre ich weggegangen, um die Zeit nicht zu sehen. Doch dann griff ich nach der Uhr und sah hin und begriff mit einem Gefühl des Taumelns und Stürzens, das durch meinen ganzen Körper ging, daß ich den Augenblick verpaßt hatte. Es war alles vorbei, und sie war tot. Die Zeiger der Uhr standen auf fünf nach acht.

Der einzige Tod, den man bis auf die Minute genau voraussagen kann, war eingetreten, der Tod, der sich sein Opfer holt.

... mit den Füßen voran durch den Boden,
in einen leeren Raum.

2

Dreimal in den letzten fünfunddreißig Jahren hatte ich ihren Namen gedruckt gesehen. Einmal stand er als Headline über der Fortsetzung einer Artikelserie über Frauen, die man im Lauf dieses Jahrhunderts in England gehängt hatte. Ich saß in der U-Bahn und sah von der Seite auf die Boulevardzeitung meines Nebenmannes. Die Buchstaben ihres Namens sprangen mich an, fett, schwarz, kerzengerade, es gab mir einen spürbaren Ruck. Bei der nächsten Station stieg ich aus. Einerseits hätte ich mir liebend gern die Zeitung gekauft – damals war es der *Star* –, andererseits hatte ich Angst davor, und die Angst gewann die Oberhand. Vorher schon war sie in der *Times* gewesen, als die Abschaffung der Todesstrafe das große Thema des Tages war. Ein Abgeordneter erwähnte sie in der Debatte, und auf diesem Wege gelangte sie in den Parlamentsbericht. Zuallererst aber hatte ich ihren Namen auf einem Buch aus der Leihbücherei gelesen.

VERA HILLYARD stand auf dem Buchrücken – zusammen mit RUTH ELLIS, EDITH THOMPSON und zwei oder drei anderen. Vorsichtig nach allen Seiten blickend, ob mich auch niemand beobachtete, nahm ich den Band aus dem Regal. Ich hielt ihn in der Hand, spürte sein Gewicht, seine Form, aber ihn auszuleihen, ihn aufzuschlagen und zu lesen – dieser Schritt schien mir zu gewagt. Ich würde warten. Ich würde mich vorbereiten, würde entspannt, objektiv an die Sache herangehen. Zwei Tage später ging ich wieder in die Bibliothek; das Buch war ausgeliehen. Als ich es endlich bekam, hatte ich Ängste und Tabus überwunden und mich in Erregung hineingesteigert. Inzwischen wollte ich unbedingt wissen, was ein Außenstehender über meine Tante zu sagen hatte.

Es war eine Enttäuschung und mehr als das. Der Verfasser lag völlig falsch. Er hatte die Atmosphäre schief gerückt, hatte nichts von der besonderen Prägung unserer Familie vermitteln können – und vor allem hatte er das Thema verfehlt. Ich war so wütend und empört, daß ich wild entschlossen war, einen ganzen Tag lang, ihm zu schreiben und ihm klarzumachen, daß Vera keine eifersüchtige Hexe und Eden kein mißhandeltes Unschuldslamm gewesen war. Doch der Brief blieb ungeschrieben, das Ende des Buches ungelesen, denn inzwischen hatte ich begriffen, daß schon diese wenigen Kapitel etwas für mich bewirkt, mir zu einer Art Katharsis verholfen hatten. Es war wie ein Exorzismus, der mich mit der Wahrheit konfrontierte, mich so weit brachte, daß ich mir sagte: Sie war bloß deine Tante, es berührt dich nur mit Abstand, du kannst daran denken, ohne daß es wirklich weh tut. Und es blieb nicht beim Sagen, ich merkte, daß es sich tatsächlich so verhielt. Ich war nicht, wie die anderen, die ihr so viel näher gestanden hatten, mit Leib und Seele, in Liebe und Haß in den Fall verwickelt. Ich spielte sogar mit dem Gedanken, selbst etwas zu schreiben, gewissermaßen den Bericht eines Insiders über den Fall Vera und seine lange Vorgeschichte.

Wenn da nicht Jamie gewesen wäre... Damals hatte ich mich noch nicht mit ihm getroffen, hatte noch nicht an Landors Grab mit ihm gesprochen. Der Verfasser des bewußten Buches hatte ihn als eine Schachfigur geschildert, die weder Liebe noch Schmerz kannte, nicht so sehr ein Kind als eine hölzerne Puppe, eine Marionette, eine belanglose Erscheinung, weil er nicht Zeuge des Mordes geworden, sondern gerade noch rechtzeitig weggerissen und aus dem Zimmer getragen worden war. Ich hatte in den Jahren, als er vom Kind zum Mann geworden war, kaum einmal an ihn gedacht – unfaßbar, daß ich einst die leise Hoffnung gehegt hatte, seine Patentante zu werden. Nachdem ich aber den Bericht in dem Bibliotheksband gelesen hatte, diesen Bericht, der so ungenau, so verlogen war, daß man den Eindruck haben konnte, es sei von einer ganz anderen Familie die Rede, begann ich mich in Gedanken mit ihm zu beschäftigen. Ich begriff, daß er für etliche Familienmitglieder zur Belastung geworden war. Er war der Katalysator, der die Katastrophe ausgelöst hatte. Sie haben sich wohl gedacht, daß es besser gewesen wäre, wenn er nie das Licht der Welt erblickt hätte – besser auch für ihn, und das ist ein schlimmer Gedanke. Unter diesen Umständen war es – aus seiner Sicht und auch aus der Sicht der anderen – vermutlich am vernünftigsten, ihn möglichst weit weg verschwinden zu lassen. Damals überlegte ich vage, ohne einen festen Plan, daß ich irgendwann einmal, wenn ich in Italien war, versuchen würde, ihn aufzusuchen.

Zum Teil war er, seine Existenz, die Tatsache, daß er am Leben und jetzt ein Mann, ein leidensfähiger Mensch war, der Grund, daß ich nichts Eigenes zu Papier brachte. Überdies wußte ich nicht recht, ob es mir gelingen würde, Veras Leben wieder erstehen zu lassen. Erinnerungen hatte ich zwar genug, aber dazwischen klafften auch große Lücken in der Vergangenheit. Jahrelang hatte ich mich – gerade in Phasen, die entscheidend waren für die unheilvolle Konvergenz der Ereignisse – kaum in Sindon aufgehalten, in jenem Winter zum Beispiel, als Vera krank gewesen war, und im folgenden Jahr, als sie und Jamie Reißaus nahmen, die Flucht ergriffen wie politisch Verfolgte vor einem Tyrannen.

Chad hätte so etwas gekonnt. Er war Journalist, er verstand sich auf das Handwerkliche und hatte die Entwicklung und Erfüllung von Schicksalen ebenso gut beobachten können wie ich, nein, besser, denn er war ja ständiger Gast in Laurel Cottage, brachte es nicht fertig, dem Haus fernzubleiben, war fixiert auf einen Ort, ein Gebäude, wie ein Liebender, für den Stein und Mörtel vom Wesen des geliebten Menschen getränkt sind, so wie das Blut den Kinderzimmerboden getränkt hatte.

Wie wichtig war es mir überhaupt, so ein Buch über Vera? Immerhin war es mir mittlerweile ganz gut gelungen, sie zu vergessen. Meine Kinder waren fast erwachsen, ehe sie erfuhren, daß Vera Hillyard ihre Großtante war – nein, ich muß es wohl anders sagen: ehe sie erfuhren, daß man eine Frau, die eine Tante ihrer Mutter war, wegen Mordes gehängt hatte. Den Namen Vera Hillyard hatten sie nie gehört. Und als sie es erfuhren, waren sie nicht schockiert, natürlich nicht, sie waren nur neugierig und fanden die ganze Sache ziemlich aufregend. Mein Mann und ich sprachen nie von ihr, und ich glaube, auch meine Mutter habe ich »danach« kein einziges Mal ihren Namen nennen hören. In all diesen Jahren tauchte Vera nur hin und wieder in meinen Träumen auf, dann war ich wieder ein Kind, kam an einem warmen Sommerabend von einem Besuch bei Anne zurück nach Laurel Cottage, wurde gerügt, weil es so spät geworden war, oder in dem für Vera typischen ungeduldig-scharfen Ton gefragt, ob ich mir denn einbildete, am nächsten Morgen aufnahmefähig für den Unterricht zu sein. Oder ich öffne eine Traumtür zu einem Traumzimmer, in dem Vera sitzt, madonnengleich, in heiterstrahlender Gelassenheit, den Säugling Jamie an einer nackten Brust. Das Kind sieht mich nie an, es wendet das Gesicht ab oder deckt den Arm darüber, aber es ist Jamie, und alle Wege führen immer zurück zu ihm.

Wir hatten ein Hotel an der Via Cavour. Später erfuhr ich von Jamie, daß Francis dort abgestiegen war, als sie sich nach zwanzigjähriger Trennung wiedersahen. In Francis' Zimmer hingen zwei Bilder, häßlich-abstrakte Machwerke, prätentiös und grell in den Farben. Er besorgte sich zwei schmale weiße Klebestreifen, schrieb auf den einen »Schnitt durch einen Mitesser«, auf den anderen »Inhalt eines Abflußrohrs der Borgo Pinti« und klebte sie sorgsam auf die Bilder. Ich solle doch versuchen, mal einen Blick in Zimmer 36 zu werfen, sagte Jamie. Tatsächlich – die Aufkleber waren noch da: *Contenti d'un Canale dal Borgo Pinti,* und der andere, dessen italienischen Wortlaut ich vergessen habe. Kein Zimmermädchen, kein Page hatte sie je entdeckt, und wenn Gäste die Beschriftung gesehen und sich gewundert hatten, so hatten sie jedenfalls die Geschäftsführung nie darauf angesprochen. Das war wieder mal typisch Francis. Jamie amüsierte sich köstlich darüber, er lachte sein schrilles, hicksendes Lachen beim Gedanken an Francis' Späße und Streiche. Sie hatten sich wahrhaftig angefreundet, diese beiden, und das war etwas, was nun wirklich niemand erwartet hätte.

Ich hatte Jamie über zwanzig, fast fünfundzwanzig Jahre lang nicht mehr gesehen. Natürlich wußte ich, daß er in Italien lebte und ihn eine besondere Beziehung mit diesem Land verband, seitdem er seine Schulferien regelmäßig im Haus der Contessa verbracht hatte. Nach dem Schulabschluß hatte er einige Zeit in London gewohnt, bei einer anderen Pearmain-Verwandten, dann hatte Tony ihn zum Studium nach Bologna geschickt. Er mußte ja immer verborgen gehalten werden, denn er war eine Belastung, eine Mahnung. Ich glaube, Tony hat ihn in dieser Zeit nie persönlich gesprochen, sondern hat mit ihm über Anwälte verkehrt, als sei er eins dieser in die Kolonien abgeschobenen schwarzen Schafe aus einem viktorianischen Roman, nur daß Jamie sich gar nichts hatte zuschulden kommen lassen. Vielleicht war es aber auch nicht so oder nicht ganz so, oder es war in Einzelheiten völlig anders. Jamies Leben ist und bleibt ein Geheimnis – schon seine Existenz gibt Rätsel auf.

Patricia erzählte mir, er sei Journalist und als Kriegsberichterstatter in Vietnam gewesen. Nein, widersprach Helen, James sei an der Biblioteca Nazionale beschäftigt und habe sich dort an der Rettung kostbarer Bücher beteiligt, als der Arno im November 1966 in die berühmte Bibliothek eindrang. Francis hätte uns vielleicht sagen können, wie es sich wirklich verhielt, aber keiner von uns hatte Kontakt zu Francis, nicht einmal Helen stand regelmäßig mit ihm in Verbindung. Die einzige Ausnahme war Gerald, Francis' Vater. Und Gerald müsse schon damals »ein bißchen komisch« gewesen sein, meinte Helen, denn ihm hatte Francis angeblich erzählt, Jamie sei Koch geworden.

In all diesen Überzeugungen steckte, wie das bei Überzeugungen meist zu sein pflegt, ein Stück der ganzen Wahrheit. Ich fuhr nach Florenz, ohne auch nur an ein Zusammentreffen mit Jamie zu denken. Dies war mein dritter oder vierter Besuch, und bislang hatte ich mich immer auf die flüchtige Überlegung beschränkt, daß wir, Jamie und ich, uns nun ein paar Tage am gleichen Ort aufhalten würden. Doch dann kauften wir uns in Pisa, weil wir den Anschluß nach Florenz verpaßt hatten und die Zeit irgendwie totschlagen mußten, eine Zeitung, *La Nazione,* und auf einer der Innenseiten las ich Jamies Namen: James Ricardo. Seine Verfasserzeile (wie das bei den Journalisten heißt, das hatte ich vor vielen Jahren von Chad Hamner gelernt) stand unter einem Titel, der übersetzt »Köstliche Kruste« heißt – es handelte sich um ein Rezept für die Herstellung von *pâté sablé.* Jamie war also wirklich Journalist, er war Koch, und später hörte ich von ihm selbst, daß er tatsächlich zu den Bücherrettern gehört hatte.

Nachdem wir in Florenz angekommen waren, suchte ich im Telefonbuch nach ihm. Es waren viele Ricardos darin, aber nur ein James. Ich hatte Hemmungen, ihn anzurufen. Wer einen unwillkommenen Anruf erhält, kann kurzerhand auflegen, aber bei einem Brief kann einem nichts weiter passieren, als daß man keine Antwort bekommt. Ich schrieb ihm ein paar Zeilen. Damals wohnte er noch nicht in den Orcellari-Gärten – das Restaurant Otello ist dort an der oberen Ecke –, sondern in einer Querstraße der Viale Gramsci, wo einst die Porta a' Pinti stand. Jamie schrieb postwendend zurück. Er hatte von mir gehört, Francis hatte von einer Cousine erzählt und gesagt, wir hätten einander gekannt, als er klein war, aber daran konnte er sich nicht erinnern. Ob wir uns nicht treffen könnten. Er werde mich um drei im Englischen Friedhof erwarten.

»Warum kann er dich nicht zu sich nach Hause einladen oder hierherkommen, wie man das als normaler Mensch macht?« fragte mein Mann.

Vielleicht, meinte ich, machte es ihm Spaß, den Geheimnisvollen zu spielen, da doch sein ganzes Leben und seine Herkunft geheimnisumwittert waren. Er schätzte wohl das Hintergründige.

»Aber ich schätze es nicht besonders, wenn meine Frau sich zu einem Rendezvous mit komischen Kochkolumnisten auf einen Friedhof begibt«, sagte er. »Sei vorsichtig, wenn du über die Piazza gehst, der Verkehr ist mörderisch.«

Mitkommen aber wollte er nicht, er fürchtete, Jamie könne sich zu einem zweiten Francis entwickelt haben. Stattdessen ging er Schuhe kaufen.

Der Cimitero Protestante di Porta a' Pinti, auch der ›Englische Friedhof‹ genannt, obgleich dort auch Amerikaner und Polen und viele Schweizer bestattet sind, steht wie eine hügelige grüne Insel mitten auf der Piazza Donatello, vom Verkehr umstrudelt wie von einem Mühlbach. Es war ein klarer, sonniger Tag mit blauem Himmel und für unser Gefühl sommerlichen Temperaturen. Die Florentiner empfanden es anders; sie hatten jetzt, Ende September, nach Monaten wirklicher Hitze, schon ihre winterlichen Leder- und Wollsachen hervorgeholt. Die eisernen Tore waren geschlossen, aber als der Friedhofswärter mich sah, kam er heraus, schloß auf und zeigte mir den Weg durch den überwölbten Torbogen im Pförtnerhaus zu den Gräbern auf der anderen Seite.

Es war nicht still auf dem Friedhof, keine hundert Meter weiter toste ja der Straßenverkehr, aber man hatte den Eindruck von Stille, den Eindruck eines Strebens nach Stille. Das lag wohl an den Reihen der blassen, hellgrauen Grabsteine und den schlanken Zypressen. Ich sah Jamie zunächst nicht, der Friedhof schien leer zu sein. Langsam ging ich den Weg entlang auf Kaiser Friedrich Wilhelms Marmorsäule zu, vorbei an Elizabeth Barrett Brownings Grab, dabei sah ich ein bißchen argwöhnisch nach rechts und links, ich fühlte mich jetzt exponiert, beobachtet. Doch Jamie beobachtete mich nicht; er hielt nicht einmal nach mir Ausschau. Ich sah ihn, als ich kehrtmachte, auf dem Grab von Walter Savage Landor sitzen; er las – was Wunder! – Brillat-Savarins berühmtes gastronomisches Werk *La Physiologie du goût.*

Daß Landor dort lag, hatte ich nicht gewußt. Chad hatte ihn an Edens Hochzeitstag zitiert, unten am See im Garten von Walbrooks: »Es gibt keine Stimme, wie klangvoll auch immer, die nicht bald verstummt; keinen Namen, und werde er auch in noch so leidenschaftlicher Liebe wiederholt, dessen Echo nicht letztlich erstirbt.« Das Echo von Edens Namen war erstorben. Ich hatte den Klang von Chads Stimme vergessen, nur an sein Gesicht erinnerte ich mich noch und an seine Hadriansohren. Jetzt hatte Jamie mich bemerkt. Er sah mich an und stand auf.

»Ja«, sagte er. »Du siehst aus wie eine Longley. Ich hätte dich als eine Longley erkannt. Nach Bildern natürlich.«

Ich streckte ihm die Hand hin, und er schlug ein.

»Nachmittags bin ich oft hier«, sagte er. »Es ist friedlich, aber nicht stockstill. Hier ist nicht viel Betrieb, die meisten Leute haben Angst vor Friedhöfen.« Und zum ersten Mal hörte ich sein eigenartig wieherndes Lachen. »Es wäre dir wahrscheinlich lieber gewesen, wenn ich dich in mein Apartment gebeten hätte.«

Der amerikanische Ausdruck mutete seltsam an in Jamies Stimme, der man die englische Nobelschule anhörte, die aber auch italienische Beiklänge hat, besonders beim r. Es ist ein bißchen zu liquide, sein r, sitzt zu hoch am Gaumen. Aber nein, sagte ich, es sei schön, daß man sich im Freien aufhalten könne, in England komme man wenig genug dazu.

»Ich war vierzehn Jahre nicht mehr drüben«, sagte er, »und ich glaube, jetzt lasse ich es ganz. Der Gedanke an England erfüllt mich mit Abscheu.«

Es wirkt recht beunruhigend, dieses Lachen, nachdem er

etwas ganz und gar nicht Lächerliches gesagt hat. Er lacht genauso, wenn er sich freut oder amüsiert. Jetzt erstarb das Lachen, und er fixierte mich. Plötzlich zuckte seine rechte Hand zur linken Schulter, er sah, daß ich der Bewegung folgte, nahm die Hand weg und lachte wieder. Er ist ein untersetzter, allmählich verschlampender, nicht sehr großer Mann, der älter wirkt, als er ist. Auch vom Aussehen her hat er etwas Italienisches mit seinem runden, vollen, blassen Gesicht, den roten Lippen und dem dunklen, lockigen Haar. Und wenn man es recht bedenkt, war diese Entwicklung voraussehbar. Als Kind hatte er helles Haar, aber auch damals schon einen olivfarbenen Teint. Die Augen, damals von den Erwachsenen neugierig-verstohlen beobachtet, voller Spannung, ob die Farbe bleiben oder wechseln würde, sind von einem dunklen, samtig leuchtenden Braun. Tieraugen – aber wild, nicht sanft. Bei jener Begegnung auf dem Englischen Friedhof erinnerte er mich ein bißchen an Chad, aber das ist im Grunde albern. Eine echte körperliche Ähnlichkeit gab es nicht, und Jamie war zu jung für Falten an den Ohrläppchen. Der gemeinsame Nenner war vielleicht der Eindruck ungestillten Begehrens, eines kaputten, unerfüllten Lebens.

Ich setzte mich zu ihm, und er bat mich zaudernd, als habe die Neugier über seine bessere Einsicht gesiegt, ihm von unserer Familie zu erzählen – von meiner Familie, die auch die seine war. Ich begann zu erzählen, mit der gebotenen Vorsicht, auf dem langen Fußweg über die Cavour hatte ich mir dieses und jenes zurechtgelegt. Ich würde weder Goodney Hall erwähnen, hatte ich beschlossen, noch den Namen seiner Mutter oder jener Männer, die er sich zu Feinden gemacht hatte – ohne seine Schuld, nur durch sein Da-Sein, durch Eifersucht und Groll und verletzten Stolz. Meine Mutter lebte damals noch, ich sprach von meinen Eltern, von Helen und ihren Kindern und ihrer Enkelin.

»Daß ich mich Richardson genannt habe, geht auf Tante

Helen zurück«, sagte er. »Pearmain kümmerte sich nicht darum, dem war es völlig egal, wie ich mich nannte.« Er lachte wiehernd, und der vehemente Abscheu, mit dem er Tony »Pearmain« nannte, machte mich frösteln. Wieder hob er die rechte Hand, wischte unsichtbaren Schmutz von der Schulter. »Zia Francesca hat mir gesagt, wie gern er Kinder hatte. Sie hat mich wohl damit darüber hinwegtrösten wollen, daß ich in den Ferien bei ihr war statt bei ihm. Er hat zu viel zu tun, um sich um dich zu kümmern, aber eigentlich ist er sehr kinderlieb. Hast du gewußt, daß er ein großes Tier im *Save the Children Fund* war, der großen Kinderhilfsorganisation? Alle Kinder dieser Welt hat er geliebt, nur mich nicht. Pech für ihn, wie?«

Jamie schwieg, sah in die Sonne, auf die schwarzen Schatten der Zypressen, schmale parallele Striche wie Gitterstäbe eines Käfigs. »Tante Helen hat mir immer erzählt, was für wunderbare Menschen ihre Großeltern waren. Ich kannte nicht viele wunderbare Menschen, und als Pearmain eines Tages – unheimlich steif und verklemmt – ankam und sagte, jetzt, wo ich ins Internat käme, sei das nichts mehr mit meinem Nachnamen, und was hielte ich von James Smith, da habe ich geantwortet, nicht Smith, sondern Richardson, und ihm war das schnuppe. Seither nannte ich mich Richardson, später habe ich es in Ricardo ändern lassen. Was glaubst du, was dabei herauskommt, wenn ein Ithaker Richardson sagt...«

Er ist praktisch selbst Italiener, trotzdem nennt er die Italiener Ithaker, mit einem ordinären Cockneygrinsen. Sein Mangel an Charme schien mir das Absurde unserer Begegnung auf einem Friedhof noch zu unterstreichen. Die edlen Grabsteine, die Zypressen, der blaue Himmel, das Pförtnerhaus mit dem Terrakottadach hätten den idealen Hintergrund für einen hochgewachsenen, gut aussehenden byronschen Menschen abgegeben, einen Mann von Würde und Charakter. Und ich überlegte, daß damals, als ich den fünfjährigen Jamie zum letzten Mal gesehen hatte, eine solche Entwicklung durchaus möglich gewesen wäre. Doch da ballten sich die schrecklichen Dinge, die dann geschahen, schon zusammen, sie drängten sich am Tor, wo sie gelauert hatten, schon ehe er geboren war.

»Ich kann mich an nichts erinnern, was vor meinem sechsten Lebensjahr liegt«, sagte er. »Meine ersten Erinnerungen stammen aus diesem Sommer, als ich sechs war und ständig mit zwei Frauen zusammen sein mußte, die ich nicht leiden konnte.«

»Mrs. King und deine Nanny«, sagte ich.

»Ja, vermutlich. Ab und zu kam Pearmain und sah mich prüfend an wie einen Hund, den man in Quarantäne gesteckt hat.«

Jetzt hätte ich gern Veras Namen genannt, aber ich fürchtete mich davor. Das Bild des kleinen Jungen – er war so ein aufgeweckter, lebhafter, braver kleiner Kerl gewesen – allein in Goodney Hall, mit den beiden bezahlten Wärterinnen, ging mir unverhältnismäßig nahe. Es war doch schließlich lange her, war längst Vergangenheit. In meiner Angst, meinem Kummer wollte ich davon sprechen, daß ihm gewiß die Mutter gefehlt hatte, aber die Worte wollten mir nicht über die Lippen, und daran war nicht nur meine Bewegung schuld, sondern auch der nagende Zweifel, wie und mit welchen Ausdrücken diese Bekundung des Mitleids zu formulieren sei. Er kam mir zu Hilfe.

»Wollen wir irgendwo einen Kaffee trinken?«

Ich schüttelte den Kopf. Kaffee gehört zu den wenigen Dingen, die ich an Italien nicht mag. *Cappuccino* kommt für mich nicht in Frage, weil ich keine Milch trinke. Gegen Espresso hätte ich nichts einzuwenden, wenn sie ihn viertelliter- und nicht teelöffelweise servieren würden.

»Wenn du das nächste Mal nach Florenz kommst«, sagte Jamie, »koche ich etwas für dich.«

Das war eine Ehre, die ich zu schätzen wußte. In diesem Land der *haute cuisine* hatte er, der Engländer, sich als Koch und Berater von Köchen einen Namen gemacht. Ich mußte an Vera denken und ihre herausragenden Leistungen in dem einzigen kulinarischen Bereich, in dem die Engländerin sich auszeichnet, in der Kunst des Backens. Ich sah sie mit dem gekneteten, ausgerollten Mürbeteig auf der graugeäderten Marmorplatte, die marmorne Nudelrolle mit den Holzgriffen in der Hand, ich schmeckte ihre Zitronencremetörtchen, ihre hauchzarten Biskuits, all die anderen Herrlichkeiten, die es zum Tee gab.

Jamie versetzte mir einen Schock. »Meine Mutter war eine gute Köchin«, sagte er.

Es war, als säße man einem Menschen gegenüber, von dem man weiß, daß er geistig gestört ist, der aber so vernünftig redet und agiert, daß man die Psychose, die Schizophrenie vergißt, bis man jäh und nachdrücklich durch eine Bemerkung, die jenseits jeder Normalität ist, daran erinnert wird. Dabei war Jamie durchaus nicht verrückt, im Gegenteil, er war sogar bemerkenswert normal. Es war eher so, daß seine Worte eine Tür ins Unglaubhafte geöffnet hatten; die Reaktion war zunächst furchtbarer Schreck, dann Mitleid, wie man es für Menschen empfindet, die Trost aus einem Wahn schöpfen.

Seine Augen, Augen wie die eines Bären, sahen mich wieder voll an. Er sprang auf, streifte rasch über seine Schulter.

»Komm«, sagte er, »ich zeige dir die Gräber, ich zeige dir Isa Blagden und Mrs. Holman Hunt.«

Er begleitete mich noch eine weite Strecke über die Borgo Pinti, dabei erzählte er mir die Geschichte von Francis und den Bildern und fragte mich, ob die Beschriftungen noch da seien. Wir schüttelten uns wieder die Hand und waren drauf und dran, uns zu trennen, doch dann sagte er – zum ersten Mal spürbar befangen:

»Wenn jemand mal über all das schreiben möchte – du weißt schon, was ich meine – und wenn sie sich an dich wenden ... ich meine, das ist doch durchaus möglich ... ich hätte nichts dagegen. Ich weiß nicht, wie Francis darüber denkt, aber ich hätte nichts dagegen, wirklich nicht, ich würde es sogar begrüßen, damit das Ganze mal klar wird. Mir liegt sehr viel an der *Wahrheit.*«

»Aber du sagst doch, daß du dich nicht erinnern kannst«, wandte ich ein.

Sein Lachen hallte in der schmalen Straße wider, Passanten drehten sich nach uns um. Er verabschiedete sich und ging davon.

Ich teilte Jamies Meinung, daß ein potentieller Biograph von Vera sich unbedingt an mich wenden würde, nicht. Erstens war es gar nicht so einfach, mich zu finden, denn seit Veras Tod habe ich zweimal den Namen gewechselt. Zweitens bin ich nur die Nichte; sie hat einen Sohn, einen Ehemann, eine Schwester hinterlassen. In Helens Alter ist das Leben zu einem zerbrechlichen Gut geworden, ist jeder Tag ein nur noch halb erwartetes Geschenk, weiß man, daß es keine nennenswerte Zukunft mehr gibt. Ihr Kurzzeitgedächtnis ist dahin, aber an alles, was in der Vergangenheit liegt, erinnert sie sich genau, und geistig kann ihr niemand aus meiner Bekanntschaft – ob alt oder jung – das Wasser reichen. Trotzdem nahm ich sie nicht so recht ernst, als sie mir sagte, ich müsse mit einem Brief und einer Anfrage rechnen. Daß dieser Schriftsteller Daniel Stewart ein Buch über Vera plante und Helen um Informationen dafür gebeten hatte, war ja möglich, aber von mir würde er bestimmt keine Notiz nehmen. Außerdem schwor Helen heilige Eide, daß nicht sie ihm meinen Namen genannt hatte. Wer dann? Jamie?

Stewart ist ein gängiger Name, ich habe in all diesen Jahren viele Stewarts und Stuarts kennengelernt, aber jetzt, da ich ihn am Ende dieses Briefes sehe, muß ich an Maria Stuart denken, deren Lebensgeschichte Anne und ich aufgeführt hatten, an Steuart, den Baumeister von Goodney Hall, worauf sich Eden und Tony immer viel eingebildet haben. Dem Brief liegt ein Buch bei: *Peter Starr, der mißverstandene Mörder,* von Daniel Stewart, Verlag Heinemann, neun Pfund fünfundneunzig.

Auf dem gedruckten Briefbogen steht eine Londoner Adresse, nicht einmal weit von uns, am anderen Ende der Cromwell Road.

Sehr geehrte Mrs. Severn, inzwischen haben Sie vielleicht schon von anderer Seite gehört, daß ich eine biographische Neubewertung des Falls Vera Hillyard plane. Ihren Namen und Ihre Adresse verdanke ich Ihrem Vetter Dr. Frank Loder Hills, der selbst allerdings keinen Beitrag leisten möchte ...

Natürlich Francis... Vermutlich nur, um Ärger zu machen und, wie mein Mann meint, mich und Stewart zu verklagen, wenn wir ihn verleumden. Er habe das Gefühl, fährt Stewart fort, daß Vera in mancher Beziehung verkannt worden sei. Offenbar hat er sich auf das Wiederaufrollen von Mordfällen spezialisiert, auf eine Darstellung aus neuer Sicht, aus der Sicht des Täters, wie er es nennt.

Mr. James Ricardo, Via Orti Orcellari, Florenz, hat zugesagt, etwas über seine frühen Erinnerungen für mich festzuhalten. Mr. Anthony Pearmain befindet sich zur Zeit im Fernen Osten, aber...

Im Fernen, im Fernen... Nie wieder habe ich diesen geographischen Gemeinplatz in der Zeitung, im Radio oder im Fernsehen lesen oder hören können, ohne an meinen Vater am Morgen von Veras Hinrichtung zu denken, wie er laut, mit der tonlosen, sinnlosen Stimme eines Hirtenstarvogels aus der Zeitung vorlas. »Im Fernen...«, sagte er, hielt inne, legte die Zeitung zusammen und saß stumm da.

Mrs. Helen Chatteriss hat mir bereits einen biographischen Abriß zur Verfügung gestellt, und Mr. Chad Hamner hat zugesagt, einige eigene Eindrücke niederzuschreiben. Seine Absicht, selbst eine Biographie über Vera Hillyard zu verfassen, hat er inzwischen aufgrund seines schlechten Gesundheitszustandes aufgegeben.

Wenn Sie so liebenswürdig wären, mein Buch über Peter Starr zu lesen, und falls Sie sich durch die Lektüre von meiner Befähigung für diese Art von Reportage überzeugt haben, würde ich Ihnen gern den Entwurf meines ersten und zweiten Kapitels schicken. Das erste Kapitel schildert den eigentlichen Mord. Da Sie zu jener Zeit nicht auf Goodney Hall weilten, ist mir klar, daß Sie die Richtigkeit der Darstellung nicht beurteilen können. Die einzige noch lebende Augenzeugin ist Mrs. June Stoddard, die selbst einräumt, daß sie nur recht konfuse Erinnerungen an die bewußten Vorfälle hat.

Im zweiten Kapitel versuche ich mich an einem Stück Familiengeschichte, das zu Lebzeiten Ihres Urgroßvaters William Longley einsetzt. Eine Bestätigung dieser Darstellung durch Sie wäre für mich von unschätzbarem Wert, ebenso eventuelle Richtigstellungen. Sie werden sehen, daß ich mich weitgehend auf Korrespondenz stütze, die im Besitz von Mrs. Chatteriss und der Familie Hubbard ist, außerdem habe ich auf Informationen in dem Vera Hillyard betreffenden Abschnitt des Buches von Mary Gough-Williams, Frauen und die Todesstrafe, *zurückgegriffen.*

Sein Brief endet recht unvermittelt. Als habe er beim Schreiben gemerkt, daß er praktisch schon von meiner Zusage ausgeht. Ja, ich werde ihm meinen Beitrag liefern – aber es widerstrebt mir zutiefst, ein Buch gewissermaßen zielgerichtet zu lesen. Diese Zeiten sind für mich längst vorbei, und damals, zur Zeit des Mordes auf Goodney Hall, schien meine Pflichtlektüre mir der Mühe wert, es war Literatur und gehörte zum Besten, was je geschrieben worden ist. Ein ziemlich vernichtendes Urteil über Stewarts Buch... Dabei ist es nicht schlecht, nein, wirklich nicht. Es ist klar und geradlinig geschrieben, ohne Schnörkel oder billige Effekthascherei. Starrs Leben war sensationell genug, es hatte Übertreibungen nicht nötig, und bei Vera verhielt es sich ebenso. Ich werde es nicht zu Ende lesen, das ist nicht notwendig, ich weiß schon jetzt, daß ich ihm zusagen werde. Ich habe genug gelesen, um zu wissen – oder zu hoffen –, daß er sensibel und nicht zu hart sein wird, daß er Verständnis für die Qualen und Zwänge der Liebe hat.

Nach über einem Dritteljahrhundert ist sie in mein Leben zurückgekehrt. Helen und Daniel Stewart haben sie mir ins Haus gebracht, und hier ist sie nun, ein linkischer Gast, wie immer, wenn sie nicht unter ihrem eigenen Dach war. Ich sehe sie fast vor mir, nicht jene junge, blonde, ernsthafte Vera, die Aufnahmen in der »Kassette« zeigen, sondern meine magere, nervöse, pingelige und nur zu oft lächerliche Tante mit ihrer eigenartigen, so unverwechselbar typischen Bewegung, die unbewußt war wie ein Tick, unbewußt wie Jamies rasches, wischendes Streifen. Ich sehe sie die Handflächen zusammenpressen und sich wie in innerer Qual schwer auf die verschränkten Hände stützen. Immer wieder in den letzten Tagen hat sie mich veranlaßt, in das unbenutzte kleinste Zimmer unseres Hauses zu gehen, in dem die »Kassette« steht, hat mich gezwungen, den Deckel aufzuklappen und den Inhalt durchzusehen, innehaltend, um ein Bild anzuschauen oder eine Briefzeile zu lesen oder einfach in nostalgischer Tagträumerei zu betrachten, was mein Vater als Erinnerungen an seine Schwestern hinterlassen hat.

Was hätte die arme Vera zu dem sittlichen Klima unserer Tage gesagt? Ich sehe ihr Gesicht, den Ausdruck starrsinniger Skepsis, vor mir. Eine sexuelle Revolution hat die Welt verändert. Was ihr und Eden widerfahren ist, könnte heute nicht geschehen. Der Mord und das Mordmotiv waren in ihrer Zeit verwurzelt, beides wäre heute nicht mehr denkbar, ja, ist der Jugend von heute schlichtweg unbegreiflich, wenn man sie nicht ausführlich über den damaligen Moralkodex aufklärt. Weil ich Vera bei mir habe, hier in diesem Haus, wie eines jener Gespenster, die sich nur dem *einen* Bewohner offenbaren, der eine Beziehung zu ihnen hat, habe ich versucht, meiner Tochter einen Teil der Geschichte zu erzählen, habe versucht, Erklärungen zu finden.

»Aber warum hat sie nicht...« So beginnen all ihre Einwände. »Warum hat sie es ihm nicht gesagt? Warum hat sie nicht einfach mit ihm gelebt? Warum wollte sie ihn überhaupt heiraten, wenn er so empfand?« Und: »Aber was hätte man ihr denn anhaben können?«

Worauf ich nur ziemlich lahm erwidern kann: »Damals war das eben anders.«

Es war anders. Weiß Stewart, der letztlich auch noch zu den Jungen zählt, *wie* anders es war? Und wenn er es nicht weiß, wird er es mir abnehmen? Oder werde ich ihm am Ende – und das halte ich inzwischen für sehr wahrscheinlich – nur die nackten Tatsachen liefern, offenkundige Schnitzer berichtigen und ein wenig in Erinnerungen schwelgen, während das eigentliche Buch, das Veras Leben ausmacht, weiterhin nur als Band in meinem eigenen Kopf abläuft?

3

Das Verbrechen ist geschehen, sie haben Vera gefesselt und ihr das Messer abgenommen, das Messer, das sie gegen sich selbst hatte richten wollen, und haben ihr die Hände gebunden. Gerade noch rechtzeitig ist Jamie aus dem Zimmer geschafft worden. Hat er da schon geweint? Hat er aufgeschrien, nach seiner Mutter gerufen? Darüber ist nie gesprochen worden, als sei das Geschöpfchen in Mrs. Kings Armen ein dumpf-willenloses kleines Bündel gewesen – und so war es ja vielleicht auch. Stewarts Schilderung ist völlig korrekt, es stimmt alles, sogar die Sachen, die Vera trug, aus Wolldecken und Vorkriegsresten zusammengestoppelt, selbst der Fries im Kinderzimmer, selbst das Blut, das auf das Blau und Weiß und auf das blanke Kamingitter spritzte.

Soweit ich das beurteilen kann. Ich war, wie er ganz richtig schreibt, nicht dabei.

Den Kern des Geheimnisses hat er auf konventionelle Art abgehandelt, hat sich ganz auf die akzeptierte Version gestützt. Darf man ihm diese harmlosen Vermutungen lassen? Oder soll ich ihm sagen, daß eine wichtige Frage noch ohne Antwort ist?

Jamie kennt die Antwort. Zumindest steht das in dem Brief, den ich heute von ihm bekommen habe. Eine leise Ahnung von dem, was er offenbar fest glaubt, kam mir schon bei unserem Gespräch auf dem Englischen Friedhof, aber da er wohl als der am schwersten betroffene und verletzlichste Darsteller dieses Dramas gelten muß, dürfte er kaum ein unparteiischer Richter sein, worauf er gewiß auch keinen Wert legt. Wie aber verträgt sich damit seine Behauptung, er könne sich an nichts erinnern, was vor seinem sechsten Lebensjahr liegt? Sicher nährt sich doch sein Glaube nur aus dem Gefühl, aus nostalgischer Sehnsucht nach einem bewunderten und bewundernden Wesen, das er in seinen Träumen erblickt, an das er aber im Wachzustand keine Erinnerung hat.

In Stewarts zweitem Kapitel, der Chronik unserer Familie, findet sich kein Hinweis auf Jamie. Vielleicht hat sich Stewart vor diesem Punkt gedrückt, weil er nicht recht wußte, wo er ihn hätte unterbringen sollen.

In dem viktorianischen Landhaus in dem Dorf Great Sindon in Essex (schreibt Stewart) wohnten erst seit knapp dreißig Jahren Longleys, es wäre also abwegig, dieses Haus als Familiensitz zu bezeichnen. Arthur Longley hatte das Haus mit dem Geld gekauft, das seiner Frau zufällig zu dem Zeitpunkt seines erzwungenen Ausscheidens aus der Prudential Insurance durch eine kleine Erbschaft zugefallen war. Vorher hatten die Longleys ihre Wurzeln – wenn man von Wurzeln reden kann – in der geschäftigen Stadt Colchester gehabt. Dort betrieben sie seit Anfang des 19. Jahrhunderts das Schuhmacherhandwerk, in einem kleinen Haus mit Laden, fast im Schatten der Burg.

Colchester ist Englands älteste urkundlich belegte Stadt. Die Römer, gegen die dort Königin Boadicea kämpfte, nannten den Ort Camulodonum. Bei den Sachsen hieß er Colneceaste, der Fluß ist bis heute der Colne. Die Burg ist romanisch, ihr Bergfried stammt aus dem Jahr 1080, und wenn man an einem sonnigen Tag ihre Türme und Ziegeldächer betrachtet, könnte man fast meinen, in der Toskana zu sein. Heute führen zweispurige Autobahnen mit Zufahrten über einen Versuchszubringer mit doppeltem Kreisverkehr nach Colchester, an der Stadt selbst führt eine Umfahrungsstraße vorbei, auf der häufig der Stau schlimmer ist, als wenn man den Weg durch die Innenstadt nimmt. Colchester verfügt über mehrstöckige Parkhäuser mit roten Backsteinfassaden, die – nicht immer glücklich – mittelalterlichen Befestigungen nachempfunden sind, und über ein gnadenloses System von Einbahnstraßen; innerhalb der alten römischen Wälle befindet sich ein als Fußgängerzone ausgebautes Gewirr alter Häuser.

Dort verfertigte und flickte William Longley seine Schuhe, in einer Zeit, die ganz anders war als die unsrige, friedlicher und geruhsamer. Später, als er es zu einigem Wohlstand gebracht hatte, ließ er in dem Raum hinter dem Laden drei Gesellen für sich arbeiten. Williams Laden ist noch da, in einer Sackstraße, die von der Short Wyre Street abgeht. Jetzt hat dort ein Wirtschaftsprüfer sein Büro. Die Tür zwischen Laden und Werkstatt ist ebenso erhalten wie die runde Glasscheibe von fünf Zentimetern Durchmesser im Eichenholz, durch die William beobachten konnte, ob seine Leute auch fleißig die Ahle hin und her gehen ließen.

William hatte 1859 Amelia Jackman aus Layer-de-la-Haye geheiratet. Drei Töchter wurden ihnen geboren, später kam noch ein Sohn hinzu, der Arthur William getauft wurde und eine sehr viel bessere Schule als sein Vater besuchen konnte. Trotzdem war er dazu bestimmt, später einmal das Geschäft zu übernehmen. Arthur aber, ein vielversprechender und beliebter Schüler an der 1539 von Heinrich dem Achten gegründeten Lateinschule, hatte andere Vorstellungen. Er erlag dem für den viktorianischen Arbeitnehmer dieser speziellen Prägung besonders verlockenden Zug zum Mittelstand, dem Hang zu dem, was wir heute Aufsteigertum nennen würden, und sein Vater legte ihm keine Steine in den Weg. William Longley nahm den Mann seiner Tochter Amelia ins Geschäft, und Arthur wurde Versicherungsvertreter bei der Prudential. Es war ein bescheidener Anfang; er machte seine Kundenbesuche mit dem Fahrrad und wohnte zu Hause bei seinen Eltern und seinen unverheirateten Schwestern.

Arthurs Ehrgeiz verhalf ihm nie zu üppigem Verdienst. Sein Bezirk war nicht wohlhabend, seine Provisionen blieben deshalb klein. Wenn er sich später eines gewissen Wohlstands erfreute, verdankte er das der Ehe. Seine erste Frau war das einzige Kind des vermögenden Gutsbesitzers Abel Richardson. Die Bekanntschaft war nach traditionell romantischem Muster zustandegekommen. Bei einem Ausritt in der Nähe von Stoke-by-Nayland war Maud gestürzt, und just in diesem Augenblick kam zufällig Arthur auf seinem Fahrrad vorbei. Sie hatte sich bei dem Sturz den Knöchel verstaucht, und Arthur, der kräftig, jung und feurig war, trug sie die tausend Meter bis nach Walbrooks, wo sie zu Hause war. Es lag nahe, daß der junge Mann in den folgenden Wochen dort vorsprach und sich nach Mauds Befinden erkundigte, und ebenso nahe lag es, daß Maud es mit Hilfe eines wohlgesinnten Zimmermädchens so einzurichten wußte, daß bei seinem nächsten Besuch Papa auf der Jagd war (er war Master of Foxhounds, das heißt der Jagdleiter für den Bezirk) und Mama Besuche machte.

Es spricht einiges dafür, daß Abel Richardson sich der Absicht seiner Tochter, einen mehr oder weniger mittellosen und gesellschaftlich unannehmbaren Versicherungsvertreter zu heiraten, nachdrücklich widersetzte. Nach einem Jahr aber mochte er sich Mauds Bitten nicht mehr verschließen, ja, er gab sogar so weit nach, daß er ihr die vor dem Auftauchen von Arthur Longley versprochene Mitgift von fünftausend Pfund nicht versagte.

Fünftausend Pfund waren 1890 ein hübsches Stück Geld und würden heute etwa dem Zwanzigfachen dieser Summe entsprechen. Arthur und Maud erwarben eins der Landhäuser, die damals an der Layer Road gebaut wurden, und lebten dort sehr angenehm, ja, eigentlich über ihre Verhältnisse, obschon Arthurs Schwiegervater häufig mit Geldgeschenken einsprang. Maud hielt einen eigenen Wagen, der Haushalt bestand aus Köchin, Hausmädchen, Kindermädchen, einer Putzfrau »fürs Grobe« und einem Kutscher, der auch als Gärtner fungierte.

Mauds Tochter, Mrs. Helen Chatteriss, jetzt eine alte Dame, die auf die Neunzig zugeht, schreibt über den Haushalt:

Ich war erst fünf, als es damit aus und vorbei war. Meine Erinnerungen sind deshalb zwangsläufig verschwommen und unvollständig. Ich weiß noch, daß ich mit meiner Mutter in einer sehr feschen Kutsche ausgefahren wurde, vor die ein Brauner gespannt war. Meine Mutter pflegte Visitenkarten abzugeben, aber ich glaube, viele Häuser des Landadels blieben uns verschlossen, weil mein Vater kein Gentleman war.

Als Hausarbeiten kamen für meine Mutter nur Blumenstecken und das Abwaschen des guten Geschirrs in Frage. Sie machte regelmäßig einen Mittagsschlaf, wobei sie zur Pflege ihrer Hände weiße Baumwollhandschuhe trug. Mein Kindermädchen hieß Beatie. Sie war sechzehn und die Tochter eines Landarbeiters, der für einen der Pächter meines Großvaters Richardson arbeitete. Ein paarmal nahm sie mich mit zu ihren Eltern, die in einer Kate mit Backsteinboden und nur einem Zimmer wohnten. Als meine Mutter dahinterkam, wurde Beatie entlassen.

Man hatte mir gesagt, daß mein Vater ein bedeutender Geschäftsmann sei, aber ich erinnere mich, daß er eigentlich immer zu Hause war. Er hatte ein Arbeitszimmer, in dem er sich am Vormittag einzuschließen pflegte. Im nachhinein glaube ich, daß er dort Romane las. Zum Kassieren der Versicherungsprämien ritt er mit unserem zweiten Pferd, einem Rotschimmelwallach. An Gesellschaften, große Essen oder dergleichen kann ich mich nicht erinnern; nur meine Großeltern Richardson kamen recht häufig zu Besuch, meine Longley-Großeltern und -Tanten weniger oft, möglicherweise hat meine Mutter sich ihrer geschämt.

Dieses Leben fand 1901 ein jähes Ende, als Helens Mutter im Kindbett starb. Auch das Kind, ein Knabe, überlebte nicht.

Maud Longleys Vermögen – oder was davon übriggeblieben war – ging an ihre Tochter, eine weitblickende Festlegung, auf der Abel Richardson vor der Eheschließung bestanden hatte. Durch den Tod seiner Frau war Arthur Longley zum armen Mann geworden. Er gab Haus, Kutsche und Pferde auf und zog in eine bessere Kate am Westrand der Stadt. Auch von dem Dienstpersonal hatte er sich, bis auf ein »Mädchen für alles«, trennen müssen.

Ebenfalls getrennt hatte er sich von seiner Tochter, die er zu Abel und May Richardson nach Stoke-by-Nayland schickte. Diese Trennung machte Mrs. Chatteriss nach mehr als achtzig Jahren noch immer zu schaffen, trotz der glücklichen Kindheit, die sie – umhegt, verwöhnt und in angenehmen Verhältnissen – bei ihren Großeltern auf Walbrooks verbrachte.

Er hat wohl gemeint, daß er sich mit mir zuviel an Verantwortung aufgeladen hätte, schreibt sie, *und es kann auch sein, daß mein Großvater und meine Großmutter ihn überredet haben. Ich hätte wohl mehr darunter gelitten, wenn meine Großmutter nicht eine so wunderbare Frau gewesen wäre. Ich liebte sie später mehr, als ich meine Mutter geliebt hatte. Nach dem Tod meiner Mutter sah ich meinen Vater nur noch selten.*

1906 heiratete er zum zweiten Mal. Von dieser zweiten Eheschließung erfuhr Mrs. Chatteriss durch eine unerwartete Begegnung in Colchester. Sie besuchte dort St. Botolphs, eine Privatschule, ein Ponywagen fuhr sie in die Stadt und wieder zurück. Noch zwei Jahre sollten vergehen, bis Abel Richardson als Vorreiter der ganzen Gegend eine Rolls-Royce-Limousine mit Lederpolstern, Ebenholzverkleidung und einem Armaturenbrett aus Rosenholz erwarb. Eines Nachmittags warteten vor der Schule Helens Vater und eine fremde Dame auf sie. Die Dame wurde Helen als »deine neue Mutter« vorgestellt, doch wurde später kein Versuch unternommen, die Beziehung zu vertiefen. Helens Großeltern erfuhren erst nach Monaten davon und waren, als sie dahinterkamen, nicht so sehr über Arthur Longleys Heirat erbost als über die Tatsache, daß man sie darüber im ungewissen gelassen hatte.

Inzwischen war Arthur Longley neununddreißig. Er arbeitete seit zweiundzwanzig Jahren für die Prudential und war noch nie befördert worden. Nach der Verschlechterung seiner finanziellen Lage hatte er sich zu seinen wenig einträglichen Kundenbesuchen wieder aufs Fahrrad schwingen müssen. Seine Eltern waren tot, das Geschäft hatte sein Schwager James Hubbard übernommen, das wenige Bargeld hatten seine beiden unverheirateten Schwestern geerbt. Seine Braut hatte zwar auch kein Geld, immerhin aber etwas zu erwarten. Ivy Naughton war achtundzwanzig, als sie Arthur heiratete, und als Gouvernante in einer Familie tätig gewesen, die zu seinem Kundenstamm gehörte. Sie war für diese Position weder ausgebildet noch besonders geeignet, wenn man davon absieht, daß sie bis zum sechzehnten Lebensjahr die Schule besucht hatte und Klavier spielen konnte. Doch ihre Dienstherrschaft – die Richardsons kannten die Leute – hatte einen Getreidehandel, sie waren es schon zufrieden, wenn sie herumerzählen konnten, daß sie eine Gouvernante für ihre drei Töchter hatten, unabhängig davon, welchen erzieherischen Nutzen das den Mädchen bringen mochte ... Für ihre Dienste erhielt Miss Naughton Kost und Logis und fünfzig Pfund im Jahr.

So gründeten denn Ivy und Arthur einen gemeinsamen Hausstand. Neun Monate nach der Hochzeit, im Frühjahr 1907, wurden ihnen Zwillinge geboren. Eine der Patinnen war Ivys Tante, Miss Priscilla Naughton, die ein eigenes Haus und als Schneiderin einen festen kleinen Kundenstamm besaß, die zweite Arthurs Tochter Helen, die im Vormonat konfirmiert worden war. Die Zwillinge, ein Junge und ein Mädchen, wurden auf den Namen John William und Vera Ivy getauft. Ivy Longley las, genau wie ihr Mann, leidenschaftlich gern Romane – sie waren sich beim »Reden über Bücher« nähergekommen –, und zufällig hatten die Heldinnen ihrer Lieblingsromane den gleichen Vornamen.

Mein Vater las Ouida, schreibt Helen Chatteriss, *und am meisten schätzte er ihren Roman* Moths. *Die Heldin heißt Vera – genauso wie die Heldin in Marion Crawfords Roman* A Cigarette Maker's Romance, *der nach Aussage meines Vaters das Lieblingsbuch meiner Mutter war. Und so kam Vera zu ihrem Namen.*

Vera Longley und ihr Bruder waren, da nicht gleichgeschlechtlich, keine eineiigen Zwillinge und einander nicht ähnlicher als Geschwister unterschiedlichen Alters. Beiden gemeinsam aber waren das sehr helle Haar und die tiefblauen Augen, typische Merkmale der zweiten Familie Longley. Arthur, seine Mutter und zwei seiner Schwestern waren hellhaarig, und seine zweite Frau war eine Blondine mit sehr hellem Haar und hellen Augen. Ivy Longleys Vorfahren waren Fischer von der Küste Norfolks gewesen, und es hieß, einer ihrer Großväter, ein Seemann, habe sich eine Frau von den Färöer Inseln mitgebracht. John war ein hübscher Junge. Vera, als Kind unscheinbar, veränderte sich äußerlich zu ihrem Vorteil, als sie älter wurde. Ein Foto zeigt die Vierzehnjährige als hübsches Mädchen mit scharf geschnittenen Zügen und üppigem, fast weißblondem Haar, großen Augen und einem ernsthaften, recht strengen Gesichtsausdruck.

Vier Jahre vor dem Datum dieser Aufnahme war ihr Vater von der Prudential in den Ruhestand versetzt worden, nachdem sich bei einer ärztlichen Untersuchung herausgestellt hatte, daß er an einer Herzschwäche litt. Zu jener Zeit war er fünfzig, und der Erste Weltkrieg ging ins dritte Jahr. Dieser Krieg sollte die engere Familie Longley nicht unmittelbar berühren, doch fiel Amelias Sohn, William Hubbard, beim Sturm auf den Vimy-Rücken. Kurz nach Arthurs erzwungenem Ausscheiden aus dem Dienst starb Priscilla Naughton und vermachte ihrer Nichte Ivy ihr Haus und 500 Pfund. Die Longleys zogen aufs Land, und im Frühjahr 1919 hatten sie sich in Great Sindon niedergelassen, einem etwa 15 Kilometer von Colchester entfernten Dorf im Tal von Dedham.

Der Begriff »Herrenhaus« für Arthurs Landhaus an der Layer Road, einer Straße, die jetzt einem Wohnblock weichen mußte, vermittelt entschieden nicht das richtige Bild. Die Makler, über die Arthur es seinerzeit kaufte, bezeichneten es als Cottage. Heute wäre diese Bezeichnung eine Nummer zu klein gewählt. Paul und Rosemary Oliver, die jetzigen Besitzer, nennen ihr Haus nicht mehr »Lorbeercottage«, sondern »Die Finken« und haben das Erdgeschoß so umgestaltet, daß aus Eßzimmer und Küche ein großer Wohnraum geworden ist, aus der großen Milch- und Vorratskammer die Küche und aus dem Wohnzimmer der Eßbereich. Zu Lebzeiten der alten Longleys und später zu Veras Zeit waren im Erdgeschoß vier Zimmer, eine Treppe führte in der Hausmitte nach oben. Als Arthur und Ivy mit ihren beiden Kindern einzogen, hatte Laurel Cottage vier Schlafzimmer, das kleinste ließ Arthur zum Badezimmer umbauen, das größte wurde Elternschlafzimmer, Sohn und Tochter bekamen jeweils ihr eigenes Reich.

Die Außenmauern von Laurel Cottage waren aus dem eisenoxydfreien, gelblich-grauen Backstein, den man auch »weißen Stein« nennt, mit Verblendungen aus cremefarben gestrichenem Putz und einem Schieferdach. Es ist ein symmetrisches Haus – die Haustür in der Mitte, je ein Schiebefenster rechts und links, drei Fenster im Obergeschoß. Auch den Vorgarten teilt genau in der Mitte ein Weg, der zur Haustür führt – oder vielmehr zu den Haustüren, denn es gibt zwei, eine Außentür aus getäfeltem Holz und einen Windfang aus Glas. Der Garten hinter dem Haus ist groß, am Tor zum hinteren Zaun steht ein Nebengebäude, eine nicht mehr benutzte

Kate, in der die Longley-Kinder an Regentagen spielten und das die Olivers jetzt zur Garage umgebaut haben.

Wie sah die Kindheit aus, die Vera Longley in Colchester und später in Great Sindon verbrachte? Was geschah – wenn denn überhaupt etwas geschah –, um sie zu traumatisieren? Zwei Tage nach ihrem zwölften Geburtstag schreibt sie an ihre Halbschwester Helen:

Liebe Helen, herzlichen Dank für die Postanweisung. Das Geld ist ein sehr willkommener Zuschuß für ein neues Tennisracket. Morgen fahren wir in die Ferien nach Cromer in Norfolk. Hoffentlich wird es so schön wie an der See. Viele liebe Grüße, Vera.

Und im Sommer des gleichen Jahres, 1919:

Liebe Helen, Daddy hat mir Deinen Brief zu lesen gegeben. Ja, furchtbar gern spiele ich bei Dir die Brautjungfer. Ich wünsche Dir alles, alles Gute für Deine Ehe mit Hauptmann Chatteriss. Es ist sehr lieb, daß Du an mich gedacht hast. Wie schön, daß wir uns bald wiedersehen, ich freue mich schon sehr. Viele liebe Grüße Vera.

Die Trauung fand im Herbst statt. Helen hatte den damals achtundzwanzigjährigen Victor Chatteriss, der bei der Indischen Armee diente, auf einem Heimaturlaub kennengelernt. Auf Helens Hochzeitsfoto überragt Vera – linkisch, dünn, mit großen, ernsten Augen – die anderen Brautjungfern um einen halben Kopf. Sie trägt ein wadenlanges Kleid aus irgendeinem glänzenden Stoff mit Spitzeneinsätzen. Sie scheint der Liebling ihres Vaters gewesen zu sein. An seine Schwester Clara schreibt er:

Meine kleine Vera entwickelt sich zu einem prächtigen Mädel, sie ist hübscher geworden, als wir zu hoffen wagten. Sie erin-

nert mich an Dich in diesem Alter – das gleiche goldene Haar, nicht eine Spur nachgedunkelt. Geistig ist sie meiner Meinung nach ihrem Bruder überlegen, was ich einerseits bedaure, was mich andererseits aber auch mit Stolz erfüllt. Ihre Zeugnisse sind hervorragend. Im letzten Trimester war sie Klassenbeste in Englisch und Geschichte. Ich habe mich erweichen lassen, sie zum Tennisunterricht zu schicken, eine zusätzliche Ausgabe, die mir gar nicht gelegen kommt, aber sie macht sich so gut, daß ich es ihr ungern abgeschlagen hätte. Auch ist es durchaus gesellschaftlich von Vorteil, meinst Du nicht? Ich möchte meiner Tochter in dieser Beziehung gern die bestmögliche Ausgangsposition bieten. Aber das Neueste wirst Du ja von ihr selbst hören, wenn sie Dich nächste Woche besucht ...

Clara, fünf Jahre älter als Arthur, hatte spät geheiratet und war mit ihrem Mann nach Cromer gezogen, wo Vera gelegentlich die Ferien verbrachte und sich von der kinderlosen Tante verwöhnen ließ. Vera schreibt an Helen in Indien, »Tante Clo« habe ihr Stoff für zwei Kleider geschenkt, die Claras Schneiderin für sie nähen würde, und die Tante sei mit ihr beim Fotografen gewesen, um ein Atelierfoto machen zu lassen. Vera ging nicht nur zum Tennisunterricht, sondern auch zur Tanzstunde. 1921 bekam sie einen Preis für lückenlosen Schulbesuch und einen zweiten, ein ledergebundenes Exemplar von Ruskins *Sesame and Lilies,* weil sie dreimal hintereinander die Beste im Werken geworden war. Auf den ersten Blick war es eine glückliche und erfolgreiche Kindheit.

1922 – die Zwillinge waren fünfzehn und Arthur Longley fünfundfünfzig – brachte Ivy Longley, 44, noch ein Kind zur Welt. Es war ein Mädchen, das den damals schon altmodischen Taufnamen Edith erhielt. Ivy hatte 1908, als die Zwillinge noch Babys waren, an ihre Tante Priscilla Naughton geschrieben, sie fürchte sich vor weiteren Kindern. Nach der Geburt hatte sie monatelang gekränkelt. Die Geburt selbst war lang und schwierig gewesen und hatte einen partiellen

Gebärmuttervorfall zur Folge. Sie hatte die Zwillinge nicht stillen können. An Miss Naughton schrieb sie:

Ich bin erst dreißig und könnte – schreckliche Vorstellung! – noch mehrere Kinder bekommen. Es heißt, daß man die Einzelheiten der Geburt vergißt, den Schmerz und das alles, aber auf mich trifft das nicht zu. Außerdem liegen, wie Du weißt, Zwillinge bei uns in der Familie, meine Mutter bekam auch welche, zwei Mädchen, sie sind als Babys gestorben. Wer weiß, vielleicht habe ich mit vierzig eine ganze unwillkommene Horde ...

Ivy bekam ihre zweite Tochter zu einer Zeit, da sie sich vielleicht schon außer Gefahr geglaubt hatte. Nach Lage der Dinge und nach allen einschlägigen Erfahrungen müßte dieses Kind eine Belastung gewesen sein – der Vater ein älterer Mann, der an einer Herzschwäche laborierte, die Mutter fast schon in den Wechseljahren und nach eigener Aussage nicht »kinderlieb«, zwei halbwüchsige Geschwister mit festem Platz in der Familie. John, der wie sein Vater das Gymnasium in Colchester besuchte, war in einem Alter, da einem Jungen jegliches Symptom elterlicher Sexualität entsetzlich peinlich ist, und welches Symptom wäre wohl deutlicher als ein Baby? Überdies waren seine Eltern ja nicht mehr jung, sein Vater war zwanzig Jahre älter als die Väter der meisten seiner Altersgenossen. Was Vera betrifft, läge eigentlich der Grund für eine Persönlichkeitsschädigung klar auf der Hand. Da kam ein neues Kind daher, ein Mädchen wie sie, das ihr den angestammten Platz im Herzen der Eltern streitig machte.

Offenbar aber kam alles ganz anders. Von Anfang an wurde Edith – die sich sehr bald selbst Eden nennen sollte – von allen geliebt, ja angebetet; das Wort scheint nicht zu hoch gegriffen, jedenfalls was ihren Vater und ihre Geschwister betrifft. Über Mrs. Longleys Beziehung zu dem Kind ist nichts bekannt. Sie war keine eifrige Briefschreiberin und scheint in der Zeit zwischen dem Tod ihrer Tante und der Abreise ihrer älteren Tochter nach Indien mit niemandem korrespondiert zu haben. Ein Foto von ihr und Eden ist – falls es so etwas denn je gegeben hätte – nicht erhalten. Nur auf einem Schnappschuß sind sie gemeinsam zu sehen, zusammen mit Arthur Longley, John, Vera und Clara Dawson. Es ist in Cromer am Strand aufgenommen, Vera hat die dreijährige Eden auf dem Schoß, Ivy hält sich sehr im Hintergrund, sie sitzt in einem Liegestuhl, ein breitrandiger Hut beschattet das Gesicht.

1924 schrieb Vera an Helen Chatteriss:

Ich wünschte, Du könntest mein allerliebstes Schwesterchen sehen. Sie ist das schönste Kind, das sich denken läßt, die Fotos werden ihr überhaupt nicht gerecht. Soll ich Dir mal was verraten? Wenn ich mit ihr ausgehe, sie an der Hand halte oder sie im Sportwagen schiebe, denke ich manchmal, wie schön es wäre, wenn die Leute glauben würden, daß sie mein Baby ist und ich die Mutter bin. Findest Du das sehr albern und verstiegen? Ich bin ja eigentlich nicht alt genug, um ihre Mutter zu sein, aber man sagt mir oft, daß ich wie achtzehn aussehe. Letzte Woche wollte eine Bekannte von Mutter, die mich noch nie gesehen hatte, von mir wissen, ob ich vierundzwanzig bin. Daß Mutter nicht sehr erbaut war, kannst Du Dir vorstellen, durch so was kommt sie sich noch älter vor, als sie ist.

Wir sagen zu Edith jetzt alle Eden, so hat sie sich selbst genannt, als sie das ›th‹ noch nicht aussprechen konnte. Ich finde den Namen richtig hübsch. Edith hört sich so nach alter Tante an; wie Mutter und Dad auf diesen Namen verfallen sind, ist mir ein Rätsel. Ihre Haarfarbe ist ein ganz reines, leuchtendes Gold, hoffentlich dunkelt es nicht nach. Bei mir hat es sich gehalten, aber ich war in ihrem Alter ja auch fast weiß …

Nach der Schule bekam John Longley eine Stelle bei der Midland Bank. Als ihm die Chance geboten wurde, an eine Filiale in der Londoner City zu gehen, nahm er nach nur einem Tag Bedenkzeit das Angebot an und zog als Untermieter bei der Cousine seiner Mutter und ihrem Mann ein. Elizabeth Whitestreet war eine geborene Naughton. Sie, ihr Mann und die beiden Kinder wohnten in Wanstead, also schon in Essex, aber noch am östlichsten Rand Londons. In ihrem Haus lernte John eine junge Halbschweizerin, Vranni Breuer, kennen, die ebenfalls dort zur Untermiete wohnte und in dem Waisenhaus des Ortes als eine Art Kinderpflegerin arbeitete. Vrannis Vater war 1918 in der großen Grippeepidemie, ihre Mutter sieben Jahre danach gestorben. Auch sie war Kinderpflegerin oder vielmehr Kindermädchen bei einer Familie in Zürich gewesen. Dort hatte sie Johann Breuer kennengelernt. Vranni, 1905 geboren, war zwei Jahre älter als John Longley, und zum Teil waren diese zwei Jahre Altersunterschied schuld daran, daß seine Eltern die Wahl des Sohnes mißbilligten, als der einundzwanzigjährige John 1928 seine Vranni heiratete. Weit betroffener aber waren Arthur und Ivy über Vrannis Herkunft. In den zwanziger Jahren betrachteten Engländer – besonders Engländer aus der Provinz – Ausländer noch mit tiefem Mißtrauen. Es ist keine Übertreibung zu sagen, daß Ivy Longley im Jahre 1928 die Entscheidung ihres Sohnes ebenso sah wie eine Frau aus ihren Kreisen heute den Entschluß ihres Sohnes, eine Schwarzafrikanerin zu heiraten, sehen würde. Falls Ivy tatsächlich eine Großmutter von den Färöer Inseln hatte, deren Gene einen wesentlichen Beitrag zu ihrer und ihrer Tochter Schönheit geleistet hatten, war ihr das mittlerweile bequemerweise entfallen. Nach Aussage von Mrs. Chatteriss führte Ivys Weigerung, an der Hochzeitsfeier teilzunehmen – Arthur Longley allerdings ging hin und nahm die sechsjährige Eden mit –, zu einer permanenten Entfremdung zwischen ihr und der Schwiegertochter, und wenn John später seine Mutter besuchen wollte, an der er sehr hing, mußte er das allein tun.

Wie Vera zu Johns traditionswidrigem Verhalten stand, ist nicht bekannt. Auch sie kam nicht zur Hochzeit, denn inzwischen war sie nach Indien gegangen und selbst seit zwei Jahren verheiratet. Ihre Halbschwester, Helen Chatteriss, hatte die achtzehnjährige Vera nach Rawalpindi eingeladen und sich bereit erklärt, die Hälfte der Schiffspassage zu bezahlen. Im Spätsommer 1925 machte sich Vera auf den Weg und kam gegen Ende der Regenzeit in Bombay an. So rasch, wie sich später ihr Zwillingsbruder für das Familienleben entscheiden sollte, hatte Vera – schon in der ersten Woche nach ihrer Ankunft – in Hauptmann (inzwischen Major) und Mrs. Chatteriss' Bungalow einen jungen Unteroffizier in Victor Chatteriss' Regiment, einen gewissen Gerald Loder Hillyard, kennen und lieben gelernt.

Gesellschaftlich – und diese Dinge waren 1925 noch von großem Belang – stand Gerald Hillyard eine Stufe, ja eigentlich mehrere Stufen höher als Vera, wenngleich er dank einer Laune des Schicksals (und des unväterlichen Verhaltens von Arthur Longley) derselben Schicht wie Helen Chatteriss angehörte. Er war der dritte und jüngste Sohn eines kleinen Gutsbesitzers aus Somerset, eines Mannes aus guter Familie mit sehr wenig Geld. Daß die jüngeren Söhne in die Indische Armee gingen, war bei den Hillyards Tradition; ein Vorfahr Geralds hatte sich durch besondere Tapferkeit im ersten Afghanischen Krieg von 1839–42 ausgezeichnet, ein Großonkel war während der Meuterei Seite an Seite mit Sir Henry Havelock zum Entsatz der Residenz in Lucknow angetreten. Gerald Hillyard hatte die Nobelschule Harrow und die Militärakademie Sandhurst besucht. Äußerlich hatte er auffallende Ähnlichkeit mit George Orwell – jedenfalls vermitteln Fotos von ihm diesen Eindruck. Er war sehr groß, über einssiebenundachtzig, und wirkte mager, fast ausgemergelt, war aber kerngesund. Er hatte braunes Haar und einen dunklen

Bürstenschnurrbart. Seine jüngere Schwester, Mrs. Catherine Clarke, schreibt:

Vera lernte ich erst ungefähr sieben Jahre nach der Hochzeit kennen. Sie kamen 1930 und 1933 auf Urlaub nach England, aber beim ersten Mal war ich im Internat. 1933 war mein Vater schon tot. Ich glaube, daß meine Mutter fand, Gerald habe unter seinem Stand geheiratet, zum Teil wegen seiner Unerfahrenheit, zum Teil, weil es von Vera hieß, als sie bei den Chatteriss wohnte, sie sei Mrs. Chatteriss' Schwester. Dadurch, so könnte man sagen, hatte Vera sich an deren gesellschaftliche Stellung angehängt, segelte aber sozusagen unter falscher Flagge. Natürlich ist das alles Unsinn, damals aber sah man das anders. Meine Mutter hat nur einmal mit mir über dieses Thema gesprochen. Ich erinnere mich, daß sie sagte, Vera sei auf die falsche Weise ladylike.

Die Trauung fand im März 1926 in Rawalpindi statt. Vera war neunzehn, Gerald Hillyard zweiundzwanzig. Ein Jahr später kam ihr Sohn, Francis Loder, zur Welt. Als Francis sechs war, machten Vera und Gerald Urlaub in der alten Heimat. Ihren Sohn hatten sie mitgebracht und gaben ihn in einem Internat in Somerset ab, nicht weit vom Wohnsitz seiner Großmutter Hillyard. Zwei Jahre später reiste Vera allein nach England. Ihr Vater lag im Sterben, sie kam aber nur noch zur Beerdigung zurecht. Sie war sein Liebling gewesen und hatte sehr an ihm gehangen. Von den mehreren hundert Briefen, die sie ihm aus Indien schrieb, ist leider keiner erhalten geblieben. Arthur Longley war tot, seine Frau Ivy hatte nur noch wenige Monate zu leben. Inzwischen schrieb man das Jahr 1935. Ivy war erst 57, litt aber an einem inoperablen Gebärmutterkrebs. Statt zu Gerald nach Indien zurückzukehren, übernahm Vera die Pflege ihrer Mutter, und als Ivy im Frühjahr 1936 starb, blieb sie in England, um ihre vierzehnjährige Schwester Eden zu versorgen.

Helen Chatteriss schreibt:

Nach ein, zwei Jahren hatte Indien für Vera viel von seinem Reiz verloren. Sie war ein sehr heller Typ mit zarter Haut und konnte die Sonne nicht vertragen. Soweit ich weiß, war die Ehe durchaus in Ordnung. Es handelte sich nicht um eine Trennung, weil sie und Gerald sich nicht mehr verstanden, es war einfach so, daß sie sich im englischen Klima wohler fühlte, und dann war ja auch ihr Sohn in England. Ich sagte wohl schon, daß sie sehr an Eden hing, und die Überlegung, daß sie sich von Eden würde trennen müssen, hatte sie auch zögern lassen, nach Indien zu gehen. Ich will gern zugeben, daß ich Vera eingeladen hatte, um ihr dabei zu helfen, einen guten, passenden Ehemann zu finden. Den hat sie ja dann auch bekommen. Man kann sich das jetzt nur noch schwer vorstellen, weil alles so anders geworden ist, aber in den zwanziger Jahren wünschten sich die Mädchen vor allem einen Mann, und ihr Leben drehte sich hauptsächlich darum, den richtigen zu ergattern. Viele junge Männer, die für Mädchen wie Vera in Frage gekommen wären, waren im Krieg geblieben, in Indien aber gab es reichlich Heiratskandidaten. Ich habe es nie bedauert, daß ich Vera eingeladen und mit Gerald bekannt gemacht habe, ich glaube nicht, daß ich da einen Fehler gemacht habe. Es war eine über viele Jahre durchaus glückliche Ehe, und ich bin nach wie vor der Meinung, daß es der Krieg war, der Zweite Weltkrieg meine ich, der ihnen, wie so vielen anderen, alles verdorben hat.

Catherine Clarke schreibt:

Mein Bruder kam 1939 mit seinem Regiment nach England zurück. Victor Chatteriss war im Vorjahr im Rang eines Generalmajors pensioniert worden und wohnte mit seiner Frau und seinen Kindern in dem Haus in Suffolk, das seine Frau von ihren Großeltern geerbt hatte. Die wenige Freizeit, die meinem Bruder blieb, verbrachte er in Laurel Cottage in Great Sindon mit Vera und ihrer jüngeren Schwester. Das Haus gehörte nicht ihnen, es war Vera, ihrem Bruder und ihrer jüngeren Schwester zu gleichen Teilen hinterlassen worden. Als der Krieg kam, wurde das Regiment in den Norden verlegt, nach Yorkshire, wenn ich mich recht erinnere.

Die ersten Jahre des Zweiten Weltkriegs verbrachte also Vera Hillyard sehr abgeschieden mit ihrer Schwester Eden in jenem Haus, in dem Eden zur Welt gekommen war, in einem schläfrigen Dorf, das über einen Laden, eine Schule, eine der für Ostengland typischen riesigen, zur Zeit der blühenden Schafzucht erbauten »Wollkirchen« und eine überaus dürftige Busverbindung nach Colchester verfügte. Von einer Mutter und einer Tochter, die sich sehr nahestehen, sagt man gern, sie sähen aus wie Schwestern. Vera Hillyard und Eden Longley, die Schwestern *waren*, standen vielleicht eher wie Mutter und Tochter zueinander. Vera war im Jahre 1939 zweiunddreißig, Eden siebzehn. In den Schulferien war Veras Sohn Francis bei ihnen. Gelegentlich kamen John und Vranni Longley und ihre Tochter Faith zu Besuch. Und nur wenige Kilometer weiter, in Stoke-by-Nayland, wohnte ja die Familie Chatteriss, der General, seine Frau und seine beiden halbwüchsigen Kinder, Patricia und Andrew. Ab und an kam eine Cousine Naughton zum Tee. Und sie hatte gute Bekannte im Dorf, unter anderem Thora Morrell, die Frau des Pfarrers Richard Morrell.

Das Leben der beiden Schwestern plätscherte sanft und ereignislos dahin, sie vertrieben sich die Zeit mit Nähen, Sticken, Backen, Radiohören. Doch schon bahnte sich allmählich das dramatische Geschehen an, das sich später in diesem Hause abspielen sollte.

4

Einen Tag, nachdem gegen Vera Mordanklage erhoben worden war, ging mein Vater durchs Haus und sammelte alles ein, woraus man eine Verbindung zwischen ihr und ihm hätte ableiten können, versteckte es und vernichtete wohl auch einiges. Das mag abgebrüht klingen. Mein Vater war nicht gefühllos, ganz im Gegenteil, aber Wohlanständigkeit war ihm ebenso wichtig wie seine Rechtschaffenheit, das Bedürfnis, über jeden Vorwurf erhaben zu sein. Die Leute – und ganz besonders die Bank und deren Kunden – durften nicht erfahren, daß Vera Hillyard seine Schwester war. Er trauerte stumm, und das Verschweigen fraß sich nach innen. Nach außen hin tat er, als habe es Vera nie gegeben.

Was an jenem Abend geschah, erfuhr ich von meiner Mutter. Ich war nicht zu Hause, ich war in Cambridge, wie betäubt von dem, was ich in der Zeitung gelesen hatte. Mein Vater kam von der Bank. Er aß nichts, hatte seit zwei Tagen nichts mehr gegessen. Er sagte zu meiner Mutter – und für einen Bankdirektor klingt die Frage wohl etwas eigenartig: »Haben wir nicht irgendwo eine Geldkassette?«

Sie sagte ihm, wo die Kassette war, er holte sie und ging damit ins Gästezimmer, jenes Zimmer, in dem Eden einmal übernachtet und so gründlich Staub gewischt hatte, daß meine Mutter in Rage geraten war. Dort, wo meine Mutter ihn nicht sehen konnte – nie hätte er diese feierliche, fast rituelle Handlung unter ihren Augen vollzogen –, legte er die Briefe und Fotos seiner Schwestern in die Kassette. In dem Zimmer, in dem meine Mutter saß, in unserem Wohnzimmer, standen zwei gerahmte Fotos, ein Porträt von Vera und eines von Eden in ihrem Hochzeitsstaat. Mein Vater kam herein und nahm die Bilder aus den Rahmen. Der eine Rahmen hatte an der Rückseite eine Art Türchen mit Scharnieren, das sich mit Klammern schließen ließ, aber das andere Foto war hinten mit gummiertem Papier am Rahmen befestigt, das er in einer einzigen Bewegung wegriß, so eilig hatte er es, das Zimmer von Vera und ihrem kleinen Sohn zu erlösen. Er schnitt sich an der Kante der dünnen Glasscheibe, und der braune Fleck am Rande des Fotos, kreisrund und für Uneingeweihte nicht identifizierbar, in sein Blut.

Dies war eins der Fotos, die in die bewußte Kassette wanderten. Nach dem Tod meiner Eltern fand ich sie ganz hinten in ihrem Kleiderschrank. Im Gästezimmer hing ein Bild, für das ich mich nie hatte erwärmen können, aber der Rahmen war hübsch. Die Versteifung auf der Rückseite war ungeschickt mit Klebeband befestigt, und als ich es entfernte, entdeckte ich zwischen dem Millais-Druck und der Pappe zwei Schnappschüsse von Eden als Kind. Das war ein nützlicher Fingerzeig. Plötzlich fand ich im ganzen Haus Erinnerungen an die Schwestern meines Vaters. Er hatte sich nicht an das Rezept Chestertons gehalten, demzufolge für ein Blatt das sicherste Versteck ein Baum ist. Mein Vater wußte, daß das sicherste Versteck eines ist, an dem niemand nachschaut. Er verbarg also seine Schätze nicht im Familienalbum – dort fehlten die entsprechenden Fotos, nur die leeren Stellen waren als beredtes Zeugnis zurückgeblieben –, sondern zwischen den Seiten eines kommentierten Neuen Testamentes und den Vorsatzblättern von *A Girl of the Limberlost,* in dem gestickten Einband, den jemand (Vera? Eden?) für das Album von Kensitas-Zigarettenbildchen verfertigt hatte, zwischen dem Sperrholzboden einer Schublade und dem roten Wachstuch, mit dem sie ausgeschlagen war.

Ich legte alle Fundstücke in die Kassette zu den Andenken, die offenbar meinem Vater die liebsten gewesen waren, nahm die Kassette mit nach Hause und versteckte sie in dem Schrank unter der Treppe. Eine Freundin von mir, die bei uns übernachtet hatte, fand die Kassette, als sie auf Geheiß meines

Mannes nach Gummistiefeln für einen Spaziergang fahndete – wir wohnten damals auf dem Land.

Am Abend sah sie sich die Fotos an, während ich ihre Fragen mit Notlügen beantwortete und mein Mann schweigend dabeisaß und mir nur manchmal einen Blick zuwarf. Doch auch ich bin eine Longley und gebe nicht so ohne weiteres meine Privatsphäre preis. Als meine Freundin auf das Bild von Vera stieß, das Clara in Cromer hatte machen lassen, legte sie es mit der Bemerkung beiseite, das sei aber ein hübsches Mädchen. Doch als sie zu dem Colchester-Foto von 1945 kam, das damals durch alle Zeitungen gegangen war, regte sich etwas in ihrer Erinnerung, sie betrachtete es lange und sagte, sie habe es bestimmt schon einmal gesehen, vor Jahren, und zwar, wenn sie sich recht erinnere, im Zusammenhang mit einer schrecklichen Geschichte.

Als wir hierherzogen, verstaute ich die Kassette in unserem kleinsten Zimmer und legte eine braune Decke mit den Initialen des britischen Verteidigungsministeriums, MOD, darüber, die irgend jemand während des Krieges erstanden (oder gemaust) hatte. Warum wohl hat mein Vater das, was jetzt in der Kassette liegt, damals nicht weggeworfen? Dieselbe Frage hätte ich auch mir selbst stellen können. Daniel Stewart kann sich freuen, daß ich es nicht getan habe.

Drei Uhr nachmittags. Ich bin allein im Haus, es ist nicht Helens Tag und auch nicht der Tag, an dem wir zusammen neben Geralds Rollstuhl sitzen. Mir ist, als sei ich drauf und dran, etwas Schimpfliches zu tun, ich spüre für den Fall, daß ich dabei ertappt werde, förmlich mein schlechtes Gewissen voraus. Ich öffne die Kassette und nehme die Bilder und Briefe heraus, auf die ich damals, nach dem Zusammenklauben aus Bücherregalen und Schubladen im Haus meiner Eltern, nur einen flüchtigen Blick geworfen hatte. Die Briefe hatte meine neugierige Bekannte natürlich nicht gelesen, obgleich ich halb damit gerechnet und wie auf Kohlen gesessen hatte. Sie hatte die Briefe – oder einen Teil – aus dem großen braunen Umschlag genommen, in dem sie alle steckten, und sie rasch wieder hineingeschoben mit der Bemerkung, dies sei wohl Familienkorrespondenz. Vielleicht hätte ihr der Inhalt aber auch gar keinen Aufschluß über die Identität der Absender gegeben.

Ich falte die Blätter auseinander. Sie riechen abgestanden und ganz leicht nach Schwefel. Vera und Eden schrieben immer nur an meinen Vater, nicht an beide Eltern. Hier zum Beispiel bedankt sich Vera bei ihm für ein Hochzeitsgeschenk, obgleich es mit Sicherheit meine Mutter war, die das Damasttischtuch und die zwölf Servietten mit den Initialen VH ausgesucht und eingepackt hatte. Doch Vera lehnte meine Mutter ab, weil sie keine Engländerin war, und verhielt sich deshalb lange in aller Unschuld so, als gäbe es die Frau ihres Bruders gar nicht. Es folgen zwei Briefe aus Indien und jenes bedeutungsvolle Schreiben, in dem Vera mitteilt, daß sie die Absicht hat, in England zu bleiben und Laurel Cottage »als Zuhause für Eden« zu behalten. Warum mein Vater einen Teil der Briefe aufbewahrt und andere vernichtet hat, ist mir ein Rätsel – bis mir etwas einfällt, was in seiner Beliebigkeit heute lächerlich wirkt. Vera schrieb oft, mindestens einmal im Monat, und mein Vater pflegte uns die Briefe zum großen Unmut meiner Mutter am Frühstückstisch vorzulesen. Der jeweils letzte Brief wurde wieder ordentlich in seinen Umschlag gesteckt und für eine Woche auf den Kaminsims gestellt. Danach landete er im Winter im Kamin, im Sommer stopfte meine Mutter ihn in irgendeine Schublade, oder mein Vater knüllte ihn zusammen und steckte ihn in die Tasche. Deshalb sind die zwischen Mai und Oktober geschriebenen Briefe meist erhalten geblieben, die Briefe von Oktober bis Mai wurden ein Raub der Flammen. So einfach war das.

Im Juni schreibt Vera:

Lieber John, ich bin sehr froh, daß Du die Dinge so siehst wie ich und auch meinst, daß es besser ist, das Haus nicht zu verkaufen und die Summe unter uns aufzuteilen, sondern es – zunächst jedenfalls – zu behalten, damit Eden ein Zuhause hat. Solange sie noch zur Schule geht, könnte die Trennung von Sindon sie verunsichern. Es war ja sehr schwer für sie, beide Eltern so jung zu verlieren. Sie ist ein sehr vernünftiges Mädchen und reif für ihr Alter. Damit meine ich nicht ihre schulischen Leistungen, obschon auch die meiner bescheidenen Meinung nach sehr ordentlich sind, sondern ihre Einstellung und ihre netten Umgangsformen. Sie freut sich sehr, daß ich mich entschlossen habe, in England zu bleiben, und daß wir beide dort wohnen werden, wo sie seit jeher zu Hause war und wo sie zur Welt gekommen ist.

Der erste Brief von Eden, der mir in die Hände kommt, gibt mir einen Ruck. Ich sehe ihn nicht zum ersten Mal (er war allerdings nie laut verlesen worden), aber ich hatte ihn im Lauf der Zeit vergessen und überlege jetzt, wie lange das gedauert hat. Ich war säumig gewesen und hatte einen Verweis verdient – aber hatte er unbedingt so ausfallen müssen?

Lieber John, schrieb Eden, als sie siebzehn war und ich elf. *Ich finde doch, Du könntest Deiner Tochter beibringen, sich besser zu benehmen. Auf die Postanweisung, die ich ihr zum Geburtstag geschickt habe, hat sie bisher mit keinem Wort reagiert. Mit zehn müßte man eigentlich schon wissen, daß es sich gehört, sich für so etwas schriftlich zu bedanken. Mutter hat mir das eingebleut, seit ich einen Bleistift halten konnte, und bei Dir wird sie es nicht anders gemacht haben. Abgesehen davon, daß es eine grobe Unhöflichkeit den Schenkenden gegenüber ist, tut man auch Faith selbst keinen Gefallen, wenn man zuläßt ...*

Warum hatte er wohl diesen Brief aufgehoben? Weil er ihn insgeheim billigte? Weil er im Grunde seines Herzens seine Schwestern vielleicht nicht mehr liebte als seine Frau und seine Tochter, wie meine Mutter ihm vorzuwerfen pflegte, ihnen aber zumindest größere Bewunderung entgegenbrachte? Oder ist der Brief nur deshalb in die Sammlung geraten, weil wir im Mai kein Feuer im Kamin hatten?

Als ich nach dem braunen Umschlag greife und die Briefe wieder hineinschiebe, taucht Edens schönes Gesicht auf, über einem Kragen, der hochsteht und sich nach außen wölbt wie eine Blüte. Sie trägt ihren Hochzeitsstaat, der weite, bauschige Schleier umrieselt sie wie eine Schaumkaskade, als sei er nicht aus Tüll, sondern aus einem wesenloseren Stoff gemacht. So sah sie an jenem Vormittag aus, als Francis sie in den Armen hielt und zum Altar führte und Chad sie mit den Blicken verschlang. Da sind die Bilder, die mein Vater aus den Rahmen riß, Vera und Gerald als Brautpaar vor einer spätviktorianisch-neugotischen Kirche mit Gilbert-Scott-Turm, im Hintergrund ein Banyan-Baum und eine Kuppel. Vera mit Francis als Baby – und meines Vaters Blut auf ihrem Haar. Und hier ist das Foto, auf das Stewart bestimmt für seine Titelseite reflektiert. Eden trägt das blonde Haar schulterlang, am Kopf glatt anliegend, mit Seitenscheitel und im unteren Teil gewellt, es ist die Frisur, die später durch den Filmstar Veronica Lake berühmt wurde, allerdings hat Eden sie leicht abgewandelt, so daß das Haar ihr nicht über die Augen fällt. Die hohen Wangenknochen sind vorteilhaft betont, die ganz leicht gebogene Nase, die kurze Oberlippe, das runde Kinn, die Eden und Francis gemeinsame schön geformte Kieferpartie, die die beiden eher wie Geschwister denn wie Tante und Neffe erscheinen läßt. Sie trägt ein helles Kleid mit gerafftem, kreuzweise drapiertem Oberteil und einer Perlenkette im V-Ausschnitt. Und da ist auch der für Eden so typische Ausdruck, seelenvoll, ein wenig weltfern, ein bißchen zu weit geöffnete Augen, leicht offenstehende

Lippen, über die sie auf Geheiß des Fotografen mit der Zunge gefahren ist, damit auf dem modisch dunklen Lippenstift ein Glanzlichteffekt entsteht.

Allerdings glaube ich nicht, daß ich befugt bin, die Erlaubnis zur Verwendung dieser Aufnahme zu geben. Möglicherweise hat Tony das Copyright. Oder vielleicht der Fotograf, der das Bild gemacht hat? Auf der Rückseite steht der Name eines Ateliers in Londonderry. Ja, das paßt zu der Frisur, zu dem wahrscheinlichen Datum, paßt auch zu dem Ausdruck der Distanz, der Heimlichkeit in Edens Augen.

Ganz unten in dem Stapel liegt ein Schnappschuß, der ohne einen ersichtlichen Anlaß entstanden ist, der nur ganz unkompliziert festgehalten hat, wie an einem bestimmten heißen Tag in einem bestimmten Sommer eine Gruppe von Verwandten sich in einem bestimmten Garten zusammenfand. Ich bin auch auf diesem Foto, der mausfarbene Pferdeschwanz hängt mir über die Schulter, ich stehe in geerbtem Voilekleid zwischen Francis und Patricia. Hinter mir sind Eden mit einem Kleid im »Tonnen«-Look, wie es damals in den Zeitschriften hieß, Vera mit frischer Dauerwelle, mein Vater und Helen und mehrere Hubbard-Vettern und -Basen. Die Aufnahme muß der General gemacht haben – oder Andrew. Hätte es Jamie damals schon gegeben, wäre er mit auf dem Bild gewesen, er war also noch nicht geboren, der Zeitpunkt muß vor 1944 liegen. 1943 hatte ich mir die Haare abschneiden lassen. Vielleicht ist das Bild schon 1940 entstanden, und Andrew war noch nicht in der Schlacht um England, Eden noch nicht bei den WRNS, dem weiblichen Marinehilfsdienst, gewesen.

Ich klappe die Kassette zu und bleibe eine Weile regungslos davor sitzen. Dann merke ich, daß ich weine. Die Tränen laufen mir übers Gesicht, und das ist eigentlich recht sonderbar, denn es ist alles so lange her, und von all diesen Menschen hatte ich niemanden geliebt außer meinen Eltern. Und Chad natürlich, aber das ist eine andere Geschichte.

In meiner Jugend war blond gleich schön. Das klingt leicht überspitzt, aber im großen und ganzen traf es schon zu. Blondinen wurden nicht nur von den Gentlemen, sondern auch von den Ladies und überhaupt von allen bevorzugt. Eden war so hell, so strahlend blond, daß sie nicht einmal hübsch zu sein brauchte, um Bewunderung einzuheimsen. Als ich zum ersten Mal allein nach Great Sindon fuhr, nahm Vera mich in Colchester auf dem Bahnsteig in Empfang und berührte mit den Lippen ganz leicht meine Wange. Dann hielt sie mich auf Armeslänge von sich weg und sprach:

»Ein Jammer, daß dein Haar so nachgedunkelt ist.«

Das klang vorwurfsvoll und ganz so, als hätte ich das Nachdunkeln aus Unachtsamkeit zugelassen oder gar dabei nachgeholfen. Mir wollte keine Anwort einfallen, was mir bei Veras Aussprüchen häufig passierte. Ich lächelte – höflich, wie ich hoffte – und versuchte, mit einer Taschentuchecke die Lippenstiftspuren abzuwischen, die Veras Mund bestimmt auf meiner Wange hinterlassen hatten. Unter Make-up für Frauen verstand man in jenen Jahren Puder für die Nase und Lippenstift für den Mund, knallroten Lippenstift und losen Puder aus einer orangefarbenen Coty-Dose mit Puderquastenmuster. Ohne Lippenstift hätte Vera keinen Schritt vor die Tür getan.

»Ich hätte dir keinen Kuß gegeben«, sagte sie jetzt, »wenn ich gewußt hätte, daß du dich so anstellst.«

Ich hatte es nicht taktvoll genug gemacht. Ich steckte das Taschentuch weg, wir gingen zur Bushaltestelle. In dem Kreis unserer Freunde und Verwandten besaß niemand einen Wagen. Die Eltern einiger weniger Mädchen an meiner Schule waren Autobesitzer, ein Vater – angeblich Fabrikant und sehr wohlhabend – hatte sogar in kühner Abweichung von der Konvention einen weißen Wagen. Etwas anderes als der Bus für die Fahrt nach Great Sindon wäre für mich gar nicht vorstellbar gewesen. Vera schleppte meinen Koffer und hielt sich über sein Gewicht auf.

»Ich kann ihn ja tragen«, sagte ich.

Vera packte den Koffer nur noch fester und nahm ihn von der rechten in die linke Hand, so daß er nicht zwischen uns war.

»Weshalb du so viel mitgenommen hast, ist mir unklar, du scheinst eine komplette Garderobe eingepackt zu haben. Du kannst ja von Glück sagen, wenn du so viele Sachen hast. Wenn Eden verreist, packt sie so überlegt, daß sie alles in einer kleinen Aktentasche unterbringt.«

Diese Philippika und weitere in derselben Tonart zum Thema Koffer und Packen und Überlegtheit und Vorbereitetsein, die ich in den kommenden Wochen über mich ergehen ließ, müssen mich nachhaltig beeindruckt haben, denn bis auf den heutigen Tag habe ich ein schlechtes Gewissen, wenn ich zu viel Gepäck mit in den Urlaub nehme. Damals allerdings wollte mir nicht recht einleuchten, wie ich mit einem kleineren oder weniger vollgepackten Koffer hätte auskommen sollen. Ich sollte eine unbestimmte Zeit in Great Sindon zubringen, es ging auf den Herbst zu, und ich brauchte Sommer- und Wintersachen. Trotzdem hatte Vera sicher recht, sie war erwachsen und die Schwester meines Vaters, und sie und Eden wurden mir häufig als beispielhafte Vertreterinnen ihres Geschlechts vorgehalten. Größe und Gewicht des Koffers lagen mir während der Busfahrt schwer auf der Seele, und ich überlegte, warum ich dies oder jenes mitgenommen hatte und was ich hätte zu Hause lassen können. Veras Vorwurf war kein guter Auftakt für meinen Besuch, ich kam mir hilflos und gleichzeitig schmählich leichtfertig vor.

Man schrieb September 1939. Allenthalben herrschte Angst vor Bomben. Vor ein paar Jahren hatte ich mit meinen Eltern im Radio Berichte über Luftangriffe auf Nanking gehört. Sie hatten mich derart geängstigt, daß ich mich in der Gästetoilette versteckt hatte, wo mich die Stimmen aus dem Äther nicht erreichten. Bei Kriegsbeginn aber waren es meine

Eltern, die es mit der Angst zu tun bekamen, und nicht ich. Nichts geschah, es schien kaum glaublich, daß vor vierzehn Tagen der Krieg erklärt worden war. Es gab keine Pläne zur Evakuierung meiner Schule, die zwanzig Kilometer außerhalb des Londoner Zentrums lag. Das Trimester hatte begonnen und verlief völlig normal. Mein Vater aber verlor die Nerven und schickte mich zu Vera. Ich war fast elf, hatte die Aufnahmeprüfung fürs Gymnasium erfolgreich hinter mich gebracht, und nachdem diese Hürde genommen war, glaubte er wohl, ich könne ein verlorenes Trimester verschmerzen.

Das Wetter war noch warm und sommerlich, Vera trug ein Baumwollkleid mit Umlegekragen, weiße Bündchen an den kurzen Puffärmeln und einen Gürtel aus dem gleichen weißgrundigen Material mit einem Muster aus mauvefarbenen und gelben Vergißmeinnicht, ein Kleid, wie sie nur wenig verändert vor ein paar Jahren wieder in Mode gekommen sind. Ihr Haar leuchtete wie frisch geputztes Messing – ohne jeden Gelbstich. Sie hatte eine ziemlich starke Dauerwelle mit scharfen Wellenknicks und krausen Löckchen. Auf ihrer Oberlippe lag ein Flaum, fein wie Distelwolle und nur aus ganz bestimmten Blickwinkeln wahrnehmbar, die Behaarung an den Armen und den unbestrumpften Beinen war etwas stärker und hatte einen leichten Glanz. Die Zeit und die Sonne Indiens hatten den hellen Teint gerötet, besonders um die Nase. Vera hat – wie auch ich und mein Vater, wie Eden und Francis – blaue Augen, leuchtendblau wie das Muster der Wedgwoodteller, die Großmutter Longley gesammelt hatte und die jetzt an den Eßzimmerwänden von Laurel Cottage hingen.

Der Bus trug uns durch eine Landschaft, die keine Berge, Hügel oder rauschenden Ströme, keine Moore oder Seen oder herausragende Vegetation besitzt und deshalb langweilig und unbeachtlich sein müßte, die aber einen ganz eigenen stillen, starken Reiz hat. Die schönsten Häuser Englands findet man dort, Kirchen, so groß wie Dome, Wiesen, die Constable gemalt hat und die sich seit damals wenig änderten – bis die Hecken weichen mußten und die Felder zur Prärie wurden.

Nach Daniel Stewarts Beschreibung stellt man sich Laurel Cottage klein und häßlich vor. Vielleicht war es das ja auch. Ein Haus, das man als Kind gekannt hat, objektiv zu beurteilen, ist nahezu unmöglich. Unser eigenes Haus, in einem weit von der Londoner Innenstadt entfernten Vorort gelegen, hatte mein Vater nach einem Architektenentwurf bauen lassen, es war ein für seine Zeit kühn-modernes Werk in Art deco, wie aus einem Vorort von Los Angeles ins kühle England versetzt, ein cremefarbener Kasten mit einem grünen Streifen ohne Sinn und Funktion, der sich um das ganze Haus zog wie ein Geschenkband um ein Paket, Fenstern aus gewölbtem Glas, einem Flachdach und einer Haustür mit einem Glasbild, das eine untergehende Sonne mit orangefarbenen, gelben und bernsteinfarbenen Strahlen darstellte. Es war eine Reaktion meines Vaters auf das Haus an der Straße nach Myland, in dem er zur Welt gekommen war, und das Reihenhaus auf der »falschen« Seite von Wanstead Falls, in dem er mit meiner Mutter nach der Hochzeit gewohnt hatte. Ich wehrte mich gegen dieses Haus, in dem es durchregnete, weil das Dach nicht für ein regenreiches Land ausgelegt war, und an dessen Hollywoodwänden das Wasser in grauen Streifen heruntergelaufen war.

Ich liebte alte Häuser. In so einem Haus, dachte ich, ließe sich wohl wohnen. Natürlich war mir Laurel Cottage nicht alt genug. Ich fragte Vera, warum meine Großeltern nicht eins der strohgedeckten Cottages gekauft hatten, von denen es so viele gab. Veras Antwort war zweifellos vernünftig und zutreffend – die Feuerversicherungsprämie für Strohdachhäuser war sehr viel höher, die Erhaltung alter Häuser kostspielig –, ich aber fand die Begründung unromantisch. Bei meinen früheren Besuchen mit den Eltern – meist allerdings nur mit meinem Vater – hatte ich die zwischen den oberen Erkern angebrachte Tontafel mit der Jahreszahl 1862 betrachtet und mir gewünscht, ich hätte wenigstens noch ein halbes Jahrhundert abrechnen können.

Vera war eine Musterhausfrau. In Laurel Cottage herrschte ein unverwechselbarer Geruch, ein Gemisch aus den verschiedensten Seifen und Polituren. Zu Veras Zeit roch es dort ganz genauso wie zur Zeit meiner Großmutter. Hausgerüche vererben sich über die weibliche Linie, denn als Eden selbst ein Haus hatte, roch es ebenso – im Gegensatz zu dem unsrigen. Meine Mutter war eher schludrig und bezeichnete übertriebene Putzwut als geistlos, mir aber gefiel der saubere, frische Geruch von Veras Haus, mir gefielen die Fensterscheiben, die niemals Sprenkel hatten, die gewachsten Böden, die glänzenden, unverschrammten Oberflächen, die geblümten Chintzvorhänge, die in meiner Erinnerung immer sacht im Wind wehen.

Francis war im Internat. Eden, die in die Unterprima der Tagesschule ging, sollte um halb fünf heimkommen. Zu meinen Ehren war ein gewaltiges Mahl bereitet worden. Noch herrschte keine Lebensmittelknappheit, aber auch später habe ich es in diesem Haus nie erlebt, daß die Zutaten für Kuchen, Torten und Kekse ausgegangen wären. Vera hatte keinen Kühlschrank, so etwas besaß 1939 kaum jemand. Ihre Biskuits und Ingwerschnitten, Zitronencremetörtchen, Gewürzkuchen, Scones und Mandelecken standen, zum Schutz vor den Fliegen mit sauberen, gebügelten Geschirrtüchern abgedeckt, auf dem Küchentisch. Vera blieb immer dünn wie eine Bohnenstange, obgleich sie all diesen süßen Sachen auch selbst fleißig zusprach. Während wir die Kuchen ins Eßzimmer trugen, das Geschirr auf einer von Eden bestickten Decke auf dem Eßtisch verteilten, entschuldigte sich Vera (nachdem sie mich beschworen hatte, nichts fallenzulassen, ich hätte hoffentlich nicht zwei linke Hände) wegen der kargen Beschaffenheit des Tees und der mangelnden Vielfalt.

»Bei deiner Mutter würde es wahrscheinlich auch noch eine

Torte geben. Großmama hat es nie unter zwei großen Torten und mindestens zwei verschiedenen Sorten von Keksen getan.«

Ich beteuerte, daß so etwas bei meiner Mutter gar nicht in Frage käme, bei vergleichbarer Gelegenheit hätte es bei uns sehr wahrscheinlich Sandwiches und trockene oder allenfalls gefüllte Kekse gegeben.

»Gekaufte Kekse?« fragte Vera gleichzeitig entrüstet und erfreut.

Ich erwiderte in aller Unschuld, daß ich nur solche kannte. Vera war wie elektrisiert. Schon damals konnte sie über Banalitäten in eine völlig unangemessene Aufregung geraten. Nur waren es eben für sie keine Banalitäten.

»Nicht möglich! Wie oft warst du schon hier zum Tee? An die zehn, zwölf Mal, wenn das reicht. Und du hast nicht gewußt, daß es selbstgebackene Kekse waren? Du liebe Güte, Großmama würde sich im Grab umdrehen. Mir scheint, da haben wir die berühmten Perlen vor die Säue geworfen, da hätten wir ja gleich irgendwelches Knabberzeug im Dorfladen holen können. Eden wird Augen machen. Ich glaube, sie hat in ihrem ganzen Leben noch keinen gekauften Keks gegessen. Hoffentlich sind dir unsere bescheidenen Hausmachererzeugnisse auch gut genug. So vornehm wie in London geht es eben hier nicht zu, und ich glaube kaum, daß wir uns deinetwegen umstellen werden.«

Auf diese Weise machte sie mich regelmäßig mundtot. Ihre Attacken verschlugen mir die Sprache und verhalfen mir zu einem schlechten Gewissen, obgleich ich dunkel spürte, daß sie unfair waren. Veras Technik bestand darin, sich auf eine von mir in völlig harmloser Absicht vorgebrachte Bemerkung zu stürzen, mir bestimmte Empfindungen zuzuschreiben, die man daraus ableiten konnte (die ich aber weder gehabt noch ausgesprochen hatte) und dann das, was sie mir in den Mund gelegt hatte, scharf zu kritisieren. Bei Francis machte sie es genauso, das heißt, sie versuchte es, aber er ließ sich nichts gefallen und gab ihr in gleicher Münze zurück. Als Kind wußte ich mir nicht anders zu helfen, als ihre Tiraden stumm über mich ergehen zu lassen. Und Vera lag ja auch gar nichts an einer Antwort, sie erwartete und wünschte keine Verteidigung. Für sie war nur wichtig, daß sie mit so einem Ausbruch ihrer Erregung über viele Dinge des Alltags Luft machen konnte. Sie war stockkonservativ und trauerte der guten alten Zeit nach, wahrscheinlich glaubte sie wirklich, gekaufte Kekse seinen der erste Schritt zur Dekadenz. Nur Eden war vor ihrem Beschuß sicher. Doch Eden war überhaupt sicher vor Veras heftigen, unvernünftigen Reaktionen. Als Vera jetzt nach vielfachen Wiederholungen und Variationen das Thema beendet hatte, war sie zufrieden. Ich sagte nichts, half ihr weiter beim Tischdecken, glaube aber, daß ich in diesem Augenblick als Person für sie gar nicht vorhanden war. Daß sie möglicherweise die Gefühle ihres Opfers verletzte, daß man gekränkt oder empört sein könnte, wenn einem unterstellt wurde, die eigene Mutter tue einem keinen Gefallen damit, solche Neigungen zu fördern, es sei ausgesprochen ungehörig, der ländlich-sittlichen Verwandtschaft einen überfeinerten Londoner Geschmack aufzudrängen, und man täte gut daran, schleunigst umzudenken – auf diese Idee wäre sie nie gekommen.

Als der Tisch gedeckt war und die Geschirrtücher wieder die Kuchenplatten verhüllten, schlug Veras Stimmung erneut um, sie wurde fast herzlich und zeigte Interesse an meiner Wenigkeit. Sie lobte meine Leistungen in der Schule, machte mir Komplimente über meine weißen Zähne, meine Augenfarbe (das Longley-Blau, für das ich nichts konnte, ebensowenig wie für die gekauften Kekse meiner Mutter) und die Tatsache, daß ich keine Pickel im Gesicht hatte. Ich solle mit ihr zum Fenster kommen und nach Eden Ausschau halten, sagte sie. Eden würde auf der Dorfstraße aus dem Bus steigen, und wir würden sie sehen, sobald sie um die Ecke bog. Great Sindon ist ein hübsches Dorf und war damals noch hübscher, als es dort die neuen Häuser noch nicht gab, die Verkehrsampeln und die auf allen Straßen geparkten Wagen. Der Ort war still und verschlafen, es schien kaum glaublich, daß Krieg war, und im Grunde war dieser Krieg ja bisher auch kaum der Rede wert. Ein Mann zu Pferde schlenderte – können Pferde schlendern? – die Straße herunter. Die Schwalben versammelten sich auf den Telegrafendrähten. Ich kniete auf der Fensterbank, Vera stand hinter mir und verrenkte sich den Hals.

Ich spürte die Spannung, die von ihr ausging. Es war, als könne ihr Körper so viel Druck, so viel Eingesperrtes nicht bei sich behalten, als teilten sich seine Pressionen der Luft mit, die ihn umgab. Kann ich mich daran wirklich erinnern? Wahrscheinlich projiziere ich da etwas, was ich erst später gewußt und gespürt habe. Fest steht jedenfalls, daß es für Vera und auch für die Menschen ihrer Umgebung, solange sie mit ihr zusammen waren, den Begriff Entspannung nicht gab. Unvermittelt – wie sonst als unvermittelt? – kam Eden um die Ecke, und Vera rief: »Da ist sie.«

Es war nicht gerade so, daß Vera meinen Arm zum Winken hob, aber sie hätte es getan, wäre ich drei oder vier Jahre jünger gewesen. Ich bekam lediglich die Anweisung, Eden zuzuwinken, und ich tat Vera den Gefallen, obwohl ich das Gefühl hatte, daß ein bloßes Lächeln ungezwungener gewesen wäre. Ich rutschte von der Fensterbank und ging Eden entgegen.

Daß junge Mädchen sich während des Heranwachsens stark verändern, fällt nicht nur den Älteren auf, sondern auch Kindern wie mir. Ich hatte Eden seit einem Jahr nicht mehr gesehen, und auf der Straße hätte ich sie nicht erkannt. Sie war bildschön und ganz erwachsen geworden. Die Veronica-Lake-Frisur war noch nicht in Mode gekommen, sie trug das Haar vorn zu einer Wurst gerollt, hinten lose herabfallend, eine Haartracht, die wegen ihrer Scheußlichkeit bis heute keine Renaissance erlebt hat. Edens Schönheit tat das keinen Abbruch. Ich fand sie unheimlich schick. Sie trug einen Trägerrock mit rundem Ausschnitt und einen dunkelroten Blazer mit dem Schulwappen auf der Tasche, über einer Schulter hing die Schultasche. Sie gab mir einen Kuß, nannte mich sehr liebreich ihre kleine Nichte, erkundigte sich nach dem Befinden meiner Eltern – im Gegensatz zu Vera, die nicht nach meiner Mutter gefragt hatte –, sagte, ich hätte hoffentlich eine gute Reise gehabt. Dann ging sie auf ihr Zimmer und kam zehn Minuten später mit gepuderter Nase und geschminkten Lippen wieder. Statt der Schuluniform trug sie Rock und Bluse, wodurch sie noch älter wirkte.

Wir setzten uns an Veras üppig gedeckten Teetisch und arbeiteten uns durch Sandwiches, Kuchen und Rosinenbrötchen. In Laurel Cottage war dies, wie ich noch merken sollte, immer und nicht nur ausnahmsweise, zu besonderen Anlässen, die Hauptmahlzeit des Tages. Der Gedanke an dieses gewaltige Mahl am frühen Abend, mit Bergen von belegten Broten und süßem Zeug, mutet jetzt ganz eigenartig an. Alle drei verdrückten wir mindestens vier Scheiben Brot, mindestens ein Stück Kuchen, dazu Schnitten, Kekse und Törtchen. Keiner von uns nahm zu oder bekam Pickel. Und so aßen wir jeden Tag um fünf, wir kannten es gar nicht anders. Vera redete Eden und mir zu, nur herzhaft zuzugreifen, es sei alles gute, gesunde Hausmannskost. Offenbar war sie überzeugt davon, alles Gekaufte sei ungesund und alles Selbstgemachte gesund – eine weitverbreitete Ansicht, die an so manchem unzeitigen Tod schuld sein dürfte.

Eden sagte, sie würde mir zeigen, wie man Blätterteig macht.

»Ach ja?« Das mag ein wenig zweifelnd geklungen haben.

»Möchtest du das nicht lernen?«

Ich wußte es nicht, ich hatte einfach keine Meinung dazu. Ich wußte nicht einmal genau, was Blätterteig ist, und verwechselte ihn, wenn ich mich recht erinnere, mit dem Brandteig, aus dem man Eclairs macht. Meine Mutter war keine herausragende Köchin, und beide Eltern mißbilligten es, daß wir in der Schule Hauswirtschaftslehre hatten, wobei mein Vater aber gleichzeitig glaubte, das Wissen um diese Dinge wachse einem gewissermaßen von selbst zu, wie es, so meinte er in seiner Harmlosigkeit, auch bei seinen Schwestern gewesen sei.

»Was kochst du denn gern?« fragte Eden.

Als Erwachsene verstehen wir uns auf Erwiderungen. Wir wissen, wie wir als Kinder hätten antworten sollen. Ich bin ein kleines Mädchen, hätte ich sagen sollen, ich habe noch nie versucht, eine Scheibe Toast zu rösten, ohne daß meine Mutter gesagt hätte, laß das, ich mach das schon. Wir hatten uns für Lebensmittelkarten eintragen lassen, aber die Rationierung setzte erst im Januar des folgenden Jahres ein. Wenn man das für bare Münze nimmt, was so geredet wird, hätte ich sagen sollen, wird es bald keine Zutaten für Blätterteig mehr geben. Das aber wäre unhöflich gewesen, noch unhöflicher, als sich für ein Geburtstagsgeschenk nicht zu bedanken...

Ich griff hilfesuchend nach einem weiteren Zitronencremetörtchen. »Ja, also eigentlich kann ich überhaupt nicht kochen.«

Beide ließen jene Art von Schock erkennen, der nicht eigentlich Überraschung ist. Ich wurde mit Fragen überschüttet, was ich denn überhaupt könne, und damit meinten die beiden weder mathematische Lehrsätze noch unregelmäßige französische Verben. Nachdem Vera mir entlockt hatte, daß ich mich weder aufs Stricken noch aufs Nähen, weder aufs Häkeln noch aufs Sticken verstand, seufzte sie abgrundtief und machte ein Gesicht, als hätte ich gestanden, das Abc nicht zu beherrschen oder keine Kontrolle über meine Körperfunktionen zu haben, und dann sagte sie doch tatsächlich: »Da muß man sich ja fragen, was du einmal für eine Ehefrau abgeben wirst.«

Eden aber, immer die scheinbar Nettere, meinte, ich solle mich deswegen nicht grämen. Sicher, ich hätte bisher nicht die Möglichkeit gehabt, etwas Vernünftiges zu lernen, aber nun sei ich ja in Laurel Cottage – so, wie sie es sagte, klang es wie eine Hauswirtschaftsschule –, und sie würde mir allerlei beibringen. Danach verloren sie alles Interesse an mir und fingen ein geheimnisvoll-diffuses Gespräch über irgendwelche Leute im Dorf an, von denen ich noch nie gehört hatte. Schwierig an meiner Verwandtschaft aus Great Sindon war unter anderem, daß die beiden stets davon ausgingen, man wüßte genau, wen sie meinten, wenn sie irgendwelche Bekannte erwähnten, und könnte Besucher sofort einordnen, ohne daß man mit ihnen bekannt gemacht worden war. Hätten sie einen aufgeklärt, wenn man seine Unwissenheit eingestand, wäre das noch nicht weiter schlimm gewesen, aber nein, sie äußerten sich dann – zumindest Vera – recht geringschätzig und meinten, natürlich wisse man Bescheid, und nur infolge einer durchaus vermeidbaren Unachtsamkeit oder Vergeßlichkeit sei einem die Identität von Soundso entfallen. Und diese selbstverständliche Voraussetzung, daß der Rest der Welt sich genauestens in ihren Gepflogenheiten auskannte, bezog sich auch auf alltägliche Kleinigkeiten. Es wurde erwartet, daß man wußte, wann man aufzustehen hatte, ohne daß es einem gesagt wurde, wann man ins Badezimmer konnte, wo der Schlüssel zur Hintertür hing, wann der Milchmann kam, wer Edens beste Freundin war, in welchen Fächern sie sich für die Abschlußprüfung vorbereitete, wie der Pfarrer hieß und wann die Busse nach Colchester gingen.

Ich hatte große Erwartungen an meinen Besuch bei Vera geknüpft, einen Besuch, dessen Dauer davon abhing, ob Bomben auf die nordöstlichen Vororte Londons niedergehen würden oder nicht. Daß ich Heimweh bekommen könnte, hatte ich einkalkuliert, denn ich war noch nie von meinen Eltern getrennt gewesen, aber dafür, hatte ich mir gesagt, würden Vera und Eden mich ja mit offenen Armen aufnehmen, als eine Art kleiner Schwester würde ich eine willkommene Dritte in ihrem Zweierbund sein. Onkel Gerald war mit seinem Regiment irgendwo in Nordengland, Francis im Internat. Man hatte mir oft gesagt, ich sei weit für mein Alter, und ich dachte, meine Tanten, von denen die eine nur wenige Jahre älter war als ich, würden mich als dritte Erwachsene, ja, als Schwester behandeln. Ganz sollte ich diese Vision, dieses Wunschbild trotz ständiger Enttäuschungen nie aufgeben. Ich hatte ein starkes Bedürfnis nach Zugehörigkeit. Diese beiden verstanden es, ihre Welt – eine aus meiner heutigen Sicht enge, begrenzte und spießige Welt – esoterisch und überaus begehrenswert erscheinen zu lassen, wie einen exklusiven Klub mit unvorstellbar strengen Beitrittsbedingungen und mit Klubregeln, die kein Außenstehender erfüllen konnte. Als ich an jenem Abend am Teetisch saß, ahnte ich noch nicht, auf was für ein mühsames Geschäft ich mich eingelassen hatte, ahnte nichts von den immer wieder erfolglosen Versuchen, mir Anerkennung und Einlaß in den Klub zu verschaffen. Ich hörte aufmerksam zu, hoffte vergeblich, daß man eine Frage an mich richten, mich nach meiner Meinung fragen würde. Statt dessen hieß es schließlich:

»Ißt du immer mit der rechten Hand?«

Darüber hatte ich mir nie Gedanken gemacht. Ich sah Vera an und hielt – mit der Rechten – das letzte Rosinenbrötchen hoch.

»Ich weiß nicht.«

»Die Linke zum Essen, die Rechte zum Trinken«, sagte Vera und rückte mir Teller und Tasse entsprechend zurecht.

Ich half ihr beim Abwaschen. Meine Mutter hatte mir eingeschärft, mich in Laurel Cottage nützlich zu machen, und da sie auch nicht so recht wußte, wie das anzustellen sei, hatte sie gemeint, ich könne ja abtrocknen. Das Gespräch war versiegt, denn Eden hatte sich mit einem Buch, das sie für die Schule lesen mußte, ins Wohnzimmer zurückgezogen, und es redete sich immer leichter, wenn sie dabei war. In diesem Augenblick habe ich wohl die erste Regung von Heimweh gespürt.

Wir setzten uns zu Eden. Wir schalteten das Radio ein.

Zehn vor acht meinte Vera, in zehn Minuten sei es wohl Zeit für mich, zu Bett zu gehen. Auf die Idee, daß ich vor ihnen schlafengehen müsse, wäre ich nie gekommen. Zu Hause ging ich um halb zehn ins Bett, und auch das nur, wenn ich am nächsten Morgen zur Schule mußte. Hier hatte ich keine Schule.

»In deinem Alter war ich immer vor acht im Bett«, sagte Eden. Sie hatte eine leise, melodische Stimme. Es mag Einbildung sein, wenn ich sage, daß sie oft ein bißchen unbestimmt klang, als sei Eden an dem, was sie sagte – oder aber an ihrem Gesprächspartner –, nicht sonderlich interessiert.

»Kinder stellen sich immer an, wenn sie ins Bett sollen«, sagte Vera.

»Francis vielleicht. Ich bestimmt nicht.«

»Nein, du wohl nicht, Eden. Aber du warst in so vielen Dingen anders als andere Kinder. Ab mit dir, Faith, es wird schon dunkel.«

In zwei Monaten würde es um fünf dunkel werden!

»Gute Nacht, kleine Nichte«, sagte Eden. »Paß auf, du schläfst bestimmt ein, sobald dein Kopf auf dem Kissen liegt.«

Nichts hätte mich nachdrücklicher aus ihrer Zweisamkeit ausschließen können.

Mir war Francis' Zimmer zugewiesen worden. Bei späteren Besuchen schlief ich immer bei Eden. Ich konnte nichts entdecken, was ihm gehörte, nichts deutete darauf hin, daß dies das Zimmer eines Jungen in meinem Alter war. Auch hier fehlten nicht die von Vera verfertigten Handarbeiten, die sich im ganzen Haus breitmachten – gestickte Kissenplatten, Sitzpolster in Petitpoint, Bilder aus Silberpapier, ein Klingelzug in Kreuzstich, ein Fleckerlteppich. Vielleicht hatten sie mir zu Ehren Francis' Sachen weggeräumt. Geblieben war ein runder Blechwecker, der auf dem Kaminsims stand.

Sobald ich die Tür hinter mir geschlossen hatte, hörte ich

das laute, metallische Ticken. Als Vera mich vorhin mit meinem Koffer hinaufgebracht hatte, war es mir nicht aufgefallen.

Ich packte aus und hängte meine Sachen auf, einigermaßen eingeschüchtert von den Kleiderbügeln, die in verschiedenfarbigen gerüschten Satinhüllen steckten und an deren Haken Lavendelsäckchen baumelten. Ich zog meinen Morgenrock über und ging ins Badezimmer; als ich von unten Stimmen hörte, schwappte erneut eine Welle von Heimweh über mich hinweg. Vera und Eden plauderten angeregt, hin und wieder klang Edens Lachen auf. Sie benahmen sich ganz anders als vorhin, als ich dabeigewesen war, die Stimmung war lebhaft und entspannt und irgendwie häuslich-behaglich, und die Folgerung war unausweichlich: Ich war früh zu Bett geschickt worden, weil sie es kaum erwarten konnten, mich los zu sein.

Der Wecker wuchs sich zu einem ernsthaften Problem aus. Mit diesem Ding im Zimmer würde ich nicht schlafen können, das stand für mich fest. Sehr schnell hatte ich begriffen, daß man diese Art von Uhr, einmal aufgezogen, nicht zum Schweigen bringen kann, sofern man sie nicht gerade in Stücke schlagen will.

Das Buch, das ich mir mitgebracht hatte, lenkte mich eine Weile ab, aber dann hatte ich Angst, Vera oder Eden könnten das Licht unter meiner Tür sehen. So jung ich war, soviel hatte ich doch schon verstanden: Sie hatten mich zwar zu Bett geschickt, weil sie mich nicht mehr um sich haben mochten, so daß es ihnen eigentlich egal sein konnte, ob ich schlief oder die ganze Nacht aufsaß und las, wenn sie mich nur los waren, aber das würden sie nie zugeben, sondern im Gegenteil betonen, die mir verordnete Schlafenszeit sei zu meinem eigenen Besten. Deshalb war es sicher ratsam, um halb zehn kein Licht mehr sehen zu lassen. Als ich es ausgemacht hatte, kam mir das Ticken noch lauter vor. Es war nicht ganz dunkel im Zimmer, denn inzwischen war der Mond aufgegangen, ein leuchtender gelber Vollmond. Für meine Zwecke spendete er genug Licht... Ich stieg aus dem Bett, legte eins der Kissen auf den Sitz des blaugoldenen Lehnsessels und schob den Wecker darunter, den ich zuvor in meinen Morgenrock gewickelt hatte.

Das Ticken war jetzt gedämpft, aber noch deutlich vernehmbar. Mir kam der schreckliche Gedanke, daß ich nie wieder würde schlafen können – nicht nur eine Nacht, sondern viele, viele Nächte lang nicht. Hundert vielleicht. Ich würde hier mit diesem Wecker gefangen sein, unfähig, ihm zu entkommen, schlaflos dem Ticken ausgeliefert wie der chinesischen Wasserfolter. Ich kannte Hans Christian Andersens Märchen von der Prinzessin auf der Erbse, und hätte die Empfindlichkeit der Prinzessin sich nicht so sehr auf ihren Körper als auf ihre Ohren konzentriert, dachte ich mir, wäre es eine bessere Geschichte gewesen. Eine Weile beschäftigte mich die Überlegung, welcher Laut für eine Prinzessin wohl so quälend sein mochte wie eine unter den zwanzig Matratzen verborgene Erbse. Doch der Gedanke lenkte mich nur vorübergehend von dem dumpf durch meinen Morgenrock hindurchtickenden Wecker ab.

Vera und Eden kamen nach oben. Auf dem Gang vor meinem Zimmer sprachen sie leise, um mich nicht zu wecken.

»Gute Nacht, Liebes.«

»Gute Nacht, Liebes. Schlaf schön.«

Das Licht auf dem Gang ging aus. Ich griff mir den Flekkerlteppich und wickelte ihn um Morgenrock und Wecker. Der halb erstickte Ticklaut war womöglich noch ärger. Ich hatte jenes verzweifelte Stadium erreicht – das ich später nur zu oft in Hotels erreichen sollte –, in dem Flucht aus dem Zimmer die einzige Möglichkeit zu sein schien, dem Lärm zu entkommen. In Laurel Cottage stand mir dieser Weg ebensowenig offen wie im New Yorker Plaza, als im Nebenzimmer die ganze Nacht hindurch eine Party tobte. Im Plaza rief ich ebenso oft wie vergeblich die Rezeption an, die höflich und hilfswillig war, aber nichts ausrichtete. In Laurel Cottage lag die Rezeption in tiefem Schlaf, und ich hatte das Gefühl, daß man eine solche Reklamation auch recht ungnädig aufgenommen hätte. Ich öffnete das Fenster und sah hinaus.

Veras schöner Garten war in Mondschein getaucht. Zu Lebzeiten meiner Großeltern war dieser Garten ziemlich unbeachtlich gewesen, Vera aber hatte ihn völlig umgestaltet, hatte die einfachen blühenden Johannisbeeren und Sumachsträucher durch ausgefallene Viburnumarten ersetzt, sie hatte einen *Cornus alba* und einen Perückenbaum gesetzt und viele Kräuter gepflanzt. Das wußte ich damals natürlich nicht, aber ich begriff sehr wohl, wie schön der Garten war und wie sehr er durch diese seltenen Pflanzenarten gewonnen hatte. Weißes Mondlicht schwemmte über die zu dieser Jahreszeit bei Tage strahlendgoldenen Blätter eines zarten, leise bebenden, mannshohen Amberbaums. Das Fensterbrett war breit und aus Stein. Ich wickelte den Wecker aus, stellte ihn darauf und zog das Schiebefenster zu.

Flüchtig kamen mir Bedenken. Wenn nun morgen früh Vera in mein Zimmer kam, mit einer Tasse Tee vielleicht? Oder aus irgendeinem anderen Grund? Daß der Wecker weg war, würde ihr bestimmt auffallen. Aber wenn ich Glück hatte, war ich sowieso schon vorher wach.

Die Stille war so beglückend, daß ich versuchte wachzubleiben, um sie genießen zu können, was mich natürlich umso sicherer einschlafen ließ. Als ich am nächsten Morgen gegen halb acht aufwachte, fiel mir der Wecker ein. Ich holte ihn, betaut, aber noch tickend, ins Zimmer. Warum sollte ich mir mit diesem Trick nicht jeden Abend Ruhe verschaffen? Kritisch konnte es allenfalls bei Regen werden, aber kommt Zeit, kommt Rat, dachte ich bei mir. Zu dumm, daß ich nicht wußte, wann man hier aufstand. Würde ich Eden stören, der ich ja auf jeden Fall den Vortritt lassen mußte, wenn ich jetzt ins Badezimmer ging? Im Haus war es still. Ich überlegte. Nach zehn Minuten war ich zu dem Schluß gekommen, daß

Vera und Eden wohl noch im Bett lagen, stand auf und ging ins Badezimmer, um mich zu waschen. Später sollte Vera mich fragen, warum ich nicht gebadet hatte, sie beschwor mich, täglich ein Bad zu nehmen und darin nicht nachlässig zu sein. Noch immer war im Haus kein Laut zu hören.

Ich stellte den mit meinem Taschentuch abgetrockneten Wecker wieder auf den Kaminsims und ging nach unten. Überall herrschte peinliche Ordnung, im Wohnzimmer waren alle Kissen aufgeschüttelt. Das Eßzimmer war leer. Ich stieß die Küchentür auf, ohne recht zu wissen warum, ich hätte mir kaum eine Tasse Tee, geschweige denn ein ganzes Frühstück machen können. Sie saßen beide da und löffelten stumm Frühstücksflocken. Ich zuckte zusammen, was Vera nicht entging. Vera entging selten etwas.

»Du bist aber nervös. Das ist nicht gut in deinem Alter.«

Ich hätte sie fast verpaßt, sagte Eden, um Viertel nach acht müsse sie weg. Ihre Stimme klang vorwurfsvoll und implizierte, daß nur Faulpelze um diese Zeit zum Frühstück kamen. Vera, die bei meinem Erscheinen hastig aufgestanden war und jetzt zwischen Speiseschrank und Herd auf dem Sprung stand, fragte, was ich gern zum Frühstück hätte. Sie ratterte eine ganze Liste herunter: pochiertes Ei, gekochtes Ei, Setzei, Speck, Frühstücksflocken, Toast. Nur Porridge sei nicht da, Porridge mache zu viel Wirtschaft, da weder sie noch Eden ihn äßen. Ich sagte, daß ich Porridge nicht ausstehen könne.

»So redet man nicht über etwas sehr Gesundes«, wies mich Vera zurecht.

»Aber du hast doch gesagt –« setzte ich an.

»Ich habe gesagt, ich habe gesagt... Du wirst mir wohl nicht jede Kleinigkeit unter die Nase reiben, die ich äußere, Faith. Kann sein, daß ich mich nicht so aufs logische Denken verstehe wie du und deine Mutter, dazu habe ich einfach keine Zeit. Weißt du inzwischen, was du zum Frühstück möchtest, oder kann ich mich hinsetzen und meine Frühstücksflocken essen, während du es dir überlegst?«

»Ich hätte gern ein gekochtes Ei«, sagte ich. Vera holte mit Duldermiene einen Topf aus dem Schrank und ein Ei aus dem Gestell. Eden sprang auf. »Laß mich das machen, ich bin fertig. Setz dich, Liebes, du kommst ja sonst überhaupt nicht zur Ruhe.«

Eden in Schuluniform, das Haar mit einer schwarzen Seidenschleife zusammengebunden, machte sich anmutig am Herd zu schaffen.

»Drei Minuten, ja?«

»Fünf, wenn es geht.«

»Natürlich geht es. Aber dann ist es ein hartes Ei. Möchtest du wirklich ein hartes Ei?«

Ein Fünf-Minuten-Ei war nicht hart, aber diesmal machte ich nicht den Fehler zu widersprechen, sondern sagte, ich würde das Ei im Auge behalten und selbst aus dem Wasser nehmen. Eden hätte wohl gern die Gelegenheit ergriffen, mich in die Geheimnisse der Kochkunst einzuweihen, aber Vera erhob Einspruch.

»Sie wirft es nur hin, Eden, und du weißt, wie das dann aussieht.« Ehe ich empört protestieren konnte, wandte sich Vera an mich und sagte vorwurfsvoll: »Sehr schade, daß dir Edens kleiner Wecker nicht gefällt. Eden hat ihn selbst in dein Zimmer gestellt, weil sie dachte, er sei genau das Richtige, wenn man keine Armbanduhr hat.«

»Gefällt er dir nicht, Faith?« fragte Eden.

Ich war wie gelähmt und brachte kein Wort heraus.

»Natürlich gefällt er ihr nicht, das liegt doch auf der Hand, sonst hätte sie die Uhr doch nicht vors Fenster gestellt. Du hast offenbar kein Glück gehabt mit deinem kleinen Wecker. Ich gehe heute früh in den Garten und schaue zufällig am Haus hoch, und was soll ich dir sagen, da steht doch tatsächlich dein Wecker auf Francis' Fensterbrett. Wir haben allseits Glück gehabt, daß sie nicht eingeregnet ist, mehr will ich dazu gar nicht sagen.«

Doch leider war das nur der Anfang. Vera begann, den

Wecker so genau zu beschreiben, als hätten Eden und ich ihn noch nie zuvor gesehen, sie stellte Betrachtungen über den Preis an, ob er fünf Shilling und Sixpence oder gar fünf Shilling und Elevenpence gekostet hatte, überlegte, ob Eden ihn dieses Jahr oder letztes Jahr gekauft hatte und ob das Geschäft in Colchester oder in Sudbury getätigt worden war. Eden fragte dazwischen, warum ich die Uhr vors Fenster gestellt hätte. »Nur, weil sie dir nicht gefallen hat, Faith?«

Hielten die beiden mich für total verrückt?

»Ich kann das Ticken nicht vertragen«, sagte ich.

»Du kannst das Ticken nicht vertragen«, wiederholte Eden, als hätte ich mich zu einer unbegreiflichen Phobie bekannt. Mein Ei war vergessen; hörbar, aber durch Eden verdeckt, die sich an den Herd lehnte, brodelte es in seinem Topf vor sich hin. »Aber Uhren ticken nun mal, wenn es nicht gerade elektrische sind.«

»Ich weiß.« Klingt es albern, wenn ich sage, daß ich den Tränen nahe war? »Ich mag eben das Ticken nicht, ich kann nichts dafür. Ich habe die Uhr vors Fenster gestellt, damit ich das Ticken nicht höre.«

»So was ist mir in meinem ganzen Leben noch nicht vorgekommen«, sagte Vera.

»Warum hast du uns nicht gesagt, daß du das Ticken nicht magst?«

»Ich wollte euch nicht stören.«

»Aber es wäre doch bestimmt besser gewesen, mich zu stören«, sagte Eden sehr freundlich und vernünftig, »als meine Uhr zu demolieren.«

»Ich habe sie nicht demoliert. Sie geht noch.«

»Deshalb brauchst du nicht zu weinen«, sagte Vera. »Tränen helfen hier gar nichts. Was ist eigentlich mit dem Ei? Es kocht bestimmt seit zehn Minuten.«

Eden angelte es heraus und stellte es in meinen Eierbecher. »Ich hab dir ja gleich gesagt, daß du kein hartes Ei möchtest. Herrje, ich muß mich eilen, es ist ja schon schrecklich spät.«

Ich blieb mit Vera allein. Sie ließ sich noch ein paar Minuten über Uhren, den Preis von Uhren, das unvermeidliche Ticken von Uhren aus und schweifte dann ab, um festzustellen, wie bedauerlich Nervosität in so jungen Jahren sei. Ich hatte damals noch nie von Projektion gehört, aber im Rückblick scheint mir das ein klarer Fall von Projektion gewesen zu sein. Mein Ei sei bestimmt nicht mehr eßbar, sie würde mir ein neues kochen. Da sie selbst sich durch Kränkungen nicht getroffen fühlte, meinte sie wohl, die Abreibung hätte mich unberührt gelassen. Ich trocknete ab. Als ich mein Zimmer betrat, war der Wecker nicht mehr da. Wohin er verschwunden war, wußte ich nicht, jedenfalls sah ich ihn bei diesem Besuch nicht mehr wieder.

Ich blieb nicht lange in Laurel Cottage. Der sogenannte »Sitzkrieg« an der Westfront schien schon bald ausgesessen, zu Weihnachten sei alles vorbei, hieß es, und nach vierzehn Tagen holte mich mein Vater wieder nach Hause. Fünf Monate später, im März des folgenden Jahres, schickte mir Eden eine Postanweisung über fünf Shilling zum Geburtstag. Vera, die um diese Zeit in London gewesen war, hatte mir persönlich zwei halbe Kronen überreicht, so daß ich mich gleich bei ihr hatte bedanken können.

Ich hatte Eden nicht deshalb keinen Dankesbrief geschrieben, weil ich faul oder schlecht erzogen war oder ungern Briefe schrieb oder mich nicht über die fünf Shilling gefreut hatte. Ich hatte nicht geschrieben, weil ich nicht wußte, was ich hätte schreiben sollen; außer Dankeschön wollte mir einfach nichts einfallen. Damals erfaßte mich vor allem Beklommenheit, wenn ich an Vera und Eden dachte. Sie hatten mich gedemütigt, mich fühlen lassen, wie hoffnungslos unterlegen ich ihnen war. Wenn ich an Eden schrieb, hatte sie bestimmt irgend etwas an dem Brief auszusetzen, ich würde einen Grammatikschnitzer machen, die Handschrift würde unleserlich, die Anrede falsch sein. Bisher hatte ich unter Briefe an Eden immer »Viele herzliche Grüße« gesetzt. Mußte ich das jetzt ändern, nachdem wir so viel zusammen gewesen waren und nachdem sie mich mit so vielen praktischen und metaphysischen Lektionen in Lebensführung beglückt hatte? Sollte ich jetzt vielleicht besser »Alles Liebe« oder »Liebe Grüße« schreiben oder – weil ich sie unter anderem in der Sache mit dem Wecker enttäuscht hatte – ein kühles »Mit besten Grüßen«? Ich wußte es nicht, also ließ ich es ganz. Edens scharfe Epistel an meinen Vater kam einen Monat danach.

Der Brief bekümmerte ihn und hat ihm wohl den Tag verdorben.

»Sehr schade, daß du nicht an Eden geschrieben hast«, sagte er zunächst nur, aber er wiederholte es ein paarmal, und dann fragte er: »Aber jetzt wirst du an Eden schreiben, nicht wahr?«

Ich schrieb nie. Die Sache ging mir nach. Natürlich würde ich Eden nun nie wieder unter die Augen treten können, und eine Aufnahme in den Zweierbund kam jetzt überhaupt nicht mehr in Frage. Der Brief schuf Distanz, und eine Weile schienen uns nicht sechs, sondern doppelt so viele Jahre zu trennen. Damals suchte ich die Schuld bei mir, in meiner Unvollkommenheit. Ihre für mich nahezu unerreichbare Lebensführung galt mir als Norm.

Ich dachte viel an die beiden. In meiner Vorstellung blieben sie unwandelbar, ihrem immer gleichen Tageslauf in dem duftenden, blitzsauberen Haus folgend, ich sah sie bei ihrem üppigen Tee, sah sie nähen und sticken und Gutenachtküsse tauschen, zwei anspruchsvolle Frauen, die sich benahmen, wie es Frauen geziemt. Wenn ich mir große Mühe gab, konnte ich sie eines Tages vielleicht doch noch erreichen, würde werden wie sie, würde dazugehören.

5

Einige dieser Erinnerungen habe ich für Daniel Stewart festgehalten, nur eine Art Synopse, denn schließlich will er ja nicht meine, sondern Veras Lebensgeschichte schreiben. Und damit komme ich zu dem Familiengeheimnis. Soll ich es ihm anvertrauen oder nicht?

Im Grunde ist natürlich gar nichts Geheimnisvolles daran, der Fall ist bekannt und aktenkundig, es muß einen polizeilichen Vorgang darüber geben. Bestimmt hebt die Polizei solche Akten auf, auch wenn der Fall schon sechzig Jahre zurückliegt oder sogar länger. Die Angehörigen der Kleinen – eigentlich die Verwandten aus der Seitenlinie – wissen davon, ebenso die Überlebenden meiner Familie. Oder nicht? Francis muß Bescheid wissen, Francis wußte immer alles, manchmal, noch ehe es geschah. Weder Vera noch Eden haben je mit mir darüber gesprochen. Ich habe es von meiner Mutter erfahren, nicht von meinem Vater. Sie hatte sich über irgendeine Bemerkung, irgendeine Handlungsweise von Vera geärgert, und plötzlich hatte sie gesagt, sie würde mir etwas erzählen, woraus ich ersehen könne, wie albern es sei, daß mein Vater seine Schwestern ständig als Tugendspiegel in den Himmel hob. Der Ärmste! Er sollte nur zu bald seiner Illusionen beraubt werden.

Offenbar weiß Stewart nichts von der Sache, sonst hätte er sie sicher in der Familienchronik erwähnt. Nach nochmaligem Lesen dieses Kapitels habe ich den Eindruck, daß er vieles nicht erwähnt hat, was ich für wichtig halte und was für eine gerechte Beurteilung von Veras Charakter von Belang ist. Wahrscheinlich weiß er nichts von diesen Dingen, und ich werde ihm davon erzählen müssen. Da ist zum Beispiel Veras Krankheit, als sie fünfzehn war, wenige Monate nach Edens

Geburt, eine Erkrankung, die von den Ärzten zunächst für eine Gehirnhautentzündung gehalten wurde. Heute würden sie vermutlich eine dieser Virusinfektionen diagnostizieren, die so seltsame Dinge mit den Menschen anstellen. Vera mußte wochenlang liegen (so hat es mir mein Vater erzählt), zunächst hatte sie hohes Fieber und delirierte, später war die Temperatur am Morgen normal, stieg aber gegen Abend wieder stark an. Und dann war sie plötzlich wieder gesund, ohne daß etwas zurückblieb, abgesehen vielleicht von der extremen Magerkeit, die sich nie mehr verlor. Meine Großmutter hatte sie hingebungsvoll gepflegt und dadurch notwendigerweise dem Baby Zuwendung versagen müssen, aber als Vera wieder gesund war, übernahm sie mehr und mehr die Pflege der Kleinen und wurde ihr eine zweite Mutter. Und damit komme ich wieder auf das Geheimnis. Ist es denkbar, daß hinter Veras Krankheit kein Virus steckte und die Erkrankung – wenn sie denn psychosomatisch war – nichts mit Eifersucht auf die kleine Schwester zu schaffen hatte, sondern durch den Fall Kathleen March ausgelöst worden war? Möglicherweise durch ein schlechtes Gewissen oder Reue, wahrscheinlicher aber, wie ich meine, weil man Vera verantwortlich gemacht und geschnitten hatte.

Auch das Gewitter erwähnt Stewart nicht. Diese Geschichte verdanke ich Eden, die sie gern erzählte. Zum ersten Mal hörte ich sie – das zweite Mal war an ihrem Hochzeitstag – im Garten von Walbrooks, in einem Kriegssommer. Eden muß Urlaub gehabt haben. Sie trug ein von Vera nach der Methode »Aus zwei mach eins« genähtes Kleid mit einem rosaweißen Blümchenrock und einem blauen Oberteil mit rosaweißem Kragen und Bündchen. Das Haar war über der Stirn zurückgeschlagen und hochgesteckt und hing ansonsten in einem Pagenschnitt herunter. An der rechten Hand trug sie den Trauring ihrer Mutter – Eden gehörte zu dem Typ von Mädchen, die sich den Trauring der toten Mutter anzustecken pflegten.

Helen und Vera waren ins Haus gegangen, Eden und ich saßen in Liegestühlen auf der Terrasse, es war ein schwüler Tag mit fernem Donnergrollen, und dadurch fiel wohl Eden die Geschichte ein.

»Siehst du den Buckel da unten am Ende des Gartens?«

Ich hatte mich schon manchmal gefragt, was das wohl für eine Schwellung unter der Grasnarbe sein mochte, die aussah, als schöben sich Steine durch den Boden, obgleich es in diesem Landstrich sanft gerundeter Hügel keine Findlinge gab.

»Da hat früher ein Baum gestanden, eine riesige Roßkastanie. Als ich ein Baby war und im Kinderwagen lag – hat dir das noch nie jemand erzählt, Faith?«

»Ich weiß ja nicht, was du meinst.«

»Wenn man's dir erzählt hätte, wüßtest du sofort, was ich meine. Vera spricht natürlich nicht darüber, aber ich hätte doch gedacht, daß dein Vater... Die Leute sind doch manchmal komisch. Ja, wie gesagt, ich war noch ein Baby und lag im Kinderwagen, und der Kinderwagen stand unter dem Baum. Helen war damals in Indien, das Haus gehörte meinen Großeltern, aber das weißt du wohl.«

Ich war mir nicht so sicher, hielt es aber für klüger, meine Unwissenheit nicht zuzugeben.

»Mutter und Dad und Vera und dein Vater und ich waren zu unserem jährlichen Besuch hier. Sie kamen von Myland zu Fuß herüber, das muß man sich mal überlegen, gut und gern neun Kilometer. Mutter stellte mich unter der Kastanie ab. Es fing an zu donnern, und plötzlich hatte Vera so eine Art Vorahnung. Sie saßen beim Tee in der Küche – natürlich speisten die Richardsons sie in der Küche ab, sie haben immer auf Dad herabgesehen –, und von da hatte man durchs Fenster den Blick in den Garten. Mutter behielt mich im Auge, wie du dir denken kannst, sie hatte wohl vor, mich rasch hereinzuholen, wenn es anfing zu regnen, und alle dachten, Vera sei verrückt geworden, als sie plötzlich aufsprang und wortlos aus dem Haus lief. Du kennst ja Veras tadellose Umgangsformen, es mußte also etwas Besonderes vorgefallen sein, wenn sie vom Tisch aufstand, ohne ihre Gastgeber um Erlaubnis zu bitten. Sie rannte durch den Garten und riß mich aus dem Kinderwagen und war schon auf dem Rückweg, als ein ungeheuerlicher Blitz in den Garten einschlug wie eine Bombe. So hat Mutter es erzählt, obgleich sie nie eine Bombe zu Gesicht gekriegt hatte, das war ja im Ersten Weltkrieg nicht so wie heute bei uns. Der Blitz traf den Baum und schlug ihn in tausend Stücke. Vera, die mich im Arm hielt, wurde zu Boden geschleudert, aber sie war unverletzt und ich auch, von ein paar blauen Flecken abgesehen. Von dem Kinderwagen und von der Kastanie blieb nichts übrig bis auf den Stumpf unter dem Rasen und ein knapper halber Meter von dem Stamm, aber noch jahrelang haben sie in den Blumenbeeten Brocken von dem Baum gefunden, wahrscheinlich sind da heute noch welche.«

»Da hat sie dir also das Leben gerettet?«

»Ja, daß ich heute am Leben bin, verdanke ich ihr. Wirklich erstaunlich, daß John dir das nicht erzählt hat, er ist doch manchmal wunderlich.«

Falls also Veras Krankheit psychosomatisch bedingt war (eine Möglichkeit, die mir jetzt zum ersten Mal in den Sinn kommt), wenn Vera damit die Aufmerksamkeit ihrer Mutter von der neuen Schwester ablenken und wieder auf sich richten wollte, wenn es ein Leiden mit durchaus realen körperlichen Symptomen, aber mit dem Auslöser Eifersucht war, so hatte sie diese feindselige Einstellung innerhalb weniger Monate überwunden. Inzwischen liebte sie ihre Schwester so sehr, daß sie das eigene Leben aufs Spiel setzte, um die Kleine zu retten. Die Liebe zu dem Kind ließ sie sogar ihre Tischmanieren vergessen.

Ich werde Stewart die Geschichte von dem Gewitter erzählen, und zwar in der Form, wie ich sie von Eden gehört habe, so daß er direkte Rede verwenden kann, was sich bestimmt in einem Buch dieser Art viel wirkungsvoller liest. Und ich werde ihm von der alten Mrs. Hislop erzählen, die von Vera tot aufgefunden wurde, auch wenn das vielleicht nicht wirklich relevant ist. Warum hat man nicht Chad Hamner die eine oder andere dieser Geschichten erzählt? Oder hat man sie ihm erzählt, und er hat nicht zugehört oder sie rasch wieder vergessen, weil seine Gedanken, wie ich später erfuhr, anderweitig in Anspruch genommen waren?

Vera machte regelmäßig Besuche bei alten Leuten. Es war dies ein Überbleibsel aus jenen Tagen, da die Damen der Gesellschaft milde Gaben in der Gemeinde auszutragen pflegten (obgleich natürlich die Longleys keinerlei Anspruch auf Zugehörigkeit zur »Gesellschaft« geltend machen konnten), und Vorläufer unserer modernen Sozialfürsorge. Als sie eines Tages zu Mrs. Hislop kam, war die Alte tot. Es muß ein großer Schock für Vera gewesen sein, die ein Bündel abgelegter Sachen und selbstgebackenen Kuchen mitgebracht hatte. In einer ihrer seltenen mitteilsamen Stimmungen hat sie mir selbst davon erzählt.

Wir fuhren Jamie in seinem Sportwagen spazieren, nur sie und ich, Eden war damals schon bei der alten Lady Rogerson in London. Ich schob den Wagen, Jamie war eingeschlafen, wie immer, sobald der Kinderwagen zu rollen begann, so daß er regelmäßig alles verpaßte, was man ihm unterwegs hatte zeigen wollen – Pferde auf der Weide, eine Katze auf der Mauer, ein Feuerwehrauto. Ich sehe ihn noch vor mir, die runde Pfirsichwange, die dichten dunklen Wimpern, das goldene Longley-Haar, noch unberührt von der Schere, weil es Vera so schwer fiel, sich von seinen Locken zu trennen. Die Gegend, in die wir auf dem Rückweg gerieten, war mir unbekannt, obgleich mein jährlicher Besuch in Sindon seit sechs oder sieben Jahren schon Tradition war. Der Weg verengte sich nach etwa hundert Metern zu einem Fußpfad. Vera und ich hatten diese Strecke gehen müssen, weil unsere gewohnte Straße überschwemmt war. Der Fußpfad führte am Rand einer tristen Wiese und an einer stillgelegten Kiesgrube entlang, aber nicht deshalb hatte Vera ihn so lange gemieden. Als das Häuschen auftauchte, lachte sie ein wenig, um ihre Verlegenheit – oder vielleicht ein stärkeres Gefühl – zu kaschieren.

»Ich gehe hier nie vorbei, wenn es nicht sein muß. Albern nach so langer Zeit, aber ich kann einfach nicht aus meiner Haut.«

Heute hat sich Mrs. Hislops Kate mächtig herausgemacht, die Balken sind freigelegt, das Dach ist nicht mehr mit Ziegeln, sondern mit Stroh gedeckt. Ein Dozent der University of Essex wohnt hier mit Frau und Sohn. Als ich das Haus zum ersten Mal sah, kurz nach dem Krieg, war es nur noch ein Haufen Lattenwerk und Putz, Wellblech stand in den Fensterhöhlen, der Garten war mit Nesseln zugewuchert, zwischen denen ein alter schwarzgrüner Morris Ten vor sich hinrostete. Mrs. Hislop habe sich auf den Feldern Pilze gesammelt und sie gekocht, erzählte Vera, obgleich alle Leute sie davor gewarnt und gesagt hatten, eines Tages würde sie sich damit umbringen. Und als Vera sie fand, in angstvoller Ahnung, laut rufend, auf Zehenspitzen das stille Haus betretend, in der Gewißheit, etwas Schreckliches hinter der Schlafzimmertür zu entdecken, war der Körper der Alten aufgedunsen wie von der Wassersucht, obgleich sie nie Anzeichen dieser Krankheit hatte erkennen lassen.

Es war Sommer, seit Monaten gab es keine Pilze mehr in Wald und Feld. Mrs. Hislop hatte sich nicht übergeben, auch sonst waren keinerlei Symptome einer Pilzvergiftung auszumachen, es fanden sich weder gekochte noch rohe Pilze im Haus. Bei der unvermeidlichen gerichtlichen Untersuchung befand die Jury, daß Mrs. Hislop eines natürlichen Todes gestorben war, obschon das ganze Dorf wußte, sagte Vera, daß sie sich vergiftet hatte, nur das Wie und Womit war unbekannt. Sie zog mich rasch an dem Haus vorbei, ohne einen Blick zurück zu tun. Und das, so meine ich, ist wohl ein Zeichen dafür, daß sie durchaus ein sensibler Mensch war, für den ein Ort, eine Stimmung schmerzliche Erinnerungen zu wecken vermögen. Warum aber konnte sie dann offenbar ungerührt an der Stelle vorbeigehen, an der man die Leiche des kleinen Mädchens gefunden hatte? Jahrelang machte sie einen Bogen um die Loom Lane und um Mrs. Hislops Haus, aber Church Meadow oder den Friedhof hat sie nie gemieden, und wenn sie zur Kirche ging, betrat sie den Friedhof ebensooft durch das Friedhofstor wie über die breite Eibenallee. Eine Erklärung wäre, daß ihr im Fall der Mrs. Hislop das Gewissen schlug, weil sie nicht, wie versprochen, ihren Besuch schon am Vorabend gemacht hatte, und vielleicht wußte nur sie, daß Mrs. Hislop wegen ihres grauen Stars nur noch verschwommen sehen und die Pilze nicht mehr voneinander unterscheiden konnte. Es wäre also möglich, daß ein gewisses Schuldbewußtsein sie vor der Kate zurückschrecken ließ, während sie im Fall Kathleen March, da ohne Schuld, kein schlechtes Gewissen hatte. Wie aber konnte sie ohne Schuld sein, da man das Kind in ihre Obhut gegeben hatte?

Stewart wird in Veras Jugend nach Hinweisen auf die spätere Entwicklung suchen, auf den langen, schleichenden Vergiftungsprozeß, auf den sie sich einließ und – als der nichts half – die jähe, brutal-unabänderliche Tat. Vermutlich wird er geltend machen, daß ein Mord nicht aus heiterem Himmel geschieht, daß etwas vorhanden sein muß, was ihn vorbereitet, eine Tendenz zur Gewalttätigkeit etwa, Gleichgültigkeit fremdem Leben gegenüber. Doch sowohl Vera als auch ich haben Nachkommen, die eher als ich das Recht haben zu entscheiden, ob das Geheimnis preisgegeben werden soll oder nicht, auch wenn sie die Geschichte vielleicht nicht kennen. Ich werde also Stewart gegenüber den Namen Kathleen March nicht erwähnen (wenn er diesen Aufhänger hätte, würde er mit Sicherheit auf eigene Faust recherchieren), sondern zunächst in Erfahrung bringen, wie Jamie zu der Sache steht, vielleicht auch die Meinung von Elizabeth und Giles einholen. An ihren Vater zu schreiben wäre zwecklos, Francis hat noch nie Briefe aus der Verwandtschaft beantwortet.

Es war die Luftschlacht um England, der Kampf der Wenigen über den Köpfen der Vielen (an der auch Andrew teilnahm), die mich im August 1940 wieder nach Sindon brachte. Ich freute mich sehr, obgleich man mir das nach dem, was ich über meinen vorhergehenden Besuch erzählt habe, vielleicht nicht so ohne weiteres abnimmt. Daß ich mich freute, hatte nichts mit Vera zu tun, oder vielmehr war Vera ein Nachteil, den es sich lohnte in Kauf zu nehmen, weil so viele offenkundige Vorteile dagegenstanden: das Wiedersehen mit Eden, ungestörte Nachtruhe im Schlafzimmer, in einem richtigen Bett (zu Hause hatten wir einen Schutzraum im Haus, in dem ich schlief; die Eltern hatten ihr Bett ins Wohnzimmer gestellt), das Landleben. All das hatte mich beim letzten Mal mit meinem Bleiben versöhnt. Das stürmische Entzücken, das manche Kinder, wohl hauptsächlich Mädchen, beim Anblick einer schönen Sommerlandschaft empfinden, wird von den Erwachsenen meist ignoriert oder vergessen. Genau das spricht ja auch Wordsworth in seiner Ode an die Unsterblichkeit an.

Das Erwachsensein setzt all dem ein Ende. Wiese, Hain und Strom, Erde und alle Kreatur verlieren ihre Frische und Traumherrlichkeit, wenn man die Kindheit hinter sich läßt. Später ist man dann einfach gern auf dem Land. So jedenfalls ging es mir. Als ich elf war, boten Sindons Felder und Wälder mir unendlich viel Beglückendes: die Vögel und Schmetterlinge, die Früchte von Bäumen – Platanen, Ahorn und Erlen –, die gemeinhin gar nicht als fruchttragend gelten, die Bildung der Blätter, der Daseinszyklus kleiner Lebewesen, eine Spinne, die ihr großes Ei durch die Gegend rollte, ein Schmetterling, der aus seiner Larve schlüpfte, eine Schnur Krötenlaich, ein Zinnoberfalter, der sich auf einer Kreuzkrautstaude niederließ. All das ist dahin. Ich sehe es nicht mehr, oder wenn ich das eine oder andere sehe, so fehlt das Gefühl des Beglückenden, ich habe keine Zeit zum Verweilen und zum Schauen. Damals war das anders. Zumindest einiges von diesen Dingen fand ich auf den brachliegenden Grundstücken unseres noch nicht komplett zugebauten Vororts, in dem der Krieg jede weitere Bautätigkeit unterbrochen hatte. Schon damals beherrschte ich die Kunst, die Augen halb zu schließen, um nicht zu sehen, was ich nicht zu sehen wünschte; in diesem Fall Häuser, in anderen Fällen beunruhigende Gefühle. In Great Sindon aber war es nicht nötig, die Augen zu schließen. Als eins der letzten Häuser war dort Laurel Cottage entstanden. Hier herrschte noch unverfälschte ländliche Idylle.

Außerdem freute ich mich auf das Zusammensein mit Eden. Elfjährige müssen wohl immer irgendeinen Schwarm haben, und die Trennung hatte meine Heldenverehrung noch stimuliert. Selbst den bewußten Brief fand ich jetzt beinah gerecht. Der Vorwurf hatte ja schließlich meinen Vater getroffen und nicht mich. Vielleicht hätte er sich wirklich besser um meine Umgangsformen kümmern, hätte dafür sorgen müssen, daß ich das Kochen und Nähen und Frausein lernte. Vera hatte wiederholt bemerkt, es leuchte ihr nicht recht ein, wozu all diese lateinischen Deklinationen gut sein sollten. Das hätte mich nun sicher nicht weiter beeindruckt, wenn nicht Eden lächelnd zugestimmt und mit Veras deutlicher Billigung erzählt hätte, daß sie selbst völlig hoffnungslos in Latein gewesen sei und es deshalb nach zwei Trimestern aufgegeben habe.

Eden war schön, elegant, sicher und selbstbewußt. Sie war zwar erst achtzehn, aber sie war die Schwester – nicht die Nichte! – von Erwachsenen und wurde von ihnen mit dem Respekt behandelt, der einer Altersgenossin gebührt. Sie hatte die Schule abgeschlossen und eine Stellung angenommen. Eden würde ich mir zum Vorbild nehmen. Im Zug nach Colchester überlegte ich, ob ihr Haar noch den gleichen leuchtenden Goldton hatte und ob ich mir wohl die Haare färben könnte, ohne daß es jemand merkte.

Irgendwo über Essex spielte sich ein Nahkampf zweier

Flugzeuge ab. Ein Jäger stürzte vom Himmel, eine schwarze Rauchfahne hinter sich herziehend, er sah aus wie ein fallendes Blatt. Die Fahrgäste drängten sich an den Fenstern und blickten nach oben. Man sah niemanden am Fallschirm durch die Lüfte segeln. Er war noch in der Maschine, wer immer es auch sein mochte, und verbrannte mit ihr. Eine Messerschmitt, sagten die Leute, keine von unseren, keine Spitfire oder Hurricane. Der Himmel war wieder leer, die Sonne schien weiter. Vera nahm mich auf dem Bahnhof in Empfang, küßte in zwei Zentimeter Abstand von meiner Wange die Luft, stellte fest, ich hätte zugenommen, und murrte erneut über die Last meines Koffers.

Diesmal aber blieb ich viele Monate. Im September setzten die Luftangriffe auf London ein, und ein Vierteljahr später gab es in einer einzigen Nacht 1725 Brände in der Stadt. Mein Vater kam nach Sindon und meldete mich in der Schule an, in die Eden gegangen war. Mittlerweile hatte ich eine Freundin im Ort gefunden, die ebenfalls diese Schule besuchte. Ich freute mich darauf, mit Anne zur Schule zu fahren, freute mich, wie die meisten Kinder in diesem Alter, daß ich angepaßt und nicht anders sein würde als die anderen. Noch aber waren Ferien, und Eden wartete in Laurel Cottage auf uns. »Sie kümmert sich um den Tee«, erklärte Vera. Heute vormittag hatte sie mir zu Ehren einen Biskuit gebacken, wie nur Eden ihn fertigbrachte, volle zehn Minuten hatte sie die Eier geschlagen.

Und noch jemand erwartete uns in Laurel Cottage, jemand, den ich ganz vergessen hatte: mein Vetter Francis.

Bis zu Jamies Geburt blieb er mein einziger Vetter, die Geschwister meiner Mutter hatten keine Kinder. Als wir klein waren, hatte es ein paar Begegnungen gegeben, wir hatten sicher zusammen gespielt, waren vielleicht sogar gut miteinander ausgekommen, aber daran habe ich keine Erinnerung mehr. Er war etwa ein Jahr älter als ich. Von seiner Anwesenheit sagte Vera natürlich nichts, vermutlich ging sie davon aus, ich wüßte davon, und vielleicht hätte ich es ja wirklich wissen können. Auch er hatte Ferien, wo hätte er sonst sein sollen als zu Hause? Daß er da durchaus andere Möglichkeiten hatte, erfuhr ich erst später.

Nicht das Erinnern fällt schwer, wohl aber das Nachempfinden dessen, was in mir vorging, als ich das Haus betrat und im Wohnzimmer Francis und Eden vorfand. Es war ein flaues Gefühl, fast so etwas wie Panik, was mich überkam, die Überzeugung, daß nun alles verdorben war. Warum traf es mich so sehr?

Warum war ich in diesen ersten Sekunden so sicher, daß wir einander unsympathisch sein würden, schlimmer noch, daß ich mir in seiner Gegenwart immer unbeholfen, täppisch und dumm vorkommen würde? Auch Angst vor ihm regte sich in diesen ersten Sekunden, ich ging in die Defensive, zog mich in mein Schneckenhaus zurück.

Veras vollendete Umgangsformen gingen nicht so weit, daß sie uns erneut miteinander bekannt gemacht hätte. Auch Eden machte keine Anstalten dazu. Vielleicht war es auch albern, daß ich damit gerechnet hatte. Wir waren Vetter und Base, waren miteinander verwandt, und es war doch wohl der Gipfel des Dünkels zu erwarten, man würde mir, um etwaige Gemeinsamkeiten aufzuspüren, etwas von ihm und ihm etwas von mir erzählen, zu erwarten, Vera und Eden, denen so deutlich jedes Mitgefühl mit anderen abging, würden eine Kommunikation zwischen uns in Gang bringen. Statt dessen stand ich stumm da und überlegte – ausgerechnet! –, wo ich wohl schlafen würde. Ich wußte genau, daß ich es nicht über mich bringen würde, danach zu fragen.

Er war ein hübscher Junge. Wer wissen möchte, wie er aussah, nehme die längst eingegangene Zeitschrift *Boys' Own Paper* zur Hand oder eine illustrierte Erzählung für die männliche Jugend aus der Zeit der Jahrhundertwende. Francis sah aus wie der Prototyp des jungen Helden, der gut gebaute junge Engländer, Kapitän der ersten Elf, Schulsprecher, später im Team der Universität, freundlich zu den ihm zugewiesenen jüngeren Schülern, Ungerechtigkeiten unnachsichtig ahndend, blaublütig, aber nicht eingebildet, das, was die Amerikaner einen WASP nennen würden, einen protestantischen US-Bürger britischer oder nordeuropäischer Herkunft, privilegiert und einflußreich. Heute würden wir ihm vielleicht eine gewisse Ähnlichkeit mit dem Schauspieler Anthony Andrews nachsagen. Er war blond, die Züge scharf geschnitten, das Kinn wie mit einem kräftigen Messer aus Teak geschnitzt, die Augen von durchdringendem Blau, die Lippen nicht schmal, sondern weich und voll. Im übrigen sah er Eden sehr ähnlich. Äußerlich sahen sie mehr nach Zwillingen aus als mein Vater und Vera, denn Francis war mit dreizehn schon größer als Eden.

Wir setzten uns zum Tee, und Vera begann sogleich überschwenglich die große Torte zu loben, deren Guß eine ganze Wochenration Zucker verschlungen haben mußte. Eden kicherte. Sie wirkte, obschon ein Jahr älter, weniger erwachsen, weniger gesetzt. Zum ersten Mal erlebte ich, daß der verschworene Zweierbund, der aus ihr und Vera bestand, Dritte nicht automatisch ausschloß. Und doch – nein, so kann ich es nicht sagen. Mal bildeten Eden und Francis ein Paar, mal Eden und Vera, nie aber fanden sie sich zum Trio zusammen. Auf die Beziehung zwischen Francis und seiner Mutter komme ich noch zu sprechen, aber schon bei dieser ersten Begegnung, in diesen ersten Stunden, schockierte und fesselte mich ihr kompliziertes Verhältnis zueinander. Wenn ich Francis und Eden betrachtete, wußte ich nicht recht, was ich denken sollte, die beiden gaben mir Rätsel auf, ängstigten mich fast. Warum das so war, konnte ich mir nicht erklären, ich war zu jung. Die Blicke, die sie wechselten, Edens Kichern über seine Bemerkungen, mit denen er sich – nicht aber Eden – Veras Mißbilligung zuzog, das Vergnügen, das sie ganz offensichtlich aneinander hatten, bis Eden sich einen spürbaren Ruck gab und wieder zu Vera überging – das alles überstieg mein Verständnis. Es bedrohte mich (wie die Psychotherapeuten sagen) in jenem Winkel meines Wesens, der sich nach Zugehörigkeit sehnte und sehnt, erschien mir beispielhaft für die Lebensführung erwachsener Menschen und dünkte mich nahezu unerreichbar. Jahre sollten vergehen, bis ich das Rätsel zu analysieren und zu lösen vermochte: Die beiden benahmen sich wie ein heimliches Liebespaar.

An diesem Abend aber trieb ich gleichsam in einem ruderlosen Boot in den tiefsten unerforschten Longley-Gewässern. Die Tischgespräche drehten sich um Edens neue Stellung, aber da alle davon ausgingen, ich wüßte, was für eine Tätigkeit es war, wie Eden die Stellung bekommen hatte, wie ihr Arbeitgeber hieß, wann sie angefangen hatte und und und, konnte ich nichts zur Unterhaltung beitragen, obgleich ich versuchte, durch aufmerksames Zuhören das eine oder andere Krümchen Wissen aufzuschnappen. Eden war jetzt, da sie nicht mehr zur Schule ging, stark geschminkt, sie hatte eine dieser flüssigen Make-up-Grundierungen aufgelegt, die noch nicht lange auf dem Markt waren – oder unter dem Ladentisch gehandelt wurden –, grellroten Lippenstift und einen kühnen Tupfer blauen Lidschatten. Ihre Frisur war eine komplizierte Konstruktion, in der man die Haarklemmen sah, was 1940 dem Schick keinen Abbruch tat.

Die Frage, ob man mich wieder um acht zu Bett schicken würde, beschäftigte mich stark. Daß Francis zu Hause war, mochte in mancher Beziehung unerfreulich sein, hatte aber in dieser Hinsicht vielleicht auch sein Gutes. Ich hielt es für wenig wahrscheinlich, daß sie mich zu Bett schicken würden und ihn nicht, und eine schimpfliche Gleichbehandlung war mir immer noch lieber als einsame Verbannung. Kurz nach dem Tee aber war Francis plötzlich verschwunden.

Ich trocknete ab. Vera und Eden unterhielten sich weiter über Edens Job. Inzwischen hatte ich immerhin erfaßt, daß sie in einem Anwaltsbüro tätig war, wo sie das Telefon bediente und den Klienten sagte, wo sie zu warten hatten, und beschafft hatte ihr die Stellung General Chatteriss, der mit dem Seniorpartner der Kanzlei zur Schule gegangen war. Ich war heilfroh, daß ich so viel in Erfahrung gebracht hatte, ohne Fragen stellen zu müssen. Wenn jetzt das Thema zur Sprache kam, würde ich mir zumindest wegen meiner Unwissenheit keinen Rüffel mehr einhandeln.

Von Francis erwartete man selbstredend weder Hilfe beim Abwaschen noch beim Bettenmachen noch bei sonst irgendwelchen Hausarbeiten. Als wir ins Wohnzimmer zurückkamen, dachte ich natürlich, er säße noch an seinem alten Platz, in einem Sessel, wo er *Vom Winde verweht* gelesen hatte. Vera reagierte überaus heftig auf sein Verschwinden (heute würden wir von einer Überreaktion sprechen). Sie lief rot an, blieb in der Tür stehen und sagte laut zu Eden:

»Siehst du, er macht es schon wieder.«

»Aber es ist doch erst zehn vor sieben, Liebchen.« Mir war schon aufgefallen, daß Eden jetzt immer öfter »Liebchen« zu Vera sagte.

»Er paßt es förmlich ab, wenn wir gerade mal weg sind.«

Dieser Wortwechsel war mir unverständlich. Francis war ein freier Mensch, es war noch früh am Tage. Warum sollte er nicht noch ein bißchen ins Dorf gehen, wenn ihm danach war? Das Thema wurde nicht vertieft. Vera und Eden hatten noch geradezu viktorianische Gepflogenheiten. Ihre Freizeit verbrachten sie am Tisch oder in Sesseln rechts und links vom Kamin sitzend mit Nähen, Häkeln oder Sticken. Dieser Tätigkeit widmeten sie sich auch jetzt, wobei Eden mit ihrer kunstvollen Frisur und dem grellen Make-up recht eigenartig wirkte, wie sie da als braves Hausmütterchen ein Taschentuch mit biederer Hohlsaumstickerei verzierte. Doch für mich war damals alles, was sie tat, bewunderns- und nachahmenswert, und als sie eine Häkelnadel und ein Wollknäuel für mich heraussuchte und mir beibrachte, Quadrate zu häkeln, die man später zu einer Decke zusammensetzen konnte, machte ich mich mit Feuereifer ans Werk. Vera bestickte einen Kaminschirm mit einer Dame in Haube und Krinoline, die einen Henkelkorb am Arm trägt. Krinolinendamen waren für Handarbeiten dieser Art sehr beliebt, man begegnete ihnen in Laurel Cottage allenthalben, auf Kissen und Teewärmern und Wäschebeuteln.

Ich wäre lieber draußen im Garten oder auf den Feldern gewesen, aber nach den Bemerkungen über Francis' Abwesenheit, wagte ich mich nicht recht aus dem Haus. Überdies war es sehr befriedigend, bei den Erwachsenen zu sitzen, mit ähnlichen Arbeiten wie sie befaßt zu sein, Hilfestellung von der lieben Eden zu bekommen, die von Zeit zu Zeit meinen ungeschickten Händen nachhalf, die Neigung zu ungleich großen Maschen in Zaum hielt und nach Vollendung des ersten Quadrates bemerkte: »Wirklich recht nett für den Anfang.«

Vera hatte ihre Stickerei beiseitegelegt, um einen Brief zu schreiben. Ich schielte verstohlen hin und sah, daß er an ihren Mann gerichtet war, denn er begann mit »Lieber Gerry!« Wo er stationiert war, wußte sie nicht – »irgendwo in England« war die gängige Floskel, wenn er nicht gerade eine Andeutung einschmuggeln konnte, die geschickt genug formuliert war, um durch die Zensur zu rutschen. Es wurde acht, und trotzig fing ich ein neues Quadrat an, aber da hatte ich die Rechnung ohne Eden gemacht, die die Kirchturmuhr hatte schlagen hören, noch ehe der Zeiger der Wohnzimmeruhr die Acht erreichte. Sie steckte die Nadel in den Stoff, faltete ihn, legte ihn auf die Sessellehne, die scharfe Schere genau ausgerichtet obenauf und erhob sich lächelnd.

»Du schläfst bei mir, kleine Nichte, ich bringe dich am besten gleich nach oben.«

Ich folgte ihr zur Tür, enttäuscht, aber ein wenig entschädigt dadurch, daß ich in ihrem Zimmer schlafen würde. Doch plötzlich sprang Vera auf, drängte sich an uns vorbei und lief die Treppe hinauf. Ich hörte sie von Zimmer zu Zimmer laufen und mit Türen schlagen. Eden zögerte. Sie sah mich nicht an. Dann machte sie die Tür auf. Am Fuß der Treppe blieben wir stehen. Vera kam im Laufschritt herunter, mit gerötetem Gesicht, man sah an ihren Augen, ihrem Mund, wie die Wut in ihr arbeitete.

»Er ist nicht im Haus. Ich sage ja, er macht es wieder.«

Sie riß die Haustür auf, lief zum Gartentor und beugte sich weit vor. »Francis, Francis!« rief sie, erst nach links, dann nach rechts.

Wir gingen in Edens Zimmer hinauf. Dort hörten wir Vera nach Francis rufen, erst vorn, dann hinten hinaus. Die Tür zu seinem Zimmer war geschlossen. Eden machte sie auf und sah hinein, aber natürlich war er nicht da. Ich sagte nichts, und sie ließ sich zu keiner Erklärung herbei. In ihrem Zimmer herrschte peinliche Ordnung, es gab Spitzendeckchen für ihre Haarbürste und diverse Tiegelchen und Schüsselchen, hauptsächlich in Rosa. Eins der Bilder, die an der Wand hingen, ein Farbfoto, zeigte die Peter-Pan-Statue in Kensington Gardens. Die Betten standen nicht nebeneinander, sondern über Eck und so weit voneinander entfernt, wie die Größe des Zimmers es eben erlaubte. Sehr erleichtert stellte ich fest, daß kein Wecker in Sicht war.

Mein Koffer stand schon da, ich solle meine Sachen in eine bestimmte für mich reservierte Ecke des Schranks hängen, sagte Eden, und in der Kommode könne ich die zweite Schublade von unten haben.

Wir hörten Veras Schritte die Treppe heraufkommen. Sie riß die Tür auf. Kindern ist es peinlich, wenn Erwachsene ihrer Erregung die Zügel schießen lassen, und Vera bemühte sich in diesem Augenblick gar nicht, ihre hochgradige Erregung zu verbergen. Ihr Gesicht war puterrot und verweint, ihr Mund zuckte, ihr Körper war angespannt wie eine Feder, die Hände hatte sie zu Fäusten geballt. Eden trat zu ihr und legte ihr eine Hand auf den Arm.

»Jetzt reg dich doch nicht so auf, Liebchen.«

»Er macht es absichtlich.«

»Ja, natürlich. Am besten übersiehst du es einfach.« Dann erst ging Eden auf, daß ich ja noch dabeistand, befangen und krampfhaft überlegend, was um alles in der Welt diesen heftigen, hysterischen Anfall von Wut und Kummer ausgelöst haben mochte.

»Gute Nacht, Faith, ich werde dich nicht stören, wenn ich nach oben komme, ich ziehe mich im Dunkeln aus.«

Sie schloß die Tür zwischen sich und Vera und mir, Veras rätselhafte Qual blieb draußen. Beim Auspacken überlegte ich, ob sie wohl glaubte, Francis sei weggelaufen oder vielleicht gekidnappt worden. Würden sie die Polizei rufen? War ich die erste Augenzeugin einer schrecklichen Familientragödie? Als ich ins Badezimmer ging, sah ich, daß Francis' Tür weit offen stand, das Bett war gemacht; Vera schlug nach der Abendmahlzeit immer alle Betten zurück und zog die Tagesdecken ab. Das Zimmer war leer. Auf dem Kaminsims tickte der laute Wecker. Unten hörte ich Vera weinen. Verwirrt von diesem Rätsel legte ich mich zu Bett und rechnete fast damit, daß in Kürze Polizisten, Nachbarn, Suchmannschaften das Haus stürmen würden. Da stieg jemand leise die Treppe hoch. Bestimmt Eden, dachte ich und stellte mich schlafend. Doch Eden kam erst eine halbe Stunde später, zusammen mit Vera, und der Lärm, den die beiden machten, hätte mich ohnehin geweckt.

»Da ist er! Schau ihn dir an! Und die Tür sperrangelweit offen! Er muß sich hinter unserem Rücken ins Haus geschlichen haben. Ich könnte ihn umbringen.«

»Reg dich doch nicht so auf, Liebchen.«

»Warum tut er das? Was hat er davon?«

Die Neugier siegte. Ich stieg aus dem Bett und machte die Tür auf. Vera sah mich nicht gleich. Francis' Tür stand noch immer weit offen, die Uhr tickte mit einem metallischen Widerhall, der eigentlich den festesten Schläfer hätte wachhalten müssen. Nicht aber Francis. Er schlief, halb aufgedeckt, und atmete tief und ruhig.

»Ich könnte ihn umbringen«, wiederholte Vera.

»Je mehr du dich aufregst, desto diebischer freut er sich.«

Vera sah mich.

»Was machst du denn hier?«

»Ich wollte mir ein Glas Wasser holen.«

»Hol es ihr bitte, Eden.«

»Das kann ich doch selber machen.«

»Ja, und dann drehst du den Hahn nicht ordentlich zu. Ich möchte wirklich wissen, woher du diese Angewohnheit hast, mitten in der Nacht Wasser trinken zu wollen. Dein Vater und Eden haben so was als Kind nie gemacht. Man hätte das gar nicht erst einreißen lassen dürfen.«

Den Zorn, den sie bei dem schlafenden Francis nicht los wurde, ließ sie an mir aus, was ich natürlich damals nicht begriff. An diesem Abend wußte ich auch noch nicht – sollte es aber bald genug erfahren –, daß Francis dieses Spiel allabendlich wiederholte, es gehörte zu einem grausamen, kühl durchdachten Mutterquälprogramm, das er zu Ferienbeginn hatte anlaufen lassen. Jeden Abend um sieben verschwand er – ursprünglich wohl, um sich der schändlich frühen Schlafenszeit zu entziehen – und versteckte sich so, daß er sich an Veras lautstarkem Zorn und Jammer weiden konnte, den sie, wenn er nicht aufzufinden war, nicht zu beherrschen vermochte. Lag sie dann schluchzend in Edens Armen, schlich er sich die Treppe hinauf ins Bett und ließ die Tür offenstehen, als wolle er sagen: »Schau her, hier bin ich, was soll das Getue?« Vera gewöhnte sich nie daran. Edens Rat, Francis einfach zu ignorieren, war in den Wind gesprochen. Jeden Abend kam es zu der gleichen hysterischen Szene, auf deren Höhepunkt die beiden Frauen in der Tür zu Francis' Zimmer standen und ihn staunend betrachteten wie Höflinge das Nachtlager eines französischen Königs.

Warum tat er das? Was bereitete ihm so viel Genuß beim Anschauen und Anhören von Veras ohnmächtigem Zorn? Denn das war nur eine seiner vielen Provokationen, zu denen es auch gehörte, sich über ihr Gebot des Essens mit der linken und des Trinkens mit der rechten Hand in der Art hinwegzusetzen, daß er Messer und Gabel in der Linken zu halten pflegte. Außerdem hatte er seine roten und seine gelben Tage, an denen er bei allen Mahlzeiten des Tages nur Nahrungsmittel von roter oder gelber Farbe zu sich nahm. In letzterem Falle wurden Posten wie Zitronencremetörtchen, Safrankuchen oder ein hartgekochtes Ei einer sorgfältigen Prüfung unterzogen, um festzustellen, ob sie gelb genug waren. Für gängige Streiche wie Salz im Zuckerstreuer oder Äpfel unter dem Bettlaken war er viel zu raffiniert und originell. Seine Spezialität war das Bizarre, und er wußte nur zu gut, daß er damit Vera besonders traf. An einem heißen Augusttag färbte er alle blauen Blüten im Garten grün, indem er die Blütenköpfe einzeln in ein Glas mit Ammoniak tauchte. Wenn morgens der *Daily Telegraph* kam, war häufig das Kreuzworträtsel ausgeschnitten, nur die Stichworte waren noch da. Vera beschwerte sich bei ihrem Zeitungshändler und ließ sich auf wochenlange Streitereien mit dem Zeitungsjungen ein, ehe ihr dämmerte, daß Francis dahintersteckte. Francis scheute keine Mühe, wenn es einen Schabernack galt. Es machte ihm gar nichts, um sechs aufzustehen und das Rätsel auszuschneiden, sobald die Zeitung unter der Tür durchgeschoben wurde.

Eden fragte ihn nach dem Grund. Ich saß dabei, aber ich glaube, sie hatten mich in diesem Augenblick total vergessen. Vera war gerade weinend nach oben gelaufen. Es war einer von Francis' weißen Tagen. Inzwischen machte sich die Lebensmittelknappheit schon bemerkbar, und es galt als unpatriotisch, den Teller nicht leer zu essen. Seinen Blumenkohl und das weiße Hühnerfleisch hatte Francis essen können, aber auf den Kartoffeln war braune Soße gewesen, die er unbedingt unter fließendem Wasser hatte abwaschen müssen. Erstaunlicherweise gab Vera ihm in diesen Essensdingen nach, wahrscheinlich, damit er überhaupt etwas aß, denn er war ihrer Meinung nach zu dünn. Heute nun hatte sie ihm völlig ernsthaft dieses fade Essen und als Nachtisch einen Reispudding vorgesetzt. Doch an Nachgiebigkeit war Francis nicht gelegen. Nach dem ersten Löffel Reis schlug er sich mit der Hand an die Stirn wie jemand, dem zu spät eine wichtige Verfügung einfällt.

»Haben wir heute Dienstag?«

»Natürlich haben wir Dienstag«, sagte Vera.

»Dann ist das eigentlich ein grüner Tag. Was bin ich für ein Trottel! Vielleicht ist es aber noch nicht zu spät, den Schaden wieder gutzumachen, vielleicht ist noch nichts passiert. Schnell! Haben wir eine Dose Stachelbeeren im Haus? Einen Apfel? Aber grün muß er sein. Notfalls auch eine Gurke...«

Vera warf die Serviette auf den Tisch und lief nach oben. Francis lachte. Mit einem Seitenblick und mit unbeteiligter Stimme, nicht bereit, sich festzulegen, sagte Eden:

»Du bist unausstehlich. Warum bist du so unausstehlich?«

Daß jemand eine Gurke wie eine Banane aß, hatte ich noch nie erlebt. Francis schälte sie wie eine Banane, wenngleich er natürlich ein Messer dazu nehmen mußte.

»In Indien«, sagte er, »hatte ich ein Kindermädchen, eine Ayah. Sie hieß Mumtaz.«

»Von der hast du mir schon erzählt.«

»Mag sein. Du fandest, daß sie einen komischen Namen hat. Es ist der Name der Frau, für die das Taj Mahal gebaut worden ist. Aber das sagt dir wahrscheinlich nichts.«

»Sei nicht so ekelhaft, Francis«, sagte Eden.

»Ich glaube, ich erzähl's dir doch nicht. Außerdem ist sie schon tot. Sie hat irgendeine scheußliche Sache gekriegt, Typhus, glaube ich, und daran ist sie gestorben.«

»Du hattest deine Mutter«, sagte Eden. »Meine Mutter ist gestorben, als ich dreizehn war.«

»Und dann hattest du *meine* Mutter, und ich hatte sie nicht, das ist nämlich der springende Punkt. Und ich war nicht dreizehn, ich war sieben. Sie hat mich so schnell wie möglich in die Schule gegeben, hat mich abgeschoben, sobald sie konnte.

Reizend, nicht? Ich mußte ins Internat, weil sie in Indien war, aber dann war sie gar nicht mehr in Indien, sondern hier, bei dir. Sie hat sich für dich entschieden, und mich hat sie ins Internat gesteckt.«

Eden nahm plötzlich eine sehr erwachsen-überlegene Haltung ein. Sie schenkte mir ein gönnerhaftes Lächeln. »Faith muß einen schönen Eindruck von uns bekommen. Natürlich hat Francis es nicht so gemeint, Faith, das ist dir hoffentlich klar.«

Ich war ein schweigsames Kind, noch gänzlich unbeleckt von feiner Lebensart, und pflegte häufig meine Meinung durch Nicken oder Kopfschütteln kundzutun. Ich nickte – und hätte mich nicht mehrdeutiger ausdrücken können.

»Deine Mutter hat getan, was für dich das Beste war, Francis. Oder was sie für das Beste hielt. Weißt du denn, ob ich nicht vielleicht auch gern ins Internat gegangen wäre? Ich hatte diese Möglichkeit nicht.«

»Sei nicht so ein verfluchter Tugendbold, Eden.«

Der Mittelstand führte 1940 das Wort »verflucht« noch nicht allzu häufig im Munde. Für mich war schon »verflixt« starker Tobak, und ich war schockiert.

»Jetzt ist deinetwegen Faith rot geworden.« Das stimmte, aber es wäre mir lieber gewesen, Eden hätte meinen lieben Vetter nicht darauf aufmerksam gemacht. »Sie wird es bestimmt ihrem Vater erzählen. Ihr Vater wird jedes Wort erfahren, aber nicht du wirst darunter leiden, sondern die Nackenschläge wird Vera bekommen, weil sie dich nicht anständig erzogen hat.«

»Um so besser.« Francis holte Veras Reißzweckenschachtel aus dem Regal. Erst zwackte er die Gurkenschalen am Ende zusammen, dann machte er mit den Reißzwecken ein Nietenmuster, wie auf einem Gürtel. Er rollte ihn zusammen, nahm den Gürtel aus Veras Regenmanteltasche und steckte statt dessen den Gurkenschalen- und Reißzweckengürtel hinein.

Ich hielt ihn für übergeschnappt. Vielleicht war er wirklich nicht ganz gescheit. All diese Streiche waren Racheakte und nicht etwa der Versuch, auf sich aufmerksam zu machen. Er haßte Vera, und zwar nicht so, wie man das zuweilen in einer leeren Formel dahersagt, sondern echt, abgrundtief und genüßlich. Eden bewahrte geschickt ihre neutrale Haltung. Mit Francis gickerte sie und schien sich damit manchmal auf seine Seite zu schlagen – sie wußte, daß er Vera nie zutragen würden, was sie zu ihm sagte, dazu war er zu stolz. Wenn sie mit Vera zusammen war, seufzte sie nur kopfschüttelnd und meinte, Vera solle darüber hinwegsehen, es würde sich verwachsen. Bei Vera konnte sie nie sicher sein, ob diese nicht mit einer Bemerkung von ihr schnurstracks zu Francis laufen würde: »Eden hat gesagt, du bist unausstehlich, sie kennt keinen Jungen, der sich seiner Mutter gegenüber so benimmt, sagt sie.«

Von mir erwartete man keine Parteinahme, niemand appellierte je an mich. Inzwischen hatte ich Anne Cambus kennengelernt, wir waren fast täglich zusammen, oft bei ihr, was gut für mich war, nicht nur für mein Sozialverhalten, sondern weil mir durch diese Besuche ein Kontrast deutlich gemacht wurde: daß es nämlich nicht überall zuging wie bei Vera und Eden und daß dies auch gar nicht allen Leuten erstrebenswert erschien; daß es auch noch andere Menschen gab, lässige, herzliche, unkomplizierte Menschen, ein bißchen so wie meine Mutter, und daß es Veras Haus war und nicht das meine, das die Ausnahme bildete. So streifte ich mit Anne durch die Felder und Wälder, fuhr mit ihr Rad – auf einem alten Drahtesel, der Eden gehört hatte – und führte mit ihr ein verwickeltes, spannendes Stück auf, das wir »Maria, Königin der Schotten« nannten. Darin stellten wir immer wieder Szenen aus Marys Leben nach, so wie wir es aus unseren Büchern kannten, eine von uns spielte jeweils die Königin, die andere übernahm sämtliche übrigen Rollen – Darnley, Rizzio, Bothwell, Elisabeth die Erste. Bei Regen fanden diese Vorführungen in der verfallenen Kate am Ende von Veras Garten statt, die allgemein nur das »Kabäuschen« hieß. Viele Häuser in Sindon und den umliegenden Dörfern hatten damals so eine Kate oder Reste davon im Garten stehen. Ein Gewirr von Katen aus lehmbeworfenem Flechtwerk muß sich dort früher einmal durchs Gelände gezogen haben, mit Backsteinen ausgeflickt, Wand an Wand gebaut aus Kosten- und Kälteschutzgründen, ein Wabenbau, der Schmutz, Krankheit und Elend barg. Die übriggebliebenen Katen dienten später als Lagerschuppen oder Waschhäuser. Ob in dem Kabäuschen von Laurel Cottage je gewaschen worden war, weiß ich nicht. Immerhin stand ein alter Kupferkessel mit ausgebleichtem Holzdeckel darin, darunter war ein Hohlraum, eine Art Grube zum Feuermachen. Der Boden war aus Backsteinen. Eden erzählte mir, daß sie als Kind die Kate als eine Art Puppenhaus hatte benützen dürfen, deshalb war sie wohl auch nicht völlig heruntergekommen. An dem kleinen Fenster hingen noch die zerschlissenen Reste von Baumwollvorhängen, auf dem Boden lag ein Teppich, als Möblierung gab es einen Klapptisch und zwei Liegestühle. Vera, die Hausfrau par excellence, hatte die Kate in ihren regelmäßigen Hausputz einbezogen. Immer noch einmal wurde in diesem Sommer und Herbst im Kabäuschen Maria Stuart von Anne und mir gekrönt, verheiratet, verraten und enthauptet. Fünf Jahre später sollte ich dort eines Nachts ein noch seltsameres Ritual erleben, aber das lag noch in weiter Ferne, ein Kind hätte etwas Derartiges unmöglich voraussehen können.

Nachts teilte ich das Zimmer mit Eden. Sie hielt sich an ihre Ankündigung, sich im Dunkeln auszuziehen und zu Bett zu gehen, aber in Mondnächten wurde es nur mäßig dunkel, und manchmal war ich noch wach, wenn sie nach oben kam, stellte mich aber schlafend. Das Geschäft des Auskleidens vollzog sich auch ohne Licht überaus sittsam, erst zog sie Kleid oder Bluse aus, dann streifte sie das Nachthemd über den Kopf und schlüpfte rasch aus der Unterwäsche. Edens

Nachthemden waren alle aus feinem rosa oder weißem Batist, von ihr oder von Vera am Hals und an den Handgelenken, manchmal auch am Saum, bestickt. Nylon war damals schon erfunden, es dauerte allerdings noch eine Weile, bis es zu uns gelangte.

Im Dunkel oder Halbdunkel setzte sich Eden dann an den Ankleidetisch, »reinigte« das Gesicht, wie damals (und vielleicht noch heute) von Frauenzeitschriften empfohlen, und massierte Nährcreme ein. Das Haar wurde zu kleinen Würsten gerollt und mit Klemmen festgesteckt, über diese Konstruktion kam ein rosa Chiffontuch. Eden trug beim Schlafen, wie Helen es Stewart von ihrer Mutter berichtet hat, weiße Baumwollhandschuhe zwecks Pflege der Hände. Schlaf vortäuschend und laut und regelmäßig atmend, folgte ich dieser allnächtlichen Prozedur voller Bewunderung, ja, voller Neid.

Manchmal freilich, je mehr es auf Herbst zuging, war es schon so dunkel, daß weder sie noch ich etwas sehen konnten, und das Ritual muß sich im Badezimmer abgespielt haben. Noch später bekam ich Francis' Zimmer, der inzwischen wieder im Internat war, nachdem sein Mutterquälprogramm mit einem glanzvollen Höhepunkt seinen Abschluß gefunden hatte.

Es war an dem Abend, als er den Versuch gemacht hatte, das Rechte-Hand-Linke-Hand-Getue ein für allemal abzustellen. Der Versuch schlug fehl, aber ich glaube, seine Worte waren Vera doch recht nahe gegangen, denn sie deutete zwar weiterhin auf unsere Hände über dem Tischtuch und schob unsere Teller auf die linke Seite, aber ich spürte, daß sie nicht mehr mit dem Herzen bei der Sache war.

Francis fragte, ob sie wüßte, daß die Moslems immer mit der rechten Hand äßen, weil sie die Linke zur persönlichen Hygiene nach dem Stuhlgang benützten. Damit habe ich mich auf einen Euphemismus zurückgezogen. Francis hingegen hatte zu seiner Mutter gesagt, daß sie die Linke benützten, »um sich nach dem Scheißen den Hintern zu wischen«, und deshalb sei die Strafe, einem Moslem – einem Dieb beispielsweise – die rechte Hand abzuhacken, eine noch grausamere Verstümmelung, als man glaubte, denn das Opfer müsse wahrscheinlich Hungers sterben.

Vera entfuhr ein Schrei der Empörung. Widerlich sei so etwas, sagte sie, schlecht könne einem werden von diesem Gerede. Später sagte sie noch, hier gäbe es zum Glück keine Moslems, er brauche sich also nicht einzubilden, daß wir uns für ihre ekelhaften Bräuche interessierten.

»Da sieht man mal, was dabei herauskommt, wenn man Menschen in solche starren Regeln zwängt«, sagte Francis, und damit hatte er recht, in mehr als einer Beziehung.

Im Laufe des Tages verdüsterte sich seine Stimmung zusehends. Er war schweigsam und in sich gekehrt, und obschon es ein gelber Tag war – Vera hatte ihm zum Lunch auf seine Weisung mit sichtlicher Überwindung Erbsbrei und ein Omelette vorgesetzt –, vergaß er, sich ausschließlich an die Sandtorte und die Zitronentörtchen zu halten, und verdrückte abwesend eine Scheibe Früchtekuchen. Nachdem er es gemerkt hatte, stand er auf und verließ wortlos das Zimmer. Als Vera abends wie üblich nach ihm suchte, fand sie auf dem Kopfkissen einen Abschiedsbrief. Sie zog die Tagesdecke zurück, die sie vor Stunden unter das Kissen geschoben, geglättet und unter dem Bettgestell festgesteckt hatte, und da lag der Umschlag. Beim Hineinschieben hatte die Webdecke eine Falte geschlagen, was ihr beim Betreten des Zimmers auf den ersten Blick aufgefallen war. »Mutter« stand in Druckbuchstaben darauf, in mauvefarbener Tinte, Francis' derzeitiger Lieblingsfarbe. (Wie *farbig* Francis war, ich erinnere mich an ihn hauptsächlich im Zusammenhang mit Farben, seine mauvefarbene Tinte, seine gelben Tage, die Verwandlung der Blumen von Blau zu Grün.) In dem Brief stand, er sei so unglücklich, daß er beschlossen habe, Schluß zu machen.

Vera glaubte, was da stand. Auch ich glaubte es, natürlich

glaubte ich es, Angst und Entsetzen hatten mich gepackt. Eden schien es ebenfalls zu glauben, jedenfalls war sie es, die meinte, Vera solle die Polizei verständigen. Der Dorfpolizist kam angeradelt, später folgten Kollegen im Auto. Vera wollte den Brief holen, aber der Brief war verschwunden, natürlich hatte ihn Francis, der sich im Haus versteckt hielt, an sich genommen und vernichtet. Auf dem Höhepunkt der Aufregung – drei Polizisten im Haus sowie die Frau des Pfarrers, die gekommen war, um etwas wegen des Frauenkreises zu besprechen, Vera in Tränen aufgelöst, Eden erregt auf und ab gehend – kam Francis in aller Seelenruhe ins Zimmer und fragte, was dieser Wirbel zu bedeuten habe. Er leugnete, einen Brief geschrieben zu haben, leugnete das Vorhandensein eines Briefes, und das Ende vom Lied war, daß alle an Vera zu zweifeln begannen. Ich hatte den Brief nicht gesehen, aber Vera hatte ihn Eden gezeigt, die sich erstaunlicherweise nicht festnageln ließ. Nie bestätigte sie ausdrücklich, daß auch sie den Brief gelesen hatte, nie stellte sie sich ausdrücklich hinter Vera, sie benahm sich eher wie eine Pflegerin und Vertraute, die immer einspringt, wenn es gilt, Wogen zu glätten. Sie würde sich um Vera kümmern, sagte sie zu den Polizisten und zu Mrs. Morrell, Vera würde sehr bald wieder in Ordnung kommen, sie war überreizt, es würde sich schon legen. Man merkte deutlich, daß die Polizeibeamten Vera für hysterisch hielten und glaubten, man habe sie um nichts und wieder nichts alarmiert. Francis aber hatte sein Ziel erreicht und legte sich hochbefriedigt über diesen Knalleffekt ins Bett.

In diesem Herbst aber nahm sich in Great Sindon tatsächlich jemand das Leben. Ich habe oft überlegt, welche Bedeutung dieser Tod im Zusammenhang mit den nachfolgenden Ereignissen gehabt haben mag oder mit anderen Worten, inwieweit er zu den Vorgängen beitrug, die zu dem Mord führten.

6

Der Geistliche der Gemeinde Sindon wurde mit Reverend Richard Morrell angeredet. Ich hatte von ihm als dem Vikar gesprochen, woraufhin mir Vera über den Mund fuhr und sagte, ich solle nicht albern sein, aber in meiner Unwissenheit dachte ich, alle Geistlichen der englischen Staatskirche seien Vikare, ich hielt es für eine Berufsbezeichnung wie Metzger. Vera ging sonntags fast immer zur Kirche, meist zur Abendandacht. Aus einem mir unerfindlichen Grunde wünschte mein Vater nicht, daß ich konfirmiert wurde. Wahrscheinlich hatte er seinen Glauben verloren oder hielt nichts mehr von institutionalisierter Religion. Damals war es mir gar nicht recht, daß ich auf diesen doch so unentbehrlichen Baustein meiner Bildung verzichten sollte. Auf dem Klavier im Wohnzimmer von Laurel Cottage stand ein großes, gerahmtes Foto von Eden in ihrem weißen Konfirmationskleid mit einem Schleier über dem Haar, das ich wundervoll fand. Auch ohne diese ausdrückliche Aufnahme in den Kreis der Auserwählten – oder auch nur die Aussicht darauf – begleitete ich Vera manchmal zur Kirche, besonders abends, wenn Eden auch mitging. Mit meinen beiden Tanten die Dorfstraße hinunterzugehen, wie sie mit einem Gebetbuch in der Hand – aus unerfindlichen Gründen, denn für jeden Gottesdienstbesucher war in der Kirche eins ausgelegt –, schenkte mir etwas von jenem so sehr herbeigesehnten Zugehörigkeitsgefühl. Nach dem Gottesdienst schüttelte mir Mr. Morrell die Hand, ein großer, schwerer, ungepflegt wirkender Mann, von dem man sich erzählte, er habe die Abendmahlsoblaten unverpackt in der Tasche seines Chorrocks. Er war der Vetter ersten Grades eines sehr bedeutenden Mannes, der Master von Balliol gewesen war. Der Titel irritierte mich, als Vorsteher eines der Colleges von Oxford, fand ich, müßte er doch mindestens Direktor heißen, weil ja »Master« nichts weiter als ein einfacher Lehrer war – ein Mißverständnis, für das ich wieder mal von Vera abgekanzelt wurde.

Die Morrells hatten ein Mädchen namens Elsie. Damals gab es noch Dienstmädchen, die im Haus wohnten, allerdings verschwanden sie zu jener Zeit gerade rapide in den Munitionsfabriken oder als Hilfskräfte in der Landwirtschaft. Das Pfarrhaus von Great Sindon war ein riesiger, sehr altmodischer Kasten mit acht Schlafzimmern. Elsie, Tochter eines Landarbeiters aus einem fünf Kilometer entfernten Dorf, war sechzehn und für alle groben Arbeiten im Haus zuständig, während das Staubwischen, Bettenmachen und Bügeln und natürlich das Kochen Mrs. Morrell überlassen blieb. Ich kannte Elsie vom Sehen. Wenn Anne und ich aus der Schule kamen, trafen wir sie an ihrem freien Nachmittag manchmal, wenn sie nach Hause ging, um ihre Mutter zu besuchen, sprachen sie aber nie an. Wir waren arge kleine Snobs. Zwar wußten wir, daß wir nicht zum Landadel gehörten wie Mrs. Deliss von der Priory, dem »Großen Haus«, hielten uns aber durchaus für etwas Besseres als die Leute aus dem Dorf. Überdies kam Elsie nicht nur aus der Arbeiterklasse, sondern war auch noch »in Stellung«. Vera erwartete von ihr, daß sie mich »Miss« und sie selbst »Madam« nannte. Elsie war ein vierschrötiges Mädchen mit frischer, wettergegerbter Haut und garantiert echtem rötlich-goldenem Haar. Mrs. Morrell ließ sich bei ihren gelegentlichen Besuchen in Laurel Cottage stets des langen und breiten über Elsie aus, die sie faul und schlampig nannte. Ich glaube, sie und Vera hatten viel Freude an diesen Gesprächen über das »Dienstbotenproblem«, wie sie es nannten.

»Sie können von Glück sagen, daß Sie sich damit nicht herumzuplagen brauchen«, hörte ich Mrs. Morrell sagen. »Was gäbe ich nicht für ein Haus dieser Größe.« In Wirklichkeit hätte sie gewiß nicht viel dafür gegeben. Insgeheim genoß es

Mrs. Morrell, die (wie ich von Anne wußte) Lehrerin ohne Berufsabschluß in einer Privatschule in Ipswich gewesen war, in einem georgianischen Herrenhaus zu wohnen, das größer war als die Priory von Great Sindon.

Ein- oder zweimal war ich, wenn ich mit Vera einen Besuch im Pfarrhaus gemacht hatte, Elsie begegnet, wie sie einen Besen schwang oder auf Händen und Knien einen Steinboden scheuerte. Vera unterließ es nie, das Wort an sie zu richten, woraufhin die arme Elsie aufstehen und ein ehrerbietiges Gesicht machen mußte.

»Ich hoffe, den Eltern geht es gut, Elsie?«

»Ja, danke, Madam.«

Soweit ich weiß, kannte Vera Elsies Eltern überhaupt nicht. Ihren Nachnamen erfuhren wir alle erst anläßlich der gerichtlichen Untersuchung.

An einem ihrer freien Nachmittage verschwand Elsie. Als sie bis zum Abend nicht zurückgekommen und auch am nächsten Morgen noch nicht aufgetaucht war, schickte Mrs. Morrell zu ihren Eltern, das heißt, sie hieß den Jungen, der einmal in der Woche zum Rasenmähen oder Laubrechen ins Pfarrhaus kam, mit dem Rad hinfahren. Doch auch dort war Elsie nicht, und am gleichen Tag fand ein Bauer sie ertrunken in seinem Brunnen.

Ich glaube, richtige Brunnen für die Wasserversorgung gibt es heute gar nicht mehr, aber damals waren sie noch durchaus üblich. Die meisten Cottages und auch einige der Gehöfte hatten weder Wasser- noch Stromanschluß. Gas gibt es bis heute in Great Sindon nicht. Dieser Brunnen nun speiste sich aus einer Süßwasserquelle und war innen mit Algen bewachsen, die auffallend sauber aussahen, wie flutendes grünes Haar. Etwas später, nachdem der Brunnen geleert und gereinigt worden war, gingen Anne und ich hin und schauten ihn an. Er war nicht mehr als einen Meter im Durchmesser, aber dem Vernehmen nach sehr tief – wenn auch nicht so tief, wie es immer hieß – und hatte eine Randeinfassung aus alten kleinen Backsteinen. Elsies Weg führte an dem Gehöft vorbei, an dem der Brunnen stand, und im November, wenn die Hecke kahl war, konnte man ihn im Vorübergehen erkennen. Von Anne erfuhr ich, was geschehen war.

»Stell dir vor, die Elsie aus dem Pfarrhaus hat Selbstmord begangen, sie hat sich ertränkt. Mummy hat es mir erzählt. Ich soll nicht drüber reden, hat sie gesagt, aber für dich gilt das ja nicht, ich meine, sie weiß, daß ich es dir sowieso erzählen würde.«

Ich war erschüttert und irgendwie überwältigt. Wir warteten auf den Schulbus. Es war ein kalter Morgen, die Luft, der Wind, die ganze Welt war voll von schwebenden, wehenden, fallenden Blättern. Noch nie hatte ich das Fallen der Blätter so bewußt erlebt. Die Dorfmitte – der Anger und die von ihm abgehenden Straßen – waren mit hohen Kastanien, Platanen, Sykomoren und Buchen bepflanzt, die alle gerade ihr Laub abwarfen, wobei ihnen der scharfe Wind half, so daß ich bis heute, wenn ich im Herbst die Blätter fallen sehe, an Elsie und ihren nassen Tod denken muß.

Warum sie es getan hatte, fragte ich Anne. Mit sechzehn ist man keine Altersgenossin von Zwölfjährigen, aber sechzehn ist noch jung, nicht wie sechsundzwanzig, ein Alter, in dem der Mensch in unseren Augen schon jenseits von Gut und Böse war. Wie konnte jemand mit sechzehn sterben wollen?

»Mummy sagt, sie kann sich's denken. Ich hab gehört, wie sie zu Dad gesagt hat, ich kann mir denken warum, aber als ich sie gefragt habe, wollte sie es mir nicht sagen.«

»Also ich kann's mir nicht denken. Du etwa?«

»Vielleicht war sie ja furchtbar unglücklich bei der alten Mrs. Morrell«, sagte Anne. »Aber dann hätte sie immer noch in die Fabrik gehen können.«

Über Elsies Tod wurde in Laurel Cottage kein Wort verloren, nicht einmal mit der von Annes Mutter geäußerten Ermahnung, nicht darüber zu sprechen. Geheimniskrämerei war ein wesentlicher Faktor in der Longleyschen Familienkultur, auch wenn eigentlich kein Grund dafür einzusehen war. Ein Austausch von Informationen fand nicht statt. Es wurde erwartet, daß man bereits alles wußte oder nichts zu erfahren wünschte. Oft schienen Vera und Eden Geheimnisse nur um des Geheimnisses willen zu haben; die gesenkten Stimmen, der Blick über die Schulter, das Flüstern hinter vorgehaltener Hand – das alles schien ihnen ausgesprochenes Vergnügen zu bereiten. Ich nehme an, daß nach Elsies Tod noch mehr geflüstert, mir noch häufiger eine Tür vor der Nase zugemacht wurde mit der Bemerkung: »Einen Moment, Faith.« Gewußt haben sie es bestimmt, entweder von Mrs. Morrell oder aus der Zeitung. Außerdem war Elsies Tod *das* Gesprächsthema im Ort. Die verirrte Bombe, die letzte der von einer beschädigten Dornier abgeworfenen Ladung, die auf einem Feld bei Bures niedergegangen war und eine Kuh getötet hatte, war als Gegenstand des Dorfklatsches über Elsies Selbstmord sehr schnell vergessen. Vera und Eden wußten es, sie kannten auch das Ergebnis der gerichtlichen Untersuchung, bei der ans Licht kam, weshalb Elsie sich das Leben genommen hatte. Wieder war es Anne, die mir davon erzählte; ob die Vermutung ihrer Mutter richtig gewesen war, konnte sie allerdings nicht sagen. Wir beschäftigten uns in diesem Winter oft mit Spekulationen über Elsie, mit der Frage nach dem Warum und Weshalb und Elsies Gemütsverfassung.

Indessen litt London unter dem Bombenhagel der Deutschen. Und nicht nur London, sondern auch Coventry, Bristol, Birmingham. Furchtbare Brände wüteten in der City, und es gab kaum Schutz vor nächtlichen Angriffen. Die Furcht vor einer Invasion war offenbar noch groß. Über Jane Austen sagt man gern, wie bemerkenswert es ist, daß sie in ihren Romanen zwar ein genaues Bild des gesellschaftlichen Lebens ihrer Zeit zeichnet, dem Krieg aber, den Großbritannien fast so lange führte, wie sie lebte, keinerlei Beachtung schenkte, kein einziges Wort über die Schlacht von Trafalgar, die Schlacht von Waterloo verlor. Anne und ich hätten dafür sehr viel Verständnis gehabt. Wir waren nicht betroffen. Der Krieg interessierte, berührte uns nicht. Er war weit weg, gewissermaßen sogar außer Hörweite, wenn man das Zimmer verließ, solange das Radio lief. Der Torpedobeschuß italienischer Schiffe durch britische Flugzeuge im Hafen von Taranto, die Situation in Ostafrika, die deutsche Infiltration Rumäniens – all das galt uns nichts im Vergleich mit unserer Faszination für Elsies Not und Ende.

Es mag heute seltsam klingen, aber damals, als Zwölfjährige, kannte ich keine Frau, die ein Kind bekommen hätte, ohne verheiratet zu sein. Die Ehe war die Voraussetzung fürs Kinderkriegen. Was für Gefühle dabei im Spiel waren, davon hatten Anne und ich keine Ahnung, aber daß es eine Schande war, als alleinstehendes Mädchen im England des Jahres 1940 ein Kind zur Welt zu bringen, das verstanden wir sehr gut.

»Sie hätte es nicht haben können«, sagte Anne, »das begreifst du doch, nicht?«

Ja, das begriff ich. Was hätte sie schließlich mit dem Kind anfangen sollen? Elsie, unverheiratet einen Kinderwagen über die Dorfstraße schiebend – das war eine unmögliche Vorstellung. Mr. Morrell hätte dem Baby bestimmt die Taufe verweigert oder sie allenfalls im Schutz der Dunkelheit vorgenommen.

»Warum hat sie es gemacht?« fragte ich.

Damit meinte ich das Sexuelle, das zur Schwangerschaft geführt hatte. Doch das konnte Anne mir auch nicht sagen. Die sexuellen Tatsachen waren uns mehr oder minder bekannt, nicht aber die damit verbundenen Gefühle, ja, wir wußten kaum, daß es dabei auch um Gefühle ging. Sex, so glaubten wir, machte man der Erfahrung halber, damit man wußte, worum es ging. Die Person des Partners schien nicht von Belang, da wir nicht wußten, daß es so etwas wie Begehren gibt. Wir konnten also mit Elsies Verhalten nichts Rechtes anfangen, wurden nicht schlau daraus, und wenn wir auch begriffen, daß jemand es »machen wollte« – zumindest einmal, das hatten wir einander anvertraut, würden wir es auch gern »machen« –, so war es uns doch unerklärlich, wie jemand einen so folgenschweren Schritt tun konnte, ohne sich entsprechend vorzubereiten und alles Nötige zur Verhinderung einer Empfängnis zu tun.

Der Brunnen ist seither nie mehr benutzt worden. Woher der Farmer sein Trinkwasser bekam, weiß ich nicht, aber 1941 dürfte der Anschluß ans Wasserversorgungsnetz noch nicht so ohne weiteres möglich gewesen sein. Vielleicht gab es eine Pumpe in der Nähe. Anne und ich zwängten uns durch die Hecke und wagten uns unerlaubterweise auf sein Land, um in den tiefen grünen Schacht zu spähen. Leider muß ich berichten, daß wir nun eine Weile nicht mehr Maria Stuart, sondern Elsie spielten. Wir stellten dar, wie Elsie über die Straße ging, den Brunnen sah und hineinsprang. Diese Vorführungen fanden in Annes Garten statt, in einer Grube, in der früher einmal Eis gelagert worden war. Als Entschuldigung kann ich nur anführen, daß wir erst zwölf waren.

In der Schule wurde – wie in der Morgenandacht, wo wir an regnerischen Tagen statt des Chorals »Summer suns are glowing« ein Lied mit passenderem Text sangen – ein bei uns sehr beliebter Kanon aus dem Repertoire gestrichen:

London's burning, London's burning,
Fetch the engines, fetch the engines,
Fire, fire! Fire, fire!
Pour on water...

Im Januar 1941 ein lustiges Lied vom brennenden London zu singen, wäre eine ernsthafte Geschmacksverirrung gewesen.

Ich war nur über Weihnachten zu Hause gewesen und kam zu Beginn des neuen Trimesters wieder nach Laurel Cottage. In unserem Vorort klaubten wir Kinder nach der Entwarnung die Granatsplitter der Flak von der Straße auf, und ich konnte Anne eine stolze Sammlung vorweisen. Onkel Gerald war über Weihnachten auf Urlaub gewesen, Francis hatte seinen vierzehnten Geburtstag gefeiert, und Eden hatte zur allseitigen Verwunderung verkündet, sie wolle in den Weiblichen Marinehilfsdienst eintreten.

Vera hatte sich, als ich sie wiedersah, mehr oder weniger damit abgefunden und sich von dem Schock erholt, oder jedenfalls tat sie mir gegenüber so.

»Auf jeden Fall ist es die beste Einheit für die Frau in den Streitkräften«, sagte sie. »Die unterste Stufe ist das Transportcorps, dann kommt die WAAF, der weibliche Dienst für die Luftwaffe, und ganz oben sind die WRENS, das weiß ja jeder. Manuelle Arbeit braucht Eden nicht zu machen, das ist mal klar.«

Aber sie wird nicht mehr in Laurel Cottage wohnen, dachte ich.

»Die Uniform ist sehr kleidsam, wie ein flottes marineblaues Kostüm. Und diese kessen Hütchen ...«

Eine Träne kollerte an Veras Nase herunter und platschte auf die Zeitschrift, die sie in der Hand hielt, ausgerechnet auf das Foto einer »Wren« in Uniform. Ihre Tränen waren mir peinlich, daß sie meine Hand umklammerte, fand ich erstaunlich und ein bißchen unheimlich. Es würde schon alles gut gehen, sagte ich unsicher, der Krieg würde bald vorbei sein, und dabei tat sich vor meinem geistigen Auge ein Ausblick auf Erwachsenenleid auf, und ich begann zu ahnen, wie grenzenlos und wie verschiedenartig dieses Leid sein konnte. Vera gab meine Hand frei, trocknete sich die Augen und verbot mir strengstens, meinem Vater oder Eden zu verraten, daß sie »sich hatte gehen lassen«.

Ehe ich im Sommer wieder nach London fuhr, war mein Onkel Gerald noch einmal auf Urlaub gekommen. Mit ziemlicher Sicherheit würden er und sein Regiment nach Nordafrika verlegt werden. Es ist denkbar, daß Vera unter der Trennung von ihm ebenso litt wie unter der Trennung von

Eden, vielleicht sogar noch mehr, aber wenn dem so war, verstand sie es inzwischen, ihren Kummer für sich zu behalten. Er reiste an einem schönen Junisamstag ab, sehr früh am Morgen. Sobald er weg war, nahm Vera alle Schlafzimmervorhänge ab und wusch sie in der Küchenspüle durch.

24 a Llangollen Gdns
Notting Hill Gate
London W 11
12. März

Liebe Faith!
Ich habe mich sehr gefreut, von Dir zu hören, wenn mir auch ein anderes Thema lieber gewesen wäre. Du kannst das nicht wissen, aber ich war schon siebzehn, ehe ich von einer Schulkameradin erfuhr, wer meine Großmutter war. Seither bin ich wohl irgendwie blockiert, wenn es um sie geht, ich zucke davor zurück, es ist mir gräßlich, auch nur davon zu hören. Ich weiß, daß es ungesund ist, so verklemmt zu sein, aber ich kann nicht anders, beim besten Willen nicht.

Ja, Daniel Stewart hat mir geschrieben, und ich habe geantwortet – und das ist die reine Wahrheit –, daß ich über Vera Hillyard nicht mehr weiß als alle anderen auch. Vielleicht sogar noch weniger, denn ich habe nie einen Bericht über den Prozeß oder dergleichen gelesen. Er dachte offenbar, daß ich mich Hillyard nenne, und hat diesen Namen auf den Umschlag geschrieben. Eine Art sechster Sinn ließ mich den Brief aufmachen – wenn ich nur den Namen sehe, sträuben sich mir die Haare –, und noch wochenlang bildete ich mir ein, die anderen Leute in meinem Haus hätten erraten, daß Elizabeth Hills Vera Hillyards Enkelin ist. Natürlich ist das albern, die meisten sind so jung, daß ihnen der Name noch nie zu Ohren gekommen ist, aber Du magst daraus ersehen, wie sehr mich die Geschichte immer noch mitnimmt. Ich habe noch nie etwas von diesem Geheimnis gehört. Der Name

Kathleen March sagt mir nichts, und Giles dürfte es ebenso gehen. Von mir aus kannst Du es Stewart ruhig erzählen, er ist bestimmt ein dankbarer Abnehmer für jede Art von Schmutz und Schund, das haben diese Leute ja so an sich. Mir würde es nie in den Sinn kommen, sein Buch zu lesen, ich bin also nicht betroffen.

Mir ist nur wichtig, daß er weder meinen Namen nennt noch irgendwie erkennen läßt, wer ich bin oder wo ich wohne.

Mutter läßt grüßen, Du sollst sie doch mal anrufen, sie würde Dich gern wiedersehen. Es tut mir leid, daß dieser Brief so negativ klingt, aber ich hoffe, Du begreifst jetzt, wie ich zu dieser Sache stehe.

Herzlichen Gruß, Elizabeth.

6 Blythe Place
London W 14
18. März

Liebe Faith Severn!

Leider kann ich mich nicht erinnern, ob wir beide uns je begegnet sind. Daniel Stewart hat an mich geschrieben, aber ich habe ihm nicht geantwortet. Für mich sind meine Mutter und Elizabeth alles, was ich an Familie besitze, und so soll es auch bleiben. Ich lege nicht den geringsten Wert darauf, meine übrige Verwandtschaft – ob lebendig oder tot – kennenzulernen. Das gilt übrigens auch für meinen Vater. Tut mir leid, wenn das ruppig klingt.

Schöne Grüße, Giles.

Via Orti Orcellari 90
Firenze
20. März

Liebe Faith!

Wie Du aus der Adresse ersiehst, bin ich umgezogen. Als ich neulich in meiner früheren Wohnung vorbeischaute, bekam ich Deinen Brief, man hatte ihn mir aufgehoben.

Wenn Du in diesem Frühjahr wieder nach Florenz kommst, denk bitte daran, daß wir eine feste Verabredung haben und daß ich für Dich kochen werde. Ich bin mit mir zufrieden, soeben ist mein erstes Buch erschienen. Francis könnte das wohl kaum imponieren, der ist inzwischen wohlbestallter Schriftsteller mit einem halben Dutzend Titel auf dem Markt. Mit Markt hat auch mein Buch ein bißchen was zu tun, es ist nämlich ein Kochbuch, Cucina Ben Riuscita *(Mondadori, L 20 000).*

Nein, von einem Familiengeheimnis habe ich nie etwas gehört. Ich war damals ja erst sechs. Von Pearmain habe ich überhaupt nichts erfahren, der hat ja kaum ein Wort mit mir gewechselt. Ich bin mir nicht sicher, ob ich wissen möchte, worum es sich handelt, ich glaube, eher nein. Schlimmer als das, was ich weiß, kann es wohl kaum sein, aber das ist eine sehr fragwürdige Feststellung, und man braucht ja dem Ärger nicht unbedingt nachzulaufen. Ich nehme an, daß es um irgendeinen wunden Punkt aus der Jugend meiner Mutter geht, und eigentlich möchte ich Dir raten, es Stewart nicht zu erzählen. Ich kenne die Journaille – er wird es nur noch schlimmer machen, als es war.

Du kannst mir alles erzählen (wenn es sein muß, auch das Geheimnis), wenn Du herkommst. Bis dahin alles Gute, Jamie.

16 Queens Gate Mews
London SW 7
31. März

Liebe Mrs. Severn,

Ich habe wohl eine ziemlich dicke Haut, es hat nämlich lange gedauert, bis ich begriffen habe, wie sehr Ihnen der Gedanke widerstrebt, mir die Geschichte von Ihrer Tante und Kathleen March zu erzählen. An diesem Namen werden Sie erkennen, daß ich der Sache von selbst auf die Spur gekommen bin.

Die meisten Fakten lieferte mir das Archiv des Pressekonzerns, für den früher Chad Hamner gearbeitet hat. Ich hatte nicht speziell nach dem »Geheimnis« gesucht, sondern einfach nach Dingen, die sich in Myland und später in Great Sindon ereignet haben, während Ihre Großeltern dort wohnten. Mrs. Adele Bacon ist, fast neunzigjährig, noch am Leben, ebenso drei von Kathleens Geschwistern, alle jünger als sie. Ich habe mit diesen Personen gesprochen und die Akten bei der Polizei in Essex eingesehen – sowohl für das Jahr 1921, als es geschah, als auch für 1979, als die Kindesleiche entdeckt wurde.

Ich lege Ihnen meinen Bericht bei. Albert March hat ihn durchgesehen und sagt, er sei, soviel er wisse, korrekt. Dürfte ich Sie bitten, ihn zu lesen? Es mag Sie beruhigen, daß ich die Information nicht über Sie bekam. Vielleicht ist es Ihnen auch möglich, eventuelle Irrtümer oder Fehldeutungen richtigzustellen. Ich möchte diesen Bericht in das dritte Kapitel meines Buches aufnehmen, in dem ich eine Art Charakterdeutung von Vera Hillyard zu geben versuche.

Der beigefügte Text ist eine Kopie; sofern Sie keine Änderungen oder Zusätze machen möchten, brauchen Sie ihn nicht zurückzuschicken.

Mit dankbaren Grüßen bin ich Ihr Daniel Stewart.

Im Frühjahr 1916 verlobte sich ein junger Soldat namens Albert March mit Adele Jephson, einem Mädchen, das er von klein auf kannte, beide waren damals achtzehn Jahre alt. Eine Woche nach der Verlobung kam Albert an die Front. Im Juli 1917, während des Vormarsches der Alliierten auf Ypern, wurde er schwer verwundet.

Es sei unwahrscheinlich, sagte man ihm, daß er je wieder ein normales Leben würde führen können, so sei ihm eine Heirat auch nicht anzuraten. Im Zivilberuf war er Stellwärter bei der London and North Eastern Railway in Colchester gewesen, und nach Ansicht der Ärzte in dem Lazarett, in dem seine Kopf- und Brustverletzungen behandelt worden waren, brauchte er sich keine Hoffnungen zu machen, daß er je wieder in diesen Beruf würde zurückkehren können. Doch Albert besaß einen starken Willen und viel Energie. Er sollte zeit seines Lebens an Atemnot und quälenden Kopfschmerzen leiden, aber er war trotzdem entschlossen, Adele zu heiraten und weiter in seinem Beruf zu arbeiten. Das junge Paar wurde im August 1918 in der Pfarrkirche der Gemeinde Great Sindon getraut, zu der die Familie Jephson gehörte.

Damals gab es eine Nebenstrecke der LNER, die von der Hauptlinie London–Marks Tey–Sudbury nach Nordwesten abzweigte.

Die Abzweigung befand sich an dem Bahnhof Sindon Road, eineinhalb Kilometer von dem Dorf Great Sindon entfernt. Albert bekam dort mit Glück den Stellwärterposten und zog mit Adele in ein Häuschen in der Bell Lane, einer Straße, die von der Hauptstraße in Great Sindon abging. Die Reihenhauszeile, in der sie das letzte Haus bewohnten, hieß Inkerman Terrace, nach einer vergangenen Schlacht in einem vergangenen Krieg. Heute befindet sich in den früheren vier Reihenhäusern die Galerie Ringeltaube, ein Kunstgewerbeunternehmen, dessen Besitzer, Philip und Joy Lee, dort auch wohnen.

Mrs. Adele Bacon, geborene March, erzählt:

Heutzutage haben die Leute große Ansprüche, wenn sie eine eigene Familie gründen. Wir hatten zwei Zimmer oben und zwei unten, zur Beleuchtung gab es Öllampen, Wasser holten wir von der Pumpe auf dem Dorfanger wie die anderen Leute aus den Reihenhäusern auch. Wir brauchten nicht mehr, ja, wir fanden, daß wir ausgesprochenes Glück gehabt hatten. Nebenan, in Laurel Cottage, hatten sie fließendes Wasser und elektrisches Licht, aber das war auch kein richtiges Cottage mehr, sondern für meine Begriffe ein ziemlich großes Haus.

Als mein Mann und ich nebenan einzogen, wohnte dort ein Ehepaar Price. Dann ist Mr. Price gestorben, und sie hat das Haus an die Longleys verkauft. Mr. Longley war schon älter. Ich war damals blutjung, für mich war er ein richtig alter Mann. Seine Frau war jünger, und sie hatten Zwillinge, die etwa zwölf waren, John und Vera. Vera war ein hübsches Mädchen, blond und blauäugig. Später ist sie krank geworden und stark abgemagert, aber als die Longleys herzogen, war sie bildhübsch. Sie hat mir ein Foto geschenkt, auf dem sie als Brautjungfer bei der Hochzeit ihrer Halbschwester zu sehen war.

Mein erstes Kind war kurz nach ihrem Einzug zur Welt gekommen, ein Mädchen, wir nannten es Kathleen Mary. Mary nach Alberts Mutter und Kathleen, weil uns der Name so gut gefiel. Vera Longley war ganz verrückt nach der Kleinen. Die Mutter kannte ich kaum, sie war ein bißchen etepetete, hielt sich wohl für was Besseres, aber Vera ging bei uns aus und ein, immer wollte sie das Baby halten, es baden und so Sachen. Also ein bißchen geschmeichelt hat mir das schon. Heute hat sich das alles geändert, es ist wie eine andere Welt, aber damals war jemand, der bei einer Versicherung gearbeitet hatte und in einem Einfamilienhaus mit elektrischem Licht wohnte, Leuten wie uns turmhoch überlegen, das war gar kein Vergleich. Mein Vater war Tagelöhner gewesen – landwirtschaftliche Hilfskraft, würde man heute sagen –, mein Mann war Stellwärter bei der Eisenbahn. Ich habe es Vera hoch angerechnet, daß sie zu mir kam, und ich habe mir ein Bein ausgerissen, damit sie es nett bei mir hatte.

Knapp ein Jahr nach Kathleens Geburt brachte Mrs. March ein zweites Kind zur Welt, einen Sohn, der nach seinem Vater Albert getauft, aber zeit seines Lebens nur Bertie genannt wurde. Es war eine schwierige Geburt, und noch monatelang war Adele nicht recht auf dem Damm. Veras Hilfe war daher um so willkommener, und bald bildeten sich feste Gewohnheiten heraus. In den Sommerferien wurde Kathleen täglich in dem altmodischen Kinderwagen, in dem schon Adele als Baby gelegen hatte, von Vera spazierengefahren.

Albert »Bertie« March, der jetzt in Clacton wohnt und kürzlich seine Arbeit beim Wasserwerk aufgegeben hat, um in den Ruhestand zu gehen, berichtet dem Verfasser:

Ich war zu klein, um mich an diesen Nachmittag zu erinnern. Kathleen war etwas über zwei, und ich war fünfzehn Monate. Meine Mutter hat nie darüber gesprochen, kein Wort. Es war, als hätte ich keine ältere Schwester gehabt, und natürlich kann ich mich an Kathleen nicht erinnern. Erst seit mein Stiefvater tot ist und Mutter bei meiner Frau und mir wohnt, ist sie ein bißchen aus sich herausgegangen und hat ein-, zweimal was über Kathleen gesagt. Daß sie gerade angefangen hatte zu sprechen und daß sie so schöne Locken hatte, so Sachen eben.

Was ich weiß, habe ich von meinem Vater. Damals war ich vierzehn und arbeitete schon. Es war ein paar Jahre vor seinem Tod. Er war erst fünfunddreißig, aber im Krieg hatte es ihn schwer erwischt, das hat ihn kaputtgemacht. Er bekam immer wieder diese wahnsinnigen Kopfschmerzen, von einer Kopfverletzung her, die er sich bei Ypern geholt hatte. An dem Nachmittag, als wir Kathleen verloren, hatte er früher Feierabend gemacht, er hatte furchtbare Schmerzen. 1921 wurde es nicht gern gesehen, wenn jemand früher aufhörte, bloß weil er Kopfschmerzen hatte, das war damals anders als heute. Zunächst mal kriegte man die Stunden nicht bezahlt, und von wegen mit dem Wagen nach Hause gefahren werden und »Kurieren Sie sich mal schön aus« und so, das war damals nicht drin. Aber an dem Tag mußte Dad einfach Schluß machen, es wäre gefährlich für den Betrieb gewesen, schließlich hatte er ja einen verantwortungsvollen Posten, es ging um Hunderte von Menschenleben. Natürlich mußte er nach Hause laufen, es waren bloß eineinhalb Kilometer, damals war das ein Klacks.

Er ging hinten herum, nicht über die Hauptstraße. Man

mußte an einer Art Furt über den Fluß, für Fußgänger gab es eine Brücke. Als mein Vater über die Brücke ging, sah er Vera Longley und noch ein Mädchen am Ufer sitzen, und wenige Meter von ihnen entfernt, unter den Bäumen, einen Kinderwagen. Die Mädchen hatten dem Kinderwagen den Rücken gedreht, er stand hoch und trocken, die Mädchen aber waren offenbar die Böschung heruntergeklettert. Die Sache war nun die, daß mein Vater keinen Zusammenhang zwischen dem Kinderwagen und seinem eigenen Kind sah, es fiel ihm gar nicht ein, daß da seine eigene Tochter drinliegen könnte. Wahrscheinlich hat er überhaupt nicht vernünftig denken können mit seinem Brummschädel. Er war seit etwa einer Stunde zu Hause, er lag in einem Sessel, ein nasses Tuch auf der Stirn, und meine Mutter versorgte mich, als Mrs. Longley an die Tür kam. Sie erwartete damals selbst ein Kind, das sie später immer Eden genannt haben. Sie sagte zu meiner Mutter, Kathleen sei verschwunden, aus ihrem Kinderwagen verschwunden. Das hat meine Mutter besonders geärgert, daß Vera nicht selbst gekommen ist. Nein, sie mußte ihre Mutter schicken ...

Kathleen March tauchte nie wieder auf. Die Polizei wurde verständigt, die Leute aus dem Dorf stellten einen Suchtrupp zusammen, ein Farmer gab ihnen seinen berühmten Fährtenhund mit. Zu der Suchmannschaft gehörten auch Arthur Longley und sein Sohn John. Es war eine helle Mondnacht, und die fünfzig Männer suchten bis zum Morgengrauen.

Was hat Vera Longley bei der Polizei ausgesagt? Akten über Veras Vernehmung – falls es dazu gekommen ist – sind nicht erhalten. Auch hier müssen wir auf die Familie March zurückgreifen, vielmehr auf Mrs. Bacon, da ja Albert March seinerzeit noch nicht einmal zwei Jahre alt war.

Vera wollte mich nicht sehen, und auch ihre Mutter wünschte das nicht. Es hätte keinen Zweck, hat sie gesagt. Aber ich habe darauf bestanden. Schließlich war es mein Kind, das verschwunden war, meine Tochter. Wenn sie nicht zu mir kommen will, gehe ich zu ihr, habe ich gesagt, und das habe ich dann auch gemacht. Ich habe Vera in Laurel Cottage aufgesucht. Mrs. Longley hatte mir erzählt, sie wäre in einem schrecklichen Zustand und schluchzte und weinte ständig, aber als ich mit ihr gesprochen habe, da hat sie nicht geweint. Nur sehr blaß war sie und so einen gehetzten Blick hat sie gehabt.

Mein Mann hatte mir erzählt, daß er Vera und ihre Freundin gesehen hatte, wie sie am Flußufer saßen und miteinander schwatzten. Ja, sagte Vera, das stimmte, sie habe ihre Schulfreundin Mavis Vaughan getroffen, und sie seien zusammen zur Furt gegangen. Kathleen habe geschlafen. Sie hätten den Kinderwagen oben stehenlassen und seien die Böschung hinuntergeklettert bis ans Wasser, sie hätten den Wagen nie länger als fünf Minuten aus den Augen gelassen, behauptete Vera, aber das konnte einfach nicht stimmen. Mavis habe eine halbe Stunde bei ihr gesessen, sagte sie, und sei dann am Fluß entlang nach Hause gegangen, und sie, Vera, sei allein geblieben. Sie habe immer wieder nach dem Kinderwagen gesehen, ob sich darin etwas regte, denn das wäre ein Zeichen dafür gewesen, daß Kathleen aufgewacht war. Der Wagen rückte und rührte sich natürlich nicht, denn da war Kathleen schon nicht mehr drin. Sagte Vera. Als sie hinging, sei der Wagen leer gewesen. Jemand habe sich hinter ihrem Rücken herangeschlichen und Kathleen herausgenommen. Hat sie gesagt. Ich war mir nie sicher, ob ich ihr das abnehmen sollte, aber was hätte ich schon machen können?

Mavis Vaughan, die spätere Mrs. Broughton, ist 1978 im Alter von 71 Jahren verstorben, aber ihre Tochter, Mrs. Judith Jones, die im nahegelegenen Sissington wohnt, weiß um die Vorgänge dieses Nachmittags von ihrer Mutter.

Die Geschichte um das Verschwinden der kleinen March hat meine Mutter nachhaltig beeindruckt. Selbst im Licht der späteren Ereignisse – des Mordes, meine ich – war sie davon überzeugt, daß Vera Hillyard nichts mit der Sache zu tun hatte. Vera war sehr kinderlieb. Und die Umstände des Mordes haben das, wie ich meine, durchaus bestätigt. Sie hat Kathleen ebenso innig geliebt, wie sie später ihre kleine Schwester liebte. Meine Mutter sagt, daß nur Edith Longleys Geburt Vera vor dem Wahnsinn bewahrt hat, sie war felsenfest davon überzeugt. Vera war trotzdem viele Monate krank, nachdem das Kind zur Welt gekommen war.

Es ist eine Menge Unfug über Vera und meine Mutter verzapft worden. Sie hätten sich, als Kathleen entführt wurde, mit zwei Jungen verabredet gehabt, hieß es . . . na, man kann sich die Anspielungen vorstellen. Alles Blödsinn. Sie haben zusammengesessen und geredet, das war alles, und sie waren nie außer Hörweite des Kinderwagens, ja, sie waren nicht mehr als zehn, zwölf Meter von dem Wagen entfernt. Mutter war auf dem Weg nach Great Sindon zum Einkaufen, für ihre Mutter, sie wohnten in Cole Fen, draußen auf dem platten Land, als sie Vera über den Weg lief, und sie mußte weiter. Tausendmal hat sie sich gewünscht, so pflegte sie zu erzählen, sie wäre an dem Kinderwagen vorbei zur Straße gegangen, dann hätte sie ein für allemal gewußt, ob Kathleen in dem Augenblick noch darinlag oder nicht. Statt dessen kletterte sie die Böschung hinauf und ging über die Fußbrücke ins Dorf. Absichtlich. Um Kathleen nicht zu stören. Ironie des Schicksals, wie?

Später, nach dem Mord, haben Leute gesagt, die sich noch an den Fall Kathleen March erinnerten, Vera habe die Kleine umgebracht. Kathleen habe geschrien, hieß es, Vera habe die Nerven verloren. Vera war sehr jähzornig, das war bekannt, selbst meine Mutter hat das erzählt, aber so etwas hätte sie Vera nicht zugetraut, auch nicht, nachdem man sie hingerichtet hatte . . .

Im Herbst 1979 wurde der Bauunternehmer Peter Somers von George Treves, der 600 Morgen Land zwischen Assington und Cole bestellte, damit beauftragt, eine Hecke zu roden. Er wollte vier kleine Äcker zu einem großen Feld zusammenlegen und dort Gerste anbauen. Nach drei Tagen Arbeit mit dem Bagger stieß Mr. Somers in einer Tiefe von zwei bis drei Metern auf ein Ölfaß, etwa 45 cm hoch und 20 cm im Durchmesser. Das offene Ende war notdürftig mit einem Deckel aus gelbem Lehm verschlossen, der sich in Schichten durch den leichten Kiesboden dieser Gegend zieht.

Zuerst glaubten Somers und Treves, in dem Faß könnten wertvolle steinzeitliche Geräte sein, für die sich neuerdings die Archäologen interessierten, ja, vielleicht gar der Schmuck, der vor zehn Jahren aus dem Herrenhaus von Cole Hill geraubt worden und inzwischen so eine Art Legende in der Gegend geworden war. Zu der Beute, die nie mehr aufgetaucht ist, gehörte unter anderem auch eine Perlenkette im Wert von 10 000 Pfund. Statt dessen enthielt das Faß einen Haufen bräunlicher Lumpen und Knochen. Sie brachten ihren Fund zur Polizei.

Es waren menschliche Knochen. Bei der gerichtlichen Untersuchung kam man zu dem Schluß, daß es die Knochen eines ungefähr zweijährigen, seit etwa fünfzig Jahren toten Mädchens waren. Schon mit dieser Feststellung hatte die Gerichtsmedizin ein wahres Wunder vollbracht, aber dabei blieb es dann auch, die Herkunft des Ölfasses konnte nicht ermittelt werden. Wenn die Kinderleiche Spuren von Gewaltanwendung aufgewiesen hatte, so hatte die Zeit sie im Lauf eines halben Jahrhunderts getilgt. Die Lumpen, die man zwischen den Knochen gefunden hatte, waren aus Wolle. Kathleen March hatte bei ihrem Verschwinden ein wollenes Unterhemdchen unter dem Baumwollkleid und über dem Kleid eine Wolljacke getragen. Die Hecke in Cole Fen war nur einen knappen Kilometer von der Furt entfernt, an der Kathleen zuletzt in ihrem Kinderwagen gesehen worden war.

Zur Erinnerung: In Cole Fen wohnte Mavis Broughton, geborene Vaughan, und von dort gingen die Leute nach Great Sindon zum Einkaufen. Andererseits geht aus den Unterlagen der Polizei hervor, daß in einem Zeitraum von zwanzig Jahren, zwischen 1920 und 1940, im Umkreis Great Sindon/Cole Fen/Sissington nicht weniger als fünf Mädchen unter drei Jahren verschwanden. Von diesen Kleinkindern wurde nur die Leiche des ältesten, einer Dreijährigen aus Sissington, je gefunden.

Wie es wirklich war, werden wir wohl nie erfahren. Wenn aber Vera Longley dieses Verbrechen beging, gibt es keinen offenkundigen Grund, kein Motiv für die Tat. Um Eifersucht auf ein Kind, dem mehr Beachtung geschenkt wurde als ihr, kann es kaum gegangen sein, denn Vera hätte Adele March gegenüber nur eine Ausrede vorzubringen brauchen, um die Kleine nie wiederzusehen. Statt die zweijährige Tochter ihrer Nachbarin zu töten, hätte es nähergelegen, ihre eigene kleine Schwester zu beseitigen, auf die Vera nach allem, was wir wissen, sehr wohl eifersüchtig gewesen ist. Anlaß und Motiv spielten bei dem späteren Verbrechen eine so gewichtige Rolle, daß unserem Bestreben, Vera Hillyards Charakter zu begreifen, mit Versuchen, sie als blindwütige Psychopathin hinzustellen, nicht gedient ist; für eine solche Definition gibt es keinerlei Beweise.

Die Familie March zog im Jahr darauf, dem Jahr, in dem Edith Longley zur Welt kam, aus Great Sindon in das Stellwärterhaus des Bahnhofs Sindon Road, das gerade freigeworden war.

7

Ich habe Jamie geschrieben, daß ich im Mai in Florenz sein werde. Was er mir von seinem Buch erzählt hat, weckt eine Erinnerung. Ich muß etwa zwölf gewesen sein, als die Tante meiner Mutter starb und mir ein Kochbuch vermachte. Natürlich war sie nicht mit Jamie verwandt, sie gehörte als Schwester der englischen Mutter meiner Mutter zur anderen Seite der Familie. Vor Jahren war sie Köchin in dem Herrenhaus Lytton Lodge in Woodford Green gewesen – oder besser, sie war dort *die* Köchin gewesen, eine wichtige Persönlichkeit, umgeben von einer Schar von Küchenmädchen, eine Künstlerin, die Bankette kreierte. Ich sehe sie noch vor mir, eine gut aussehende alte Dame, sehr fromm, fast völlig taub. Der Gipfelpunkt ihres Daseins war das Diner, das sie für den Prince of Wales, den späteren Edward den Achten und Herzog von Windsor, hatte richten dürfen.

Sie starb in ihrem kleinen Zimmer im Gasthaus Seven Kings, wo sie zur Miete wohnte, und alles, was sich in diesem Zimmer befand, ihre gesamte Habe, ging an meine Mutter, die einzige überlebende Verwandte. Da gab es ein Neues Testament mit rot unterstrichenen Bibelsprüchen, eine Klappschere, die sie zusammen mit dem Schlüsselbund am Gürtel getragen hatte, zahlreiche gerahmte Fotos von Leuten, die meine Mutter nicht identifizieren konnte, häßlichen Schmuck in altmodischen Fassungen, Bombasinkleider und weiße Batistschürzen, die heute, hätten wir sie behalten, ein kleines Vermögen wert wären. Und das Kochbuch. Streng genommen habe ich es also nicht geerbt, sondern von meiner Mutter geschenkt bekommen.

Es heißt *Mrs. A. B. Marshalls Kochbuch* und ist 1884 erschienen. Anders als *Cucina Ben Riuscita*, von Jamie vermutlich als Anleitung für ehrgeizige Hausfrauen gedacht, hatte Mrs. Marshall, die eine Kochschule betrieb, ihr Buch für Köchinnen geschrieben, die vor der Aufgabe standen, Zwölf-Gänge-Diners für zwei Dutzend Gäste zu zaubern. Ich las im Krieg darin, während der ärgsten Lebensmittelknappheit, las es, während ich an Sandwiches aus Graubrot mit Margarine und Trockenei kaute. In Sindon saß ich manchmal damit am Flußufer, an der Furt, allerdings wußte ich damals noch nicht, daß an dieser Stelle Vera gesessen hatte, als Kathleen March spurlos verschwand.

Mrs. Marshall gibt die Speisenfolge für ein Ballsouper für »vierhundert bis fünfhundert Personen« an: drei warme Gerichte, eine Consommé, Lammkoteletts und Wachteln, und nicht weniger als dreißig kalte Gerichte, unter anderem auch wieder Wachteln und »Siamesische Zwillinge«, Windbeutel mit grünem Zuckerguß, gefüllt mit einer karminrot gefärbten und mit Rum aromatisierten Creme. Auch die Speisenfolge für ein *déjeuner maigre* kann man nachlesen, also wohl eine leichte Mittagsmahlzeit, von mir jedoch als »Magerkost« übersetzt, und dann ein für Mrs. Marshall und meine selige Großtante zweifellos normales Diner, bestehend aus sechs Gängen, nicht gerechnet das Vanillesoufflé mit Ananas, den Gâteau Metternich und das Parmesan-Fondue.

Bei Vera erregte ich damit Anstoß. Sie fühlte sich durch meine Begeisterung für Mrs. Marshall in ihrer kulinarischen Ehre gekränkt, obgleich ich ihr das eifrig auszureden versuchte. Etwas sonderbar war es schon, sich in dieser Zeit ausgerechnet diese Lektüre zu suchen, und Vera hatte etwas gegen Sonderlinge, besonders in der eigenen Verwandtschaft. Sie erwartete eine angepaßte Haltung, verlangte aber, daß man sich innerhalb dieses eng gesteckten Rahmens auszeichnete oder sich wenigstens über den Durchschnitt erhob. Vera war ein Snob und gab vor, nie geahnt zu haben, daß »Vorfahren« meiner Mutter in Stellung gewesen waren.

»Ich kann nur hoffen, daß du dich nie über die Herkunft

dieses Buches äußerst, Faith«, sagte sie zu mir, als sie erfahren hatte, was es damit für eine Bewandtnis hatte. »Vor fremden Leuten, meine ich. Den Morrells zum Beispiel.«

Warum das nicht erwünscht war, wußte ich bereits. Richard Morrells Vetter war jener »Master von Balliol«. Und irgendwo im Hintergrund, auf verschlungenen Wegen, über Vettern zweiten Grades, lange Abstände und Heiraten, gab es da noch eine Grafentochter in der Verwandtschaft.

»Und was soll ich sagen, wenn ich gefragt werde?«

»Du kannst doch sagen, daß du es nicht weißt, oder? Daß du es zu Hause im Bücherschrank gefunden hast.«

»Du meinst, sie soll schwindeln?« fragte Francis.

»Natürlich nicht, du verdrehst mir ständig das Wort im Munde. Außerdem ist das gar nicht geschwindelt, es hat bestimmt zu Hause im Bücherschrank gestanden, ehe sie es mitbrachte.«

»Anwälte müssen früher wirklich gute Psychologen gewesen sein«, sagte Francis. »Bei der Ausarbeitung der Eidesformel haben sie an Leute wie dich gedacht. Ich schwöre, die Wahrheit zu sagen, die ganze Wahrheit und nichts als die Wahrheit. Die haben schon gewußt, daß das mit dem Weglassen und Zufügen so eine Sache ist.«

Ob Vera als Angeklagte vor Gericht wohl an dieses Gespräch gedacht hat, als sie vereidigt wurde? Wahrscheinlich nicht, da hatte sie anderes zu bedenken. Ich habe dann wegen des Kochbuchs doch nicht geschwindelt. Wenn Besuch kam und ich gerade darin las, ging ich rasch damit auf mein Zimmer, das jetzt allein mir gehörte, nachdem Eden abgereist war – nach Portsmouth, nahmen wir an, obgleich wir offiziell von nichts wissen durften.

Ich war nur während der Sommerferien in Sindon, denn meine Eltern waren inzwischen gegen Luftangriffe abgehärtet und hatten mich zu Ostern nach Hause geholt. Dort hatte ich mich wieder an die alte Schule und die alten Freunde gewöhnt. Nie wieder sollte ich für längere Zeit in Laurel Cottage wohnen. Nur in den Ferien lockte mich die Aussicht, mit Anne zusammenzusein, dorthin zurück. Vera hatte mir geschrieben und mich eingeladen, was mich überrascht und mit großer Genugtuung erfüllt hatte. Wie kommt es, daß wir die Zuwendung gerade der Menschen ersehnen, die nie besonders nett oder herzlich zu uns waren, so daß uns noch der schäbigste Brocken, den sie uns zuwerfen, wie ein großherziges Geschenk vorkommt? Ich fand an Vera nichts Liebens- oder Bewundernswertes, und ganz gewiß hat auch sie mich nie gemocht, und trotzdem freute ich mich ganz unverhältnismäßig über ihre Einladung. Wer weiß, vielleicht würde sie mir bald erlauben, bis zehn aufzubleiben, und mich in all ihre Geheimnisse einweihen.

»Jetzt, wo Eden nicht mehr da ist«, sagte meine Mutter, »hätte Vera gern wieder ein junges Mädchen im Haus, um es zu einer echten Longley zu machen. Kein Fall von *Kinder, Küche, Kirche*, eher einer von *Kauf, Klatsch, Kettelnadel.*«

Wir führten damals alle Hitlers bekannteste Schlagworte im Munde. Doch nur meine Mutter, als halbe Schweizerin und der deutschen Sprache mächtig – was sie außerhalb der eigenen vier Wände in jenen Kriegsjahren wohlweislich verschwieg –, brachte es fertig, sich darüber lustig zu machen. Sie lachte, und mein Vater machte ein böses Gesicht. Ich schlug die Vokabeln in einem Lexikon nach.

Kauf, Klatsch, Kettelnadel – war es das, was Vera von mir erwartete? Tatsächlich harrten meiner in Laurel Cottage die windschiefen und nicht mehr ganz blütenweißen Häkelquadrate sowie Edens jungfräuliches Zimmer mit dem Peter Pan von Kensington Gardens an der Wand, der dort auf seinem komischen Ameisenhaufen balanciert und unentwegt Zwiesprache mit der stummen Kreatur hält. Nach wie vor lagen die weißen Spitzendeckchen auf dem Ankleidetisch, doch die Haarbürste war verschwunden, desgleichen Reinigungsmilch, Hautwasser und Nährcreme. Edens Bett war nicht gemacht, nicht einmal zum Schein, was ich eigentlich in Laurel Cottage erwartet hätte, sondern Tagesdecke, Decken und Kissen in einfachen weißen Bezügen lagen ordentlich aufgestapelt auf der Matratze, wahrscheinlich um mich davon abzuhalten, mich in Edens statt in mein eigenes Bett zu legen. Als an diesem Abend Francis wieder einmal in der Versenkung verschwunden war und Vera, die nichts dazugelernt hatte, im Garten nach ihm rief, konnte ich der Versuchung nicht widerstehen, ein bißchen in Edens Ankleidetisch herumzustöbern. Natürlich gehörte sich das nicht, man spioniert nicht in fremden Sachen herum, es war gegen alle Regeln der Gastfreundschaft, und ich war durchaus alt genug, um das zu begreifen. Doch es war einfach so, daß die Häkelei mich anödete, daß ich um acht noch kein bißchen müde und es draußen noch heller Tag war.

Die Schubladen waren vollgestopft mit Schönheitsmittelchen, die nicht nur einen recht beträchtlichen materiellen Wert hatten, sondern in deren Beschaffung Eden auch viel Zeit investiert haben mußte, Zeit, die fürs Schlangestehen draufgegangen war und zum Beschwatzen und Bestechen der Geschäftsleute, die über »Bückware« verfügten, also über Dinge, die unter dem Ladentisch verwahrt wurden. Ein junges Mädchen unserer Tage wüßte mit all diesen Schätzen kaum etwas anzufangen, für Haar oder Augen war nichts, für die Körperpflege kaum etwas dabei. Der Duft, der mir aus den Schubladen entgegenschlug, in die ich schnuppernd hineinspähte, war eine Mischung aus Talkum, Rosenwasser, Zitrone und Azeton. Es gab buchstäblich Dutzende von Lippenstiften – als ich sie an einem Abend zählte, kam ich auf 121 – in allen erdenklichen Rot- und Orangetönen und einen, der sich erst nach dem Auftragen rot färbte, ich hatte es ausprobiert. In den nächsten Wochen probierte ich die meisten dieser Mittelchen aus, die Hautstraffer, die Nährcremes, das herrlich duftende Zeug mit der geheimnisvollen Bezeichnung »Mercolin-Wachs« (»zuverlässige Enthaarung am ganzen Körper«), die Creme Simon, das Rouge »Abend in Paris«.

Die Rolle der Frau, wie man sie in den vierziger Jahren begriff, die Ansichten über das, was damals den Lebensinhalt einer Frau ausmachte, spiegelte sich in der Unzahl der Pflegepräparate für Hände und Nägel. Heute wären in so einer Sammlung hauptsächlich Shampoos und Pflegespülungen, Körperlotionen und Deopräparate vertreten. Eden war ihrer Zeit voraus, sie besaß schon ein Deodorant, ein Fläschchen mit roter Flüssigkeit, die man auftrug und zehn Minuten mit hochgereckten Armen trocknen ließ.

Damals begriff ich nicht – und vielleicht hätten es auch die Erwachsenen nicht begriffen –, was dem psychologisch geschulten Beobachter von heute sogleich klargeworden wäre: daß Eden überaus eitel und überaus unsicher war. Was mochte sie alles mitgenommen haben, wenn das hier nur der schäbige Rest war? Bestimmt in jeder Beziehung die Crème de la crème. Daß der Inhalt der Schubladen in Laurel Cottage gewissermaßen nur eine Zweitausstattung war, beruhigte mich etwas, wenn das schlechte Gewissen wegen der Benutzung von Edens Tangee-Lippenstift und der Arden-Orangecreme mich allzusehr plagte.

Vor ihrem Auszug hatte Eden noch einen Freund ins Haus gebracht. Diese Bezeichnung hätte allerdings Vera nie benutzt (damals war der Begriff im Sinne von »Geliebter« noch lange nicht so üblich wie heute, da er beispielsweise auch auf einen sechzigjährigen Lebensgefährten angewendet wird, mit dem man in Hausgemeinschaft lebt), sie hätte nie auch nur andeutungsweise erkennen lassen, daß Chad Hamner und Eden sich möglicherweise auch in sexueller Hinsicht füreinander interessierten. Hätte Vera ihn im Gespräch erwähnt oder ihn vorgestellt – aber so etwas tat Vera ja nicht –, hätte sie wohl von Chad als einem »Bekannten« von Eden gesprochen. Als ich brav um halb acht nach Hause kam – ich hatte den Nachmittag und den frühen Abend bei Annes Familie verbracht –, saßen im Wohnzimmer bei Vera ein fremder Mann –

und Francis, was um diese Zeit so eine Art achtes Weltwunder war. Alle drei tranken Sherry, ein damals sehr seltener Anblick und für Laurel Cottage eine absolute Novität.

Ich staunte und blieb zaudernd unter der Tür stehen wie ein scheues Reh, um im Stil gewisser Schriftsteller aus den dreißiger Jahren zu sprechen. Den Ausdruck verdankten wir Francis.

»Das scheue Reh«, sagte er.

Er hielt sich an seinen Sherry wie die Erwachsenen. Sein Gesicht war gerötet. Auch ich wurde rot; ich spürte, daß meine Haut brannte. Vera pflegte peinliche Momente mit hektischer Geschäftigkeit zu überbrücken; manchmal konnte man ihr dafür dankbar sein.

»Hoffentlich hast du schon gegessen, du hast kein Wort davon gesagt, daß du bei diesen Leuten zum Tee bleibst, und ich habe nichts für dich, höchstens ein Wurstbrot, wenn du das möchtest.«

»Gib ihr was zu trinken.«

Das war der fremde Mann. Sogleich fiel Vera über ihn her, aber nicht so, wie sie über Francis oder mich hergefallen wäre. Wenn sie mit Chad schalt, hatte Veras Ton immer etwas Nekkisch-Geziertes.

»Du bist mir ein Schlimmer, Chad. Was soll denn da mein Bruder sagen? Sie ist doch erst dreizehn, jünger als Francis, und man sieht es ihr nicht mal an.«

»Ich will gar nichts trinken«, sagte ich, eine Bemerkung, die unweigerlich säuerlich und verbissen klingt.

Chad stand auf und streckte mir die Hand hin. »Guten Tag. Mein Name ist Chad Hamner, ich bin ein Freund von Eden.«

»Ein Freund von uns allen, wie ich hoffe, Chad«, sagte Vera.

»Natürlich von euch allen.«

Wir schüttelten uns die Hand. Ich weiß noch, was ich bei dieser ersten Begegnung anhatte, das Voilekleid aus dem Gruppenfoto, aus dem eine Nachbarstochter herausgewachsen war. Der Stoff war schon ein bißchen verschlissen, die verblaßten orangefarbenen Narzissen hatten Fäden gezogen. Mein Haar war zu zwei dicken unordentlichen Zöpfen geflochten. Vera hatte versucht, mich zum Tragen von Söckchen zu zwingen, bis es keine Söckchen mehr zu kaufen gab und ich mir das Recht eroberte, barfuß in alten Gesundheitssandalen herumzulaufen. Chad behandelte mich von Anfang an wie eine Erwachsene. Damals war noch keine Rede von Jugendkult, man begegnete Teenagern noch nicht mit ängstlicher Rücksichtnahme. Alle jungen Leute wünschten sich sehnlichst, älter zu sein oder zumindest für älter gehalten zu werden. Chad sprach immer mit mir wie mit einer Gleichaltrigen – das heißt, als sei ich Ende zwanzig. Auch schien er mich – ebenso wie Vera – als Frau gar nicht wahrzunehmen, was ich später als eher schmerzlich empfand. Auf jeden Fall aber war ich in seinen Augen ein Mensch, der Achtung verdiente, und das gefiel mir natürlich.

Obwohl Vera lautstark protestierte und jede Verantwortung ablehnte, ließ er es sich nicht nehmen, mir Sherry in ein kleines Süßweinglas zu schenken. Die Flasche hatte ihm ein Interviewpartner geschenkt, über den er einen Artikel in seinem Blatt geschrieben hatte, ein neuer Rotarierpräsident oder Vorsitzender der Gartenbaugesellschaft oder dergleichen. Chad war Reporter bei einer Kette von Lokalzeitungen, der North Essex and Stour Valley Publications Limited. Äußerlich machte er nicht viel her, er war weder groß noch klein, weder dick noch dünn, hell noch dunkel. Auf der Straße hätte keine Frau ihn zweimal angesehen. Wie so viele unscheinbare Menschen konnte ein Lächeln ihn von Grund auf verwandeln. Es war kein breites Strahlelächeln, sondern ein Lächeln voll rätselhafter Ironie, das zu unwiderstehlichem Charme erblühen konnte. Und er hatte eine wunderschöne Stimme, die ich später, als ich von ihm träumte, mit der des Radioansagers Alvar Liddell verglich.

Jeans oder Bomberjacken gab es damals ebensowenig wie

Synthetikstoffe. Es gab nur *eine* Mode für junge Männer und alte Männer, junge Männer und Knaben. Ich hatte an diesem Abend, wie gesagt, mein recht angejahrtes Voilekleid an, Vera ein Aus-eins-mach-zwei-Modell, braune Ärmel in einem braun-orange getupften Oberteil, 1941 wohl der Prototyp dieser Mode. Francis trug graue Flanellhosen, grauen Pullover, graues Schulhemd, Chad graue Flanellhosen, cremefarbenes Airtex-Hemd und ein graublaues Tweedsakko. Ob man mir bewußt denselben Namen wie Vera gegeben habe, wollte er wissen.

»Wir haben nicht den gleichen Namen«, sagte Vera. »Sie heißt Faith.« Möglicherweise hatte er das gar nicht gewußt, denn niemand, nicht einmal ich, hatte bisher meinen Namen genannt. Vera besann sich. »Sagte ich das nicht? Habe ich dir nicht gesagt, daß dies meine Nichte Faith ist?«

Erstaunlich, welche freudige Erregung, welch wärmendes Wohlgefühl ich bei diesen Worten empfand. »Meine Nichte«, hatte Vera gesagt, ganz selbstverständlich, als müsse es so sein. Warum berührte mich das so?

»Eben, das meine ich ja. Ihr habt denselben Namen. Faith heißt Glaube und Vera auch.«

»Vera heißt wahr«, wandte Vera ein. Sie schien unangenehm berührt.

»Vera heißt Glaube«, wiederholte Chad. »Es ist das russische Wort für Glaube.«

Vera war anzusehen, daß sie liebend gern widersprochen hätte, sie hatte schon das uns nur zu gut bekannte bockige Gesicht aufgesetzt. Mit der ätzenden Brutalität, die er seiner Mutter vorbehielt – unliebenswürdig war er zu allen Leuten, abgesehen von Eden und Helen, aber zu Vera war er brutal – sagte Francis:

»Er muß es schließlich wissen. Oder willst du etwa behaupten, daß du dich da besser auskennst? Also wirklich … Du willst dich doch wohl nicht auf einen Philologenstreit mit ihm einlassen. Er war in Oxford, er ist Akademiker. Na weißt du ... Es wirkt schon einigermaßen lächerlich, wenn jemand wie du ihm widerspricht.«

Dabei war sie, was ich damals nicht wußte, durchaus im Recht, *vera* ist die weibliche Form des lateinischen Adjektivs *verus, wahr*. Vielleicht gibt es das Wort auch im Russischen, und sie hatten beide recht, oder aber Chad war in dieser wie auch in anderer Hinsicht nicht so unfehlbar, wie Francis zu jener Zeit von ihm behauptete.

Vera sah Francis an. »Mein eigener Sohn ...« Darin schwang fast so etwas wie Stolz, als fasziniere sie der Gedanke, wie weit wohl Francis zu gehen bereit war. »Hätte ich mit meiner Mutter in diesem Ton geredet, hätte mein Vater mich umgebracht.«

»Da kann ich ja von Glück sagen, daß mein Vater in Nordafrika ist.«

»Das darfst du gar nicht wissen. Und erst recht nicht darüber sprechen.«

»Feind hört mit«, sagte Francis. »Klar, hier sitzen ja haufenweise Leute, die es gar nicht erwarten können, mit der Nachricht zu den Deutschen zu laufen, daß Major Gerald Hillyard, eine Säule der britischen Abwehr, zur Zeit vor den Toren Tobruks liegt und Geschichte macht.« Er wandte sich an Chad. »Meine Eltern haben einen Code, vor dem selbst die Zensur hat passen müssen. Ausrufezeichen für Ägypten, Anführungsstriche für Tripoli, Semikolon für den Fernen Osten und so weiter ...«

»Francis!« Veras Stimme schwankte.

»Der letzte Brief enthielt unheimlich viel Dialog. *Quod erat demonstrandum.* Kritisch wird es nur, falls unsere Streitkräfte doch noch die Invasion auf dem Kontinent schaffen, da haben sie nämlich nichts festgelegt. Nicht gerade –«

Vera sprang auf, schlug die Hände vors Gesicht und lief aus dem Zimmer.

»– eine sehr optimistische Einstellung, wie? Ein ziemliches Manko an Glaube oder *vera*.«

Die meisten Erwachsenen, die ich kannte, hätten Francis zurechtgewiesen. Chad tat nichts dergleichen. Er zuckte nur die Schultern. Das tat er häufig, sein Schulterzucken hatte etwas fast Gallisches an sich, obgleich er ansonsten durch und durch englisch war, auch vom Namen her.

»Ich bin auf Chadwell Heath gezeugt worden«, so erklärte er es mir an diesem Abend auf Drängen von Francis. In Wirklichkeit gab es den Namen in seiner Familie, seit sein Großvater ihn bei der Taufe erhalten hatte. Damals waren mittelalterliche Vornamen bei den Viktorianern gerade wieder im Kommen. Wie ich später erfuhr, hatte Vera großen Respekt vor Chads Familie, kleinen Landadligen, die den örtlichen Jagdleiter stellten und Gedenktafeln an den Wänden der Kirche von Sissington hatten, auf denen der im Ersten Weltkrieg gefallenen Söhne gedacht wurde. Wie er zu seinem schäbigen Job am *Sissington and Upper Stour Speaker* kam, ist eine andere Geschichte. Offenbar konnte er nicht eingezogen werden, er hatte als Kind Gelenkrheumatismus gehabt. Eden hatte er am Gericht in Colchester kennengelernt, sie hatte ihrem Chef Akten dorthin gebracht, Chad hatte auf der Pressetribüne gesessen. Natürlich (so Vera) machte sie später eine geeignete dritte Person, wahrscheinlich eine oder ein Chatteriss, miteinander bekannt. Als Vera mit roten Augen und schmalen Lippen wieder ins Zimmer kam, blätterte Chad gerade in *Mrs. Marshall,* die ich vergessen hatte wegzuräumen, und sagte, besonders gelüste es ihn im Augenblick nach »Kleinen Salpicon von Lachs à la Chevalier«. Francis wartete, bis seine Mutter wieder saß, dann sagte er, ich hätte das Buch von meiner Großmutter, die Köchin gewesen war.

»Von ihrer Großtante, nicht der Großmutter«, sagte Vera, als würde durch den entfernteren Verwandtschaftsgrad die Geschichte weniger anstößig.

Lediglich interessiert und kein bißchen abgestoßen meinte Chad: »Du hast mir nie erzählt, daß eine Tante von dir hier in Stellung war, Vera. Wo war sie denn?«

Vera kreischte fast, sie war völlig aus dem Häuschen. »Es war nicht *meine* Tante, mit uns hatte sie überhaupt nichts zu tun. Es war eine Tante von Faiths Mutter oder so, von Faiths Seite.«

Da ritt mich der Teufel, und ich erzählte ihm, daß sie für Edward den Achten gekocht hatte.

»Und für Mrs. Simpson?«

Leider mußte ich zugeben, daß ich da überfragt war.

»Wieso reden wir eigentlich andauernd über Köchinnen? Und überhaupt ist es geradezu albern, heutzutage Kochbücher zu lesen, ganz schlecht kann einem davon werden. Wenn du mich fragst, wird es Zeit, daß dieses unglückselige Buch den Weg deiner Großtante geht oder was immer sie war, Faith.«

Francis, der indessen Saki gelesen hatte, sagte: »Als Köchin war sie eben angängig, und weil das nicht anging, ist sie bald wieder gegangen, wie sie gekommen war.«

Chad lachte belustigt auf, und seine Mutter warf ihm einen bösen Blick zu. Einen Augenblick blieb Francis noch sitzen und hüllte sich in das für ihn so typische verwirrende Schweigen, ohne Lächeln, aber spürbar mit sich zufrieden, dann stand er auf und verkündete, er würde zu Bett gehen. Nach dieser Niederlage ließ Vera ihren Zorn an mir aus. Zunächst fragte sie mich, ob ich wüßte, wie spät es sei, dann stellte sie sich an, als sei fünf vor halb neun fast Mitternacht. Ich ging nach oben und tröstete mich mit einer großzügigen Schicht Miner's Liquid Make-up und Tangee-Lippenstift. Auch Chad verabschiedete sich kurz danach. Ich hörte, wie Vera in die Küche ging und die Gläser abwusch, ehe sie sich an das Kreuzworträtsel des *Daily Telegraph* setzte.

Ausgesprochen stolz war Vera auf die Verbindung mit den Chatteriss, die als Verwandte eine Vielzahl höchst wünschenswerter Eigenschaften besaßen. Sie bezeichnete Helen nur als »meine Schwester«, nie »meine Halbschwester«, und

Helens Mann als »mein Schwager, der General«. Die Chatteriss wohnten in Walbrooks, dem Haus, in dem Helen aufgewachsen war und das sie nach dem Tod ihrer Großeltern geerbt hatte. Dort, man erinnert sich, hatte, als die alten Richardsons noch lebten, Vera in jener spektakulären Aktion Eden während des Gewitters das Leben gerettet.

Von Vera wurde ich angewiesen, die beiden Onkel Victor und Tantchen Helen zu nennen, so wie ich sie Tantchen Vera nannte, während Eden einfach nur Eden war. Vor unserem ersten Besuch betonte Vera, wie wichtig dort gutes Benehmen für mich sei. Im Jahr darauf schärfte sie mir ein, verbunden mit der Drohung, mich »nie mehr irgendwohin mitzunehmen«, bei Helen kein Wort über das Kochbuch zu verlieren. Bei jenem ersten Besuch hatte ich mich mustergültig betragen und mich an Veras Anweisung gehalten, aber das »Tantchen« stieß bei Helen auf entschiedene Ablehnung. Das sei ihr zu gewöhnlich, sagte sie, was Vera spürbar traf.

»Nicht Tantchen, wenn ich bitten darf.« Helens Vokabular stammte damals – und stammt noch heute – weitgehend aus den zwanziger Jahren. »Da komme ich mir ja vor wie eine alte Putzfrau mit Hühneraugen, Zahnprothese und Fischbeinkorsett.«

Dieses Bild stand so sehr im Widerspruch zu ihrem tatsächlichen Aussehen, daß ich große Augen machte.

»Mich nennst du Helen und ihn Victor, und wenn du das nicht über die Lippen bringst, sagst du ›General‹ zu ihm, so wie ich, das klingt so schön grandios und viktorianisch.«

Sie sagte wirklich »General« zu ihm oder auch »General, mein Lieber...«. Wie eins dieser zartflügeligen Wesen, die der Bernsteintropfen gefangenhält, war sie in den zwanziger Jahren steckengeblieben oder vielmehr in einer Europäersiedlung im kühlen indischen Bergland aus den zwanziger Jahren. Sie trug durchsichtige Kleider ohne Taille, und wenn die Sonne schien, hatte sie einen Tropenhelm auf dem ondulierten goldenen Haar. Sie rauchte schwarze russische Zigaretten

– wo sie die 1941 herhatte, mochte der Himmel wissen – aus einer geschnitzten Elfenbeinspitze. Ihre Tochter war Luftwaffenhelferin, ihr Sohn Jagdfliegerpilot, und sie und der General wohnten allein in dem großen Haus, das die Richardsons um eine Bibliothek und einen Musiksalon bereichert hatten und draußen um einen versenkten Zaun, einen sogenannten »Ha-Ha«, ein Aussichtstürmchen und exotische Sträucher, die tapfer gegen die ostenglischen Winter ankämpften. Zwei alte Frauen, eine aus Stoke Tyne und eine aus der Thorington Street, kamen täglich angeradelt, um ihnen die Hausarbeit zu machen. Ich glaube, der General kochte, während Helen, die Memsahib mimend, durch den Garten schwebte, Blumen pflückte und ihre prächtigen Gestecke aus Dahlien, Astilben und weißbunten Funkien im Haus verteilte.

Ich hatte sie sehr gern. Schon längst ist aus dem Gernhaben Liebe geworden. Sie war ganz anders als Vera – unbeschwert, heiter, humorvoll und großzügig. Und das ist sie heute noch. Lange – bis zu seiner Aussöhnung mit Jamie – war sie die einzige aus unserer Familie, zu der Francis Kontakt hielt. Er hatte offenbar eine besondere Affinität zu ihr, die auch durchaus verständlich ist. Gewiß, Helen war reizend und ohne Falsch, aber überdies war ihnen etwas gemeinsam, was sie ihm besonders liebenswert erscheinen ließ. Beide waren sie als Kind von einem Elternteil im Stich gelassen worden – abgeschoben, wie Francis es ausdrückte. Vera hatte ihren Sohn ins Internat geschickt, um sich ihrer Schwester widmen zu können, Helens Vater hatte die Tochter zu den Großeltern gegeben und nicht einmal zurückgeholt, als er wieder eine Frau und ein Heim hatte... Ich weiß nicht recht, was Daniel Stewarts Bemerkung über Helen soll: »Diese Trennung macht Mrs. Chatteriss noch immer zu schaffen.« Die Geschichte von Arthur Longley, der mit seiner Braut Ivy zur Schule gekommen war, um sie Helen vorzuführen, war in unserer Familie hinlänglich bekannt, und Helen erzählte sie ohne erkennbaren Groll.

»Omama und Opapa waren unheimlich lieb«, sagte sie, »und das Leben bei ihnen war einfach wonnig. Manchmal erschrak ich, wenn mir der Gedanke kam, mein Vater könnte mich zurückholen. Das hätte ich nicht ertragen. Wißt ihr, was Omama gemacht hat, als ich zu ihnen kam, am allerersten Abend? Sie hat mir zwei Siamkatzen in einem Körbchen gebracht und gesagt, denen sei auch die Mammi gestorben, und sie würden schrecklich traurig sein, wenn sie nicht auf meinem Bett schlafen dürften.«

Als ich Vera das nächste Mal mit »Tantchen« anredete, sagte sie etwas verlegen, »Tante« klänge vielleicht besser. Ich solle in Zukunft lieber Tante Vera sagen, Tantchen sei doch recht gewöhnlich. Francis hörte meinen ersten erfolgreichen Versuch, amüsierte sich köstlich und machte sich nun erst recht für das »chen« stark, womit er Vera fast zum Wahnsinn trieb. Beim Frühstück: nein, vielen Dankchen, kein Täßchen Käffchen mehrchen. Kein Pöstchen heute? Das ist aber gar nicht schönchen. Und so weiter. Sie rieb die Hände aneinander. »Warum tust du das? Warum quälst du mich so?«

»Klingt doch richtig hübschchen und gar nicht ordinärchen.«

Das Ende vom Lied war, daß ich Vera überhaupt nicht mehr direkt anredete.

Bei einem Besuch in Stoke hörte ich sie zu Helen sagen, sie hätte gern noch ein Kind gehabt. Das soll nicht heißen, daß ich an der Tür oder hinter einem Vorhang gelauscht hätte – obgleich mir das damals zuzutrauen war –, nein, sie wußten zwar, daß ich dabeisaß, aber Vera glaubte wohl, ich sei zu jung und zu dumm, um zu begreifen, wovon die Rede war, und Helen war es egal. Oder sie bildeten sich ein, ich könne sie nicht verstehen, wenn sie leise sprachen. Ähnlich mögen sich viktorianische Liebespaare der Anstandsdame gegenüber verhalten haben, mit der sie notgedrungen das große Zimmer teilen mußten.

Damals hatte mir meine Mutter noch nicht die Geschichte

der verschwundenen Kathleen March erzählt, und ich wußte noch nicht, wie innig die heranwachsende Vera ihre kleine Schwester geliebt hatte. Daß Vera Kinder mochte und Babys liebte, überraschte mich. Hatte sie deshalb mich, die ich noch ein Kind war, eingeladen? Liebte sie mich vielleicht doch und konnte es nur nicht zeigen?

»Du weißt ja, wie kinderlieb ich bin«, sagte sie zu Helen.

Falls Helen an dieser Aussage gewisse Zweifel hegte, ließ sie es sich, nett wie sie war, jedenfalls nicht anmerken.

»Warum schaffst du dir dann nicht noch eins an, Liebes? Du bist noch jung, bist ja selber noch das reinste Baby. Du bist Jubeljahre jünger als ich armes altes Weib, du könntest meine Tochter sein.«

Ich wollte meinen Ohren nicht trauen. Vera war vierunddreißig, ihr Haar war ausgeblichen, ihr Hals hager. Sie war eine Frau in mittleren Jahren.

»Vergiß bitte nicht, daß Gerry weiß Gott wo ist.«

»Der Krieg kann ja nicht ewig dauern, Liebes.«

»Das sagst du so«, bemerkte Vera bitter.

»Du sehnst dich nach Eden, nicht?«

Vera schwieg einen Augenblick. Sie hatte sich eine – wie ich glaube völlig unbewußte – Angewohnheit zugelegt, die ich nie bei einem anderen Menschen gesehen habe. Im Stehen oder im Sitzen verschränkte sie leicht die Hände, dann drückte sie die gefalteten Hände kräftig nach unten wie in heftigem Schmerz oder wie in dem Versuch, auf irgendeinen Gegenstand starken Druck auszuüben. Am ehesten läßt es sich noch mit dem Bemühen vergleichen, einen aufgequollenen Korken in einen engen Flaschenhals zu zwängen. Das dauerte ein, zwei Sekunden, dann war es vorbei. So auch jetzt, während Helen sie liebevoll anteilnehmend betrachtete. Dann sagte Vera:

»Eden wird nie wiederkommen.«

»Na hör mal, wie kommst du mir denn vor? Natürlich kommt sie wieder!«

»Nein, nein, du hast mich falsch verstanden. Als Telegrafistin in Portsmouth ist sie bestimmt nicht in Lebensgefahr. Ich meine, daß sie nie mehr bei mir wohnen wird. Sie hat sich abgenabelt. Wenn der Krieg vorbei ist, wird sie nicht wieder nach Sindon kommen, sie wird sich ihr eigenes Leben aufbauen wollen.«

»Bis der Krieg vorbei ist«, sagte Helen, »ist Eden längst verheiratet.«

»Eben. Es läuft auf dasselbe hinaus.«

Aber damit hatte sie sich geirrt, denn Eden kam zu ihr zurück und Onkel Gerald ebenfalls, und zwar noch vor Ende des scheinbar endlosen Krieges.

Doch inzwischen ging das Leben in Laurel Cottage ziemlich unverändert weiter. Francis und ich wurden gerügt, weil wir mit der rechten Hand aßen, wurden frühzeitig zu Bett geschickt – ich meist erfolgreich, während ihm fast immer die Flucht gelang – und verwarnt, weil wir uns nicht benahmen, wie sich das für die Sprößlinge feiner Leute gehörte.

Jeden Tag galt es das Kreuzworträtsel zu lösen, jede Woche wurde ein Brief an Onkel Gerald, weit öfter einer an Eden geschrieben. Machte Vera sich Sorgen, weil sie seit Wochen und Monaten nichts mehr von ihrem Mann gehört hatte? Als Frau weiß man, daß man mit diesen Schweigezeiten leben muß. Eine Woche vor meiner Abreise kam ein Brief von ihm.

Man merkte ihr die Erleichterung an, aber sie hatte offenbar nicht gleich Lust, ihn zu lesen. Nach dem Frühstück nahm sie ihn mit nach oben und schloß sich damit im Schlafzimmer ein. Francis hatte Spaß daran, mich zu schockieren, und damals gelang es ihm immer. Er sagte:

»Ich hab irgendwo gelesen, daß Ehepaare in den ersten beiden Jahren nach der Hochzeit mehr ficken als in ihrem ganzen restlichen Leben. Was meinst du?«

»Ich weiß nicht«, sagte ich und errötete.

»Du wirst schon wieder rot. Jammerschade, daß ich das

nicht kann. So unschuldig und so reizvoll. Könntest du es mir nicht beibringen?«

Ein paar Tage, ehe ich wieder nach Hause mußte, fuhr Francis weg, um Bekannte zu besuchen. Er machte, was er wollte, und als Vera ihn fragte, wer diese Leute seien und wo sie wohnten, verweigerte er die Aussage. Sie drohte, das Fahrgeld nicht herauszurücken, aber damit war Francis nicht zu erschüttern. Er hatte immer Geld. Woher, das weiß ich nicht. Damals verdienten sich Heranwachsende noch nicht ihr Taschengeld mit niederen Arbeiten, jedenfalls nicht die jungen Leute aus dem Mittelstand, und Francis als Zeitungsbote war schlechthin unvorstellbar. Doch er behauptete, geheimnisvoll lächelnd, er habe es verdient, und wenn man fragte, womit, sagte er nur: »Mit diesem und jenem.« Am Tag vor dieser Fahrt inszenierte er für Vera den anspruchsvollsten Coup, den er sich je hatte einfallen lassen.

In einem ihrer Briefe hatte Eden einen Marineoffizier erwähnt, einen Fregattenkapitän Michael Franklin. Er war ihr unmittelbarer oder zumindest einer ihrer Vorgesetzten und hatte sich lobend über sie ausgesprochen. Mehr gab es dazu gar nicht zu sagen, aber da Eden eben Eden und eine Longley war, hatte sie noch hinzugefügt, Franklin sei ein Sohn von Lord Soundso und habe demnach Anspruch auf den Titel »Der Ehrenwerte«. Vera hatte diese Mitteilung sehr imponiert, sie hatte den Morrells und den Chatteriss und allen, die es hören oder auch nicht hören wollten, von Franklin erzählt, wobei sie den Eindruck erweckte, die Beziehung zwischen Eden und ihm sei nicht so sehr die eines Chefs zu seiner Mitarbeiterin, als vielmehr eine romantische Verbindung. Ich glaube, sie hat sich das so lange eingeredet, bis sie ganz aufrichtig daran glaubte. Chad Hamner blieb nicht verschont, obgleich er – besonders bei Francis – als Edens offizieller »Bekannter« galt.

Eines Abends läutete das Telefon. Schon das war ungewöhnlich. Bestimmt Helen, sagte Vera und nahm ab. Wir waren allein und hatten uns gemeinsam das Kreuzworträtsel vorgenommen – vielleicht unsere einzige gemeinsame Basis –, während die Zeiger der Uhr auf die kritische Zahl acht vorrückten. Ich konnte nicht verstehen, was Vera sagte. Stolz darauf, eine Lösung vor ihr gefunden zu haben, trug ich für »Sich so zu geben ist einfacher als so zu sein« gerade »ehrbar« ein, als sie ganz aufgeregt wieder ins Zimmer kam.

»Wer glaubst du wohl, wer das war?«

Das fragte sie immer, und wenn man falsch riet, konnte sie sehr ungehalten werden.

Natürlich sagte ich, ich hätte keine Ahnung.

»Der Ehrenwerte Michael Franklin, Fregattenkapitän.«

»Na so was! Der Mann, für den Eden arbeitet?«

So hätte Vera es gewiß nicht formuliert.

»Eine recht eigenartige Ausdrucksweise, das muß ich schon sagen. Für den sie arbeitet? ›Mit dem sie arbeitet‹ trifft es wohl besser. Oder du hättest sagen können: Ein Freund von Eden.« Sie wurde plötzlich überaus ironisch. »Ja, es wäre wohl nicht zu viel gesagt, ihn einen Freund zu nennen, Faith. Denn denke dir, Faith, es mag in unsrer Familie niemanden geben, der für den Herzog von Windsor gekocht hat, aber dafür kennen wir etliche nette Menschen, die wir mit Fug und Recht als unsere Freunde bezeichnen können, gebildete Menschen aus gutem Hause, doch, das darf ich wohl sagen...«

Sie war hochgradig erregt, und in diesem Zustand wurde sie immer aggressiv. Sie verschränkte die Hände und drückte sie nach unten. Dabei verkrampfte sich ihr Gesicht. Was er gewollt hätte, fragte ich.

»Er möchte uns besuchen. Das heißt, eigentlich mich. Auf dich oder meinen Sohn dürfte er weniger Wert legen. Er möchte mich, Edens Schwester, kennenlernen. So hat er es ausgedrückt. Er muß in einer schrecklich geheimen Sache nach Ipswich und würde gern Edens Schwester einen Besuch abstatten.«

Und zwar am Mittwochmittag. Nicht zum Lunch, das könne er in diesen schweren Zeiten nicht verlangen, er würde versuchen, unterwegs irgendwo ein Sandwich aufzutreiben, aber er würde gegen Mittag vorbeikommen. Francis war schlau und sehr raffiniert, er kannte seine Mutter. Sie lud die Chatteriss ein, die Morrells und erstaunlicherweise auch Chad Hamner. Chad galt als Edens »Bekannter«, und dennoch lud sie ihn ein, um ihn mit dem Mann bekannt zu machen, der, wenn alles gutging, seinen Platz einnehmen würde, was sie sich einzig und allein deshalb erwünschte und erhoffte, weil Franklin der Sohn und Erbe eines Viscount war (das hatte Vera in der Stadtbücherei nachgeschlagen) und Chad der Sproß eines nicht mehr sehr großen oder sehr reichen Hauses. Sie war keine sehr einnehmende Person, und manch einer mag sich denken, sie habe sich ihr Schicksal selbst zuzuschreiben, aber in ihren Ambitionen und in ihrem Debakel war sie ein Mensch, der Mitleid verdiente.

Alle nahmen die Einladung an. Fleisch war kaum mehr zu bekommen, und auch unter Zuhilfenahme all unsrer Lebensmittelmarken hätten wir damit kaum neun Personen satt bekommen. Vera organisierte zwei Kaninchen, keine Wildkarnickel, sondern Stallhasen, Old English, weißes Fell mit braunen Flecken. Anne und ich hatten Gänsedisteln und Vogelmiere gesammelt, um sie zu füttern. Meine Proteste erledigte Vera mit der Bemerkung, ich solle nicht die sentimentale Gans spielen. Sie briet die Kaninchen und machte Röstkartoffeln, Möhren in Weinsud und grüne Bohnen dazu, als Nachtisch sollte es Blaubeerpie und Sommerpudding geben. Ich pflückte die Blaubeeren, das Gemüse stammte aus eigenem Anbau, die Beete hatte Vera in dem früheren Rosengarten von Großmutter Longley angelegt.

Natürlich kam Franklin nicht. Wie wir später erfuhren, war er zu jener Zeit auf hoher See, als Begleitschutz für einen Konvoi aus Nordrußland. Sein Schiff – und er mit ihm – stand im nächsten Jahr auf der viele Bruttoregistertonnen umfassenden Verlustliste der britischen Marine. General Chatteriss trank den wieder irgendwo von Chad organisierten Sherry und sah immer wieder auf die Uhr. Von eins bis zehn nach eins stellte er fest: »Unpünktlich, der Bruder.«

Und von zehn nach eins bis halb zwei: »Kommt nicht mehr, der Bruder.«

Chad wußte, daß Francis dahintersteckte. Nicht von Anfang an, glaube ich, aber etwa ab der Mitte dieses tristen Trinkgelages, bei dem die Sherryflasche sich rasch leerte und Vera sich in steigender Aufregung fragte, was man Franklin vorsetzen sollte, wenn er doch noch kam.

Vielleicht hat er es aber doch gleich gewußt. Francis muß von einem Privatanschluß aus angerufen haben, nicht aus der Zelle, mit verstellter Stimme – oder vielleicht noch nicht einmal das. Einen in herzlichem oder liebenswürdigem Ton sprechenden Francis hätte Vera ohne weiteres für einen Fremden halten können. Doch glaube ich nicht, daß Chad aktiv mitgemacht hat, glaube es heute ebensowenig, wie ich es damals glaubte. Im Grunde hatte er ein gutes Herz. Wohl war er ein verzweifelt Liebender, war krank vor Liebe und hielt deshalb alle Winkelzüge für erlaubt, die geeignet schienen, diese Liebe zu festigen, aber vor Grausamkeiten wäre er doch zurückgeschreckt. Auf seine Art hat er wohl auch Vera geliebt. Alle, die in irgendeiner Weise dem Gegenstand seiner Zuneigung verbunden waren, gerieten in den Bannkreis seiner Liebe und durften sich ebenfalls daran wärmen.

Zu guter Letzt aßen wir den mittlerweile trocken und faserig gewordenen Kaninchenbraten und die Möhren, die inzwischen halb vergoren schmeckten. Immer wieder wurden die verschränkten Hände heruntergedrückt, verzog sich schmerzlich Veras Gesicht, bis endlich das unglückselige Mahl zu Ende war. Und danach hatten es alle ziemlich eilig, sich zu verabschieden.

Francis wählte eine klassische Enthüllungstechnik, um Vera aufzuklären, indem er mit der Stimme des von ihm gemimten Anrufers sagte:

»Eine Einladung zum Lunch würde ich in diesen schweren Zeiten nie erwarten, Mrs. Hillyard, ich bitte Sie...«

8

Der Name Madagaskar macht vornehmlich Kindern viel Spaß. Er eignet sich hervorragend für Scharaden, wenn es einem gelingt, das Spiel zu einem Stück in fünf Akten umzufunktionieren. Vera und Gerald allerdings hatten die Insel offenbar nicht in ihren Code möglicher Kriegsschauplätze einbezogen, und so hatte Vera im Jahre 1942 monatelang keine Ahnung, wo ihr Mann steckte.

Im Mai machten die britischen Streitkräfte einen Anlauf, der Vichy-Regierung die Insel abzunehmen. Man fürchtete, die Japaner könnten ihnen zuvorkommen, und die Japaner hatten Rückenstärkung aus Vichy-Frankreich zu erwarten. All das erfuhren wir, als mein Onkel Gerald im Frühjahr des darauffolgenden Jahres auf Urlaub kam, aber damals dachten wir, er sei noch in Nordafrika. Im Sommer bekam Eden Urlaub und übernachtete einmal bei uns – nur einmal, wie sie betonte, nicht länger, das könne sie Vera nicht antun.

Die Uniform stand ihr blendend. Die »Wrens« trugen Hüte statt Mützen, und Edens Hut paßte besonders gut zu diesem Dreißiger-Jahre-Filmstargesicht. Sie hatte abgenommen – abgespeckt, wie meine Mutter es ausdrückte. Für den heutigen Geschmack wäre ihr Gesicht mit den großen, seelenvollen Augen und dem träumerischen Ausdruck zu schön, zu makellos. Zum ersten Mal erlebte ich sie außerhalb von Laurel Cottage, ihrer natürlichen Umgebung. Zuerst verhielt sie sich uns gegenüber ein bißchen steif und reserviert, wie sie da mit eng zusammengepreßten Knien und Knöcheln auf unserem Sofa saß. Wir hatten ziemlich lange überlegt, wo wir sie für die eine Nacht unterbringen sollten. Gab man ihr eins unserer unbenutzten Schlafzimmer, oder sollte ich sie zu mir in den Schutzraum in unserer Diele nehmen? In diesem Fall hätte die große Nähe, die so gar nicht mit dem Schlafzimmer in Laurel Cottage zu vergleichen war, peinlich werden können. Der Schutzraum, ein Verschlag aus Sandsäcken und Wellblech, hatte nur eine Grundfläche von 2,10 m mal 1,20 m. Eden war in der Army, und wenn sie auch nicht im aktiven Dienst stand, meinte meine Mutter, müsse sie doch zumindest Luftangriffe und Flakbeschuß gewöhnt sein. Mein Vater sah in ihr natürlich immer noch seine kleine Schwester. Zu guter Letzt beschlossen wir, Eden oben schlafen zu lassen, aber ihr einzuschärfen, bei Alarm sofort aufzustehen und in den Schutzraum zu kommen.

Meine Mutter und ich brachten sie gleich auf ihr Zimmer. Es war meiner Mutter nicht gegeben, ein Gästezimmer »nett« herzurichten, sie hätte gar nicht gewußt, wie man so etwas macht, hätte Sinn und Zweck dieser Übung überhaupt nicht begriffen. Die Bettwäsche war sauber, der Teppich gekehrt, die Möbel abgestaubt. War das nicht genug? Ich war es, die Blumen in eine Vase gestellt, eine Frauenzeitschrift und Daphne DuMauriers *Rebecca* auf den Nachttisch gelegt und die Birne in der Nachttischlampe kontrolliert hatte.

»Herrje, hierher habt ihr mich also gesteckt, während ihr da unten warm und sicher sitzt?« sagte Eden. »Das ist ja ein Riesenfenster. Ich sehe schon die Scherben fliegen.«

»Wir hatten seit Wochen keinen Angriff mehr«, sagte meine Mutter.

»Man soll das Schicksal nicht herausfordern.«

Eden wiederholte ihre Bemerkung vom Warm-und-sicher-Sitzen, während sie sich mit meinem Vater an das Kreuzworträtsel machte. Mein Vater sagte sofort, daß er und Mutter dann natürlich auch oben schlafen würden, damit sie nicht so allein sei. Sie würden das Bett in ihrem früheren Schlafzimmer beziehen und auslüften und darin schlafen.

»Dann geh nur hoch und richte alles«, sagte meine Mutter.

Sie machte es dann doch selbst, wenn auch recht ungnädig. Ich glaube, sie hatte die besten Absichten gehabt, Eden bei ihrem kurzen Besuch herzlich aufzunehmen, aber die Lobhudeleien und die Ehrerbietung meines Vaters gingen ihr auf die Nerven. Außerdem witterte sie in Edens Reaktionen auf beliebige Kleinigkeiten stets unausgesprochene Kritik, und zuweilen war ihr Groll sogar berechtigt. Da war die Wurst, die Eden ungegessen auf dem Teller liegenließ. In den Erdbeeren, um die meine Mutter angestanden hatte, stocherte sie herum und sortierte auch das kleinste unreife Stück aus, das Brot wurde ungegessen zerkrümelt. Wenn wir achtlos mit unserem Essen umgingen, mahnte mein Vater, wir sollten gefälligst an die hungernden Rumänen (oder Griechen oder Jugoslawen) denken, aber Eden war über jeden Vorwurf erhaben.

Den armen Michael Franklin, der indessen vermutlich ohnehin schon tot war, erwähnte Eden nicht, dafür redete sie viel von ihren neuen Bekannten in Portsmouth, darunter natürlich jede Menge Marineoffiziere, und wenn man nicht gerade ausgesprochen »wie ein Autobus von hinten« aussah, konnte man sich als ungebundene junge Frau dort herrlich amüsieren. Inzwischen war nach dem Überfall auf Pearl Harbor im Dezember auch Amerika in den Krieg eingetreten, und Eden konnte sich nicht genug darüber wundern, wie nett, wie *zivilisiert* die amerikanischen Soldaten waren.

»Die Offiziere natürlich«, sagte sie. »Zu den anderen Rängen und Dienstgraden kann ich nichts sagen. Ich kenne zwei Mädchen, die sich mit amerikanischen Offizieren verlobt haben, und wenn man denkt, was denen die Zukunft bringen wird, kann man es ihnen wirklich nicht verargen.«

Für mich war der Gedanke neu, Frauen könnten um finanzieller Vorteile, um einer gesicherten Stellung willen heiraten, so etwas kannte ich nur aus viktorianischen Romanen. Bisher hatte ich immer geglaubt, es ginge dabei nur um Liebe. Eden redete viel von Geld und Sicherheit und was auf eine Freundin von ihr, verlobt mit einem Major Wayne D. Lansky, in Norfolk, Virginia, wartete, wenn der Krieg aus war: ein eigener Wagen, ein Dienstmädchen, ein Haus am Meer. Meine Mutter war während dieser Aufzählung nicht im Zimmer gewesen, sie meinte es also nicht böse, sondern erkundigte sich mit echter Anteilnahme nach Chad Hamner und wann Eden sich mit ihm treffe würde. Ich hatte natürlich meinen Eltern von Chad erzählt; selbst nach Longley-Maßstäben konnte er, so meinte ich, nicht unter die Geheimhaltungsbestimmungen fallen. 1942 galt noch die Abfolge Verliebt-Verlobt-Verheiratet. Wenn der Freund nach Hause eingeladen wurde, bedeutete das den vielleicht noch fernen, aber deutlich vernehmbaren Klang von Hochzeitsglocken. Für eine Ehe mochte es auch noch andere Grundlagen geben (Autos und Dienstmädchen und Häuser am Meer beispielsweise), aber alles in allem war es noch immer undenkbar, daß sich Liebe auf irgendeine andere Art vollziehen ließ.

Eden wirkte sehr verstimmt. »Doch, wir werden uns sicher sehen, er schaut bestimmt mal vorbei, wenn er hört, daß ich zu Hause bin«, sagte sie rasch. Später bekam ich meine Abreibung – und zwar ausgerechnet in unserem Schutzraum, denn just an diesem Abend hatten die Deutschen beschlossen, London anzugreifen – oder hatten uns zumindest vorgespiegelt, daß wir einen Angriff zu gewärtigen hätten. Soweit ich weiß, war weder unsere Flak noch das ferne Grollen von Bomben zu hören, aber nachts um eins heulten die Sirenen, und alle kamen herunter und weckten mich.

Mein Vater legte sich sehr bald wieder hin. Meine Mutter ging in die Küche und machte für uns alle Tee. Eden und ich saßen uns gegenüber, ich auf meiner Koje, sie auf einer umgedrehten Apfelsinenkiste mit einem Kissen darauf. Auf ihrem schönen Gesicht, einem Amalgam aus Zügen der heute vergessenen Filmstars Veronica Lake, Annabella und Alice Faye, glänzte eine der nicht in eine dunkle Schublade in Laurel Cottage verbannten Nährcremes. Eden hatte sich ein blaues Chiffontuch wie einen Turban um den Kopf gewickelt und trug einen Morgenrock aus dünner geblümter Baumwolle. Sie kleidete ihre Rüge in eine etwas eigenartige Form:

»Es hat mich sehr enttäuscht, Faith, daß du deinem Vater Märchen erzählst.«

Ich wußte wirklich nicht, was sie meinte, und das sagte ich ihr auch.

»Jetzt tu nicht so unschuldig. Du hast getratscht, und jetzt willst du dich herausreden. Wie kommst du bloß auf die Idee, ich wäre mit Chad Hamner verlobt?«

»Das habe ich nicht gesagt.«

»Ausgerechnet Chad! Glaubst du im Ernst, etwas Besseres könnte ich nicht kriegen? Von Vera kannst du das nicht haben. Trage ich etwa einen Verlobungsring? Na also! Chad ist ein Freund der Familie, nicht mein spezieller Freund. Ist das klar?«

»Tut mir leid«, sagte ich. »Er hat mir gesagt, daß er dein Freund ist.«

»Ach, weißt du, kleine Faith, eines Tages wirst du selbst erleben, daß sich das, was ein Mann in so einer Situation sagt, sehr von der Wirklichkeit unterscheiden kann. Vermutlich wäre Chad gern mit mir verlobt, meinst du nicht?«

Demütig stimmte ich zu. Von Gary Cooper und Lord Louis Mountbatten bis General Montgomery wäre wohl jeder Mann gern mit Eden verlobt. Dann wurde sie wieder ganz lieb und freundschaftlich.

»Offen gestanden habe ich immer gewußt, daß es da eines Tages Probleme geben würde. Wir haben uns bei den Tregears kennengelernt« – Tregear war der Anwalt, bei dem Eden gearbeitet hatte – »auf einer Cocktailparty, und er hat mir sofort verliebte Blicke zugeworfen, quer durchs Zimmer. Er hat mich mit seinen Anrufen geradezu verfolgt, Vera und ich waren schon richtig mit den Nerven runter, und ich glaube, ich bin wirklich nur mit ihm ausgegangen, damit er die ständige Anruferei läßt.«

In dieser Tonart ging es noch eine ganze Weile weiter, bis

meine Mutter mit dem Tee hereinkam – oder vielmehr durch eine Lücke zwischen den Sandsäcken hereinkroch. Daß Veras und Edens Schilderung von der ersten Begegnung zwischen Eden und Chad voneinander abwichen, war mir sofort aufgefallen. Am Gericht hätten sie sich kennengelernt, hatte Vera gesagt, aber laut Eden war es eine Party gewesen. Doch das war vermutlich gar nicht weiter wichtig. Edens Tadel hatte mich tief getroffen, und jetzt war ich heilfroh, daß die Gnadensonne mir wieder schien.

Am nächsten Vormittag verabschiedete sich Eden, aber nicht, um sogleich nach Great Sindon zu eilen, dorthin würde sie sich erst am Nachmittag auf den Weg machen, sondern um im West End mit einem amerikanischen Offizier zu essen. So, wie sie es beim Frühstück erzählte, klang es nach einer wichtigen dienstlichen Besprechung zwischen Vertretern der britischen und der amerikanischen Streitkräfte. Mein Vater hatte offenbar vergessen, daß Eden nur eine kleine Telegrafistin war, und schluckte die Geschichte. Zu meiner Überraschung trat mir Eden, ohne eine Miene zu verziehen, im Schutz des Tischtuchs leicht auf den Fuß, als sie den Namen des Amerikaners zum zweiten Mal nannte.

Als sie weg war, ging meine Mutter in Edens Zimmer hinauf, um das Bett abzuziehen. So, wie meine Mutter nun einmal war, hatte sie sich wahrscheinlich überlegt, ob sich das Waschen überhaupt lohnte oder ob sie mit Edens Wäsche nicht vielleicht das Bett für sich und ihren Mann beziehen könnte. Was sie in dem Zimmer sah, brachte sie regelrecht in Rage. Jemand hatte dort Hausputz gehalten. Man könnte meinen, daß eine Frau, in deren Haus nicht alles blitzt und blinkt, den Schmutz einfach nicht sieht, aber das ist nicht immer der Fall. Manchmal ist ihr die Putzerei auch nur lästig, die Reinlichkeit darf sich durchaus in Grenzen halten. Nicht jeder Schmutzfleck muß abgeschrubbt werden, auch wenn er für das bloße Auge mehr als sichtbar ist. An den Füßen von Edens Bett hatten ein paar Staubflocken gehangen, die –

offenbar mit einem feuchten Tuch – entfernt worden waren. Der Lampenschirm aus Pergament, den meine Mutter schon seit Wochen »mal eben hatte abwischen« wollen, war sorgsam mit Seife und Wasser abgewaschen. Noch ärger war es im Badezimmer. Andere Gäste hinterlassen Schmutzränder im Waschbecken. Eden hingegen hatte nicht nur den eigenen Schmutzrand beseitigt und Becken und Wanne abgetrocknet, sondern Staub und Spinnweben vieler Jahre aus dem halb versteckten Gewirr von Rohren hinter Waschbecken und Toilette hervorgeholt und auf einem der Zeitungsstücke, die mein Vater für seine Rasierseife zu benutzen pflegte, zu einem ordentlichen Häufchen aufgetürmt.

Ich erinnere mich jetzt, es war diese Begebenheit (und nicht irgend ein Fauxpas von Vera), die meine Mutter veranlaßte, mir die Geschichte von Kathleen March zu erzählen. Dabei hatte Eden damit überhaupt nichts zu tun, sie war damals noch gar nicht auf der Welt gewesen, aber ich glaube, meine Mutter hatte die Longley-Frauen ganz allgemein aufs Korn nehmen und ihre Unvollkommenheiten, ihre Unzuverlässigkeit veranschaulichen wollen.

»Niemand behauptet, daß sie der Kleinen etwas angetan hat«, höre ich sie sagen, »aber sie hat sich einfach um das Kind nicht gekümmert, es war ihr gleichgültig. So sind sie, immer ich, ich, ich, Hauptsache, sie können sich tüchtig spreizen. Alles Schau und schöner Schein. Ich kann mir schon denken, wie es war, sie saß am Fluß oder wo es auch gewesen sein mag, und da kam diese Freundin daher, hat ihr erzählt, was für eine tolle Person sie ist, und hat ihr schöngetan, und da hat sie vergessen, daß ihr ein kleines Kind anvertraut war. Sie war derart mit sich beschäftigt, daß sie einfach nicht gemerkt hat, wie so ein Irrer hingegangen ist und die Kleine entführt hat.«

Allmählich entwickelte ich ein gewisses Takt- und Fingerspitzengefühl in heiklen Situationen. Deshalb erzählte ich meiner Mutter nicht, was Vera zu Helen zum Thema Babys gesagt hatte. Da aber erklärte meine Mutter mit einem sechsten Sinn, oder aufgrund einer telepathischen Strömung zwischen uns, sie würde sich nicht wundern, wenn Vera sich nach dem Krieg noch mehr Kinder anschaffen würde.

»Sie möchte bestimmt noch Nachwuchs haben, paß nur auf. Mindestens noch ein Kind, jetzt, wo Eden aus dem Haus ist. Möglichst ein Mädchen. Zu schade, daß wir uns das nicht aussuchen können.«

»Ist sie dann nicht schon zu alt?« fragte ich.

»Sie ist jünger als ich«, gab meine Mutter empört zurück.

Das Bettzeug wurde abgezogen und kam in die Wäsche, was meine Mutter damit begründete, daß etwas von dem »Dreck, den sie sich ins Gesicht schmiert«, auf das Kissen geraten war. Sie und mein Vater bekamen am nächsten Morgen ein wohlerzogenes Dankesbriefchen. Eden mußte es im Zug geschrieben haben. Das nächste Mal begegneten wir uns in Helens Garten, und ich erfuhr, wie Vera ihr das Leben gerettet hatte.

Gestern kam Helen zum Tee, das heißt eigentlich gab es nur eine Tasse Tee und einen Keks für jeden, danach gleich die Drinks, das ist Helen so gewohnt. »Ich bleibe noch auf einen Cocktail«, nennt sie es, sie trinkt dann Sherry oder läßt sich von mir zwei Dry Martinis mixen – nie mehr! –, gerührt, nicht geschüttelt, mit grünen Oliven, nicht mit Zitrone, und nie ohne den kleinen Scherz, den Gin nur an der Vermouthflasche riechen zu lassen. Jamie hatte nach dem Schulabschluß, ehe er nach Bologna ging – Oxford, so hieß es, wäre unter diesen Umständen doch nicht ganz das Richtige gewesen –, in einer Bar in der Half Moon Street gejobbt, und am Tag, nachdem er dort angetreten war, kam ein Amerikaner herein und bestellte einen Dry Martini. Jamie hatte keine Ahnung, was das sein mochte, aber daß Martini eine Vermouthmarke ist, wußte er wenigstens und ging beherzt ans Werk. Wenig später brachte der Amerikaner das Glas zurück und erkundigte sich, ob er auch Gin hineingetan hätte.

»Aber nein«, erwiderte Jamie ganz empört.

Der Amerikaner lachte und zeigte ihm, wie man Dry Martinis mixt, und als er ging, gab er ihm 10 Shilling Trinkgeld, für 1962 eine enorme Summe.

Nach dem Tod des Generals übergab Helen Walbrooks an ihren Sohn, der damals gerade zum zweiten Mal geheiratet und eine kleine Tochter bekommen hatte. Es ist ein wunderschönes Haus mit herrlichen Anlagen, und manchmal muß ich fast ein bißchen lachen, wenn ich denke, daß es beinah mir gehört hätte, aber ich bereue nichts, jedenfalls nichts, was diese Sache betrifft. Helen zog nach London und nahm sich eine Wohnung in Bina Gardens an der Old Brompton Road. Ich glaube, sie hatte sich eingebildet, London habe sich seit ihrem letzten längeren Aufenthalt dort nicht wesentlich verändert. Das war 1918 gewesen, da hatte sie unter den Fittichen der alten Mrs. Richardson eine Londoner Saison mitgemacht. Natürlich merkte auch Helen, daß vieles anders geworden war, wollte es aber nicht wahrhaben. Sie kleidete sich sehr ähnlich wie damals, nahm grundsätzlich ein Taxi, wenn sie irgendwohin wollte, und richtete ihre Wohnung in einer Mischung aus Jugendstil und Anglo-Indisch ein, massige weiße Möbel und Messing aus Benares, dazu ein Touch Maugham. Punkt fünf nimmt sie den Tee, um sechs macht sie sich einen Cocktail. Jeden zweiten Tag ruft sie abends ihre Tochter an, an den Tagen dazwischen ihren Sohn. Beide besuchen sie oft in Bina Gardens, auch die Enkel und Enkelinnen. Mit denen geht sie in die Brasserie von Claridges zum Smörgasbröd-Lunch, Sonderpreis. Und dann hat sie ja auch mich, ich wohne nur einen Steinwurf entfernt in der Vicarage Road.

Helen ist meine Tante oder eigentlich meine Halbtante, und diese Einschränkung, über die Vera sich nur zu gern hinwegsetzte, indem sie Helen als ihre Schwester bezeichnete, nimmt aus meiner Sicht Helen völlig das Tantenhafte. Ich habe sie – auf ihren eigenen Wunsch! – nie Tante genannt, und wenn ich sie mit anderen Leuten bekannt mache, nenne ich nur ihren Namen, manchmal – eher selten – mit dem Zusatz »meine Freundin«. Ich habe sie nie als Tante gesehen und noch viel weniger unter jener anderen Benennung, deren Benutzung mir einst zugestanden hätte.

Sie ist neunundachtzig, noch immer schlank wie eine Tanne, aber eine Tanne mit steifen, knarrenden Zweigen. Nach wie vor bevorzugt sie Chiffon und andere durchsichtig-schmiegsame Stoffe, und noch immer trägt sie standhaft Hut. Endlich aber hat sie die Mode der zwanziger Jahre doch aufgegeben und geht ganz ähnlich wie die Königinmutter angezogen, in Hellblau mit großen Hüten. Das goldene Haar ist jetzt schneeweiß, aber noch immer so frisiert, wie es Gertrude Lawrence in der Uraufführung von *Private Lives* trug.

Ich hatte eigentlich auch Daniel Stewart einladen wollen, aber Helen sprach sich sehr entschieden dagegen aus, als ich sie um ihre Meinung bat. Sie nennt ihn den »Buchmacher«, dabei weiß sie natürlich ganz genau, was ein Buchmacher ist und was nicht.

»Es macht mir nichts aus, unter vier Augen mit dem Buchmacher zu sprechen«, erklärte sie, während sie sich setzte und dabei, wie stets, den Hut aufbehielt. »Das heißt, natürlich macht es mir etwas aus, ich hätte mich lieber gedrückt, es ist kein Spaß, in dieser Art über die arme Vera zu sprechen, aber wenn wir allein sind, der Buchmacher und ich, ist es gerade noch erträglich. Mit einem Dritten, und selbst, wenn *du* es wärst, Liebes, wird alles so wahnsinnig öffentlich.«

Später vielleicht, sagte ich, sie könne sich ja auf eine solche Konfrontation vorbereiten, könne sich zum Beispiel Valium mitbringen. Und wenn Stewarts Buch herauskomme, brauche sie es ja nicht zu lesen. Sie sieht mich an, wie sie oft ihre Freunde ansieht, wenn die von der Zukunft oder auch nur vom nächsten Jahr reden, mit einem Blick, der ihnen zu verstehen gibt, daß sie vielleicht das nächste Jahr gar nicht mehr erlebt.

Ich machte Tee, und wir aßen jeder einen »Müslikeks«, wie

es auf der Packung hieß. Helen knabberte ihren Keks unter dem Schatten einer blauseidenen Hutkrempe mit Nylonrittersporn. Wenn wir zusammenkommen, sprechen wir selten über die Familie, weder bei mir beim Tee und Sherry noch bei unseren Besuchen bei Gerald. Dieses Thema ist für uns beide ein wunder Punkt, und wir meinen, daß wir trotz und nicht wegen unserer Familie befreundet sind. Doch an diesem Tag gab es gerade nichts anderes zu bereden. Außerdem war es Veras Geburtstag. Hätte sie ihn erlebt, wäre sie achtundsiebzig geworden.

Mit zunehmendem Alter büßt der Mensch sein gutes Aussehen ein, das ist eine Binsenwahrheit, ein Klischee. Der Verlust der Schönheit ist aber nur das erste Glied in einer Kette, das nächste ist der Verlust des Geschlechtlichen. In einem bestimmten Alter, etwa Ende siebzig, kann man alte Männer und alte Frauen nur noch an der Kleidung unterscheiden, an Röcken und Frisuren. Und dann kommt ein Punkt, vor dem uns der Herr bewahren möge, wo das Menschsein selbst sich verliert und alte Affen in Menschengewand in der Gegend herumsitzen...

Helen mit ihrer flachen Brust und ihren knorrigen Händen hatte durchaus etwas Maskulines an sich, aber der Mensch in ihr ist noch sehr lebendig. Die spröde Stimme ist voller Vitalität, die blauen Augen funkeln ganz wach, und sie riecht köstlich, nach einem Parfüm, das *Magie Noire* heißt, kein alter Mann könnte so riechen. Ich wollte mir mit Stewart das Jahr 1943 vornehmen und fragte sie nach Geralds Rückkehr.

»In dem Frühjahr war er auf Urlaub hier, Liebes, aber dann ging er eine Weile ans Kriegsministerium.«

Ich wollte wissen, wie er heimgekommen war und warum. Mit einer Vierzehn- oder Fünfzehnjährigen sprach man damals nicht über diese Dinge. Ich wußte nur: Er war in Nordafrika und dann in Madagaskar gewesen (so daß er die Schlacht von El Alamein verpaßt hatte) und Anfang 1943 nach England zurückgekommen. Zur Ergänzung hatte ich über den Zwischenfall in Madagaskar nachgelesen. Die Briten hatten im Mai 1942 die dortige Marinebasis Diego Suarez erobert. Man hoffte, der Gouverneur der Vichy-Regierung würde einem Rapprochement zustimmen und die Insel aufgeben, aber er wartete nur auf die im Oktober einsetzende Regenzeit. Daraufhin griffen die Briten Antanarivo, die Hauptstadt, an, und die vichyfreundlichen Kräfte zogen sich in den Süden zurück. Nach weiteren Vorstößen und weiteren Siegen wurden im November die Kampfhandlungen eingestellt, der Gouverneur wurde interniert.

»Ich glaube, im Januar oder Februar haben wir uns von dort ganz zurückgezogen«, sagte Helen. »Wir haben einen Franzosen als Gouverneur eingesetzt, einen von de Gaulles Leuten. Bill Platt hatte unsere Truppen unter sich, ein furchtbar netter Kerl, wir hatten ihn gelegentlich da.« Das war Helens Art zu sagen, daß General Sir William Platt häufig bei ihr und ihrem Mann zu dinieren pflegte. »Er hat Gerry mit einem Bomber zurückgeschickt. Er sollte an höchster Stelle über die militärische Situation dort berichten, vielleicht sogar bei Churchill selbst, oder wer immer damals Kriegsminister war. Mein lieber General könnte dir das so viel besser erklären. Aber die Geschichte mit Vera hat ihn umgebracht, im wahrsten Sinne des Wortes.«

Damit mag sie sogar recht haben. Helen und der General hielten nach Veras Tod in Stoke die Stellung, aber es war nicht leicht für sie. Halbschwester hin, Halbschwester her – man schnitt die beiden. Helen hatte Vera, großzügig wie sie war, vor aller Welt als ihre Schwester bezeichnet. Jetzt, da Vera das schlimmste aller Verbrechen begangen und ein schlimmes Ende gefunden hatte, wäre es ihr nie eingefallen, die Beziehung zu leugnen. Es wäre auch ziemlich zwecklos gewesen, alle wußten Bescheid, in einem Dorf ist das so. Daß man einen Bogen um sie machte, lag nicht einmal so sehr daran, daß man mit solchen Leuten nichts zu tun haben wollte. Es war dabei auch sehr viel Scheu und Verlegenheit im Spiel, die Dorfbewohner wußten einfach nicht, was sie zu Helen und Victor sagen sollten, wenn sie ihnen über den Weg liefen. Ich war in den folgenden Jahren sehr oft dort, verständlicherweise, und ich war im Haus, als der General seinen ersten Schlaganfall erlitt, von dem er sich nie mehr ganz erholt hat. Fünf Jahre nach Veras Tod starb auch er. In Helens Armen, wie sie zu sagen pflegt, wenngleich ich nie so recht weiß, wie wörtlich man diese Redensart zu nehmen hat.

»Gerry war ein kluger Kopf«, sagte Helen. »Das hat der General immer gesagt. Aber ein gräßlicher Langweiler und so bierernst. Stell dir vor, mit einem Mann verheiratet zu sein, der dich nie zum Lachen bringt.« Auch Victor war meiner Meinung nach nicht gerade mit sprühendem Humor gesegnet gewesen, aber das sagte ich wohlweislich nicht laut.

»Ein ausgesprochenes Tränentier, wirklich wahr, aber der General hat immer gesagt, hinter Gerry steckt mehr, als man ahnt. Und so muß es wohl auch gewesen sein, denn wenn du überlegst, wie er aussah... Dieser leere Blick und die Glubschaugen, wie bei der – wie heißt sie doch gleich – der Basedowschen Krankheit... Er kam mir immer vor wie diese Leute in Westindien. Die aus dem Kino. Ein Bongo oder Zobo oder so.«

»Zombie«, sagte ich.

»Richtig, ein Zombie, Zobos sind eine Kreuzung zwischen Yak und Kuh, die haben wir in Indien gesehen, und mit denen hat Gerry überhaupt keine Ähnlichkeit. Ja, also wie gesagt, auf seine Art war er ein kluger Kopf, und deshalb hat Bill ihn wohl auch in dieser wichtigen Mission nach England zurückgeschickt. Es muß im Januar 1943 gewesen sein, denn Vera und Eden und Francis waren zu Weihnachten bei uns gewesen, und da hatte Vera noch keine Ahnung, daß er kommen würde. Im Krieg hat Eden Weihnachten nur einmal bei uns gefeiert, und im Jahr darauf kann es kaum gewesen sein. Und 1941 waren wir nicht zu Hause, da mußten wir in das gräßliche Gleneagles, zu der Schwester des Generals. Komisch«, sagte Helen, »daß ich noch so genau weiß, was vor vierzig Jahren war, aber wenn du mich fragst, was ich gestern gemacht habe, könnte ich es dir nicht sagen. Angeblich liegt es ja daran, daß Millionen von Gehirnzellen kaputtgehen oder ausfallen oder was auch immer – wie unser armes Haar – und die Gedächtniszellen freilegen, die lange Jahre verdeckt waren. Im Grunde spielt es auch keine Rolle. Alte Erinnerungen sind genauso gut wie neue, vielleicht sogar besser. Das Damals war bestimmt hübscher als das Gestern.« Sie besann sich. »Jedenfalls bis Du-weißt-schon-was.«

Helen nennt Veras Hinrichtung immer »Du-weißt-schon-was«. Das tiefe Leid braucht einen Euphemismus, um sich zu artikulieren. Sie sagte mir einmal, es vergehe nicht ein Tag, ohne daß sie daran dächte und sich überlege, wie es wohl sei, gehenkt zu werden, was unmittelbar davor in Körper und Seele vorgehe.

»Sie haben uns in London besucht«, sagte ich. »Aber gewohnt haben sie nicht bei uns, sondern in einem dieser Hotels, deren Namen die Leute mit einem Grinsen und einem vielsagenden Gesicht zu quittieren pflegten, dem Strand Palace oder dem Regent Palace. Es sollte so eine Art zweite Hochzeitsreise sein, hat Gerald zu meiner Mutter gesagt.«

»*Gepaart* haben sie sich, Liebes, um es mal ganz deutlich zu sagen – oder jedenfalls hatte es die arme Vera darauf angelegt. Sie wollte von dem Mann unbedingt noch ein Kind.«

Ich stand auf, um unsere Dry Martinis zu mixen. Helen behielt aufmerksam den Cinzano Secco im Auge.

»Und laß den Gin nur an der Flasche riechen, nicht wahr... Im Sommer ist er dann mit der Achten Armee nach Sizilien gegangen. Bei der Achten war er schon vor Madagaskar gewesen, die Amerikaner waren auch dort, ihre Siebente und unsere Achte. Das Datum ist mir allerdings nicht mehr geläufig, ich weiß nur noch, daß es war, ehe der alte Mussolini dran glauben mußte.«

»Es war der 9. Juli«, sagte ich. »9. Juli 1943, ich habe es nachgeschlagen. Er ist erst nach Kriegsende wieder heimgekommen.«

Mein Mann betrat das Zimmer, gab Helen einen Kuß und erkundigte sich, ob für ihn noch ein kleiner Dry Martini abfallen würde. Ich bin sehr glücklich darüber, daß sie sich so gut verstehen, daß sie befreundet sind, was unter den gegebenen Umständen nicht selbstverständlich ist.

»Wir sprechen gerade von Gerald«, sagte ich.

»Ist heute denn euer Besuchstag?«

Ich schüttelte den Kopf. Gerald lebt seit Jahren in einem Heim für pensionierte Offiziere in Baron's Court, und Helen und ich besuchen ihn manchmal. Er ist stocktaub und wirkt älter als Helen, obgleich er jünger ist.

»Wir haben von ›seinem‹ Krieg gesprochen, wie er es ausgedrückt hätte«, sagte ich.

»Der General«, meinte Helen, »sagte immer, Gerry habe alles in allem einen schönen Krieg gehabt, und ich habe gesagt, um so besser, denn der Frieden war nicht sehr schön für ihn. Ach, richtig, fast hätte ich das vergessen, Liebes, was glaubst du wohl, wen ich neulich bei Lucy getroffen habe?«

Lucy ist ihre Enkelin, sie ist mit einem Diplomaten verheiratet und gibt große Gesellschaften in einer dieser Wohnungen in Hyde Park Gardens, die eine Dachterrasse haben. Keine Ahnung, sagte ich. Mein Mann gab Helen ihren zweiten Dry Martini; mehr als zwei trinkt sie nie, da ist sie eisern.

»Lady Glennon. Wie findest du das?«

Der Name sagte mir nichts. »Wir verkehren nicht in so erlauchten Kreisen, Helen«, sagte mein Mann.

»Aber an Michael Franklin kannst du dich doch noch erinnern. Sie ist seine Schwägerin. Sein Bruder hat den Titel geerbt, als Michael mit seinem Schiff untergegangen war. Diesen gräßlichen Tag kannst du nicht vergessen haben. Die arme Vera mit ihrem Kaninchenbraten, und wie uns allen langsam, aber sicher dämmerte, daß kein Ehrenwerter Michael auftauchen würde. Wenn die Deutschen sein Boot nicht versenkt hätten, wäre er Viscount Glennon geworden, und alles wäre ganz anders gelaufen, und vielleicht wäre ich unserer Eden als Lady Glennon bei Lucy begegnet.«

»Sie war nie näher mit ihm bekannt, die Unterhaltung dürfte nach dem Schema gelaufen sein: ›Hier bitte, Ihre Depeschen, Sir, ich habe Ihnen drei Durchschläge gemacht...‹«

»Meinst du? Vera schien ihrer Sache so sicher zu sein. Manchmal habe ich den Eindruck, daß ich ihn mit diesem anderen Marineoffizier verwechsle, den Eden hatte. Daß es den gegeben hat, wirst du nicht bestreiten wollen, Liebes.«

Davon wüßte ich nichts, sagte ich. Woher sollte ich es wissen?

»Das muß im September 1943 gewesen sein, irgendwo bei Irland.«

»Dein Gedächtnis ist phänomenal, Helen«, sagte mein Mann, »an dir können wir uns alle ein Beispiel nehmen.«

»Ja, aber du könntest mir bestimmt sagen, was du heute zum Frühstück hattest, und damit wäre ich total überfragt. Mrs. Anstruther in der Wohnung unter mir hat neulich im Radio gesprochen, im Frauenfunk, über ein Tagebuch ihrer Großmutter, das gerade herausgekommen ist. Sie ist so alt wie ich, Mrs. Anstruther, meine ich, nicht die Großmutter, die wäre Jubeljahre älter, wenn sie noch am Leben wäre, und das ist sie natürlich nicht. Ehe sie – wie heißt das gleich – auf Sendung gingen, haben die Leute vom Funk sie gebeten, etwas vor dem Mikrofon zu sagen, als Sprechprobe. Natürlich wußte Mrs. Anstruther nicht, was sie sagen sollte – ist ja klar, in so einer Situation –, und der Reporter hat gemeint: ›Erzählen Sie uns einfach, was es heute bei Ihnen zum Frühstück gab.‹ Aber das war nichts, Mrs. Anstruther konnte sich nicht erinnern, und da hat sie ins Mikrofon gesagt: ›Ich weiß nicht mehr, was es heute bei mir zum Frühstück gab, ich bin zu alt.‹ Und alle haben gelacht, dabei sollte es gar kein Witz sein.«

»Eden war damals in Londonderry«, fuhr Helen fort. »Sie

war im Frühjahr nach Londonderry versetzt worden. Das Schiff sollte dort überholt werden und ist dann wieder losgefahren, nach Gander oder wie das heißt, aber dort ist es nie angekommen. In Londonderry wimmelte es in dem Sommer von Amerikanern. Irgendwo liegt bei mir noch ein Brief von Eden herum, in dem sie mir von den reizenden Amerikanern vorschwärmt, so reiche Leute und so freigebig. ›Hüte dich vor den Amerikanern, wenn sie Geschenke bringen‹, hat der General immer gesagt. Zu Patricia hat er das gesagt, als sie mit einer Freundin auf Urlaub nach Walbrooks kam. Angeblich ist es von Vergil, den hatte er in Eton gelesen, aber irgendwie kam es mir immer komisch vor, zur Römerzeit war schließlich Amerika noch nicht erfunden, oder was meint ihr?«

Mein Mann setzte sie für den kurzen Heimweg in ein Taxi. Diesen Brief hätte Daniel Stewart sicher gern, überlegte ich und trank den Rest meines sehr trockenen Dry Martini und dachte an jenen Sommer, den einzigen von zehn Sommern, in dem ich die Ferien nicht in Sindon verbracht hatte. Die Koffer waren schon gepackt, da mußte meine Mutter zu einer Notoperation ins Krankenhaus, einer Hysterektomie, damals ein sehr schwerer Eingriff, und noch wochenlang war sie sehr hinfällig und konnte nicht viel machen. Ich blieb zu Hause und versorgte sie. Die langen Wochen zwischen dem Ende des Sommertrimesters und dem Beginn des Herbsttrimesters haben demnach Vera und Francis allein in Laurel Cottage verbracht. Es waren die letzten Sommerferien, in denen sie miteinander allein waren.

Der Brief, den Vera im Herbst 1943 an meinen Vater schrieb, ist verlorengegangen. Vielleicht brannte, als er kam, bei uns noch kein Feuer im Kamin. Daß es ihn einmal gegeben hat, weiß ich noch sehr genau. Ich erinnere mich, wie er – oder Abschnitte daraus – beim Frühstück verlesen wurde. Es muß irgendwann im Oktober gewesen sein. Als ich Veras Schrift auf dem Umschlag erkannte, machte ich mich auf Vorwürfe gefaßt. Ich war im August nicht in Sindon gewesen, und obgleich ich mit der Krankheit meiner Mutter, von der Vera wußte, eine triftige Entschuldigung hatte, hielt ich es für wahrscheinlich, daß sie meine Treulosigkeit erwähnen, daß sie beispielsweise würde wissen wollen, warum ich nicht gekommen sei, solange meine Mutter im Krankenhaus lag, wenn schon nicht während ihrer Rekonvaleszenz. »Faith hat sich ja nicht zu einem Besuch aufraffen können« und: »Nachdem Eden nicht mehr da ist, kann Faith sich für Great Sindon wohl nicht mehr begeistern...«, Bemerkungen dieser Art fürchtete ich, auf die mein Vater mit dem Ansinnen zu reagieren pflegte, ich möge doch Vera »einen netten Brief« schreiben. Doch diesmal gab es keine Vorwürfe. Vera ließ mir – wie auch meiner Mutter – nur herzliche Grüße ausrichten. Mein Vater sagte:

»Vera erwartet ein Baby.«

Die Nachricht trieb mir die Röte ins Gesicht, wahrscheinlich war sie mir peinlich. Zum Glück war kein Francis da, der das sogleich in die Welt hinausposaunt hätte.

»Na, da hat sie sich aber lange Zeit gelassen«, sagte meine Mutter. »Warte mal, wie alt ist denn Francis inzwischen?«

»Francis ist im Januar sechzehn geworden«, sagte ich.

»Richtig, das steht hier auch. ›Francis wird im Januar siebzehn, der Altersunterschied zwischen den beiden wird also beträchtlich sein, wenn das Baby im April geboren wird. Ich hätte diesmal furchtbar gern ein kleines Mädchen, nehme es aber, wie es kommt...‹«

Mein Vater machte sich Sorgen um Vera. Ihr Mann war an der Front – in Italien, wie aus ihrem Code hervorging – und sehr gefährdet. Ihr Sohn war im Internat, und ich vermute, daß mein Vater genauso gut wie ich wußte, daß Francis ihr ohnehin weder Trost noch Hilfe gewesen wäre. Eden war in Londonderry, dem Ausgangspunkt für die Konvois über den Nordatlantik. Vera war allein, sie war schwanger und würde – wenn nicht ein Wunder dem Krieg früher als erwartet ein Ende setzte – allein sein, bis das Baby zur Welt kam und darüber hinaus. Er ängstigte und grämte sich und rang sich endlich dazu durch, Vera zu besuchen. Er würde sie einladen, zu uns zu ziehen. Noch vor einiger Zeit wäre das undenkbar gewesen, aber 1943 war das bisher ruhigste Jahr des Krieges. Wir schliefen wieder alle oben in unseren Zimmern. Und es hieß, daß die Leute, die nach wie vor die Nacht in den Londoner Untergrundbahnhöfen verbrachten, das mehr der netten Gesellschaft wegen taten als um ihrer Sicherheit willen. Erst einige Monate später, im Frühjahr 1944, sollte uns eine neue Serie von Luftangriffen, der »Kleine Blitz«, zu schaffen machen. In unserem Vorort, so schien es, würde Vera kaum gefährdeter sein als in Great Sindon, und lange nicht so einsam.

Meine Mutter war von diesem Plan natürlich nicht begeistert. Das Baby sei vermutlich kein Zufall, sagte sie, sondern geplant, Vera habe genau gewußt, worauf sie sich einließ. Was mein Vater unter vier Augen zu ihr sagte, weiß ich nicht, in meiner Gegenwart sagte er dazu jedenfalls sehr wenig. Er war nicht der Mann, der die Möglichkeiten gewollter oder ungewollter Schwangerschaften vor einer fünfzehnjährigen Tochter erörtert hätte. Schließlich erklärte sich meine Mutter recht ungnädig damit einverstanden, Vera zu uns einzuladen, sie weigerte sich aber, meinen Vater nach Sindon zu begleiten. Ich fuhr mit, und im Zug sprachen wir miteinander, mein Vater und ich.

»Der Ton ihres Briefes ist nicht gerade ... ja, wie soll ich sagen ... nicht gerade himmelhochjauchzend«, meinte er.

»Ich habe sie mal zu Helen sagen hören, daß sie sich ein zweites Kind wünscht.«

»Wirklich?« Das schien ihn aufzumuntern. »Na, das freut mich aber. Als wir dich erwarteten, waren wir so selig, so aufgeregt ...« Er schüttelte den Kopf. »Wir waren damals natürlich noch sehr jung. Du glaubst also, daß Vera glücklich ist?«

Was für eine Frage! Hatte ich sie je glücklich erlebt? Wie müßte eine glückliche Vera aussehen? Ich hatte sie geschäftig erlebt, gehetzt, hysterisch, panisch, jubelnd, triumphierend, frustriert, verdrießlich, wütend. Glücklich nie.

»Sie ist sehr kinderlieb«, sagte ich bestimmt. »Sie hat sich ein Kind gewünscht. Natürlich ist sie glücklich. Nach Briefen kann man nicht gehen.«

Das beruhigte ihn. Er seufzte. Der Zug hatte Verspätung, der Bus war auch schon weg, stundenlang, so schien es, mußten wir auf den nächsten warten. Vera hing über dem Gartentor und sah nach rechts und nach links, so wie sie nach Francis Ausschau gehalten hatte, wenn er zur Schlafenszeit nicht heimgekommen war.

»Ja, wo bleibt ihr denn nur? Ich hatte euch schon aufgegeben. Ich habe zwei Fasanen, Richard Morrell hat sie geschossen, aber inzwischen sind sie bestimmt trocken geworden.«

Die Schwangerschaft hatte sie, das heißt ihr Wesen, nicht verändert. Doch sie sah nicht gut aus. Die Haut hatte einen fahlgrünen Schimmer, das Haar sah aus wie Gerste auf dem Halm einen Monat vor der Ernte. Während man die Schwangerschaft den meisten Frauen äußerlich nicht vor dem fünften Monat ansieht, war ihr Leib schon stark gewölbt. In einer Zeit, in der man für einen Mantel 18 und für ein Kleid 11 der verfügbaren 65 Punkte der Kleiderkarte brauchte, verschwendete niemand Punkte auf Umstandskleidung. Trotzdem fand ich, daß die früher so modebewußte Vera sich gut und gern ein bißchen mehr Mühe hätte geben können. Sie hatte ein altes rot-weiß gemustertes Georgettekleid an, natürlich ohne Gürtel, aber sie hatte die Gürtelschlaufen nicht abgetrennt, und der Saum zipfelte. Darüber trug sie eine grüne Strickjacke, dazu Hausschuhe und keine Strümpfe, obgleich es ein kalter Novembertag war.

Sie jagte uns zu Tisch. Die Fasanen – die ersten meines Lebens – waren köstlich und kein bißchen trocken. Vera war nach wie vor eine exzellente Köchin, Mrs. Marshall bestimmt ebenbürtig. Während des Essens sprach sie nur von Eden, ihrer Beförderung, ihren Freunden, hohen Offizieren, Briten und Amerikanern, von dem bezaubernden Foto, das sie ihr geschickt hatte. Ach, das hatten wir nicht bekommen? Eden hatte versprochen, auch meinem Vater eins zu schicken, aber sie, Vera, hatte zwei. So kommt es, daß in der »Kassette« jenes Porträt von Eden mit Veronica-Lake-Frisur liegt, das der Fotograf in Londonderry verfertigt hatte.

»Überleg dir doch mal, ob du nicht wenigstens so lange zu uns kommen willst, bis das Kind da ist«, sagte mein Vater.

»Da brauche ich gar nicht zu überlegen, das kommt überhaupt nicht in Frage.« Auf Veras fahlem Gesicht lag ein rötlicher Hauch, so energisch hatte sie sich ins Zeug gelegt. Dann besann sie sich auf ihre Umgangsformen. »Es ist sehr lieb von dir, John, vielen Dank für die Einladung.« Sie fügte hinzu: »Vranni wäre vermutlich nicht sehr erbaut.«

»Unsinn, Vranni ist ganz meiner Meinung. Du dürftest hier nicht allein bleiben. Nicht in deinem Zustand.«

»Ich habe gute Bekannte hier, Eden kommt ja sicher auch mal auf Urlaub, und zu Helen ist es nicht weit.«

Wir versuchten sie zu überreden, oder mein Vater versuchte es, ich unterstützte ihn ziemlich halbherzig. Jetzt, da es hart auf hart kam, erschien mir die Vorstellung von Vera als Logierbesuch auch nicht sehr verlockend. Nach dem Essen machte sie sich an eine unvermeidliche Aufgabe, das Stricken von Babysachen. Dazu trennte sie sorgsam einen alten weißen Pullover von Eden auf und spannte die Wolle zum Waschen. Die gestern gewaschene Wolle mußte zu einem Knäuel gewickelt werden. Ich hielt ihr den Strang, sie wickelte. Francis käme morgen auf ein verlängertes Wochenende aus dem Internat, ich solle doch so lange bleiben, sagte sie.

Es gelang mir, die Aufforderung höflich abzubiegen. Ich ging die Dorfstraße hinunter, um bei den Cambus vorbeizuschauen. Die Freundschaft zwischen Anne und mir war eine typische Jugendfreundschaft. Mit den Freundinnen zu Hause war ich ständig zusammen, mit ihr nur gelegentlich, aber ich brauchte sie deshalb nicht weniger. Sie hatte damals, wie auch heute, nach vierzig Jahren, einen ganz besonderen Platz in meinem Herzen. Im Krieg, als die Kinder ständig von einem Refugium zum nächsten verfrachtet wurden, waren solche Freundschaften wohl noch häufiger als heute. Jedesmal konnten wir da anknüpfen, wo wir vor einem halben oder einem ganzen Jahr aufgehört hatten. Unsere Trennungen lieferten uns reichlich Gesprächsstoff. Anne erzählte mir von einem sonderbaren Vorfall.

An einem Septembermorgen war sie auf dem Weg zur Schule gerade in dem Augenblick an Laurel Cottage vorbeigekommen, als Vera mit verzerrtem, tränenüberströmtem Gesicht aus dem Haus stürzte und zum Pfarrhaus hinüberlief. Anne wußte, daß die Morrells nicht daheim waren. Richard Morrells Mutter war gestorben, und sie waren beide zur Beerdigung nach Norwich gefahren. Tatsächlich kam Vera wenig später – Anne stand inzwischen an der Bushaltestelle – wieder zurückgestolpert und verschwand, noch immer weinend, die Hände vors Gesicht geschlagen, im Haus.

»Da hat bestimmt Francis wieder was angestellt«, sagte ich.

»Wahrscheinlich. Er war in den Sommerferien nicht oft zu Hause, ständig war er unterwegs.«

An diesem Abend fand ich in Edens Schlafzimmer Spuren eines noch nicht lange zurückliegenden Besuches. Sie war auf Urlaub gewesen. Der Kommodeninhalt hatte sich gewandelt. Aus der einen Schublade waren die Kosmetikartikel verschwunden, statt dessen lagen darin feine seidene Unterwäsche und Seidenstrümpfe in dünnen Umschlägen. In dem anderen Fach stand neben der Biocel-Nährcreme von Tokalon und dem Mercolin-Wachs eine Flasche Chanel No. 5. Ich sah mir die Flasche an, tupfte mir ein paar Tropfen aufs Handgelenk und schnupperte wie ein armer Wilder, dem zum ersten Mal die Ausdünstungen der Zivilisation in die Nase steigen.

Damals stöberte ich zum letzten Mal in Edens Privatsachen herum. Ich war mittlerweile fünfzehn, und die Stimme des

Gewissens sprach nun eindringlich und nachgerade unüberhörbar. Ich machte das Schubfach zu, betrachtete, im eiskalten Zimmer im Bett liegend – 1943 heizte kein Mensch im Schlafzimmer ein – Edens madonnengleiches Bild, das Vera uns verehrt hatte, und fragte mich, ob ich je so schön werden würde. Damals war es mein sehnlichster Wunsch.

Am nächsten Tag nach dem Mittagessen wollten wir heimfahren. Wo steckte Francis? Sie erwarte ihn erst zum Tee, sagte Vera. Ich fand es recht eigenartig, daß er zu einem verlängerten Wochenende erst am Sonntagnachmittag heimkam. Warum nicht am Freitag? Wenn Francis verschwand, hatte das immer etwas Mysteriöses.

Mein Vater war sichtlich erfreut, als am Sonntagvormittag Chad Hamner auftauchte. Vater war damals noch jung, noch nicht achtunddreißig, aber er hatte die verstaubten Ansichten eines Sechzigjährigen. Er hatte ein enges, behütetes Leben geführt, war streng und sorgsam erzogen worden und hatte mit einundzwanzig geheiratet. Eden hatte ihn bei ihrem Besuch in London nicht von der – ursprünglich auf meine Erzählung zurückgehenden – Überzeugung abbringen können, daß Chad ihr offizieller Verehrer war. In seinem persönlichen Utopia hatten Frauen – insbesondere seine Schwestern und seine Tochter – ihr Leben lang nur einen einzigen Freund und Bewunderer, mit dem sie sich zu gegebener Zeit verlobten, den sie heirateten, mit dem sie dann – »bis daß der Tod euch scheide« – in einer mehr oder weniger glücklichen Ehe lebten; aber unter diesen Umständen war für ihn das Glück eigentlich eine Selbstverständlichkeit. Für meinen Vater war Chad der Mann, der seiner Schwester zugedacht war, und daß Eden diesen Tatbestand hochfahrend bestritten hatte, hielt er für Bescheidenheit, für eine Ziererei, für die er viel Verständnis hatte. Offenbar dachte er sich nichts dabei, daß Chad, jener Mann, den er als Edens Verehrer betrachtete, sich in Laurel Cottage sehen ließ, indes Eden sich viele hundert Kilometer weit entfernt in Nordirland befand.

Er kam sofort zum Thema, das heißt, nachdem Vera zu Chad gesagt hatte, wie schön es doch sei, daß er nun endlich ihren Bruder kennenlernen könne.

»Tja, leider sind wir wohl nur ein kümmerlicher Ersatz für meine Schwester Eden.«

»Chad hat Eden gesprochen, als sie vor vierzehn Tagen auf Urlaub hier war«, sagte Vera. »Das dürfte ihm für eine Weile reichen.« Zum ersten Mal hörte ich sie auch nur mit einer Spur von Geringschätzung über Eden sprechen und wunderte mich sehr. Die Welt ging nicht geradezu unter, aber einen Augenblick stand sie zumindest gefährlich auf der Kippe. »Nein, nein, so habe ich das nicht gemeint. Es war wunderschön, sie hier zu haben, nur müssen wir eben hier in unserem tristen Jammertal weiterwursteln, trotz allem, was sich da draußen in der großen weiten Welt tut.«

Diese nebulöse Bemerkung war mal wieder typisch Vera. Ich dachte mit einigem Unbehagen an etwas, was Mrs. Cambus zu mir gesagt hatte und was sie vielleicht zu einer Fünfzehnjährigen nicht hätte sagen dürfen. Sie war eine schreckliche Klatschbase, das war im ganzen Dorf bekannt.

»Meiner Mutter darfst du nichts erzählen«, pflegte Anne zu sagen. »Absolut nichts, verstehst du?«

»Ständig drückt sich dieser junge Reporter in Laurel Cottage herum«, hatte Mrs. Cambus gemeint. »Die Leute reden schon darüber. Daß du etwas zu deiner Tante sagst, gehört sich wohl nicht, aber vielleicht könnte dein Vater mal eine Andeutung machen.«

Ich sprach mit niemandem darüber. Die Sache war mir wahnsinnig peinlich, ich bekam eine Gänsehaut, sobald ich daran dachte. Auch jetzt überlief es mich kühl, als ich Chad betrachtete, der sich so ungezwungen gab, sich so sichtlich hier zu Hause fühlte, als selbstverständlich voraussetzte, man werde ihn zum Abendessen einladen – kalter Fasan, gestreckt mit Prem, dem amerikanischen Frühstücksfleisch –, der genau wußte, wo das Besteck war, den Tisch deckte, Veras selbstgemachten Holunderbeerwein einschenkte. Vera sah ihn häufig an, wie gebannt verfolgte sie seine Bewegungen. Ich dachte, er würde mit uns zusammen gehen. Tatsächlich begleitete er uns zur Bushaltestelle, aber als der Bus am Horizont auftauchte – man sah ihn mindestens eineinhalb Kilometer vorher auf der ebenen Straße – schüttelte er uns die Hand und sagte: »Auf geht's! Aus zwei mach eins im trauten Heim.«

Mein Vater sah ihn verständnislos an. Ich wußte, was Chad damit meinte. Er würde Vera Gesellschaft leisten, würde ihre Wolle halten, ihr aus dem *Sunday Express* vorlesen, während sie aus drei alten Kleidern ein Umstandskleid zusammenbosselte, würde Feuer im Kamin machen und hinter geschlossener Tür Geheimnisse mit ihr bereden. Bis Francis kam und sie störte. Oder hatten die beiden etwas ganz anderes miteinander vor?

Meine Eltern hatten seit 1937 Telefon, aber gewöhnt hatten sie sich nie daran. Es war ein sakraler Gegenstand, in dessen Mundstück man die Lippen schob, bis der Atem sich feucht an dem Bakelit niederschlug, und bei dem man jede Silbe sorgsam und lauter als bei einem normalen Gespräch formulierte. Das Telefon war für Ortsgespräche in Notfällen da, nicht zur leichtfertigen und mutwilligen Benutzung, und Ferngespräche – selbst über die relativ kurze Strecke von hundert Kilometern zwischen London und Great Sindon – waren undenkbar. Mein Vater und Vera verständigten sich brieflich wie eh und je. Eden schrieb ohnehin fast nur zu Weihnachten und zum Geburtstag. Dennoch war es dann seltsamerweise Eden, die uns über Veras Baby auf dem laufenden hielt, als Vera selbst sich in Schweigen hüllte.

Zunächst hatte Vera das Kind zu Hause zur Welt bringen wollen, was damals durchaus nichts Ungewöhnliches war. Beim ersten Kind galt zwar eine Hausgeburt als etwas dubios, wurde aber durchaus nicht verteufelt oder mehr oder weniger untersagt wie heutzutage. Außerdem war es ja nicht das erste Kind. Später überlegte sie es sich anders und meldete sich in einer Klinik in Colchester an. All das erfuhren wir von Eden, die ab und zu aus Nordirland anrief, für meinen Vater ein ehrfurchtgebietendes Unternehmen, auch wenn der Staat die Kosten trug. Vera schrieb nur noch selten, von den Briefen aus jener Zeit ist keiner erhalten geblieben. Es waren prosaische Berichte über das Wetter, Krankheiten, die ihre Nachbarn in diesem Winter durchmachten, und ihre eigene offenbar unverändert gute Gesundheit. Manchmal war auch die Rede von Onkel Gerry, nie aber davon, wo er war oder wo sie glaubte, daß er sei, immer nur im Zusammenhang mit müßigen Überlegungen, Wendungen wie Ich-möchte-wohl-wissen-was-Gerry-davon-halten-würde oder Gerry-würde-das-nicht-für-möglich-halten. Und dann obsiegte die von Vera so geschätzte Heimlichkeit, die so sehr Teil ihres Wesens geworden war. Die Briefe hörten auf, alles weitere wurde Eden überlassen.

Mein Vater begann sich Sorgen zu machen. Der April verstrich, der Mai begann, und nun sagte er meist am Abend: »Ich müßte wohl in Sindon anrufen.« Es klang, als sagte heute jemand – wenngleich allenfalls ein recht weltfremder Jemand mit beschränkten Mitteln: »Ich müßte wohl mal in Australien anrufen.«

Meine Mutter bestärkte ihn natürlich nie in dem Getue um seine Schwestern, wie sie es nannte. Sie ließ mit schöner Regelmäßigkeit eine Bemerkung über kostspielige Telefongespräche fallen oder sagte etwas völlig Ungerechtfertigtes, aber Unwiderlegliches wie:

»Mach, was du willst, man wird es dir doch nicht danken.«

Wir wußten, daß Eden in Kürze auf Urlaub kommen würde, und es tröstete meinen Vater, ihre Stimme zu hören, als er sich endlich zu dem Anruf aufraffte. Erst nach gründlicher geistiger Vorbereitung und nachdem im Haus völlige Ruhe herrschte – kein Radio, sämtliche Fenster geschlossen –, hatte er sich vom Fernamt mit Laurel Cottage verbinden lassen. Vera ging es gut, sehr gut sogar, aber das Baby hatte sich noch nicht gemeldet. Ja, es war überfällig, aber so was gab es ja öfter mal, nicht wahr?

»Und wie geht es deinem jungen Mann?«

»Wovon redest du eigentlich, John?« muß Eden, vielleicht leicht gereizt, gefragt haben, denn mein Vater lachte und sagte, man würde gewiß bald die Hochzeitsglocken läuten hören. Dann wurde er ernst. Ja, sicher, sie wollten vermutlich bis Kriegsende warten...

Er beendete das Gespräch einigermaßen verlegen. Sie würde ihn auf dem laufenden halten, nicht wahr? Sie würde ihm ein Telegramm schicken, wenn das Baby da war...

Meine Eltern führten keine besonders glückliche Ehe. Sie hatten sehr jung geheiratet und kamen aus sehr unterschiedlichem Milieu. Die jungen Leute von heute – meine eigenen Kinder – sagen triumphierend:

»Aber die Ehe hat gehalten, nicht? Sie sind zusammengeblieben, und das ist schließlich das Kriterium, oder?«

Doch das war es eben nicht. Im Mittelstand, in nicht besonders wohlhabenden Kreisen, blieben Ehepaare damals zusammen, es gab eigentlich gar keine andere Möglichkeit. Sie hatten keinen Ehebruch begangen, sich nicht geprügelt, einander nicht betrogen. Da war das Haus, das sie miteinander eingerichtet hatten, da war das Kind, sie waren aneinander gewöhnt. Und auch wenn sie nicht recht zueinander paßten, wenn sie nicht eins waren in Leib und Seele, nicht selig, beieinander und todunglücklich, getrennt zu sein, war das Grund genug, mit hohem finanziellem Aufwand, begleitet von Skandalen, Lügen und allgemeinem Kopfschütteln, eine Ehe aufzulösen? Ich glaube kaum, daß sie es je ernsthaft in Erwägung gezogen haben. Mein Vater brachte meine Mutter weiterhin mit einer töricht-blauäugigen Schwesternverehrung in Rage, mit seiner altmodisch-höfischen, sinnentleerten Idealisierung der Frauen, und meine Mutter ließ sich in ihrer krittelnden Eifersucht keine Chance entgehen, seine Familie herabzusetzen und zu verhöhnen und darüber hinaus die englische Bourgeoisie in Bausch und Bogen an den Pranger zu stellen.

Ich hörte sie einmal sagen: »Gerald war bei der Landung in Sizilien dabei. Am 9. Juli letzten Jahres. Das kannst du nicht leugnen, es ist eine geschichtliche Tatsache.«

Er ging mit blassem, verkrampftem Gesicht aus dem Zimmer. Auch ich hatte gerechnet, wer hätte da widerstehen können, und kam zu dem Ergebnis, daß die Länge von Veras Schwangerschaft alle Rekorde gebrochen hatte. Edens Telegramm kam am 10. Mai. VERA HAT EINEN SOHN. MUTTER UND KIND WOHLAUF. LIEBE GRÜSSE EDEN.

9

Unsere Erinnerung, so sagt man, setze erst dann ein, wenn wir sprechen lernen. Wir denken in Worten, deshalb arbeite auch das Gedächtnis mit Worten, und von den zwei, drei Jahren, ehe wir sprechen konnten, bleibt darin nichts in unserer Erinnerung haften. Eine andere Richtung behauptet, das Gedächtnis gehe zurück bis in den Mutterleib. Jamie sagte zu mir, er könne sich an nichts von dem erinnern, was vor seinem sechsten Lebensjahr geschehen ist (bis auf etwas, was nie geschah), er sei damals zu unglücklich gewesen. Seine Seele habe die Erinnerungen blockiert, um sich vor weiterem Leid zu schützen. Ich kann mich gut an seine frühen Jahre – oder zumindest an einige Episoden daraus – erinnern. Er kann nicht unglücklich gewesen sein. Was brauchte ein Baby, ein Kleinkind mehr, als jene hingebungsvolle, unerschütterliche Mutterliebe, die Vera ihrem Sohn entgegenbrachte?

Ob er vielleicht deshalb glaubt, seine frühe Kindheit müsse unglücklich gewesen sein, weil er inzwischen weiß, was damals geschah, weil er weiß, daß er wie eine Figur auf einem Spielbrett hin und her geschoben wurde? Ich glaube, so muß es gewesen sein, denn von mir weiß ich, daß ich die Vergangenheit nicht verfälscht habe. Zu tief beeindruckte mich in jenem Sommer die Veränderung, die mit Vera vorgegangen war. Kein Trauma hat meine Erinnerungen verzerrt, weder Befangenheit noch Furcht haben das Gesehene und Gehörte eingefärbt. Vom Gefühl her war ich natürlich nicht engagiert, wenn man davon absieht, daß sich meine Gedanken auf die Mutterschaft richteten und ich zu überlegen begann, wie ich mich verhalten würde, wenn die Zeit gekommen war.

Im August wurde Jamie getauft. Es war verabredet, daß ich zwei Wochen bei Vera bleiben würde, mein Vater würde nur zur Taufe kommen und einmal in Laurel Cottage übernachten. Es war nur gut, daß wir hinfuhren, denn sonst war niemand von der Familie da, weder Eden noch Francis oder Helen. Wie Vera mit einem Baby umgehen würde, stand für mich fest: streng nach Plan, alles nach der Uhr, fanatisches Hygienebewußtsein, die Bezüge des Kinderbettchens nicht nur gewaschen, sondern gebügelt, die Windeln womöglich ebenfalls. Er konnte nicht zur Schlafenszeit verschwinden, so daß man im ganzen Haus, im ganzen Dorf nach ihm fahnden mußte, aber den Babyöhrchen konnte ein für allemal eingeblasen werden, daß es ernst wurde, sobald die Uhr sechs schlug, daß nach diesem Zeitpunkt kein gut konditioniertes Baby außerhalb seines Bettchens etwas zu suchen hatte.

Und dann war alles ganz anders. Er war ein schönes Kind, ein blonder Engel. Vera hatte geschrieben, seine Augen seien tiefblau, und nur in diesem Punkt ließ ihre liebevolle Beschreibung zu wünschen übrig. Die Augen, klare, große Augen mit einem wachen, verständigen Ausdruck, hatten einen seltsam changierenden Achatton, als spüle ständig bernsteinfarbenes Wasser über das Blau hin und schwemme es allmählich aus. Das Gesicht, die Wangen, die Glieder, Hand- und Fußgelenke waren rund und seidenweich. Er war jetzt ein Vierteljahr und konnte inzwischen lächeln. Doch dieses Lächeln war immer nur auf Vera gerichtet.

Ausnahmsweise stand sie nicht am Gartentor, schaute nicht die Straße hinab, wollte nicht wissen, wo wir denn blieben, sagte nicht, sie habe uns schon aufgegeben. Sie kam zur Tür, Jamie auf dem Arm, und als wir ihr ins Wohnzimmer folgten, legte sie ihn auf eine Decke auf den Fußboden und ließ ihn herumrollen und strampeln und Arme und Beine rekken. Ich möchte nicht so weit gehen zu behaupten, ich hätte Vera auf der Straße nicht erkannt. Die Konturen ihres Gesichts, die raschen Bewegungen waren vertraut, aber an diesem Tage war sie wieder die alte Vera, die ich von Jugendfotos her kannte, das hübsche, schmale, hellhaarige Mädchen, nicht mehr die zänkische Frau mit den scharfen Zügen, dem verkniffenen Mund, den verknitterten Lidern. Sie war verwandelt; eine stille Heiterkeit hüllte sie ein wie ein sehr kleidsames Gewand, die Wangen waren rosig überhaucht, die Augen strahlten in dem Wissen, wie gut es ihr stand.

»Du siehst blendend aus.« Mein Vater konnte den Blick nicht von ihr wenden. In seinen Augen lag so viel bewundernde Verehrung, daß sich Groll in mir regte. Meine Mutter sah er nie so an, dabei hätte ihr gewiß schon ein Bruchteil dieser Bewunderung Freude gemacht.

»Ich habe mich seit Jahren nicht mehr so wohl gefühlt«, sagte Vera. »Aber reden wir nicht von mir. Wie findest du Jamie? Ist er nicht bildschön? Ist er nicht allerliebst? Wenn ich denke, daß ich mir ein Mädchen gewünscht habe ... Nicht für das süßeste, brävste Mädchen der Welt würde ich ihn hergeben. Das heißt, brav ist er natürlich auch, er macht mir überhaupt keine Arbeit, nicht wahr, mein Kleiner, mein Engel?«

Daß er keine Arbeit machte, schien mir übertrieben. Er hielt Vera ständig auf Trab, woran natürlich auch sie selbst schuld war. Sie ließ es sich nicht nehmen, ihn ständig herumzutragen, eine Stunde oder länger auf das Füttern zu verwenden, ihn in ihren Armen oder an ihrer Schulter in den Schlaf zu wiegen. Vorbei war es mit den Näharbeiten, den feinen Stickereien, den aufgetrennten Kleidern und den Wollsträngen, vorbei mit den endlosen Geschichten von Eden, der stolzen Aufschneiderei mit Edens großen Taten, vorbei aber auch mit den boshaften Sticheleien über den abwesenden Francis. Wir mußten direkt nach ihm fragen.

»Nein, nein, Francis wird nicht kommen, er ist furchtbar eifersüchtig auf Jamie, wenn er das auch nie zugeben würde. Und die Taufe ... Nun ja, er behauptet, seit seinem siebenten Lebensjahr nicht mehr an Gott zu glauben. Woran glaubst du dann, habe ich ihn gefragt. An mich, hat er gesagt – das heißt, an sich selbst. Reizend, wie?«

»Zu schade, daß Eden nicht kommen kann«, sagte mein Vater.

»Aus Gourock? Nur zu einer Taufe? Das wäre wohl ein bißchen viel verlangt.«

»Gourock?« wiederholte mein Vater. »Ich denke, sie ist in Nordirland.«

Neues Geheimnis, neue Verrätselung... Vera sah rasch weg und wurde rot. Sie war nicht verunsichert, nicht verstimmt, obgleich wir sie bei einer Lüge oder zumindest einer Ausflucht ertappt hatten. »Ist doch im Grunde unwichtig, wo sie ist. ›Irgendwo in England‹, wie es immer so schön heißt.« Und dann sagte sie, was damals jeder sagte, von dem Geschäftsmann, den man nach einem nicht erhältlichen Artikel fragte, bis zu der Mutter, deren Familie über die wenig schmackhafte Kost maulte: »Es ist ja schließlich Krieg.«

Jamie schrie nie, er kam gar nicht dazu. Babies, die herumgetragen und geknuddelt werden, denen man jeden Wunsch von den Augen abliest, schreien nicht. Vera zog ihm das weiße Taufkleidchen mit dem Spitzenbesatz an, das Großtante Priscilla Naughton genäht hatte und in dem sie und Eden und mein Vater und sicher auch Francis getauft worden waren. Es war ein schwüler, windstiller Tag mit bedecktem Himmel. Zum ersten Mal, seit ich Laurel Cottage kannte, war der Garten vernachlässigt, Unkraut wucherte in den Blumenbeeten, Weidenröschen und Knöterich und die zwei Meter hohe Königskerze, deren graue Blätter und gelbe Blüten von Raupenfraß durchlöchert waren. Wir gingen zu Fuß zur Kirche, Vera fuhr Jamie nicht in dem hohen, glänzendschwarzen Kinderwagen, in dem einst Francis gelegen hatte, sondern trug ihn auf dem Arm. Unsere kleine Prozession – inzwischen war noch Chad hinzugekommen – schritt über die Dorfstraße, der St. Mary's Church entgegen. Kühe und Schafe, die auf den Weiden gegrast hatten, als ich Sindon kennenlernte, waren zum größten Teil verschwunden, man hatte das Land unter den Pflug genommen und Getreide und Zuckerrüben angebaut, um die Ernährung der Bevölkerung sicherzustellen. Jamies Prachtgewand rieselte über Veras abgetragenes Kleid aus Macclesfield-Seide. Im Vorbeigehen winkte sie, was ich mir bei Vera nie hätte vorstellen können, den Leuten in den Gärten zu.

Mein Vater war Jamies Taufpate, sein einziger. Ich wäre zu gern Patin geworden, aber niemand hatte es zur Sprache gebracht, und den Vorschlag von mir aus zu machen, dazu war ich zu schüchtern. Im übrigen ist eine Patenschaft die große Nichtbeziehung, eine sinnlose Funktion, denn ausschlaggebend für die Wahl der Taufpaten ist ja meist die Frage, wie großzügig ihre Geburtstags- und Weihnachtsgeschenke aller Voraussicht nach ausfallen werden. Daß mein Vater bei Jamie Gevatter gestanden hatte, gab ihm zum entscheidenden Zeitpunkt keine Vormundschaftsrechte, machte ihn nicht zum Ersatzvater. Auch dürfte ihm, als Jamie vierzehn war, im Internat lebte und die Ferien bei der Contessa verbrachte, kaum der Gedanke gekommen sein, daß es eigentlich seine Pflicht war, sich um Jamies Einsegnung zu kümmern. Der Kleine mauzte ein bißchen, als mein Vater ihn auf den Arm nahm und als er Mr. Morrells nasse Finger auf seiner Stirn spürte.

Als wir aus der Kirche kamen, dachte ich, daß Chad heimgehen würde, aber er begleitete uns nach Laurel Cottage, nervös und geistesabwesend, als warte er auf etwas oder auf jemanden. Mein Vater sprach mit ihm über Eden, er fragte nicht geradeheraus, wann denn nun die offizielle Verlobung steigen sollte, aber die Frage stand praktisch hinter jedem Wort. Er redete nicht wie der sittenstrenge Bruder, der sich nach den Absichten eines Verehrers erkundigte, so meine ich es nicht, nein, er war voller Herzlichkeit und Anteilnahme, als könne es für Chad überhaupt kein willkommeneres Gesprächsthema geben. Ich merkte, daß mein Vater ihn als künftigen Schwager gewogen und nicht zu leicht befunden hatte. Schließlich sagte Chad:

»John, ich muß Ihnen wohl sagen, daß Eden und ich nicht heiraten werden, ich möchte nicht, daß es da Mißverständnisse gibt. Sie denken offenbar... aber daran bin ich wohl selbst schuld. Ich fühle mich natürlich sehr geschmeichelt, aber mit uns beiden wird es leider nichts.«

Vera, die den schlafenden Jamie in ein Nest aus Decken und Stickereikissen auf dem Sofa gebettet hatte, wandte den Blick ab. Sie verschränkte die Hände und drückte sie mit aller Kraft nach unten. Das beobachtete ich bei diesem Besuch jetzt zum ersten Mal. Mein Vater machte ein verlegenes, bestürztes Gesicht. Er war ziemlich blaß geworden, bemühte sich aber wacker, mit Humor darüber hinwegzugehen.

»Hat Ihnen einen Korb gegeben, wie?«

»So könnte man sagen.«

»Wer nicht wagt, der nicht gewinnt.«

»Aber nicht immer hilft dem Tapferen das Glück.« Das klang todtraurig, fand ich.

»Wenn man sich etwas nur intensiv genug wünscht, so heißt es, bekommt man es auch. Aber das ist einfach nicht wahr.« Chad war einer der seltenen Menschen, die ich kenne – und es sind nicht viele –, die offen und unbefangen über ihre Gefühle sprechen können. Meine Familie hätte man auf einer angenommenen Offenheitsskala am anderen Ende einordnen können. Man sah förmlich, wie sich mein Vater bei Chads Worten in sein Schneckenhaus zurückzog, und Vera hatte wieder diesen zornig-starren Blick, den ich von früher an ihr kannte. Und dann lächelte Chad und war mit einem Schlag verwandelt, war jung und hübsch geworden.

»Tja, ich muß auf meinen Zug«, sagte mein Vater.

Chad blieb, und wir machten uns über Veras berühmten Tee her, der im Zeichen der Sparmaßnahmen anders, aber nicht schlechter geworden war. Auch die Kuchen aus Kartoffeln und Eipulver waren köstlich. Er hatte wieder eine Flasche Sherry mitgebracht, und wir tranken auf Jamie. Von frühem Schlafengehen für mich war jetzt keine Rede mehr.

Doch mir ging das, was Mrs. Cambus angedeutet hatte, nicht aus dem Kopf, und ich ertappte mich dabei, wie ich bei Vera und Chad nach Anzeichen einer Beziehung suchte, wie Annes Mutter sie wohl gemeint hatte und über die ich mir selbst nicht recht im klaren war. Alles, was ich von Liebesgeschichten wußte (heimlichen und anderen), stammte aus Filmen. Ich war eine leidenschaftliche Kino- und Theatergängerin. Ehebruch war in den vierziger Jahren ein unwiderstehliches und beliebtes Thema, ja, es war *das* Thema, ob im historischen Drama, in der Boulevardkomödie oder der Kriegstragödie. Wenn zwischen Vera und Chad wirklich »etwas war« (wie Vera zu sagen pflegte), traute ich mir zu, diesem »etwas« auf die Spur zu kommen. So war es doch zum Beispiel denkbar, daß ich sie irgendwann in inniger Umarmung überraschte und sie bei meinem Anblick schuldbewußt auseinanderfuhren. In jedem Fall aber würde ich mich, weltgewandt wie ich war, nicht wie mein Vater hinters Licht führen lassen. Nicht Eden war es, der Chads Herz gehörte. Das war nur ein Trick, um seine häufigen Besuche zu bemänteln.

Mrs. Cambus' Bemerkung hatte mir sehr unerfreuliche Stunden bereitet. Allmählich kam ich darüber hinweg, aber ich hatte noch immer ein schlechtes Gewissen wegen meines Argwohns, was mich allerdings nicht daran hinderte, die Augen offenzuhalten und zu spekulieren. Vera, die mir, als ich die Möglichkeit zum ersten Mal erwogen und verworfen hatte, häßlich, alt und verlebt vorgekommen war, sah jetzt um Jahre jünger aus, war kaum wiederzuerkennen. Selbst ich, die ich hohe, an Filmstars und Eden orientierte Ansprüche stellte, fand sie inzwischen hinreichend attraktiv. Falls es aber Umarmungen, Küsse, heimliches Geflüster gab, sah ich nichts davon, es gab auch keine Versuche, mich abzuwimmeln, um traute Zweisamkeit genießen zu können.

Am nächsten Tag kamen Helen und der General zum Lunch. Sie war selig, war außer sich vor Glück und Erleichterung. Andrew, ihr seit Wochen vermißter Sohn, der mit seiner Maschine irgendwo über dem Rheinland abgeschossen worden war, befand sich in deutscher Kriegsgefangenschaft. Sie hatten es erst an diesem Vormittag erfahren. Aus keinem verdächtigeren Grunde also waren die Chatteriss der Taufe ferngeblieben. Helen hielt Vera in den Armen.

»Daß du es uns nicht übelgenommen hast, war wirklich hochanständig von dir. Ist es nicht etwas Wunderschönes, wenn die Menschen, die einem am nächsten stehen, so viel Verständnis haben? Ich habe es einfach nicht fertiggebracht, zu einer Kindstaufe zu gehen, während mein eigener Junge...« Heftiges Schluchzen schüttelte sie. Vera gab ihr ein Glas von Chads Sherry. Der General klopfte ihr auf die schmalen, zuckenden Schultern. »Diese Erleichterung! Zu wissen, daß er in Sicherheit ist...« Auch Helen kann ungeniert über Gefühle sprechen, aber nur über bestimmte Gefühle auf eine bestimmte Art, und das wurde weithin akzeptiert.

»Der Hunne soll ja ein Gentleman sein«, sagte der General und senkte dabei die Stimme, als gelte auch für diese Feststellung die »Feind hört mit!«-Warnung. Aber da wir alle nur Frauen waren, hatte es damit wohl keine Gefahr.

Helen hatte Fotos ihrer Kinder mitgebracht, Alben und lose Bilder, als habe sie in den fünf Minuten vor dem Aufbruch wahllos alles zusammengerafft, was sie hatte finden können. Patricia, bisher immer der Liebling der Eltern, blieb unbeachtet, heute drehte sich alles um Andrew; Andrew im Kinderwagen, auf dem Schoß seiner Mutter, am Strand, in Schuluniform, als Luftwaffenpilot, lächelnd, jung, scheinbar zu jung für einen Vaterlandsverteidiger. Zu behaupten, ich hätte beim Anblick der Bilder so etwas wie Erwartung gespürt, eine leise Erregung, ja, vielleicht sogar eine Vorahnung, wäre wohl recht wirkungsvoll, entspräche aber nicht der Wahrheit. Wenn ich überhaupt Überlegungen in dieser Richtung anstellte, drehten sie sich um Chad. Als Objekt meiner schwärmerischen Verehrung begann er Eden zu verdrängen, die zunehmend schattenhafter wurde, eine stumme, reglose Schwarzweißfotografie mit langem blonden Wellenhaar.

Doch Vera und Helen sprachen an diesem Nachmittag von ihr, als der General im Sessel eingeschlafen war und Jamie strampelnd auf seiner Decke lag. Veras Vorstellungen von Edens Zukunft hatten sich gewandelt, seit ich sie das letzte Mal darüber hatte reden hören. Damals hatte sie traurig gesagt, Eden würde sicher nie mehr ständig in Sindon leben.

Jetzt sah alles anders aus. Wenn sie wolle, könne sie wieder ihre frühere Stellung bekommen, hatte Eden an Vera geschrieben, und dann sei sie doch nirgends besser aufgehoben als in Laurel Cottage, nicht wahr? Zur Zeit war Eden irgendwo in Schottland, Vera wußte das, weil sie einen ähnlichen Code mit ihr ausgemacht hatte wie mit Gerry. Während sie noch erzählte, erschien Francis auf der Bildfläche, ohne Vorwarnung, fast lautlos. Zu meiner Überraschung ging er geradewegs auf Helen zu und gab ihr einen Kuß. Ich hatte ihn noch nie jemanden küssen sehen. Sie streckte ihm ihre lange zarte Hand mit den rot lackierten Nägeln und den vielen Ringen hin und hätte ihm wohl sofort von Andrew erzählt, wenn Vera nicht, Francis ignorierend, weiter von Edens derzeitigem Aufenthaltsort und ihrer derzeitigen Tätigkeit erzählt hätte. Er griff das Stichwort Code auf, aber nicht, um sich, wie damals, darüber lustig zu machen.

»Dazu muß ich euch auch was erzählen, ich habe es von einem aus unserer Schule, dessen Bruder in japanischer Gefangenschaft ist. Eines Tages hat er geschrieben – der Kriegsgefangene –, sie sollen ihm von seinen Briefen die Briefmarken aufheben. Und wie sie die Marke ablösen, die auf dem Brief klebt, steht darunter: ›Die Japse haben mir die Zunge abgeschnitten.‹«

Helen stieß einen entsetzten Schrei aus und griff sich an die Kehle. Auch ich fand die Geschichte grauenerregend. Wie man sieht, habe ich sie nie vergessen. Ich könnte schwören, daß Vera Speichel im Mund sammelte, ehe sie zu Francis sagte: »Es mag dich interessieren, daß dein Vetter Andrew in Kriegsgefangenschaft geraten ist. Vielleicht lernst du daraus, an andere zu denken, ehe du dein Mundwerk in Bewegung setzt. Du entschuldigst dich sofort bei Tante Helen.«

Zum ersten und einzigen Mal erlebte ich es, daß Francis seiner Mutter gehorchte.

»Er hat es nicht so gemeint, er konnte das ja nicht wissen«, protestierte Helen.

»Es tut mir wahnsinnig leid, Helen«, sagte Francis. Auch er sagte nicht Tante zu ihr. Und dann, Öl ins Feuer gießend: »Ich könnte mir die Zunge abschneiden. Herrjemine! Bitte verzeih mir.«

»Er ist in deutscher Kriegsgefangenschaft«, sagte Helen.

Wir wußten damals noch nicht, wie es in den Lagern zuging, wußten nichts von den Folgen unserer Angriffe auf Dresden. Hiroshima war noch Zukunft. Wir waren so ahnungslos. Francis, der sich mit Helen identifizierte, der seine Misere als ein Spiegelbild der ihren sah, als ein weiteres Glied in der Kette von Longleyschen Gleichgültigkeiten und Lieblosigkeiten Kindern gegenüber, war totenblaß geworden vor Jammer. Als Typ war er erstaunlich und noch auffallender als Eden – die Haut milchweiß, das Haar sehr gelb, die Augen von einem harten Blauviolett. Schweißtröpfchen standen auf seiner kurzen geschwungenen Oberlippe. Er sah aus wie Michelangelos David in ungewohnter Farbkombination.

Er schaute den Kleinen auf der Decke an, als hätte er ihm am liebsten einen Tritt gegeben. Einen Augenblick bekam ich es mit der Angst zu tun. Francis war so sonderbar, so anders als andere Menschen. Ich konnte mir durchaus vorstellen, daß er es in einer bestimmten Situation fertigbekommen würde, Jamie umzubringen und dann Vera ungerührt zu sagen, was er getan hatte. Der General schlief weiter, den *Sunday Express* über dem Gesicht. Jamie begann zu maunzen, und Vera nahm ihn sofort hoch und legte ihn an ihre Schulter, seine runde

Wange lag an ihrem schmalen Gesicht. Helen wechselte hastig das Thema, machte damit aber die Sache nicht besser.

»Ich glaube wirklich, Liebes, er bekommt braune Augen. Das wäre dann der erste Longley, der braune Augen hat.«

Francis betrachtete sie, ohne eine Miene zu verziehen.

»Ich kann mich nicht erinnern, ob Gerry braune Augen hat«, sagte Helen. »Schlimm, was? Daß man nicht mal die Augenfarbe des eigenen Schwagers kennt... Aber das macht der Krieg. Ich glaube, sie sind haselnußbraun, oder?«

»Mein Vater hat blaue Augen«, sagte Francis ausdruckslos. Es klang wie der erste Satz eines Theaterstücks, eines verschollenen, nie aufgeführten Čechovdramas etwa.

Doch Jamie hatte die Augen geschlossen und war auf Veras Arm eingeschlafen.

Sie stillte ihn. Was mag Daniel Stewart daraus wohl machen? Jamie selbst hat zu viel, hat in gewisser Weise eine heile Welt daraus gemacht. Er hat sich damit um die Wahrheit über seine Mutter herumdrücken können (er habe sich der Wahrheit gestellt, würde er wohl dazu sagen). Francis streitet es natürlich ab. Er erinnert sich an die Fläschchen, die in den großen Töpfen ausgekocht wurden, in denen Vera Marmelade zu rühren pflegte. An die erinnere ich mich auch. Niemand hat behauptet, daß sie Jamie nur mit Muttermilch großgezogen hat. Er bekam zusätzlich Milch aus dem Milchpulver, das es »auf Zuteilung« gab. Eden war skeptisch.

»Vera stillt Jamie?« sagte sie. »Meinst du so?« Und mit jener Gewöhnlichkeit, derer die wahrhaft Scheinheiligen fähig sind, hielt sie die Hände, die Handflächen nach innen, vor ihre eigenen Brüste. »Ausgeschlossen. Das hat sie ja nicht mal bei Francis gemacht.«

Ich hatte noch nie zuvor eine Frau ein Kind stillen sehen. Damals taten das vor Dritten – den eigenen Mann oder die Mutter ausgenommen – nur Bohemiens. 1940 wurden in der U-Bahn noch nicht die T-Shirts gelüpft. Ich hatte mir über das Thema im Grunde auch noch nie Gedanken gemacht, obgleich Stillen damals gerade wieder in Mode kam. Ich hatte an Veras Schlafzimmertür geklopft, und sie hatte »Herein!« gesagt – ich wollte mich abmelden, um mit Anne schwimmen zu gehen –, und das Bild, das sich mir bot, war mir peinlich. Es hatte eine primitive Erdverbundenheit, die irgendwie nicht zu den Longleys paßte. Veras gerundeter Busen war mir schon aufgefallen, sie war sonst immer eher flachbrüstig gewesen. Die runde weiße Brust, an der Jamie saugte, hätte mit ihrem Zwilling einem tiefen Ausschnitt wohl angestanden. Der Zwilling war nicht bedeckt, wie man das bei Veras sonst so prüder Einstellung hätte erwarten können, sondern ebenfalls entblößt, und an der Brustspitze hing ein Tropfen Milch. Ein einziger.

Vera saß in einem Sessel, den ich noch nie gesehen hatte, einem hölzernen Sessel mit hoher Lehne, kurzen Beinen und rundem Sitz, einem alten Stillstuhl, in dem schon meine Großmutter und deren Mutter ihren Kindern die Brust gegeben hatten. Sie saß aufrecht, die Beine gespreizt, den Kopf gesenkt, und betrachtete das eifrig saugende Kind. Es lag in ihrer Armbeuge, die andere Hand hatte sie leicht um seinen hellen, flaumbedeckten Hinterkopf gelegt. Noch nie hatte ich diesen Gesichtsausdruck bei ihr gesehen, so jung, so zärtlich, unendlich lieb und hingebungsvoll.

Ich wünschte jetzt, wir hätten über das gesprochen, was sie tat, vielleicht wäre einiges dann klarer geworden. Doch sie sagte kein Wort, sie schien das Bild dieser zutiefst körperlichen, zutiefst emotionalen Handlung meinem Blick gleichsam darzubieten.

»Hast du was dagegen, wenn ich schwimmen gehe?« fragte ich. »Zum Wehr?«

Sie sah auf, sie lächelte, sie nickte. Ich holte meine Badesachen und rannte die Treppe hinunter. Ich glaube, ich bin fast den ganzen Weg zu Anne gerannt. Nicht, weil ich mich genierte, und gewiß nicht, weil ich schockiert gewesen wäre. Mein Körper war von einer kribbelnden Energie erfüllt, die ich irgendwie loswerden mußte. Ich ging zum ersten Mal zum Fluß, seit meine Mutter mir von Kathleen March erzählt hatte. Weil mir Vera mit Baby unvorstellbar gewesen war, hatte ich mit der Geschichte bisher nie etwas anfangen können. Das war jetzt anders geworden. Meine Mutter war nicht so weit gegangen anzudeuten, Vera habe dem Kind selbst etwas angetan, sie meinte nur, Vera habe die Kleine nicht gewissenhaft genug gehütet. Ich fragte Anne, ob sie die Geschichte gehört hatte, ließ aber dabei Veras Namen aus dem Spiel und erzählte ihr nur, daß ein Baby, das im Kinderwagen hier am Ufer gestanden hatte, spurlos verschwunden war.

Anne sagte, von einem verlorengegangenen Baby habe sie schon mal gehört, wisse aber keine Einzelheiten. Wir gingen am Flußufer entlang bis zu der Stelle, wo man wegen eines Pumpwerks die Ufer mit Beton befestigt hatte, so daß ein tiefes Becken entstanden war. Es gab damals so viel mehr wild lebende Tiere und Wildpflanzen als heute, eine Fülle von Wildblumen und Schmetterlingen und Libellen. Noch war die englische Landschaft nicht aufgeräumt und steril, noch gab es die Hecken, die ausgedehnten, unberührten Feuchtwiesen. Wir sahen einem Eisvogel zu, der niederstieß und seine Farbenpracht über dem Becken zur Schau stellte.

»Vera stillt Jamie selbst«, sagte ich plötzlich – ich hätte nicht sagen können warum. »Mit ihrer eigenen Milch.« Ich hätte mich geniert, vor Anne »Brust« zu sagen.

»Ja, ich weiß«, sagte Anne. »Sie hat es Mummy erzählt. Sie erzählt es überall herum.«

Das wunderte mich. Ich wußte, daß Vera Mrs. Cambus nicht leiden konnte.

Wir zogen die Kleider aus, darunter hatten wir schon die Badeanzüge an. Anne konnte kunstgerecht springen, allerdings war es eigentlich verboten, in das Becken zu springen. Als sie wieder hochkam, sagte sie:

»Überall Babys. Komisch, nicht? Denk mal... Elsies

Baby, das gar nicht geboren worden ist, und jetzt das Baby von deiner Tante, und dieses verschwundene Baby. Habt ihr in der Schule *Macbeth* durchgenommen?«

Es war – für sie offenbar ebenso wie für uns – Pflichtlektüre für die Mittlere Reife gewesen.

»*Macbeth* ist voll von Babys und Milch«, sagte Anne. »Achte mal drauf. Eigentlich komisch, daß in so einem Stück, in dem so viele Scheußlichkeiten sind, all das über Babys und Milch drin ist, nicht?«

Ich fragte, ob sie selbst darauf gekommen sei oder ob sie es von ihrer Englischlehrerin habe. Von der Englischlehrerin, gab sie zu. Ich versprach, trotzdem mal nachzusehen, denn auch Veras Geschichte war voll von Babys und Milch.

Als ich einen Tag wieder zu Hause war, ging ich ins Theater. In jenem Jahr ging ich fast jeden Samstag ins Theater, was sich großartiger anhört, als es war. Ich stellte mich immer gleich morgens an, um mir einen Platz im dritten Rang zu sichern, für zweieinhalb oder drei Shilling, einen Betrag, der heute geradezu lachhaft klingt. Oft gingen wir, zu zweit oder zu dritt, alles Schulfreundinnen, zur Matinee und außerdem noch zur Abendvorstellung. Ich wünschte, ich könnte mich noch genau erinnern, was ich an diesem Samstagabend gesehen habe. Ich glaube, wir waren im Cambridge, und ich glaube, es war ein Musical, das *Song of Norway* hieß. Daniel Stewart kann es nachprüfen, wenn er meint, daß das, was ich von diesem Abend zu berichten habe, relevant ist. Ich habe in jenem Jahr, in dem Jahr vorher und in dem Jahr danach so viele Stücke gesehen – Richardson und Olivier in den Historiendramen von Shakespeare, *Oedipus Rex* und *The Critic*, *Blithe Spirit* im Piccadilly, *Private Lives* im Fortune. Daß es an dem bewußten Abend ein Musical war, weiß ich noch, und es war ein großes Theater, wo der dritte Rang in luftiger Höhe war und einem beim Blick über das Geländer angst und bange werden konnte, selbst wenn man schwindelfrei war. Wir hatten noch Glück, wir saßen in der ersten Reihe Mitte.

Eine von uns zitierte *Lear*, den wir kürzlich gesehen hatten: »Wie ist es fürchterlich und schwindelicht, den Blick so tief zu senken.«

Wir senkten den Blick über das Geländer auf die Köpfe im Parkett tief unter uns. Die Versuchung war groß, diese Köpfe als Zielscheibe zu benutzen. Üblich waren Apfelsinenkerne, aber Apfelsinen hatten wir alle seit Jahren nicht mehr zu Gesicht bekommen. Ich blickte auf einen Kopf mit goldenem Haar herunter, und in diesem Augenblick hob sich dieser Kopf, allerdings nur bis zur Höhe des ersten Ranges. Es war Eden.

Meine Reaktion war recht eigenartig. Sofort – mit einem Ruck, glaube ich – sah ich weg und blickte nach oben. Doch da gab es nichts zu sehen außer der Decke mit dem üblichen überladenen Barockgewimmel aus Engeln und Rosetten. Ich zwang mich, wieder nach unten zu schauen, und der Kopf war noch da, noch immer zur Seite gewandt, das Kinn erhoben. Kein Zweifel, es war Eden. Der Chignon war gerade in Mode gekommen, ihr Haar war kunstvoll-kompliziert zu einem Knoten frisiert mit Locken und Löckchen und einer tiefen Welle, fast wie für eine Luftaufnahme konstruiert. Ich konnte nicht erkennen, was sie anhatte, nur daß es etwas Weißes war, aus weichem, dünnen Stoff, jedenfalls keine Uniform.

Der Mann neben Eden gehörte zu ihr, ich sah, wie er sie berührte. Sie hatte ihm den Kopf zugewandt, offenbar war ihr etwas ins Auge gekommen. Die Gesichter näherten sich, eine Hand, bewehrt mit einem schlohweißen Taschentuch, das zwischen den schwarzen, goldenen und gedämpften Farben dort unten geradezu blendenden Glanz verbreitete, näherte sich ihrem Auge und entfernte sichtlich gewandt die Wimper oder das Staubkörnchen. Was ich beobachtet hatte, überzeugte mich sogleich davon, daß der Mann Arzt sein müsse. Er trug einen dunklen Anzug, auf dem Kopf hatte er zwischen braunen Locken eine kleine kahle Stelle.

Das Licht wurde schwächer und verlosch, der Vorhang hob sich. Ich konnte mich in Gedanken nicht ganz von den beiden trennen, das Stück lenkte mich nicht hinreichend ab. Seltsamerweise war ich fest entschlossen, eine Begegnung zu verhindern. Ich spürte, daß Eden keinen Wert darauf legte, in London gesehen zu werden, zumal von mir. Sie war in Londonderry oder aber in Schottland. Hatte Vera mir nicht vor knapp zwei Wochen erst erzählt, daß sie in Schottland war und vorläufig keinen Urlaub bekommen würde?

Das Stück hatte zwei Pausen. Durch die Trennung der Zuschauer im Parkett, dem ersten und zweiten Rang von uns armen Schluckern auf dem »Olymp«, für die es sogar einen anderen Eingang gab, war ich vor einer Begegnung relativ sicher. Trotzdem zitterte ich davor, Eden und ihrem Freund, dem Doktor, in die Arme zu laufen, denn dann würde Eden, wie ich genau wußte, mich beiseitenehmen und mir Lügen auftischen. Sie würde mich bitten, Vera und meinem Vater nicht zu sagen, daß ich sie gesehen hatte, und mir dann für dieses Ansinnen einen Grund angeben, der von vorn bis hinten erlogen war, daß sie in geheimer Mission in London war beispielsweise. Und davor hatte ich Angst, vielleicht, weil ich immer noch ein bißchen für sie schwärmte und völlige Entzauberung etwas ist, was man nie herbeiwünscht, auch wenn man weiß, daß sie eigentlich wünschenswert wäre. In der zweiten Pause blieb ich auf meinem Platz, während die anderen hinausgingen.

Warum hatte ich den größten Gefahrenpunkt, eine Begegnung auf der Straße nach der Vorstellung, vergessen? Ich hatte mir eingebildet, die Gefahr sei vorüber, wenn der Vorhang gefallen war und wir uns stehend die Nationalhymne anhörten, die damals noch jede Aufführung beschloß.

Die Straße mag der Strand gewesen sein oder Shaftesbury Avenue oder Haymarket. Doch ich glaube, es war die Charing Cross Road Ecke Shaftesbury Avenue, am Cambridge Circus. Die lange Tyrannei der totalen Verdunkelung war fast zu Ende, die strengen Bestimmungen wurden allmählich gelockert. Doch Ende August – und noch Wochen danach, wegen fehlender Arbeitskräfte und fehlender Glühbirnen – lag das West End in tiefer Dunkelheit. Ein Vollmond stand an jenem Abend am Himmel, eine runde, leuchtende Scheibe, noch nicht von Smog und Luftverschmutzung getrübt. Wir gingen mit der Menge über den Bürgersteig. Die Menge teilte sich, als folge sie einer Bühnenanweisung oder einem Wink des Regisseurs, und da standen die beiden vor mir, direkt am Randstein, und warteten darauf, die Fahrbahn zu überqueren, Arm in Arm. Heute würden sie sich ein Taxi nehmen. Damals waren sie auf dem Weg zur U-Bahn, Leicester Square vermutlich.

Wir waren knapp drei Meter voneinander entfernt, ich hatte schon ein mattes Lächeln aufgesetzt, das »Hallo, Eden!« lag mir auf der Zunge, als ihre Augen den meinen begegneten, sie einen Augenblick festhielten, stierend, weit geöffnet – und sich abwandten. In diesem Moment war alles dahin, was ich je für sie empfunden hatte. Ich war wie vom Donner gerührt. In meinen Augen war Eden erwachsen, ich noch ein halbes Kind, und ich empfand auch für sie Scham und Bestürzung. Kein Zweifel, sie hatte mich gesehen, ich wußte, daß sie mich gesehen und daß sie mich erkannt hatte. Nichts ist so tödlich wie Verachtung, und die Verachtung für sie stieg in mir auf in einer heißen roten Welle, so daß ich meine Hände ans Gesicht legte und es mit meinen Fingern kühlte. Eden und ihr Begleiter überquerten die Straße und verloren sich in der Menge, aber wenn ich die Augen schloß, waren sie noch da, ich sah ihr Bild auf der schwarzen Retina, das wunderschöne, zartknochige Gesicht, das dem von Francis so ähnlich war, den clownroten Mund, die weiße Haut, die murmelblauen Augen, das Haar goldfarben wie das der Engel an der Decke. Sie hatte ein weißes Kleid an, tief ausgeschnitten und gerafft, die Beine waren nackt, an den Füßen hatte sie weiße Betty-Grable-Schuhe mit hohen Hacken, die – bei einem Pferd würde man es so sagen – wie gemacht waren für einen hohen Trab.

Hätte ich meinem Vater davon erzählt, hätte er gesagt, es sei ein Irrtum. Ich überlegte es mir lange, überlegte, wie ich sie hätte beschreiben müssen, das griechische Kleid, den goldenen Knoten, und hörte ihn sagen:

»Das klingt aber gar nicht nach meiner kleinen Schwester, du hast sie verwechselt.«

Natürlich hatte ich sie nicht verwechselt. Es war Eden, und sie war in London, obschon alle dachten, sie sei in Schottland. Die Geheimnistruhe der Longleys war um ein Geheimnis reicher. Ich überlegte, ob Eden noch bei der Marine war, ob sie in London wohnte oder hier nur zu Besuch war. Ich überlegte sogar – so paranoid kann man durch so ein Erlebnis werden –, ob vielleicht nur ich nicht in das Geheimnis eingeweiht war, ob meine Eltern wußten, wo sich Eden in Wirklichkeit aufhielt, und mir aus unerfindlichen Gründen die Wahrheit verschwiegen hatten, ob Vera gewußt hatte, wie es sich wirklich verhielt, als sie meinem Vater einmal erzählt hatte, Eden sei in Londonderry, ein anderes Mal, sie sei in Gourock. Und was war mit dem armen Chad, der so kummervoll darauf angespielt hatte, daß es ihm trotz aller Mühe nicht gelungen sei, Edens Liebe zu erringen?

Auch ich ertappe mich dabei, daß ich Rätsel fabriziere. Nicht umsonst bin ich eine Longley. Ich versuche, diese Erinnerungen in eine sinnvolle Reihenfolge zu bringen, nicht mich an Ereignisse und Erkenntnisse gewissermaßen »außer der Reihe« zu erinnern. Es dauerte in diesem Fall noch Jahre, bis ich die Wahrheit erfuhr. Das war die Zeit, da viele Wahrheiten ans Licht kamen. Eden war damals tatsächlich nicht mehr in der Marine, im August war sie schon seit neun Monaten nicht mehr in Londonderry stationiert, und in Schottland war sie nie gewesen. Sie arbeitete als Sekretärin und Gesellschafterin bei einer alten Dame, einer Lady Rogerson, am Belgrave Square. Die Stelle hatte sie merkwürdigerweise durch einen der feinen Verwandten von Chad bekommen, die sie durch ihn kennengelernt hatte, obschon Chad davon nichts wußte. Eden hatte ihn einfach benutzt, um ihrem Hauptziel ein Stück näher zu kommen, so wie sie alle Menschen benutzte, die sich für ihre Zwecke einspannen ließen. Sie wohnte in dem Haus am Belgrave Square, und nach einiger Zeit war sie für Lady Rogerson (wie sie uns einmal erzählte) fast so etwas wie eine Tochter – nun ja, eine Nichte – geworden. Der Mann mit den braunen Locken war ein entfernter Vetter von Lady Rogerson, und auch er hatte einen Titel, an den ich mich allerdings nicht erinnere. Und nicht er war der gute Fang, der Eden glückte, weil sie nun in Belgravia lebte. All das war Vera die ganze Zeit sehr wohl bekannt.

10

Ich war so daran gewöhnt, Laurel Cottage als Veras Eigentum zu betrachten, daß es mir einen regelrechten Ruck gab, als ich meinen Vater zu meiner Mutter sagen hörte, wahrscheinlich würde das Haus nun verkauft und die Summe zwischen Vera, Eden und ihm aufgeteilt werden. So sah es das Testament meiner Großmutter vor. Mein Vater hatte seinerzeit auf sein Anrecht verzichtet, weil Vera ein Zuhause für Eden brauchte, und dann war der Krieg gekommen und hatte alles zerschlagen. Mit einigem Glück würde Laurel Cottage fünfzehnhundert Pfund bringen, und mein Vater ließ sich häufig darüber aus, wie er seine fünfhundert Pfund verwenden würde. Für einen Ausbau unseres Hauses vielleicht, einen Umzug, ein Auto, neue Möbel fürs Wohnzimmer, eine Reise in die Schweiz zum Besuch der Verwandten meiner Mutter... In seiner Phantasie gab er das Geld doppelt und dreifach aus. Für einen Bankdirektor – das war er gerade geworden – hatte er in Gelddingen eine erstaunlich naive Einstellung.

Meine Mutter, eher nüchtern und realistisch in ihrem Denken und Tun, glaubte von Anfang an nicht an diese fünfhundert Pfund. Sie gehörte zu den Menschen, die bedenkenlos erklären können: »Hab ich's dir nicht gleich gesagt?« Zu ihren Lieblingssprüchen zählte auch: »Wart nur ab, ob ich nicht recht habe!« – und meist kam es dann auch so, wie sie vorausgesagt hatte.

»Nach dem Tod deiner Mutter habe ich dir gesagt, du sollst das Haus verkaufen. Gerald hätte Vera ein Haus besorgt, und Eden hätte bei uns wohnen können. Dann wäre alles ganz anders gekommen.«

Was sich leider nicht bestreiten ließ.

»Zum Beispiel hätte niemand Eden Flausen in den Kopf

setzen können«, sagte meine Mutter »Anbetung tut keinem Menschen gut.«

Mein Vater sagte unwirsch, daß man in diesem Hause davor wohl keine Angst zu haben brauche. Eden als eine Art große Schwester? Eine bedenkenswerte Vorstellung... Ich hatte nicht gewußt, daß es im Gespräch gewesen war. Hätte eine solche Wendung die »verstohlene Konvergenz menschlicher Schicksale« beeinflußt, wie George Eliot das nennt, hätte es den Verlauf der Ereignisse geändert, so daß ich Vera zu ihrem 78. Geburtstag in der letzten Woche zusammen mit Helen bei mir zum Tee hätte haben können? Und wäre vielleicht auch Eden dabeigewesen, eine gut erhaltene, blondierte Dreiundsechzigjährige? Wäre Francis dazugekommen und hätte Zwietracht in der Runde gesät, so wie Ate, die den goldenen Apfel zwischen die Gäste warf? Und Jamie, mit eigenem, unverändertem Namen, kein selbsternannter Exilant? Wer weiß... Ich glaube eher, es wäre – in Anbetracht des Krieges und der Persönlichkeiten aller Beteiligten – alles ganz ähnlich verlaufen.

Eden schrieb nie. Dafür schrieb Vera um so häufiger und ließ dabei nach wie vor einfließen, Eden sei in Schottland und noch bei den »Wrens«. Mein Vater ging nie von dem Brauch ab, die Briefe am Frühstückstisch laut vorzulesen, und wenn ich auf diesem Wege immer wieder Einzelheiten über Edens Leben erfuhr, war es zwar nicht gerade so, daß ich an dem zweifelte, was ich gesehen hatte, aber ich dachte mir jetzt, daß sie vielleicht nur in London hatte Urlaub machen wollen, ohne uns oder Vera zu besuchen. Die Angriffe der V1 setzten uns sehr zu. Sie hörten erst auf, als die Alliierten die Abschußrampen am Pas de Calais genommen hatten. Duncan Sandys war aber doch etwas voreilig gewesen, als er im September erklärte, die Schlacht um London sei bis auf ein paar Schüsse vorbei.

Im gleichen Monat kamen die V2, die ersten Raketen, die so schnell flogen, daß man sie vor der Explosion nicht hörte. Danach war man entweder tot oder auch nicht – je nachdem.

Wir nannten sie »fliegende Gasrohre«, während die V 1 mit ihrem lauten Gebrumm vor dem Knall *doodlebugs* oder Brummer hießen. Eine der letzten V 2, die bis England kamen, erwischte mit einem direkten Treffer die Klinik in Colchester, in der Jamie zur Welt gekommen war, es gab Hunderte von Verletzten und über fünfzig Tote. Mein Vater regte sich furchtbar wegen Vera und Jamie auf. Wenn das nun eine neue Phase des Krieges war, eine Art Schwanengesang der Aggression, der sich auf Ostengland konzentrierte?

Fünf Monate später war alles vorbei. Falls Eden bei Kriegsende noch im WRENS war, muß sie unter den fünf Millionen Angehörigen der Streitkräfte eine der ersten gewesen sein, die entlassen wurden. Ernest Bevin gab bekannt, daß die Entlassungen am 18. Juni beginnen würden, und eine Woche später schrieb Vera, Eden sei wieder da. Selbst mein Vater wunderte sich darüber. Gerald mußte viel länger warten, er kam erst im Herbst 1945 heim. Inzwischen war Francis in Oxford, und Vera war zur Abwechslung einmal bei uns zu Besuch gewesen.

Ich glaube, meine Mutter willigte in den Besuch ein, weil sie gern kleine Kinder um sich hatte, was bei Frauen nicht so häufig ist, wie man vielleicht meint. Im Grunde ihres Herzens können die meisten Menschen mit kleinen Kindern nicht viel anfangen. Meine Mutter, eine intelligente Frau, die Erwachsenen gegenüber recht schroff und kurz angebunden sein konnte, legte Kindern gegenüber eine Engelsgeduld an den Tag. Es sei so erholsam, pflegte sie zu sagen, daß Kinder noch nichts von den Listen und Ränken und der Heuchelei der Erwachsenen wüßten.

Jamie war inzwischen etwa fünfzehn Monate. Er sah hübsch, aber ein bißchen ungewöhnlich aus, die Haut ein zartes Oliv, das Haar sehr hell, die Augen braun, nicht hellbraun oder haselnußfarben oder blaugolden gesprenkelt, sondern eindeutig dunkelbraun, tiefdunkel wie die Augen eines Spaniers oder Inders. Von Familienähnlichkeit konnte keine Rede sein. Die meisten Kinder schlagen deutlich einem Onkel, einer Tante, irgendeinem Vorfahren nach, so daß man auf den ersten Blick den Eindruck hat, eine Kopie dieses Vorbildes vor sich zu sehen. Erst wenn man die Gesichtszüge einzeln betrachtet, schwindet die Ähnlichkeit. Wenn ich mir Fotoalben der Longleys und Naughtons vornahm, stellte ich das immer wieder fest. Vera beispielsweise schien als kleines Mädchen eine Reinkarnation von Großtante Priscilla zu sein, mein Vater ließ einen sofort an William, den Schuhmacher, denken. Eden und Francis hätte man, wie gesagt, für Zwillinge halten können. Nur Jamie war sich selbst genug. Er sah weder wie ein Longley aus (bis auf das Haar) noch wie Gerald, der ein sehr langes Gesicht und einen spitzen Schädel hat, den er, wie Helen erzählt, auf das schmale Becken seiner Mutter zurückführt (ob diese Vermutung stimmt, weiß ich nicht) und auf die Tatsache, daß die Geburt unverhältnismäßig lange dauerte. Wahrscheinlich, dachte ich mir, schlägt Jamie irgendeinem Hillyard nach, aber Fotos von den Hillyards hatte ich nicht zur Hand.

Er hing sehr an seiner Mutter, und das war auch kein Wunder, denn er war seit seiner Geburt fast ausschließlich mit Vera allein gewesen. Meine Mutter hätte gern mit ihm gespielt, mit ihm geredet und ihn auf den Schoß genommen, aber daraus wurde nicht viel. Jamie weinte selten, aber andere Leute kamen einfach nicht an ihn heran. Er saß oder stand still da, den Daumen im Mund, ohne auf Annäherungsversuche zu reagieren. Wenn man ihn auf den Schoß nahm, ließ er die streichelnde Hand, das Lächeln, die guten Worte wachsam und angespannt über sich ergehen, der Körper versteifte sich, und schließlich rutschte er herunter und lief mit ausgestreckten Armen auf Vera zu. Gerechterweise muß ich sagen, daß sie nichts tat, um ihn darin zu bestärken. Ich fand sie netter als sonst. Sie war viel liebenswürdiger zu meiner Mutter und redete Jamie häufig zu, er solle »zu Tante Vranni gehen«. (Seit

Helens Bemerkung hatte Vera nie wieder das »Tantchen« hervorgeholt.) Sie war sogar bereit, einmal abends mit meinen Eltern auszugehen, ich sollte als Babysitter für Jamie zu Hause bleiben. Jamie wisse genau, daß er um sechs ins Bett müsse, sagte sie stolz, er habe ihr abends deswegen noch nie das Leben schwer gemacht. Die Londoner genossen das Ausgehen in diesem Sommer. Die Sparmaßnahmen schlugen noch immer voll durch, es gab nichts Vernünftiges zu essen und nichts Hübsches anzuziehen, keinen Luxus, nicht einmal Komfort, kaum Benzin, aber Theater und Film boten Spitzenproduktionen. Und es war wie ein beglückender Rausch, frei und ungefährdet durch beleuchtete Straßen laufen zu können und zu wissen, daß kein Verderben vom Himmel fallen würde. Vera sagte – ganz heiter, ohne Selbstmitleid und nicht um Mitgefühl werbend: »Heute gehe ich zum ersten Mal seit über drei Jahren abends wieder einmal aus.«

Sie waren kaum zehn Minuten weg, als Jamie aufwachte. Ich glaube jetzt, daß das, was an jenem Abend geschah – bis auf Jamies Wachwerden natürlich –, von Vera und Eden sorgfältig geplant worden war, daß es aber dabei eine Panne gegeben hatte. Sie – oder eine von ihnen, wahrscheinlich Eden – hatten den falschen Abend erwischt. Brieflich läßt sich so etwas eben nicht immer eindeutig klären. Vera war sehr darauf erpicht gewesen, am Freitag- und nicht am Samstagabend auszugehen, deshalb nehme ich an, daß sie das Stück am Samstag hatten in Szene setzen wollen, aber Eden hatte sich vertan. Ich glaube jetzt, daß es als Demonstration in erster Linie für meine Eltern und in zweiter Linie für Tony Pearmain gedacht war. Diesen drei so besonders wichtigen Menschen – ich zählte wohl nicht, ich war erst siebzehn – wollten sie zeigen, wie sie sich ihr Leben eingerichtet hatten und wie sie akzeptiert zu werden wünschten, ehe sie die nächste Etappe in Angriff nahmen. Als Jamie aufwachte, bekam ich es mit der Angst zu tun. Ich wußte herzlich wenig über Babys und hatte keine Ahnung, was man mit ihnen machen mußte, wenn sie weinten. Am liebsten hätte ich die Tür hinter Jamie zugemacht, mich so weit von dem Lärm entfernt, bis ich ihn nicht mehr hören konnte, und hätte mir Watte in die Ohren gestopft.

Statt dessen machte ich vorsichtig die Tür auf und warf einen Blick ins Zimmer. Als er mich sah, steigerte sich das Greinen zum Gebrüll. Er stand in einem Kinderbettchen, das einmal mir gehört hatte, und rüttelte an den Stäben wie an dem Gitter eines Kerkers, und ich weiß noch, daß ich dachte, wieso wir unsere Kleinkinder eigentlich in Käfige sperren, wieso es nicht möglich ist, ein Kinderbett zu konstruieren, das keine Gitter, sondern eine andere Art der Sicherung hat. Das war auf lange Zeit mein letzter zusammenhängender Gedanke.

Jamie hatte sich in eine Panik hineingesteigert, zuerst ließ er sich von mir nicht einmal anfassen. Er warf sich hin und her und stieß nach mir, wenn ich ihn greifen wollte. Ich kenne inzwischen schlimmere Laute bei Kindern – meinen eigenen zum Beispiel –, aber Jamies Gebrüll an jenem Abend ist mir als einzigartig schauderhaft in Erinnerung geblieben, vielleicht, weil es ein so ungebremster Ausdruck echter Not, echten Jammers und echter Verlorenheit war. Gewiß hatte Vera wirklich geglaubt, er würde nicht aufwachen, weil er das seit vielen Monaten nicht mehr getan hatte. Gewiß wäre sie nicht ausgegangen, wenn sie mit seinem Erwachen gerechnet hätte. Noch nie zuvor war sie nicht bei ihm gewesen, wenn er wach wurde, ja, schlimmer noch, statt ihrer war da beim Erwachen plötzlich eine Fremde. Sein Jammer, seine Furcht schienen grenzenlos. Endlich gelang es mir, ihn aus dem Bett zu heben und nach unten zu bringen. Er war durch und durch naß von Tränen, Speichel, Urin und Schweiß.

Es war mir unmöglich, ihn zum Schweigen zu bringen. Nachdem Vera ihn nicht mehr stillte, hatte sie ihm beigebracht, nicht aus der Flasche, sondern gleich aus der Tasse zu trinken. Kein Longley hatte je einen Schnuller bekommen.

Ich versuchte, ihm den Daumen in den Mund zu stecken, aber da brüllte er nur noch lauter. Später erfuhr ich, daß Vera seit Monaten versuchte, ihm das Daumenlutschen abzugewöhnen, indem sie ihm die Finger mit Aloe einpinselte. Notgedrungen ließ ich ihn brüllen, während ich ungeschickt Windel und Schlafanzughöschen wechselte und ihm das Gesicht abtrocknete. Mittlerweile war ich fast so verzweifelt wie Jamie. Er schrie jetzt seit einer halben Stunde, sein Gesicht war puterrot, an der Stirn standen die Adern hervor. Ich hatte von Krämpfen bei Babys gehört, vielleicht hatte er gerade einen, und war nicht sicher, ob ich so etwas erkennen würde.

»Nie, nie wieder mache ich für jemanden Babysitter!« schrie ich ihn an – ein Vorsatz, an den ich mich (mit ganz wenigen Ausnahmen) gehalten habe. In diesem Moment klingelte es an der Haustür.

Wir hatten schlimme Zeiten und einen Krieg hinter uns, trotzdem fühlte man sich damals sehr viel sicherer. Wäre ich heute mit einem Baby in einem Londoner Vororthaus allein, würde ich es mir zweimal überlegen, ob ich die Haustür aufmachen würde, zumindest würde ich fragen, wer draußen sei. Damals wäre mir das gar nicht eingefallen. Ich klemmte mir den brüllenden Jamie unter den Arm, wie ich es in Bilderbüchern bei Bauern gesehen hatte, die quiekende Ferkel zu Markte trugen, fuhr ihn an, er solle endlich ruhig sein, und ging zur Tür. Draußen standen Eden und ein Mann.

»Was ist denn hier los? So ein Radau ist mir mein Lebtag noch nicht zu Ohren gekommen. Man hört ihn bis zur Ecke.«

»Wolltest du ihn gerade umbringen? Dann stören wir wohl«, sagte der Mann.

Die Frage lag nahe; ich hatte Jamie noch immer unter dem Arm. Jetzt legte ich ihn an meine Schulter, wo er weiterjammerte.

»Willst du uns nicht hereinbitten?« fragte Eden. Typisch Longley! Quintessenz des Longleyismus war es, banale, sinnlose, rhetorische Fragen zu stellen, wenn jemand ohnehin schon mit seinem Latein am Ende war. Ich öffnete die Tür ein Stück weiter und trat zurück.

Obgleich ich durch Jamies Geheul einigermaßen benommen war, hatte ich doch das Aussehen der beiden registriert und konnte nur staunen. Am Gehsteig stand ein roter Sportwagen. (Hatte Eden in so einem Auto wirklich Jamies Geheul bis zur Ecke gehört?) Die beiden sahen aus wie für eine Anzeigenkampagne in einer Zeitschrift für die feine Welt herausgeputzt, ein Hochglanzmagazin in Südafrika oder Neuseeland etwa, denn hier gab es Hochglanz weder bei Zeitschriften noch in der Mode – ebensowenig wie Leute, die so etwas hätten tragen können. Es war das reinste Filmstargepränge. Sogar sauberer als gewöhnliche Sterbliche sahen sie aus, und da gewöhnliche Sterbliche sich mit Engpässen in der Strom- und Seifenversorgung herumschlagen mußten, waren sie es vermutlich auch. Eden trug ein blaues Leinenkostüm mit weißem Blumenmuster, ihr Begleiter einen Blazer mit einem Wappen, das darauf schließen ließ, daß er für irgendwas gerudert war oder Cricket gespielt hatte. Das Hemd war weißer als weiß, frisch und appetitlich wie Eis mit Sahne. Selbst in meinen Augen war er noch ein junger Mann, Mitte zwanzig, ein brünetter Typ mit frischem Gesicht, ein bißchen wie Richard Burton, von dem damals noch kein Mensch gehört hatte.

Eden dachte natürlich gar nicht daran, ihn vorzustellen. Offenbar taub für den Radau, sah sie sich in unserer schäbigen Diele um. Der Ausbau des Schutzraums hatte Narben auf Parkett hinterlassen, und an dem Fenster neben der Tür hing noch schlapp und traurig der Verdunkelungsvorhang herunter.

»Ich bin Tony Pearmain«, sagte er. »Guten Tag.«

Ich sagte ihm, wer ich sei, aber das wußte er schon von Eden, vermutlich hatte sie ihn im Wagen in großen Zügen auf das vorbereitet, was ihn hier erwartete.

»Sie sind alle ausgegangen«, überschrie ich Jamies Gebrüll.

»Alle?«

Merkwürdig, aber ich hatte schon damals den Eindruck, daß sie Theater spielte. Warum? Vielleicht, weil sie keine Schauspielerin war.

»Wußtest du nicht, daß Vera bei uns ist?«

»Vera? Hier?«

Natürlich war es eine Überraschung. Oder wäre es gewesen, wenn sie es nicht schon gewußt hätte.

»Ja, natürlich. Das ist Jamie. Erkennst du ihn nicht?«

»In diesem Alter ändern sie sich so rasch. Kannst du nicht was gegen dieses gräßliche Gebrüll tun?«

Tony Pearmain streckte die Arme aus und nahm mir Jamie ab. Was dann kam, war die reinste Hexerei. Roch er gut? Verströmte er Sicherheit? Vermittelte er auf eine geheimnisvolle, nicht mit den Sinnen erfaßbare Art und Weise, durch die Poren oder Nervenenden vielleicht, das Gefühl, daß bei ihm ein Ort der Geborgenheit war, ein Ort unendlicher Liebe und Güte, immer bereiter zärtlicher Arme? Was immer es war – Jamie spürte es und verstummte. Er legte sein schon wieder nasses, klebriges, verschwitztes Gesicht an die weiche Wolle von Tony Pearmains Blazer und schluckste nur noch hin und wieder, während er allmählich wieder zu Atem kam. Der arme Tony verstand sich auf Kinder. Weil er sie liebte, liebten sie ihn, liefen ihm zu wie dem Rattenfänger von Hameln, und wurden brav und still, wenn sie bei ihm waren. Es ist die große Tragödie seines Lebens, daß er nie eigene Kinder hatte und daß ihm das einzige Kind, dem er seine Liebe hätte geben und das ihn hätte wiederlieben können, durch die Umstände verhaßt war.

An diesem Abend lernten Jamie und Tony sich kennen. Ich habe Jamie erzählt, wie er in Tonys Armen zur Ruhe kam, aber er zuckte davor zurück, er mochte es nicht hören, er bestand darauf, ich müsse mich irren. Es mußte ein anderer Bekannter von Eden gewesen sein, nicht »Pearmain«, der ihn so kalt und distanziert behandelt, ihn so bald wie möglich abgeschoben und damit die Longleysche Tradition weitergeführt hatte, die mit Helen begründet, mit Francis fortgesetzt worden war. Es war aber wirklich Tony, der dieses Wunder vollbrachte. Ich stand in der Diele, ganz schwach vor Erleichterung, genoß die beglückende Stille und merkte zunächst kaum, daß Eden hinter mir stand.

»Wo stecken sie denn?«

»Sie sind ausgegangen, ins West End. Ins Kino vielleicht.«

»Wie ärgerlich.«

Ich brachte sie ins Wohnzimmer. Angesichts der gepflegten jungen Menschen mit den flotten, nagelneuen Sachen fielen die Mängel eines Hauses noch mehr ins Auge, in dem sechs Kriegsjahre lang kein Pinsel Farbe verstrichen, kein einziger neuer Vorhang angebracht worden war. Die Federn des Sessels, in den Tony sich mit Jamie setzte, waren kaputt, und der Sitz senkte sich bis zum Boden. Wir hatten nichts Alkoholisches im Haus, keinen Kaffee, kaum Tee. Jeden Augenblick konnte Eden mich fragen, ob ich ihnen nichts zu trinken anbieten wolle. Alles, was ich zu bieten hatte, war eine ziemlich künstliche Orangenlimonade. Ich war versucht, Jamies »Zuteilung« an Orangensaft hervorzuholen, fürchtete aber Veras Zorn. Wir hatten keinen Eisschrank, die Limonade war lauwarm.

Es war erst acht, vor elf würden meine Eltern und Vera kaum zurückkommen. Jamie schlief ein, und Tony trug ihn hinauf. Er kam nicht sofort wieder herunter, sondern blieb noch eine Weile an seinem Bettchen sitzen und wartete, ob er auch weiterschlief. Eden trug wunderschöne weiße Lederschuhe mit tief ausgeschnittenem perforiertem Oberteil und hohen Absätzen. Unsereiner lief in Holzpantinen herum. Woher sie die Schuhe hatte, ist mir heute noch ein Rätsel. Noch zwei, drei, vier Jahre später stellten wir uns stundenlang an, um ein Paar Korksandalen zu ergattern. Eden aber kannte immer Leute, die etwas für sie organisieren konnten, die die Finger im Schwarzmarktgeschäft hatten, begehrte

Dinge im Diplomatengepäck und in Bücherkisten ins Land brachten, Kleiderkarten verkauften, Schlangestehen umgingen und alles mögliche »unter dem Ladentisch« für sie hervorzauberten. Sie saß in einem zweiten, nicht ganz so morschen Sessel und besah sich diese Schuhe, strich leicht über das rechte Bein, das sie über das linke geschlagen hatte, betrachtete mit leicht schrägem Kopf den rechten Schuh. Eine lange goldene Haarsträhne war nach vorn gefallen. Ohne aufzusehen, sagte sie:

»Er gehört zu *den* Pearmains, du weißt schon ...«

Ich wußte überhaupt nichts und genierte mich vor ihr in meiner alten weißen Bluse und dem Dirndlrock.

»Na hör mal, bist du noch nie in einem Kaufhaus gewesen?«

Ach so, *diese* Pearmains. »Du meinst Brewster und Pearmain?« Swan and Edgar, Debenham and Freebody, Marshall and Snelgrove, Brewster and Pearmain... legendäre Kaufhausnamen. Ich war ganz überwältigt und empfand plötzlich eine gewisse Scheu vor Tony. Ich hatte Eden auf jenen Abend im Theater ansprechen, hatte sie fragen wollen, weshalb sie durch mich hindurchgesehen hatte, aber nach dieser Enthüllung brachte ich die Frage einfach nicht über die Lippen. Eden spürte offenbar, wie beeindruckt ich war, und schlug gewissermaßen noch Kapital daraus.

»Ich habe ihn bei einer von Lady Rogersons Partys kennengelernt«, fügte sie hinzu.

Hätte mir der Name etwas sagen müssen? Hatte Vera ihn vielleicht erwähnt, als sie von Edens Demobilisierung gesprochen hatte? Mir wurde bewußt, daß ich nach wie vor nicht recht dazugehörte – auch damals nicht.

»Lady Rogerson sieht in mir mehr oder weniger eine Tochter. Natürlich habe ich sie begleitet, als sie zu Besuch auf Fontlands war. Am zwölften gehen wir wieder hin.«

Dies war mir nun vollends unverständlich. Es hat wohl zwei Jahre gedauert, bis ich begriff, daß Fontlands der Landsitz der Pearmains in Yorkshire und Lady Rogerson die alte Dame war, die Eden als Gesellschafterin angestellt hatte, und daß es sich bei dem zwölften um den berühmten 12. August handelte, an dem die Moorhuhnjagd beginnt. Eden fragte mich, wann die anderen zurückkommen würden, und als sie hörte, daß es noch ein, zwei Stunden dauern könne, meinte sie, dann würden sie nicht warten. Jetzt kam auch Tony zurück und sagte, das »arme Kerlchen« schliefe fest, und ob ich heute schon Radio gehört hätte. Ich schüttelte den Kopf. Was gab es jetzt noch Hörenswertes?

»Wir haben den Japsen irgendeine neue Bombe auf den Kopf geworfen«, sagte Tony.

»Was für eine Bombe?« fragte ich ohne besonderes Interesse. »Eine Art V 2?«

»Größer. Die Stadt heißt Hiroshima oder wie man das ausspricht.« Er legte die Betonung auf die dritte Silbe. »Paßt auf, damit ist der Krieg im Fernen Osten zu Ende. Ich hab die Tür offengelassen, damit du hörst, wenn er wieder anfängt zu weinen.«

Und dann brausten sie in dem roten Sportwagen davon. Tonys Frage, ob ich gerade dabei gewesen sei, Jamie umzubringen, war das einzige auch nur annähernd Witzige, was ich je von ihm gehört habe. Die Familie besaß ein großes Kaufhaus, sein Bruder hatte in den italienischen Adel eingeheiratet. Er war – ist – stinkreich und stinklangweilig. Außerdem war er ein gutaussehender Bursche und damit etwas ganz anderes als Chad, der arm wie eine Kirchenmaus und wahrhaftig keine Schönheit war und von dem man, sobald er den Mund aufmachte, immer etwas Interessantes oder Amüsantes oder Provokatives erwarten durfte. Eden machte einen zufriedenen Eindruck, als sie sich verabschiedete, die Verärgerung, die man ihr angemerkt hatte, als sie hörte, daß Vera und meine Eltern nicht zu Hause waren, war verflogen. Sie hatte wohl trotzdem fast alles erreicht, was sie mit diesem Besuch hatte erreichen wollen, und wenn sie für Vera nichts erreicht, wenn sie die Dinge vielleicht nur noch schlimmer gemacht hatte – wen kümmerte das schon?

Mein Vater bekannte sich zum Mittelstand, er sprach ständig davon, mit einer Art von verlegenem Stolz. Daß im Mittelstand – im Gegensatz zur Ober- und zur Unterschicht – ein Ehebruch undenkbar war, sagte er nicht, aber es war fester Bestandteil seines Credo. Es wäre ihm nie in den Sinn gekommen, daß eine seiner Schwestern ihrem Mann untreu werden könne. Er und meine Mutter verstanden sich nicht besonders, ich kann nicht einmal behaupten, daß sie im Grunde ihres Herzens einander doch liebten (ich bin sicher, daß dies nicht der Fall war), aber solange Mutter lebte, hätte mein Vater sich nie mit einer anderen Frau eingelassen, das wäre für ihn gleichbedeutend gewesen mit einem Betrug oder einer Unterschlagung in seiner Bank. Als dann Gerald aus dem Feld kam und er und Vera sich fast unmittelbar darauf trennten, verzichtete mein Vater darauf, nach dem Grund zu forschen, er kam auch nicht zu dem Schluß, zu dem die meisten Leute gekommen waren, daß nämlich Vera ein Verhältnis mit Chad Hamner gehabt hatte, sondern er gab Gerald die Schuld. Zunächst aber war er nicht einmal bereit zuzugeben, daß eine Trennung erfolgt war.

Vera erzählte ihm nichts davon, das war nicht ihre Art. Gerald wurde natürlich nicht entlassen, er war ja Berufsoffizier. Wir waren alle davon ausgegangen, daß er Urlaub bekommen und daß Vera ihn begleiten würde, wenn er seinen nächsten Einsatzbefehl bekam – vielleicht als Besatzungsoffizier nach Deutschland. Sie würden dann Laurel Cottage verkaufen, und der Erlös würde in drei Teile gehen. Doch in Veras Briefen war nicht davon die Rede, daß sie Gerald begleiten würde, als er im Herbst mit seinem Regiment in die Nähe von Lübeck verlegt wurde, sie nannte auch keinen Grund, warum sie in England blieb.

Eden besuchte uns in diesem Winter ziemlich häufig, meist allein, aber einmal brachte sie Tony Pearmain mit, um ihn meinen Eltern vorzustellen. Über Vera und Gerald schwieg sie sich ziemlich betont aus, das heißt, sie vermittelte den Eindruck, als wisse sie alles, wolle aber nicht aus der Schule plaudern. Wir erfuhren es von Helen.

Zu ihr hatte mein Vater ein ziemlich gespanntes Verhältnis. Er mochte sie nicht und gab mehr oder minder offen zu, daß er sich ärgerte, weil es ihr finanziell besser ging und sie eine gesellschaftlich höhere Position hatte als die Kinder aus der zweiten Ehe meines Großvaters. Daran änderte auch nichts, daß Helen sich dieser Vorzüge nur deshalb erfreute, weil sie von ihrem eigenen Vater abgeschoben worden war. Sie sei unglaublich affektiert, pflegte er zu sagen. Doch es war nie so weit gekommen, daß sie nicht mehr miteinander gesprochen hätten, es hatte nie einen offenen Streit gegeben. Helen fragte schriftlich bei ihm an, ob er etwas dagegen hätte, wenn sie den Empfang zu Edens Hochzeit in ihrem Haus ausrichtete, und in diesem Brief erwähnte sie die Trennung von Vera und Gerald.

Daß Eden Tony Pearmain heiraten würde, wußte mein Vater immerhin schon. Noch nicht lange, aber er war im Bilde. Einen Tag, ehe die Anzeige in der *Times* erschien, hatte Eden angerufen und es ihm beigebracht. Natürlich hatte sie Hemmungen gehabt, es ihm zu sagen, denn Tony war zwar ein überaus begehrenswerter Ehemann und eine gute Partie, eigentlich genau das, was ein älterer Bruder sich wünschen mochte – aber er war nicht Chad Hamner. Mein Vater hatte einen regelrechten Tick in dieser Beziehung, er tat, als sei der Mensch biologisch monogam, auf einen einzigen Partner fixiert wie die Graugans oder der Gibbon. Der Wechsel des Partners, für den man sich ursprünglich entschieden hatte, war in seinen Augen wider die Natur. Mit düsterem Gesicht legte er den Hörer auf und kam kopfschüttelnd zu uns herüber. In diesem Augenblick tat Eden mir sogar ein bißchen leid, die in ihrer freudigen Erregung gewiß nicht erwartet hatte, daß ihr Bruder ganz so fassungslos reagieren würde.

Offenbar hatte er Tony für einen Verwandten ihrer Brotherrin gehalten (wir wußten inzwischen alle, was es mit Lady Rogerson auf sich hatte), für den Eden gelegentlich Schreibarbeiten erledigte. Mein Vater vermochte mit der entsprechenden Willensanstrengung alles zu glauben, was er glauben wollte, und sei es noch so unwahrscheinlich.

»Ich hatte ja keine Ahnung«, sagte er und strich sich einigermaßen verwirrt über die Stirn. »Ich dachte, sie ist mit dem netten Burschen liiert, den ich bei der Taufe kennengelernt hatte. Was soll dieses ständige Hin und Her? Was hat ihr an dem Journalisten denn nicht gefallen?«

»Daß er nicht genug Geld hat«, sagte meine Mutter.

»Man muß sich doch nicht sein Leben lang an ein und denselben Menschen hängen«, hakte ich ein. Ich sah ähnliche Probleme auch auf mich zukommen und hatte keine Lust, mich von meinem Vater, wenn es soweit war, endlos ins Verhör nehmen zu lassen. »Nicht, wenn man ihn mit achtzehn kennenlernt. Doch nicht sechzig Jahre lang ...« Eine entsetzliche Vorstellung! »Und überhaupt – ich glaube nicht, daß Eden und Chad ineinander verliebt waren. So war das bestimmt nicht.«

»Wie dann?« fragte mein Vater. »Wegen meiner Schwester Vera dürfte er kaum ins Haus gekommen sein.«

Es klang, als sei das eine völlig absurde Idee, die keiner ernsthaften Erwägung wert war. Es ist recht irritierend, wenn sich, wie in diesem Falle, Ironie und Ahnungslosigkeit im gleichen Atemzug artikulieren. Er war so naiv. Ebensogut hätte er sagen können, Chad sei vielleicht ins Haus gekommen, weil er etwas zu verkaufen hatte oder weil Veras Radio einen besseren Empfang hatte als seins. Ich sagte nichts. In den Augen meiner Mutter dämmerte Erkenntnis auf, und ein Lächeln zuckte um ihre Mundwinkel.

Am nächsten Tag lasen wir die Anzeige in der *Times*. »Hiermit wird die Verlobung und baldige Eheschließung bekanntgegeben zwischen Anthony Fairfax Pearmain, dem einzigen Sohn von Mr. und Mrs. Oliver Pearmain, Fontlands, Ripon, Yorkshire, und Edith Mary, der einzigen Tochter der verstorbenen Mr. und Mrs. Arthur Longley, Great Sindon, Essex.«

Helens Brief kam ein paar Tage später. Er gehörte nicht zu denen, die mein Vater am Frühstückstisch verlas. Er las ihn für sich, verließ das Zimmer und nahm den Brief mit. Wenig später kam er sehr betroffen, ja, verstört zurück und gab den Brief meiner Mutter, zunächst die erste, dann widerstrebend auch die zweite Seite.

»Sehr passend für eine Hochzeit«, sagte er mit einiger Mühe. »Sie haben ja ein wunderschönes Haus.« Offenbar war ihm, was ihn noch zusätzlich deprimierte, in diesem Augenblick wieder bewußt geworden, daß Walbrooks Helen gehörte, obgleich selbst er sich nicht hätte einreden können, daß irgendein anderes Mitglied seiner Familie ein Anrecht auf den Besitz gehabt hätte.

Gereizt wandte er sich an meine Mutter. »Hast du gelesen, was diese alberne, affektierte Person da schreibt?«

»Wegen der Hochzeit, meinst du?«

Sie wußte sehr wohl, daß er nicht die Hochzeit meinte, aber sie sagte das, um ihn zu ärgern.

»Natürlich nicht wegen der Hochzeit. Ich meine das, was sie von meiner Schwester Vera schreibt. Das Weib hat nur bösartigen Klatsch im Sinn. Daß meine Schwester nicht ausgerechnet in Deutschland in einer Garnisonswohnung leben möchte, ist doch wohl verständlich.«

Aber das Unglück war geschehen, oder vielmehr: Die Wahrheit war heraus. Meine Mutter sah ihn an, wie sie es neuerdings gern tat, wenn er sich, wie sagte, anstellte, als seien seine Schwestern eine »doppelte Reinkarnation der Jungfrau Maria«. Sie legte den Kopf schief, öffnete die Augen weit und zog die Augenbrauen hoch.

Wie mag Helen es formuliert haben? Ich habe den Brief nie gesehen, er ist verschollen. Wahrscheinlich hat mein Vater ihn noch am gleichen Tag vernichtet. Allerdings möchte ich bezweifeln, daß Helen so weit ging, das zu schreiben, was meine Mutter dachte und was sie meinem Vater ein paar Monate später erwiderte, als sie bei einem Streit das Gefühl hatte, im Vergleich mit seinen Schwestern wieder mal schlecht wegzukommen.

»Gerald weiß ganz genau, daß Jamie nicht sein Sohn ist, daß er es gar nicht sein kann. Er mag ein Trottel sein, aber selbst ein Trottel sollte wissen, daß eine Frau nicht zehn Monate schwanger ist.«

Mir war das Gespräch peinlich. Ich mochte nichts mehr davon hören und freute mich auf den Herbst, dann würde ich nach Cambridge gehen, ans Girton College, und brauchte nicht mehr mit anzusehen, wie sie sich gegenseitig an die Gurgel fuhren und an dem Schorf herumkratzten, unter dem die Wunden nie ganz verheilten. Schon lange war ich zu dem gleichen Schluß wie meine Mutter gekommen, hatte Berechnungen angestellt und war auf die unmögliche Gravidität von 312 Tagen gekommen. Ich hatte mich auch mit der Vorstellung von Vera und Chad als Liebespaar abgefunden und mir fast eingeredet, ich hätte ihre Umarmungen, ihre Küsse mit angesehen. Während ich in Edens Zimmer schlief, sagte ich mir, war Chad leise zu Vera gegangen, war lautlos die Treppe hinaufgeschlichen. Es sah ihm irgendwie nicht ähnlich, die ganze Affäre stimmte hinten und vorn nicht. Vera war älter als er und sah auch viel älter aus, sie hatte keinen Humor und einen ganz anderen Geschmack. Mittlerweile aber hatte ich schon erfahren, wieviele Geheimnisse das Reich des Sexuellen birgt und daß sich geschlechtliche Beziehungen jeder Erklärung entziehen. Natürlich war Jamie Chads Kind, und deshalb war er zur Taufe gekommen und waren so viele andere Leute weggeblieben. Jamie hatte Chads dunkelbraune Augen, seinen olivfarbenen Teint. Ich nahm an, daß es eine Scheidung geben und Chad Vera heiraten würde, was mich irgendwie enttäuschte und erzürnte. Insgeheim sagte ich mir wohl immer noch, daß er mich hätte haben können, wenn er nur gewartet hätte.

Es zeigte sich bald, daß Vera auf unbegrenzte Zeit in Laurel Cottage bleiben würde. Ich glaube, in dieser Sache wurden etliche Briefe hin und her geschrieben und einige Telefongespräche und auch ein persönliches Gespräch zwischen meinem Vater und Eden geführt. Für Eden bedeutete es keine Härte. Sie heiratete einen Mann, dessen Familie, wie ich von Helen erfuhr, nicht weniger als fünf Landhäuser besaß, Tony und Eden brauchten sich nur eins auszusuchen.

»Ade, neues Haus, neuer Wagen, Urlaub in der Schweiz«, sagte meine Mutter.

»Alles zusammen hätten wir sowieso nicht haben können«, meinte mein Vater.

»Aber das eine oder andere wäre schon schön gewesen.«

Ich hätte ihnen am liebsten gesagt, daß Chad bestimmt so schnell wie möglich seinem Kind und der Mutter seines Kindes ein Heim bieten würde, aber natürlich hielt ich dann doch den Mund. Für meinen Vater war Chad der sympathische Bursche, der Eden noch immer von fern verehrte. Und meine Mutter, der die Vorstellung, daß Jamie unmöglich Geralds Sohn sein konnte, ein fast diebisches Vergnügen bereitete, hatte sich nie die Mühe gemacht, nach einem anderen Vater für ihn Ausschau zu halten. Wenn man sie reden hörte, konnte man glauben, er sei in Parthenogenese entstanden, ein Fauxpas, mit dem Vera endgültig die Grenzen des Erlaubten überschritten hatte.

Eden und Tony Pearmain wurden an einem schönen, sonnigen Samstag im Sommer 1946 in der St. Mary's Church in Great Sindon getraut.

11

Ich war – man höre und staune! – eine von Edens Brautjungfern. Mein Kleid kostete mich keinen einzigen Punkt von der Kleiderkarte, denn Eden bekam die Seide direkt aus Hongkong, über irgendwelche Bekannten bei der BOAC. Ein paar Tage wohnte ich bei Helen, ein paar Tage bei Vera. In der Woche vor der Hochzeit, als ich in Laurel Cottage wohnte, kamen Vera und ich und Jamie auf unserem Spaziergang an dem Häuschen vorbei, in dem Vera als Kind die alte Mrs. Hislop tot aufgefunden hatte. Vera war an diesem Tag gesprächiger, als ich sie je erlebt hatte, aber so weit, daß sie sich dazu durchgerungen hätte, über das Verschwinden von Kathleen March zu sprechen, ging ihre Offenheit denn doch nicht.

Es ist eigenartig, daß ich in meinen privaten Reminiszenzen, in der chronologischen Sichtung all meiner Erinnerungen an Vera und Eden, Chad und Francis und Jamie gerade diesen Punkt erreicht habe, als Daniel Stewart mir von seiner erstaunlichen Entdeckung berichtet. In der Nacht vor dem Eintreffen seines Briefes hatte ich sogar von Kathleen March geträumt. Mir selbst hatte ich die Rolle der unsichtbaren Zuschauerin gegeben, die Vera und Mavis am Ufer sowie den unbewachten Kinderwagen mit dem Kind beobachtet, der zwischen Weidenröschen und Mädesüß stand. Kathleens Vater kam, von rasenden Kopfschmerzen gepeinigt, auf der Brücke an mir vorbei. Was mich aus dem Schlaf hochfahren ließ, war das Schreckgespenst, das aus den hellen Wiesen und dem blauen Himmel auftauchte, ein schwarzes, schuppiges Ungeheuer – kaum glaublich, daß eine Frau meines Alters so etwas in ihrer Phantasie hervorzubringen vermag –, ein Ding wie aus einem grusligen Märchenbilderbuch. Das Ungeheuer packte das Kind, und ich wachte mit einem Schrei auf – oder mit jenem Laut, mit dem man im Traum zu schreien versucht. Am Vorabend hatte ich *The Mezzotin* von M. R. James gelesen, wo ein ähnlicher Vorfall geschildert wird.

Die erste Post bringt ein neues Kapitel von Daniel Stewart. Er sei zufällig auf diese Fakten gestoßen, bestimmt sei noch niemandem die Querverbindung aufgefallen, was ich davon hielte ...

In den Annalen ungelöster Mordfälle (so lese ich) ist der Fall Kirby Theiston gewiß einer der bizarrsten und einer der von Kriminologen am wenigsten beachteten. Liegt es daran, daß er so viele Ähnlichkeiten mit dem Geheimnis um Constance Kent aufweist? Oder daß bis vor kurzem die wohl wichtigsten Mitwirkenden in diesem Drama noch lebten?

Constance Kent, ein Mädchen aus dem Dorf Rode in Somerset, wurde wegen Mordes an ihrem Halbbruder, einem Säugling, angeklagt und freigesprochen. Die siebzehnjährige May Durham aus dem Dorf Kirby Theiston in Norfolk wurde wegen Mordes an ihrer zweijährigen Halbschwester in Haft genommen, dann aber wieder freigelassen, ohne daß Anklage erhoben wurde. Constance, ständig angefeindet und schief angesehen, ging ins Kloster. Über ein halbes Jahrhundert danach wurde May Durham, in gleicher Weise geächtet, von ihrer eigenen Familie in Begleitung einer Tante nach Australien verbannt, wo sie fünf Jahre später an Tuberkulose starb. In beiden Fällen hat man den wahren Täter nie gefunden.

Kirby Theiston ist ein Dorf von etwa fünfhundert Seelen, westlich von Norwich gelegen. 1922 war die Einwohnerzahl noch etwas höher, und die zweispurige Straße, die jetzt das Dorf in zwei Teile schneidet, gab es damals noch nicht. Die Kirche heißt St. Michael and All Angels, in Theiston Hall, dem Herrenhaus, einst Sitz einer Nebenlinie der Digbys aus Holkham, wohnten seit zwanzig Jahren Charles Ethelred Durham und seine Familie. Theiston Hall ist ein schönes englisches Landhaus, das in Teilen bis ins 15. Jahrhundert zurückgeht, das aber Ende des 17. Jahrhunderts weitgehend von Henry Dill, einem Schüler Archers, umgebaut wurde, in barockem Stil, mit einer geschwungenen Südfassade, achteckigem Salon und Deckengemälden von Thornhill in der Halle. Durham war der Enkel eines wohlhabenden viktorianischen Baumwollfabrikanten in Rochdale, er und sein Vater aber waren nie etwas anderes als Landedelleute gewesen. Der bedeutende Landschaftsgärtner Loudon hatte den Garten Ende des 19. Jahrhunderts angelegt, aber Durham, ein künstlerisch ambitionierter Dilettant, ließ die Rabatten, Sommerblumen- und Rosenbeete entfernen und den Garten nach dem Muster der Anlagen umgestalten, die er bei Reisen in Italien gesehen hatte, in Bagnaia, Settignano und der Villa d'Este in Tivoli. Zahlreiche Statuen wurden eingeführt, und noch 1922 wurde an den für die »Italianisierung« des Gartens erforderlichen Treppen, Teichen, Pavillons und Tempelchen gearbeitet.

Durham war sechsundvierzig und zum zweiten Mal verheiratet. Seine erste Frau, Honoria Filby, war im Alter von siebenundzwanzig Jahren gestorben, sie hinterließ einen Sohn Charles, Charlie genannt, und eine Tochter, Honoria Mary, die May gerufen wurde. Sieben Jahre später, 1917, heiratete Durham die Tochter eines Arztes mit gutgehender Praxis in Norwich, Irene McAllister, die ihm bis 1920 drei Kinder geschenkt hatte, Edward, Julius und Sonja. Der letzte Name war in den zwanziger Jahren sehr beliebt, was aber nicht auf russischen Einfluß zurückzuführen war (1917 war es zur Revolution in Rußland gekommen), sondern auf einen im gleichen Jahr erschienenen Roman von Stephen McKenna mit einer Heldin und einem Titel gleichen Namens. Gerufen wurde die Kleine stets Sunny, erstens, weil sie ein besonders sonniges Gemüt hatte und zweitens, weil ihr Bruder Edward aus Sonja diese Koseform gemacht hatte.

Zur Zeit der Tat war dies demnach ein großer Haushalt, er bestand aus Mr. und Mrs. Durham, Charlie, May, Edward,

Julius und Sunny sowie den Dienstboten, einem Butler namens Thomas Chapman, Mrs. Deedes, der Haushälterin, Mrs. Brown, der Köchin, zwei Hausmädchen, einer Zofe, einem Küchenmädchen, Sarah Keringle, der Kinderfrau, und einem zweiten Kindermädchen, Bessie Stonebridge. Auch drei Gärtner waren fest auf Theiston Hall angestellt, John Williams, der Obergärtner, Thomas Pritchard und Arthur Bailey. Zum Haus gehörten ausgedehnte Ländereien, unter anderem dreißig Morgen Wald, man züchtete Fasane und Rebhühner, und zu Durhams Mitarbeitern gehörte auch ein Wildhüter, Robert Jephson, der ein Häuschen auf dem Gut bewohnte, neben dem des Obergärtners, John William. Im Mai 1922 war von der Familie nur Charlie nicht daheim, er studierte im zweiten Jahr am Worcester College, Oxford. Alle anderen waren da, Jephson hatte außerdem noch Besuch, wie meist um diese Zeit, seine Schwester, deren Mann und ihre beiden Kinder. Die Besucher verbrachten bei den Jephsons ein paar Ferientage und halfen Jephson überdies bei der recht heiklen Aufgabe, die Eier von Jagdvögeln zu sammeln und sie Hennen oder bereits brütenden Fasanen unterzulegen. Der Fasan galt in dieser Gegend als geradezu sakrosankt und in jeder Phase seines Lebens besonders schutzwürdig. Vor ein paar Jahren war es zu einem unerfreulichen Zwischenfall gekommen, als Jephsons Vorgänger, ein älterer Mann namens Brimley, May Durhams Lieblingskatze erschossen hatte, weil er sie dabei erwischt hatte, wie sie Fasanenküken gestohlen und ihnen den Kopf abgerissen hatte. Charles Durham hatte den Mann nicht direkt entlassen, aber er hatte ihn mit einer recht dürftigen Pension in den Ruhestand geschickt und ihm das Häuschen weggenommen, in dem er seit vierzig Jahren gewohnt hatte.

May Durham war ein bildhübsches Mädchen von siebzehn Jahren und neun Monaten mit schönen dunklen Augen und schwarzem Haar, das so lang war, daß sie darauf sitzen konnte. Der damaligen Mode entsprechend trug sie sich aber mit Überlegungen, sich einen Bubikopf schneiden zu lassen. Sie war zu Hause unterrichtet worden, an Weihnachten war ihre Erzieherin aus dem Haus gegangen, und Charles Durham hatte May in ein Mädchenpensionat nach Frankreich schicken wollen, aber im Frühjahr hatte sie Thierry Watkin, einen jungen Architekten aus Norwich, kennengelernt, der ihr einen Heiratsantrag gemacht hatte. Eine offizielle Verlobung sollte nach Durhams Wunsch erst stattfinden, wenn die beiden sich besser kannten. May wohnte daher zu Hause und hatte wenig zu tun, abgesehen von Besuchen mit ihrer Stiefmutter, Blumenstecken und Tennisspielen. Sie scheint keine Hobbys oder geistige Interessen gehabt zu haben und hat, obschon sie als gute Pianistin galt, nach dem Weggang der Erzieherin offenbar das Klavier nicht mehr angerührt. Das Verhältnis zu ihrer Stiefmutter war gespannt, wenngleich sie den heftigen Unmut, den sie unmittelbar nach der zweiten Eheschließung ihres Vaters hatte erkennen lassen, inzwischen offenbar überwunden hatte. Die beiden kleinen Stiefbrüder liebte sie sehr, sie spielte mit ihnen, ging mit ihnen spazieren und beschäftigte sich häufig mit ihnen, so daß Freunde der Familie sie für einen mütterlichen Typ hielten und die geplante Verbindung mit Watkin lächelnd guthießen.

Sunny hingegen soll May nicht gemocht haben. Es fällt schwer sich vorzustellen, daß eine hübsche, gesunde Siebzehnjährige in gesicherten finanziellen Verhältnissen eine Abneigung gegen ihre zweijährige Stiefschwester gefaßt haben soll, besonders da das Kind, wie allgemein bekannt war, mühelos lenkbar war und ein so »sonniges« Naturell hatte. Andererseits kann, falls wir bereit sind, May als einen paranoiden oder fast psychopathischen Typ zu sehen, zweierlei an Sunny eine solche pathologische Abneigung in ihr geweckt haben. Sunny war ihrer Mutter, Mrs. Irene Durham, auffallend ähnlich, und Mr. Durham, ihr Vater, betete die Kleine an, was May als Zurücksetzung empfunden haben mag. Georgina Hallam-Saul, die einzige Autorin, die sich näher mit dem Fall Kirby Theiston befaßt hat, bringt eine erstaunliche Theorie vor, daß nämlich Anfang des 20. Jahrhunderts, genauer zwischen 1910 und 1940, in fast kulthafter Weise Blond mit Schön gleichgesetzt wurde, so daß eine Frau mit dunklem Haar als vom Schicksal weniger begünstigt galt als eine Blondine – unabhängig von Gesicht, Figur und Augenfarbe. May Durham war, wie gesagt, brünett, sie hatte olivfarbene Haut und braune Augen. Sie schlug ihrer Mutter nach. Charles Durham war eher hell, seine zweite Frau war eine sehr hellhaarige, hellhäutige Blondine, und die gemeinsame Tochter Sunny hatte goldenes Haar und blaue Augen. Miss Hallam-Saul meint nun, dies habe vielleicht bei May Neid und Groll auf die Stiefschwester ausgelöst. Freilich hält Miss Hallam May eindeutig für die Täterin.

Festzustehen scheint, daß May selten in Begleitung des kleinen Mädchens war, wenn sie durch den Garten oder durchs Gelände streifte, während ihr bei Spaziergängen oder Besuchen bei den verschiedenen Haustieren der Durhams – dem Pony, dem Schäferhund, der seine Hütte draußen auf dem Hof vor den Stallungen hatte, den Meerschweinchen in ihrem Gehege, den Kaninchen (Old English) – die kleinen Jungen immer willkommen waren. An diesem Dienstagmorgen im Mai 1922 aber nahm May Durham, als sie sich mit Edward und Julius auf den Weg machte, um ihnen zum ersten Mal die Jungen zu zeigen, die ihre Katze (Nachfolgerin ihres von Brimley erschossenen Lieblings) vor einer Woche zur Welt gebracht hatte, auch Sunny mit. Es war der zweite Wurf, und wie beim ersten Mal hatte die Katze ihre Jungen nicht in dem Wochenbett zur Welt gebracht, das May Durham ihr in ihrem eigenen Zimmer zurechtgemacht hatte, sondern in dem hohlen Stamm einer Eiche.

Was sich während dieses Spaziergangs abgespielt hat, ist nicht bekannt und wird auch für immer unbekannt bleiben. Mays Aussage lautete schlicht und einfach, Sunny sei ihr verlorengegangen. Zu ihrer Herrin war die Katze zwar lieb, aber

Edward kratzte sie, als er sie anfaßte, und ein paar Minuten war Mays Aufmerksamkeit von dem kleinen Jungen in Anspruch genommen, sie tröstete ihn und wischte mit ihrem Taschentuch das Blut ab. Der Baum mit dem Wochenbett der Katze stand am Waldrand, nicht sehr weit vom Haus entfernt, aber durch die Ställe und die Koppel davon getrennt. May sagt aus, sie habe geglaubt, Sunny sitze auf einem Baumstamm neben Julius, aber als sie sich umdrehte, war Julius noch da, und Sunny war verschwunden.

Der jetzt sechsundsechzigjährige Julius Durham hat keine Erinnerung an diesen Tag, er war erst drei. Der eineinhalb Jahre ältere Bruder Edward weiß noch die eine oder andere Einzelheit, räumt aber ein, daß sich diese »Erinnerungen« möglicherweise weitgehend auf das stützen, was man ihm später erzählt hat.

Mays Katze kratzte mir die Hand auf. Ich glaube, es war das erste Mal, daß mir etwas richtig weh getan hat. An Blut erinnere ich mich nicht, nur, daß May mich in die Arme nahm und mir sagte, ich müsse jetzt tapfer sein. Natürlich habe ich geheult und gejammert. May band mir ihr Taschentuch um die Hand, und ich glaube, dann machten wir uns alle auf die Suche nach Sunny, aber wie Sie ja wissen, haben wir sie nicht gefunden.

May hat sich offenbar keine Gedanken gemacht. Sie meinte, das Kind sei allein zum Haus zurückgegangen, was ein wenig sonderbar anmutet, wenn man bedenkt, daß Sunny erst zwei war und nie sehr weit ging, ohne zwischendurch getragen zu werden. Als May mit den Jungen zum Haus zurückkam, erkundigte sie sich nicht nach Sunny. Der Polizei gegenüber gab sie an, sie habe aus der Ferne, auf dem Weg, der den Hof vor den Stallungen mit dem Teil des Grundstücks verband, auf dem der Gärtner und der Wildhüter ihre Häuser hatten, Bessie Stonebridge, das Zweite Kindermädchen, mit einer

Frau sprechen sehen, und bei ihnen habe ein kleines Mädchen gestanden, das sie für Sunny gehalten habe. In Wirklichkeit war das Kind ein Junge, der Neffe des Wildhüters, und die Frau war seine Mutter. May Durham war kurzsichtig, trug aber aus Eitelkeit keine Brille.

Sunny wurde deshalb erst über eine Stunde später vermißt. Die Durhams wollten an diesem Nachmittag eine Tennisparty geben, die jungen Leute aus der Nachbarschaft waren zum Spielen, die Eltern zum Zuschauen eingeladen. Pritchard hatte den Tennisplatz neu markiert, und May kontrollierte die Netzhöhe, als Sarah Keringle, die Kinderfrau, zu ihr kam und sagte, es sei Zeit für Miss Sunnys Mittagessen. Erschrokken gestand May, sie habe gedacht, das Kind sei bei Bessie. Bessie aber war seit einer halben Stunde mit den beiden kleinen Jungen im Kinderzimmer.

Eine Suche nach Sunny begann, an der sich zunächst Charles Durham, John Williams und Arthur Bailey beteiligten, später stießen Mrs. Durham und May zu ihnen. Als erster Gast traf Thierry Watkin auf Theiston Hall ein – außer Edward und Julius hatte dort niemand zu Mittag gegessen –, und auch er nahm an der Suchaktion teil. Sunny aber blieb verschwunden, und Charles Durham verständigte die Polizei. Thierry Watkin fiel die undankbare Aufgabe zu, die Tennisgäste wieder fortzuschicken.

Die Polizei kam sehr rasch, ein Dorfpolizist und später ein Sergeant aus Norwich. Die beiden Beamten vernahmen alle, die Sunny gesehen haben könnten, zunächst die Haus- und die Außenbediensteten von Theiston Hall, dann die Dorfbewohner. Niemand hatte sie angeblich nach elf Uhr vormittags gesehen. Die Bewohner von Theiston Hall mußten sich an jenem Abend zu Bett legen, ohne etwas über Sunnys Verbleib erfahren zu haben.

Am nächsten Morgen fand Jephsons Hund die Leiche – knapp fünfzig Meter von dem Baumstamm entfernt, auf dem Sunny neben ihrem Bruder gesessen hatte. Das tote Kind lag in einer flachen Mulde, die durch Ausheben von verrottetem Laub entstanden war und die jemand leicht mit bloßen Händen hätte graben können. Man hatte ihr die Kehle durchgeschnitten.

Es handelte sich zweifelsfrei um Mord, die Todesart schloß einen Unfall aus. Die Kriminalpolizei reiste aus Norfolk an und vernahm May. Sarah Keringle hatte ausgesagt, Miss May habe, als sie die Kinder abgeholt hatte, ein blaubedrucktes Baumwollkleid getragen, später aber, beim Kontrollieren der Tennisnetzhöhe, habe sie statt dessen einen Leinenrock und einen schwarz-weißen Pullover angehabt. Warum, fragte die Polizei, hatte sie sich vor dem Kontrollieren des Netzes umgezogen und nicht nach dem Mittagessen und vor der Party? Sie habe von dem Kratzer an Edwards Hand Blut an dem blauen Kleid gehabt, sagte May. Daraufhin nahm die Polizei sie mit nach Norwich aufs Revier.

Sie verbrachte eine Nacht dort und wurde am nächsten Tag wieder entlassen. Chief Inspector John Finch hatte sich inzwischen vergewissert, daß Edward tatsächlich von Mays Katze gekratzt worden war und sich an den Sachen von Sunnys Mörder oder Mörderin nicht ein paar Blutspritzer, sondern unübersehbare Flecken befinden mußten. Er und seine Leute nahmen sich dann das Dorf vor und etliche seiner Bewohner, die nicht ganz so reputierlich waren wie ihre Nachbarn; so hatte einer wegen Trunkenheit und Ruhestörung einmal die Nacht hinter schwedischen Gardinen verbracht, ein anderer war als Wilddieb bekannt. Selbstverständlich gab es in Kirby Theiston niemanden, der auch nur entfernt unter dem Verdacht einer Belästigung von Kindern, geschweige denn eines brutalen Kindesmordes gestanden hätte.

In diesem späten Stadium interessierte man sich schließlich auch für Jephsons Verwandte, die zu der Zeit bei ihm zu Besuch waren. Verblüffend im Mordfall Kirby Theiston ist es, daß man zwar Finch an dem Tag, als Sunnys Leiche gefunden wurde, gesagt hatte, Jephson habe seine Schwester, seinen Schwager und seinen zweieinhalbjährigen Neffen zu Gast, daß er da aber kein Interesse an ihnen zeigte und erst *fünf Tage* nach Sunnys Verschwinden Anstalten machte, sie zu vernehmen. Als es schließlich so weit war, wollten sie gerade wieder nach Sindon Road in Essex zurückfahren, wo sie zu Hause waren.

Robert Jephsons Schwester hieß Adele, ihr Mann Albert March.

Zwei Jahre zuvor hatte auch die Familie March ein Kind verloren, ebenfalls ein Mädchen, ebenfalls zwei Jahre alt – ihre Tochter Kathleen. Dieser Sachverhalt war offenbar Chief Inspector Finch nicht bekannt, und seine Fragen förderten diese Tatsache auch nicht zutage. Miss Hallam-Saul erwähnt bei ihrer Untersuchung des Falls Kirby Theiston den Punkt nicht, die Familie March kommt bei ihr lediglich in zwei Absätzen in dem Kapitel über Charakter und Vorleben des Außenpersonals von Theiston Hall vor.

In seiner Sammlung von Mordfällen, *Mord in East Anglia*, räumt James Moore-Whyte dem Geheimnis von Kirby Theiston einen Ehrenplatz ein, seine Darstellung enthält aber nur den folgenden kurzen Hinweis auf die Familie March:

»Chief Inspector Finch erbat bei Mrs. Jephson, der Frau des Wildhüters, die Erlaubnis, das Haus durchsuchen zu dürfen. Gesucht wurden blutbefleckte Kleider und das Messer, das als Tatwaffe in Frage kam. Mrs. Jephson sagte zu Finch, er brauche sich keinen Zwang anzutun, sie und ihr Mann würden ein, zwei Stunden nicht im Hause sein, da sie ihren Bruder und ihre Schwägerin, die bei ihnen zu Besuch gewesen waren, nach Norwich zur Bahn bringen wollten.«

Welche Fragen hat Finch Albert und Adele March gestellt? Er hat von ihnen offenbar nur wissen wollen, ob sie die kleine Sunny je gesehen und ob sie irgendwelche verdächtigen Gestalten auf dem Gelände beobachtet hatten. Die beiden verneinten die Frage und verließen das Haus; man hat sie hinterher nie mehr vernommen.

Sunny Durhams Mörder wurde nicht gefaßt. Irene Durham hielt ihre Stieftochter für schuldig, als Motiv nannte sie Mays zügellose Eifersucht. Am Rande eines Nervenzusammenbruches – sie war, als Sunny ermordet wurde, schwanger gewesen und erlitt eine Woche später eine Fehlgeburt – schlug Irene ihre Stieftochter ins Gesicht, als May ihr kondolieren wollte, und erklärte ihrem Mann, sie und May könnten nicht mehr unter einem Dach leben. Die Verlobung mit Thierry Watkin war zwar noch nicht offiziell, aber durchaus mehr als eine lose Vereinbarung gewesen, doch Watkin wiederholte seinen Antrag nicht. Nach dem Tag der geplanten Tennisparty kam er nur noch einmal nach Theiston Hall und zog kurze Zeit später ganz aus der Gegend fort. Nach und nach zeigte sich, daß man im Dorf glaubte, May habe ihre Stiefschwester umgebracht und sei nur mangels Beweisen nicht vor Gericht gestellt worden. Eines Tages wurde sie von Dorfjungen mit Steinen beworfen, so daß sie an der Stirn genäht werden mußte.

Hat ihr Vater an ihre Schuld geglaubt? Statt in ein Pensionat nach Frankreich wurde May in ein Sanatorium bei Brunnen in der Schweiz geschickt. Ihre Gesundheit, so hieß es, sei den Belastungen nicht gewachsen gewesen. Obschon bei May bis dato nichts auf Schwindsucht hingewiesen hatte, starb sie fünf Jahre später an Tuberkulose, nachdem sie die vier vorhergehenden Jahre zusammen mit der Schwester ihres Vaters, Miss Mary Durham, im australischen Melbourne verbracht hatte. Oder hat die Familie Durham nur vertuschen wollen, daß May in Wirklichkeit Selbstmord begangen hat?

Charles Durham starb 1939, seine zweite Frau, Irene, 1962, sein Sohn Charlie fünf Jahre nach seiner Stiefmutter. Der Sohn, den Irene 1925 zur Welt gebracht hatte und der Colin Jonathan getauft wurde, kam 1964 bei einer Himalaja-Expedition ums Leben. Von der ursprünglich auf Theiston Hall wohnhaften Familie Durham sind nur noch Edward und Julius Durham am Leben. Das Haus ist jetzt ein Tagungszentrum. John Williams, der Obergärtner, starb 1932, Thomas Pritchard 1942, Arthur Bailey 1946 und Sarah Keringle 1952. Bessie Stonebridge heiratete, brachte vier eigene Kinder zur Welt und lebt jetzt als Mrs. Drygurgh, 81, bei ihrer verheirateten Tochter in Aberdeen. Von dem übrigen Hauspersonal lebt nur noch das Küchenmädchen Margaret Otter. Sie ist achtzig, alleinstehend und wohnt noch immer in der Nähe von Norwich. Robert und Kitty Jephson, die kinderlos blieben, starben wenige Monate nacheinander im Jahre 1970. Adele March starb einen Monat vor der Niederschrift dieses Berichtes im Alter von neunzig Jahren, sie hat ihren ersten Mann, Albert, um fünfundfünfzig, ihren zweiten Mann, William Bacon, um sechzehn Jahre überlebt.

Kathleen March war zwei, als sie verschwand, ebenso Sonja »Sunny« Durham. Beide waren in der Obhut von jungen Mädchen, die beide zeit ihres Lebens gezeichnet waren von dem geflüsterten Verdacht, sie seien Kindesmörderinnen. Der gemeinsame Nenner in beiden Fällen aber ist Albert March, der um die Zeit, als sein Kind verschwand, die Brücke an der Furt von Sindon überquerte und der auf Theiston Hall war, als Sunny Durham verlorenging. In den zehn Jahren zwischen 1920 und 1930 – d. h. ein Jahr nach Marchs Eheschließung bis zu seinem Tode – verschwanden in Nordessex und Südsuffolk nicht weniger als fünf kleine Mädchen zwischen achtzehn Monaten und fünf Jahren. March hatte im Ersten Weltkrieg in Frankreich eine Kopfverletzung erlitten, seither plagten ihn äußerst quälende, migräneartige Kopfschmerzen. Hatte die Verletzung darüber hinaus das Gehirn in Mitleidenschaft gezogen, so daß er, während er an diesen fast unerträglichen Schmerzen litt, zu Handlungen getrieben wurde, für die er persönlich nicht verantwortlich zu machen war und die er vergaß, wenn er den Anfall hinter sich hatte?

Bestürzt, ja, erschüttert legte ich das Manuskript aus der Hand, doch diese Reaktion hatte andere Gründe als die von Daniel Stewart wohl erhofften und erwarteten. Ich begriff wohl den Kernpunkt seiner Ausführungen, daß nämlich jetzt alles auf Albert March als den Mörder seiner Tochter hinwies, was Vera von jeder Schuld freisprach, aber die Erkenntnis ließ mich kalt. Einen Kindesmord hätte ich Vera ohnehin nie zugetraut. Was mir einen eisigen Schauer über den Rücken jagte, was mich veranlaßte, die Blätter aus der Hand zu legen und blicklos in die Vergangenheit zu starren, war der Name Jonathan Durham. Ein Jonathan Durham war Tony Pearmains Trauzeuge gewesen und hatte später eine der Brautjungfern geheiratet, was angeblich schöne alte Tradition ist, aber in Wirklichkeit selten vorkommt. War es derselbe Jonathan Durham? Höchstwahrscheinlich. Mir fiel ein, daß er Bergsteiger gewesen war und aus Norfolk stammte, auch das Alter stimmte. Hier zeigte sich in der Tat die verstohlene Konvergenz menschlicher Schicksale. Ich sehe ihn so deutlich vor mir wie alles an jenem Tag, Edens Hochzeitstag.

Wir Brautjungfern gingen in Pastell, ich trug Blaßlila, das Mädchen in Zuckergußrosa hieß Evelyn Sowieso, sie war es, die später Jonathan heiratete.

Eden lehnte den damals hochmodernen Satin ab, sie hatte sich ein wallendes Gewand aus – wie sie Vera und mir erzählte – zwanzig Meter weißem Tüll machen lassen. Sie schlief in der Nacht vor der Hochzeit in Laurel Cottage, und Vera war die erste, die sie in dieser erstaunlichen Robe mit dem knappen Oberteil, den engen Ärmeln und dem sagenhaft weiten Rock sah. Um neun sollte eine Friseuse aus einem Salon am Ort kommen (sie wohnte mit ihren Eltern in der Inkerman Terrace, das Haus nebenan hatte der Familie March gehört), um sie und danach Vera zu frisieren. Mein langes, glattes Haar brauchte nicht gemacht zu werden. Am Vorabend war es ganz wie früher gewesen, Francis hatte das Zimmer gegenüber, Eden und ich schliefen in ihrem Zimmer, die Betten waren noch immer so weit wie möglich auseinandergestellt. Als sie eine der Kommodenschubladen öffnete, um nach einer Pinzette für ihre Augenbrauen zu fahnden, meldete sich mein Gewissen, und ich fragte mich, ob sie wohl von meinen Schnüffeleien je etwas gemerkt hatte. Vielleicht hatte ich irgendwann einmal ein langes, braunes Haar hinterlassen oder die Spuren zwölfjähriger Schmuddelfinger? Es zeigte sich jedoch bald, daß sie sich von sämtlichen Schönheitsmittelchen und Parfüms in der Kommode getrennt hatte, ihre Ansprüche waren mittlerweile gestiegen, unter teuren französischen Marken tat sie es nicht mehr. Was die Zimmereinrichtung anging, war sie aber offenbar nicht so heikel. Ehe sie sich hinlegte, nahm sie das Peter-Pan-Foto von der Wand.

»Das darf ich nicht vergessen«, sagte sie. »Es ist meine Lieblingsstatue, Faith. Ich habe es sehr genossen, daß ich ihn jede Woche besuchen konnte, als ich in London war.«

Ich mußte daran denken, wie sie in London gewesen war und mich gesehen, aber aus bestimmten Gründen ignoriert hatte.

»Das wird wohl jetzt Jamies Zimmer werden«, sagte ich.

»Darüber habe ich mir noch keine Gedanken gemacht. Da mußt du schon Vera fragen.«

Eden machte sich nichts aus Kindern, zu diesem Schluß kam ich jedenfalls, wenn ich sah, wie sie mit Jamie umging. Sie richtete eigentlich nur das Wort an ihn, um ihm etwas zu verbieten, insbesondere Sachen anzufassen, die ihr gehörten. Sie saß im Bett und steckte ihren Verlobungsring, den sie Tag und Nacht trug, von der linken an die rechte Hand. Es war ein imposanter Ring, kein Cluster, sondern eine regelrechte Kuppel aus Diamanten an einem schmalen Platinreif. Eden erzählte mir am nächsten Morgen, sie habe die ganze Nacht kein Auge zugetan. Vielleicht stimmte das sogar. Da ich gut geschlafen hatte, kann ich es nicht beurteilen.

Sie sah abgespannt aus, die Augen waren verschwollen. Ich machte Anstalten aufzustehen, um zu baden. Wir wollten alle baden, und da ich im Haus die unwichtigste Person war, mußte ich zuerst aus dem Bett, um halb acht, damit das Wasser im Speicher wieder warm werden konnte.

»Wart mal einen Augenblick«, sagte Eden und vertraute mir zu meiner Verblüffung zum ersten Mal im Leben ein Geheimnis an. Und was für eins! Ich hatte inzwischen die peinliche Angewohnheit, ständig rot zu werden, fast abgelegt, aber jetzt spürte ich, daß meine Wangen brannten, und ich wandte den Blick ab.

»Ob er wohl merkt, daß ich keine Jungfrau mehr bin?« platzte sie heraus.

»Ich weiß nicht«, sagte ich. »Woher soll ich das wissen?«

Die sechs Jahre Altersunterschied waren nichts, die Tante-Nichte-Beziehung alles. Eine tiefe Befangenheit verdrängte fast alles, was ich sonst noch empfand. Erst später kam mir der Gedanke, wie widersinnig es war, daß eben jene Frau, die mir diese Frage stellte und die mich auf der Straße nicht hatte sehen wollen, sich bei meinem Vater beklagt hatte, weil ich ihr keinen Dankesbrief geschrieben hatte.

»Das bin ich nämlich nicht mehr«, sagte sie. »Angeblich merken die Männer das.«

»Doch wohl nur, wenn sie schon mit sehr vielen Frauen geschlafen haben.« Allmählich setzte sich bei mir gesunder Menschenverstand durch. »Hat er das?«

Das wüßte sie nicht, meinte sie. Sie setzte sich auf und schlang die Arme um die Knie. Sie hatte ein Chiffontuch um den Kopf und sah aus wie auf einem bekannten Bild die Hoffnung, die auf der Welt thront. Großmutter Longley hatte einen Sepiadruck davon besessen, der nach Veras Einzug verschwand.

»Warum fragst du mich?« sagte ich. »Warum fragst du nicht Vera, die müßte das doch wissen.«

»Das geht nicht.« Es klang entschieden und hoffnungslos. »Das kommt nicht in Frage.«

»Ich habe irgendwo gelesen«, sagte ich – meine Erfahrungen waren ausschließlich Bücherweisheiten –, »daß beim Reiten derselbe Effekt auftritt. Bist du geritten?«

Sie schüttelte den Kopf. »Das muß ich ihm auch noch beibringen. Daß ich noch nie auf einem Pferd gesessen habe. Er denkt nämlich, daß ich reiten kann, er kann sich überhaupt nicht vorstellen, daß es Leute gibt, die das nicht können.«

Ich blieb mit Mühe ernst. »Du darfst es ihm auf keinen Fall sagen, hörst du? Nicht das mit dem Reiten, das andere. Denk an Tess von Urberville.«

Aber von Tess hatte Eden noch nie gehört. Im Bad überlegte ich, an welchen Mann Eden ihre Jungfräulichkeit wohl verloren hatte. An Chad? Wohl kaum, wenn er Veras Geliebter und Jamies Vater war. An den Ehrenwerten, den Marineoffizier, der auf See geblieben war? An den Mann, mit dem ich sie im Theater gesehen hatte? Vielleicht hat sie mit allen geschlafen, dachte ich fasziniert und leicht schockiert. Man schrieb 1946. Die Vorstellung, eine Frau könne eine außereheliche Beziehung haben, war nicht mehr abscheuerregend, unsäglich oder das gewagte Vorrecht der Oberschicht, aber für die Älteren nach wie vor anstößig, für meine und Edens Generation etwas, was mit Diskretion und Zurückhaltung behandelt werden wollte. Deshalb, so dachte ich mir, wird sie wohl auch Vera nicht um Rat fragen mögen. Vera war fast vierzig, in ihrer Jugend war alles anders gewesen. Wie ich diese Ansicht mit der Überzeugung vereinbaren konnte, Vera sei Gerald untreu gewesen und habe ein Verhältnis mit Chad gehabt, weiß ich nicht, fest steht, daß ich das Kunststück fertigbrachte.

Ich kenne keinen anderen Fall, in dem eine Braut von ihrem Neffen zum Altar geführt worden wäre. Meinen Vater hatte es sehr getroffen, daß Eden nicht ihn darum gebeten hatte. Sie speiste ihn – am Telefon – mit einer typischen Longley-Ausrede ab (eine Begründung konnte man es nicht nennen). Er legte auf und versuchte, gute Miene zum bösen Spiel zu machen.

»Es geht nicht, sagt sie, weil ich ja selbst eine Tochter habe. Es wäre etwas anderes, meinte sie, wenn du schon verheiratet wärst, Faith, und ich dich zum Altar geführt hätte.«

»So was Dummes!« bemerkte meine Mutter. »Am Ende soll Faith schnell noch heiraten, um ihr einen Gefallen zu tun.«

Nun war also die Wahl auf Francis gefallen. Er kam in seinen Cutaway-Hosen und weißem Hemd, aber ohne Schlips zum Frühstück herunter. Vera regte sich auf und meinte, er würde sich mit Ei bekleckern. Erwartungsgemäß reagierte Francis darauf mit einem Auftritt, den er schon einmal in meinem Beisein inszeniert hatte. Er stand auf, setzte sich in einen Sessel und balancierte auf einer Armlehne eine volle Teetasse mit Untertasse. Nun hatte ich bei Francis eigentlich noch nie irgendeine Unbeholfenheit festgestellt, er hatte ein gewandtes Auftreten und war sehr geschickt mit den Händen. Wenn er etwas fallen ließ oder verschüttete, steckte eigentlich immer Absicht dahinter, und das mußte Vera im Grunde noch besser wissen als ich, aber sie hatte nichts dazugelernt. Francis versetzte sie in tausend Ängste, näherte sich mit dem Ellbogen der Tasse auf Bruchteile von Zentimetern, rutschte auf dem Sessel hin und her und brachte das Geschirr damit ins Schwanken, er hob die Tasse an den Mund und setzte sie schief wieder auf der Untertasse ab. Hätte er den Tee verschüttet, wäre er auf seiner Hose und seinem Hemdsärmel gelandet oder auf Jamie, der ausgerechnet auf diesem Ende des Teppichs saß und mit einem Satz alter Bauklötze spielte, die einmal meinem Vater gehört hatten.

Jamie konnte man in Sicherheit bringen, und das tat Vera mit dem Effekt, daß er so lange brüllte, bis er wieder an seinem alten Platz saß. Francis konnte sie nur anflehen, die Tasse anderswo abzustellen. Sie brachte ihm sogar ein Tischchen, nachdem sie den Krimskrams abgeräumt hatte, der darauf gelegen hatte. Francis deponierte auf dem Tischchen die Zeitungen, seine Zigarette und ein teuer aussehendes goldenes Feuerzeug. Den Tee hatte er kaum angerührt.

»Er ist kalt geworden«, sagte er. »Ich hole mir am besten eine neue Tasse.« Er kippte den Tee weg, schenkte sich neu ein und stellte die Tasse wieder auf die Sessellehne.

Wie kommt es, daß schöne Frauen *en deshabillé* oft so viel wüster aussehen als Frauen mit durchschnittlichem Erscheinungsbild? Immer wieder fällt mir das auf. Wahrscheinlich denken sie, daß sie sich keine Mühe zu geben brauchen. Die Männer haben ihnen gesagt, daß auch ein Sack ihrer Schönheit keinen Abbruch täte, und das mag durchaus sein, ein Sack als Gewand ist vielleicht gar nicht so unkleidsam. Doch stehen hier nicht Säcke zur Debatte, sondern schmuddelige, abgetragene, blaue Frotteebademäntel und zerschlissene, fleckige Kopftücher, schmutzige Seidenpantöffelchen und abblätternder Nagellack. All das stellte Eden zur Schau, die am Frühstückstisch saß, ohne etwas zu essen. Ihr Gesicht glänzte fettig, ein Stück Kirsche vom Abendessen steckte zwischen ihren Schneidezähnen. Jamie, für den inzwischen Vera nicht mehr unbedingt die einzige Bezugsperson war, kam mit einem Spielzeugauto in der Hand zu Eden. Sie warf ihm einen Blick zu, in dem zu gleichen Teilen Unduldsamkeit und Verzweiflung lagen, und schob ihn nicht direkt weg, sondern scheuchte ihn, wie einen fremden Hund oder eine Katze, von der man sich belästigt fühlt, mit einer raschen, abwehrenden Armbewegung beiseite.

Vera hätte Eden nie gerügt. Sie schienen einander nicht mehr so nah zu stehen wie früher, aber diese Regel galt nach wie vor. Sie machte ein sehr unglückliches Gesicht.

»Komm zu Mammi, mein Liebling«, sagte sie und streckte die Arme nach ihm aus.

Dann geschah etwas Erstaunliches. Nachdem Francis mit dem Tee erreicht hatte, was er wollte, goß er ihn weg, trat zu Eden, zog sie hoch und nahm sie in die Arme.

»Nur Mut, altes Mädchen.«

Sie legte den Kopf an seine Schulter, und so blieben sie, leicht schwankend, einen Augenblick stehen. Ich saß allein am Tisch, während auf der einen Seite Vera ihren Sohn im Arm hatte, auf der anderen Seite Francis und Eden einander umschlungen hielten. Zuerst fand ich das nur langweilig, dann fühlte ich mich – wieder einmal! – ausgeschlossen.

»Die Friseuse kommt in zehn Minuten«, sagte Vera mit müder, ausdrucksloser Stimme.

Eden stieß einen Schrei aus und ließ Francis los.

»Ich muß mit dir reden.«

»Ja, mein Schatz? Das läßt sich einrichten. Meine Zeit gehört dir.«

Sie will ihn das fragen, was sie mich gefragt hat, sagte ich mir, und irgendwie hatte ich das Gefühl, daß er die Antwort wissen würde. Er war der Typ, der sich in solchen Dingen auskannte.

»Geh ins Bad«, sagte er. »Und dann lassen wir die Sau raus und die Hosen runter oder wie ihr Mädels sagt, wenn ihr euch was vom Herzen reden wollt.«

»Francis!« fuhr Vera ihn an. Sie hielt Jamie fest, als müsse sie ihn vor einer Bedrohung schützen. Ich dachte, sie würde ihn wegen seiner Bemerkung zurechtweisen. »Schweinigeleien« pflegte sie so etwas zu nennen. Aber ich hatte mich geirrt. »Reden? Worüber wollt ihr denn reden? Eden heiratet heute.«

Sonderbar – ich hatte das Gefühl, daß ihre Worte für Eden gedacht waren, auch wenn sie in diesem autoritären Ton, in dem sie nie mit Eden gesprochen hätte, an Francis gerichtet waren.

Bilde ich mir nur im nachhinein ein, daß sie blaß und verstört wirkte? Wahrscheinlich. Sie sagte – und es klang dumm und albern: »Du sollst Eden nicht aufregen, ich verbiete es dir.«

Francis lachte. Die Friseuse klingelte, und ich machte auf.

Aus irgendeinem Grunde, vielleicht weil ich in ihm Geralds

Nachfolger sah, rechnete ich damit, daß Chad im Lauf des Vormittags bei uns vorbeikommen würde. Aber er ließ sich nicht blicken, und es wurde auch nicht von ihm gesprochen. Meine Eltern wohnten in einem Hotel in Sudbury, der Bräutigam mit Familie in einer bedeutend vornehmeren Herberge in Dedham, zur Hochzeit wurden zweihundert Gäste erwartet. Eden hatte ihre letzte Nacht als Miss Longley bei den Chatteriss verbringen wollen, sie hatte, wie mir Helen später erzählte, fest damit gerechnet und auf ein großartiges Diner gehofft, um ihren Schwiegereltern zu imponieren. Das Diner hätte Helen ihr ja gern ausgerichtet, aber das Herz blutete ihr (wie sie es ausdrückte), wenn sie an die arme Vera dachte.

»Stell dir vor, wie unglücklich du sie damit machen würdest, Liebes«, hatte sie zu Eden gesagt. »Bleib wenigstens diese Nacht bei ihr, ich flehe dich an. Du hast so viel, in jeder Beziehung, und wenn man es sich recht überlegt, ist sie doch recht arm dran.«

Eden hatte sich ziemlich ungnädig gefügt und etwas gesagt, was wir alle nicht verstanden. »Ich glaube, Vera dürfte mittlerweile mehr als genug von mir haben.«

Als ich zum Umziehen nach oben ging, kam ich an Veras Zimmer vorbei und sah durch die geöffnete Tür, wie sie Jamie in kurze blaue Hosen und ein weißes Seidenhemd steckte. Als ich die beiden das letzte Mal zusammen in diesem Zimmer gesehen hatte, lag Jamie an Veras Brust. Ihr Gesichtsausdruck war heute nicht weniger strahlend, zärtlich und hingebungsvoll. Chad hatte mir verraten, mit welchem Trick man einer Romanfigur liebenswerte Züge verleihen kann. Man braucht ihr nur etwas zum Lieben zu geben – die alte Mutter, den Spaniel, notfalls tut es auch der Kanarienvogel. Ich hatte für Vera nie viel übrig gehabt, aber eine Frau, die ein Kind so zärtlich liebte wie Vera ihren Sohn, konnte einem nicht gänzlich unsympathisch sein. Er hatte sie verwandelt, weicher, zärtlicher gemacht. Er war – es gibt ein scheußliches Wort dafür, das man im Zusammenhang mit Steaks gebraucht –, er war Veras Zartmacher.

»Eigentlich haben wir uns ja gedacht, du könntest für Tante Eden Blumen streuen, nicht wahr, mein Schatz«, sagte sie. »Aber Tante Eden fand das gar nicht so gut. Kinder stören nur, hat sie gemeint, und das ist ja auch verständlich«, fügte sie ganz vernünftig hinzu.

Wo sind Edens Hochzeitsfotos geblieben? Vielleicht liegen sie noch bei Tony, oder er hat sie – was wahrscheinlicher ist – längst weggeworfen. Tony hat nicht wieder geheiratet und ist meist im Ausland. Im Fernen. Ein Hochzeitsfoto von Eden ist in der »Kassette«, aber ein Bild, das Eden und Francis zusammen zeigt, gibt es inzwischen vielleicht gar nicht mehr: die strahlend blonden Zwillinge, ein Hollywood-Brautpaar aus den Tagen, da Filmstars schön zu sein hatten und Filme glatt und unverbindlich waren und man sich für Anlässe besonderer Art immer fein machte. Auch ein bißchen unwirklich sahen sie aus, wie sie da in Veras Wohnzimmer warteten, im Stehen, weil beim Sitzen Edens Tüll Knitterfalten bekommen hätte. Wie Wachsfiguren mit den glatten Gesichtern und dem leuchtenden Haar, dem Glanz ihrer Kleidung und der steifen Haltung der Hände, vorsorglich verfertigte Abbilder, von denen man schon weiß, daß eines Tages Madame Tussaud sie gern abnehmen wird. Doch nun steht nur Vera in Madame Tussauds Wachsfigurenkabinett, fülliger und feiner herausgeputzt, als sie es je im Leben war, aber durch einen grotesken Zufall – oder mit Absicht – in dem Kostüm, das sie zu Edens Hochzeit trug, dunkelblau mit blau-weiß gepunktetem Jabot im Ausschnitt.

Als ich hinter Eden durch den Mittelgang schritt, neben mir Evelyn, die später Jonathan Durham geheiratet hat, Patricia Chatteriss und eine gewisse Audrey, eine Cousine aus der Naughton-Linie, entdeckte ich Chad auf der vordersten Bank, auf der Seite der Braut, aber weit entfernt von Vera, die mit Jamie korrekt zwischen Helen und meiner Mutter plaziert war. Auf Helens anderer Seite, zwischen ihr und dem General, saß ihr Sohn Andrew, der in der Luftschlacht um England in der Kanzel einer Hurricane gesessen hatte und dann in Kriegsgefangenschaft geraten war, mein Vetter und doch nicht ganz mein Vetter, denn wir hatten nicht zwei gemeinsame Großelternpaare, sondern nur eins. Er war dunkler als wir Longleys und sah damals sehr elend aus, das Gesicht hohl, die Wangen eingefallen. Im Lager hatte er stark abgenommen und das verlorene Gewicht nicht wieder zugelegt. Ich fand seine Erscheinung ungeheuer romantisch. Wie war einem wohl zumute, wenn die Maschine um einen herum in Stücke ging und man sich zu dem schrecklichen Fall bereitmachte, umgeben vom Feuerwerk der Flakgeschütze, wenn man durch den Nachthimmel in Feindesland herunterschwebte, wo einen Gott weiß was erwartete? Ich sah ihn an, und er zwinkerte mir zu, ohne zu lächeln. Später war ich ziemlich sicher, daß er seiner Schwester zugezwinkert hatte, aber in diesem Augenblick bezog ich den Wink auf mich.

Chad blickte mit einem seltsam leidenden Ausdruck in Edens Richtung, und ich überlegte, ob er sich wohl Vera zugewandt hatte, als er von Eden abgewiesen worden war. Ich sah rasch weg und starrte auf Edens Schleier, damit mir Vera nicht hinterher vorwerfen konnte, ich hätte mich nicht brautjüngferlich genug aufgeführt. Was läßt sich über eine Hochzeit sagen? Alle Hochzeiten sind gleich, alle Bräute schön, alle Blumengestecke das Entzückendste, das man je gesehen, jede Musik die beste, die man je gehört hat – bis zum nächsten Mal. Außer in Charlotte Brontës *Jane Eyre* steht nie jemand auf und spricht von Hindernissen. Und trotz der eigenartigen Begleitumstände von Edens Hochzeit, des fast krankhaft merkwürdigen Benehmens, das sie und Vera an den Tag legten, hätte das auch niemand mit Fug und Recht tun können. Was geschehen war, stellte juristisch gesehen kein Ehehindernis dar, obschon es für Tony Pearmain wohl eins gewesen wäre.

Wer hatte für den Auszug aus der Kirche den Hochzeitsmarsch aus der *Hochzeit des Figaro* ausgesucht? Eden bestimmt nicht, die hatte wahrscheinlich keine Ahnung von Mozart. Es muß wohl Tony gewesen sein, seine Mutter oder der Trauzeuge. Das wackere Bemühen um Originalität war zum Scheitern verurteilt, weil dieser Marsch für Orchester komponiert worden ist und sich jedem Orgelarrangement widersetzt. Die Organistin – eine Schwester von Mrs. Deliss aus der Priory – gab sich die größte Mühe, die Orgel ließ hämmernd und schnaufend abgerissene Töne erklingen, zu denen sich beim besten Willen nicht feierlich schreiten ließ, so daß wir schließlich in eine Art Stechschritt verfielen. Ich sah etliche Gäste zusammenzucken. Auch Chad, von dem ich eigentlich gedacht hätte, er würde Mitleid mit Eden an den Tag legen, zuckte, dann verzog er das Gesicht und machte schmale Lippen wie jemand, der sich das Lachen nicht verbeißen kann. Er griff zum Taschentuch und tat, als müsse er sich die Nase schnauben.

Jamie war während der Trauung sehr brav gewesen, ebenso still und tief beeindruckt kam er mit uns nach Walbrooks. Dort aber schloß er sich den Kellnerinnen des Unternehmens an, das die Bewirtung übernommen hatte. Sie nahmen ihn mit in die Küche, banden ihm eine Serviette um und fütterten ihn mit Eiscreme. Gegessen wurde im Speisezimmer mit den großen Glastüren zum Garten hin. Im Jahre 1946 war das ein recht kümmerliches Mahl, bei dem das Silber der Richardsons und der Blumenschmuck Gemüt und Gaumen über Huhn und Frühstücksfleisch, Vol-au-vent mit Kaninchenragout und künstliche Schlagsahne ein wenig hinwegtrösteten. Es war ein wunderbarer, warmer Tag, einer jener seltenen englischen Sommertage, die nicht nur sonnig, sondern auch klar sind, an denen kein Schleier den Himmel verhüllt. Irgendwie war es den Chatteriss gelungen, ohne Personal den Garten über den Krieg zu retten. Helen, deren Hände aussahen, als hätten sie sich nie mit Gröberem beschäftigt als mit zierlichen

Näharbeiten oder dem Spülen des guten Geschirrs, hatte, als Andrew vermißt war, jeden Tag ein paar Stunden im Garten gearbeitet, es war, wie sie sagte, die beste Möglichkeit, ein bißchen Frieden zu finden. Ohne jede einschlägige Erfahrung, aber mit Erinnerungen an Anlagen im Hinterkopf, die sie bei einem Vorkriegsbesuch in Glyndebourne gesehen hatte, machte sie sich daran, Samen und Ableger bei Nachbarn zusammenzuschnorren, bis die Rabatten, in denen zu Lebzeiten der Richardsons nur Rosen und Lavendel gestanden hatten, zu langen, dichten, bunten Bändern geworden waren, aus denen das Scharlachrot und Elfenbein der Astilben leuchtete, Agapanthus, der blaue Mohn, und Echinops, die blaue Kugeldistel, blaue Wolken von Katzenminze, silbrige Artemisien und Zinerarien, Stabwurz oder Eberraute und Alchemilla mollis oder Frauenmantel. Der Rasen senkte sich zu einem seichten, mit Wasserrosen bedeckten Gewässer, das Helen einen Teich nannte und Vera, wenn sie mit Bekannten darüber sprach, »den See«. Ich stand am Ufer, ein Glas mit Champagnerähnlichem in der Hand, spürte mit den Zehen durch die dünnen Pumps (Satinschuhe meiner Mutter aus den zwanziger Jahren, lila eingefärbt) die harten, schwielenartigen Reste des dicken Baumstumpfes unter dem Gras und fragte Andrew, ob sie die Schwäne eigens für die Hochzeit angeschafft hätten. Würdevoll, der gaffenden Menschen nicht achtend, segelten sie zwischen den bronzefarbenen, schüsselförmigen Seerosenblättern dahin bis unter die Weiden, deren silbrige Blätter in die spiegelglatte Wasserfläche tauchten.

»Sie sind gestern gekommen«, sagte er. »Wir haben uns sehr gefreut. Walbrooks hatte keine Schwäne mehr, seit unser Paar erschossen worden ist.«

»Gibt es Leute, die Schwäne schießen?« fragte ich.

»Kennst du die Geschichte nicht?«

»Ich kenne nie irgendwelche Geschichten. Ich habe auch nicht gewußt, daß Vera unter dem Baum, der bis vor drei Jahren hier stand, Eden das Leben gerettet hat.«

»Ach das«, ließ Francis sich vernehmen. Den mokanten Ton machte ihm so leicht keiner nach. Er trat mit Chad zu uns.

»Aber es ist Tatsache«, sagte ich.

»Sie hatte immer diese Anwandlungen von Pfadfinderehre.«

»Wie war das mit den Schwänen?« fragte ich Andrew.

»Meine Urgroßeltern, die Großeltern meiner Mutter, hatten einen kleinen Sohn, er hieß Frederick und wäre heute achtundsiebzig. Sie haben beide Kinder verloren, den Sohn als Dreijährigen und die Tochter, die Mutter meiner Mutter, als sie Mitte Zwanzig war. Damals brütete hier auf dem Teich ein Schwanenpaar. Fredericks Kindermädchen war eine beschränkte und ungebildete Person, sie war wohl etwas zurückgeblieben. Eines Tages ging sie mit ihm zum Teich und zeigte ihm die jungen Schwäne, und der männliche Schwan griff ihn an und – ja, schlug ihn mit seinen Flügeln tot.«

»Wie schrecklich«, sagte ich.

»Ja. Das Kindermädchen wurde entlassen. Mein Urgroßvater holte seine Flinte und erschoß das Schwanenpaar und die Jungschwäne. Er hat wohl in seinem Schock und in seinem Kummer nicht mehr recht gewußt, was er tat. Aber jetzt, nach fünfundsiebzig Jahren, sind die Schwäne wieder da.«

»Ob wohl schon Nachwuchs im Schilf ist?« näselte Francis. »Wir könnten ja eine von den Kellnerinnen mit Jamie herschicken. Die, der die Sherryflasche aus der Hand gefallen ist.«

Einen Augenblick herrschte indigniertes Schweigen. Dann sagte Chad: »Nicht sehr witzig, mein Lieber.«

»Geschmackssache«, meinte Francis. »Ich habe wohl einen besonders ausgefallenen Begriff von Kurzweil. Zum Beispiel denke ich oft, daß mir die römischen Spiele viel Spaß gemacht hätten. Es wäre bestimmt lustig gewesen – wie sagte Wilde über Domitian? –, durch einen klaren Smaragd die rote Metzelei des Zirkus zu schauen.«

Andrew schwieg, machte aber ein strenges, mißbilligendes Gesicht. Chad lachte und erzählte, wie sein Großvater seiner Mutter, einer damals Fünfundzwanzigjährigen, untersagt hatte, den *Dorian Gray* ins Haus zu bringen. Unvermittelt verstummte er, und dann zitierte er mit völlig veränderter Stimme:

»Es gibt keinen Namen, und werde er auch in noch so leidenschaftlicher Liebe wiederholt, dessen Echo nicht letztlich erstirbt.«

Er schien zu den Schwänen zu sprechen. »Und dafür können wir Gott danken.«

Er und Francis gingen davon, wahrscheinlich, um sich mit anderen Gästen anzulegen.

»Ich fand es bedauerlich«, sagte Andrew, »daß in diesem Zusammenhang Oscar Wilde erwähnt und auch noch in deiner Gegenwart zitiert worden ist.«

Seine feine, um nicht zu sagen ritterliche Gesinnung entzückte mich. Ich war so überwältigt, daß ich davon Abstand nahm, ihm zu sagen, daß das Zitat von Landor stammte und nicht von Wilde.

»Ein erstaunliches Paar. Es fällt mir schwer, in Francis einen Vetter von mir zu sehen.«

»Fällt es dir schwer, in mir deine Cousine zu sehen?« fragte ich. Der Ersatzchampagner hatte mir Mut gemacht.

»Ich weiß nicht recht, das heißt, ich glaube nicht, daß ich dich als meine Cousine sehe. Möchtest du das denn?«

»Nein, bitte nicht.«

Er warf mir einen eigenartigen Blick zu. Patricia kam mit Evelyn und Jonathan Durham auf uns zu.

»Francis studiert in Cambridge, nicht?«

»Oxford.«

»Da fällt mir aber ein Stein vom Herzen. Ich gehe im Oktober nach Cambridge.« Ich sagte ihm nicht, daß ich auch dort studieren würde. Warum sollte ich ihm etwas verraten, was für ihn sicher reizvoller war, wenn er es aus anderer Quelle erfuhr? »Als Student bin ich ja schon etwas angejahrt«, sagte Andrew und unterbrach sich, um mich mit Jonathan bekanntzumachen.

Hätte wohl Jonathan, wenn Andrew mit der Geschichte von dem kleinen Richardson und den Schwänen gewartet hätte, bis er da war, von seiner Schwester gesprochen, die im gleichen Alter gestorben war? Und wäre ich, wenn er dabei den Namen Jephson erwähnt hätte, vierzig Jahre vor Daniel Stewart auf die Querverbindung gestoßen? Doch die Schwanengeschichte war erzählt, Jonathan hatte sie nicht gehört, und für Eden und Tony wurde es Zeit, sich auf den Weg in die Flitterwochen zu machen, die sie in einem Landhaus in Derbyshire verleben würden. Wie kommt es eigentlich, daß der Oberschicht – oder jedenfalls den Reichen, angefangen bei der königlichen Familie – von der Verwandtschaft Landhäuser für die Flitterwochen zur Verfügung gestellt werden, während wir normalen Sterblichen so viel interessantere und aufregendere Orte wie Brighton, Paris oder Capri besuchen dürfen?

Ich fuhr mit Vera und Jamie zurück nach Laurel Cottage, und zwar aus purer Nächstenliebe; ich war regelrecht stolz auf mich. Meine Eltern waren nach London zurückgefahren. Helen hatte mich eingeladen, mit »den anderen jungen Leuten« in Walbrooks zu bleiben, was ich sehr gern getan hätte. Und wäre es nicht auch taktvoller gewesen, Vera mit Chad an diesem Abend, vielleicht auch in dieser Nacht, sich selbst zu überlassen?

»Dann sind Jamie und ich also ganz allein«, sagte sie, ein bißchen verschnupft.

Wohl kaum, überlegte ich, sicher ist doch Francis da. Er war mit Helen und Vera im Zimmer, als wir darüber sprachen, ein bißchen abseits, aufmerksam zuhörend, in dieser für ihn so typischen Haltung, wie eine Figur aus einem Drama des 17. Jahrhunderts, mußte ich denken, auf Krumen für künftige böswillige Verwendung lauernd. Ich würde bei Vera übernachten, sagte ich. Vielleicht spürte ich, daß sie Eden heute endgültig verloren hatte. Ihre Heiterkeit, eine ganz ungezwungene gute Laune, als wir in Mr. Morrells Wagen saßen und als sie später Jamie zu Bett brachte, traf mich deshalb ziemlich unvorbereitet.

»Es hat alles sehr gut geklappt, nicht?« Sie setzte ihn zwischen seine Spielzeugflotte in die Badewanne. »Das Wetter war traumhaft und die Trauung wunderschön. Warst du nicht auch begeistert von der Musik?«

»Nicht gerade von dem Auszugsmarsch«, sagte ich. »Der hat sich angehört, als ob was an der Orgel kaputt war.«

»Wohl dem, der nicht sitzt, da die Spötter sitzen«, sagte Vera.

Es war ein Lieblingsspruch von Vera und meinem Vater und wohl auch von Eden. Sie hatten ihn von ihrer Mutter – ein Musterbeispiel von Projektion, wenn man bedenkt, was für eine Einstellung zum Leben sie hatten. Kritik an Eden und allem, was mit Eden zusammenhing, war gefährlich, das hätte ich eigentlich wissen müssen.

Vera seifte Jamie ein und spritzte ihn ein bißchen an, und er kreischte vor Vergnügen und spritzte zurück. Bei dem Spruch von den Spöttern hatten sich die Furchen in ihrem Gesicht vertieft, ihre Züge hatten sich zu einer harten, starren Maske verfestigt. Sie hatte schon die senkrechten Knitterfältchen auf der Oberlippe, die sich bei den meisten Leuten erst um die Fünfzig herum herausbilden. Beim Spielen mit Jamie aber wurde sie wieder ganz jung, hatte das noch ungeprägte, unschuldige Gesicht aus dem Foto in der »Kassette«.

Zu meiner Überraschung begann sie in einer Art und Weise über Eden zu sprechen, wie ich es nie für möglich gehalten hätte. Sie sah wohl allmählich einen erwachsenen Menschen in mir. Bisher hatte sie immer nur in den Himmel gehoben, was Eden geleistet hatte, oder hatte sich mit Edens Freunden und deren gesellschaftlicher Stellung großgetan.

»Wenn ich mich nicht sehr irre« – auch so eine typische Longley-Redensart –, »hat Eden im nächsten Jahr ein Kind. Daß *er* sich Kinder wünscht, ist ja klar, er braucht einen Erben, und sein Vater auch.«

Das klang geradezu nach Feudalzeitalter, und ich wußte nicht, was ich darauf sagen sollte.

»Ja, sie werden einen Sohn haben wollen. Eden ist ja so kinderlieb, sie betet Kinder an.«

Besonders kinderlieb war sie mir eigentlich nicht vorgekommen. Ich dachte daran, wie sie heute früh Jamie weggescheucht, wie sie ihn immer wieder ignoriert hatte, wenn er sie ansprach.

»Eden möchte bestimmt ein halbes Dutzend haben. Geld spielt bei den beiden keine Rolle, es ist also nicht einzusehen, weshalb sie sich nicht eine große Familie anschaffen sollten. Wenn ich mich nicht sehr irre, wird die nächste Familienfeier die Taufe von Edens Sohn sein. Er wird es einmal sehr gut haben.« Sie wandte sich an Jamie, der inzwischen trocken, gepudert und schläfrig in seinem Schlafanzug steckte. »Sie werden ihm alles auf einem goldenen Tablett servieren. Aber eins ist sicher, mein Goldschatz, mehr als ich meinen Liebling können sie ihn auch nicht liebhaben. Liebe kann man nämlich nicht kaufen, nicht um alles Geld dieser Welt.«

Francis war nicht mit uns zurückgekommen, und auch jetzt, zwei Stunden später, war er noch nicht aufgetaucht. Vera legte Jamie ins Bett, gab ihm einen Kuß und sah auf.

»Sie sind so süß, wenn sie klein sind, und wenn sie heranwachsen, sind sie bloß Leute, ganz anders als man selbst, und sind häßlicher zu einem, als der ärgste Feind es sein könnte.«

Ich war fasziniert und verblüfft von diesen unerwarteten Einsichten und hoffte auf eine Fortsetzung. Wie üblich wurde ich enttäuscht.

»Aber bei meinem Schätzchen wird das mal ganz anders,

stimmt's, mein Süßer? Francis war zu viel bei fremden Leuten, daran hat es gelegen. Erst bei seiner Kinderfrau, dann in der Schule, mich hat er kaum gekannt. Kleine Kinder sind bei der Mutter am besten aufgehoben, das sieht man ja an Bildern von primitiven Völkern. Die haben immer ihre Kinder auf dem Rücken. Ich werde darauf sehen, daß Jamie und ich uns nie trennen müssen.«

Auch Chad kam nicht. Die Sonne hatte sich gegen sechs verzogen – wäre ich ein Anhänger der Vermenschlichung in der Natur, würde ich sagen, die Sonne sank, als Eden ging –, und der lange Sommerabend war trüb und verhangen. Der Abend nach einer Hochzeit ist immer ein bißchen deprimierend. Man fühlt sich ausgeschlossen, und das ist man ja auch, denn ihren Weg gehen die beiden, denen das Ganze galt, von jetzt an allein. Es ist ein bißchen, als ginge man in die Oper, nähme einen Imbiß im Teezelt, wandere einmal um den See herum, tränke den Champagner und würde in dem Moment heimgeschickt, da der Vorhang sich hebt. Zu Anne Cambus hätte ich so etwas sagen können, zu Chad, vielleicht noch zu Andrew Chatteriss, aber nicht zu Vera. So saßen wir denn ziemlich schweigsam beieinander, sie strickte an einem Pullover in kompliziertem Norwegermuster für Jamie, und ich las, bis es dunkel wurde. Vera hatte es längst aufgegeben, mir das Stricken oder Nähen oder Häkeln beizubringen, und schien sich mit meiner Leserei abgefunden zu haben, wenn ich auch vermute, daß sie sündhafte Zeitverschwendung darin sah. Doch an diesem Abend war sie mir gegenüber im Vorteil, denn sie hatte eine Strecke ohne Muster erreicht und konnte glatt rechts stricken, ohne auf die Arbeit zu sehen. Wohl aus Sparsamkeit wartete sie immer lange mit dem Lichtmachen. Heute schob sie es noch länger als sonst hinaus, und als ich fragte, ob ich nicht wenigstens die Tischlampe anmachen könne, war sie plötzlich wieder ganz die alte, nörgelsüchtige Vera aus meiner Kinderzeit.

»Dann ist sofort das ganze Getier im Zimmer, sämtliche

Motten ziehen ins Haus.« Es war unmöglich, ihr klarzumachen, daß sich nicht alle Motten – ja, eigentlich die wenigsten – über die Kleidung hermachen. Der Irrtum entbehrt auch deshalb nicht der Ironie, weil ihr Sohn später ein angesehener Entomologe werden sollte. »Und dann haben wir im Umsehen eine Mottenplage. Dabei finde ich es so friedlich, auch einmal im Dämmerlicht zu sitzen.«

So saßen wir denn im Halbdunkel, indes Veras Finger sich automatisch bewegten und die Stricknadeln, hölzerne Kriegsstricknadeln, leise klickten. Ich dachte an – ja, ich muß es gestehen, ich dachte an Edens Hochzeitsnacht. Lüsterne Neugier war unter jungen Leuten damals weiter verbreitet als heute. Sie sammelten eigene Erfahrungen später, und die waren nicht so vielfältig. Vor allem überlegte ich, ob und wie sie mit Tonys Entdeckung zu Rande gekommen war, daß er sie nicht als Erster besessen hatte. Veras Bemerkungen über Edens Kinderliebe und ihre mutmaßliche Kinderschar interessierten mich damals kaum, und es wundert mich eigentlich, daß sie mir jetzt wieder einfallen. Wahrscheinlich sind meine Erinnerungen ungenau, wenn ich auch sicher bin, daß sie dem Sinn nach stimmen. Ich habe später oft daran denken müssen.

Hatte sie damals schon Angst? Sammelten sich bereits die Eumeniden, hockten sie wie Krähen in den Bäumen über dem dunkelnden Rasen, oder schlugen sie mit den Flügeln gegen die Fensterscheiben wie die Motten, die Vera so zuwider waren? Ich möchte es annehmen. Ich glaube, daß künftige Ereignisse schon damals ihre Schatten warfen, wie die wirklichen Schatten, die plötzlich in langen Streifen über den Rasen zuckten, als die Sonne kurz vor dem Untergehen noch einmal hervorkam.

Man mag mich übertrieben phantasievoll schelten, aber ich glaube, Vera hielt die Rechnung für beglichen. Sie hatte einen hohen Preis gezahlt, hatte ihren Mann hingegeben, ihre Freiheit, eine finanziell gesicherte Zukunft, das, was ihr von Francis vielleicht geblieben wäre, Edens Zuneigung. Dieses gewaltige Lösegeld hatte sie an die Furien gezahlt und wohl gehofft, sie würden fernbleiben. Nur eine Kleinigkeit brauchten die Götter noch zu vollbringen, und warum sollten sie das nicht für sie tun? Für die meisten Frauen taten sie es, manchmal sogar zu oft, Segen in Fluch verwandelnd. Warum also nicht hier, nicht jetzt? Man hätte von Vera auch sagen können, daß sie nur in Ruhe gelassen werden wollte. Wenn sie meinte, sie wolle endlich einmal friedlich im Dämmerlicht sitzen, so war das nicht nur wörtlich gemeint. Ich glaube nicht, daß die Mitteilung, die sie erhielt, kaum daß Eden aus den Flitterwochen zurückgekehrt war, sie gefreut hat, obschon damals die übrige Verwandtschaft die Entwicklung für sie als besonders günstig ansah. Wurde ihr bang ums Herz? Fühlte sie sich in der Falle? Sicher hat sie gebetet, der nächste Brief möge die ersehnte Nachricht bringen, oder eines Abends möge das Telefon läuten ...

Das Dämmerlicht war beklemmend. Ich würde mal eben einen Sprung zu Anne machen, sagte ich. »Um diese Zeit?« fragte Vera fast automatisch, erhob aber keinen ernsthaften Widerspruch. Da hatte sie die zweite Mrs. Cambus noch nicht kennengelernt, die fast ihr einziger Halt, ihre beste Freundin (und Hauptzeugin der Verteidigung bei ihrem Prozeß) werden sollte. Zumindest kann sie Josie damals noch nicht näher gekannt haben, denn als ich ging, sagte sie nichts von ihr, sondern ermahnte mich nur, den Riegel vorzuschieben, wenn ich zurückkam. Weit hatte ich es gebracht seit dem Acht-Uhr-Zapfenstreich – oder weit hatte sie es gebracht in ihrer Toleranz. Aber von Josie Cambus war nicht die Rede. Zwei, drei Monate später hätte das anders ausgesehen, da hätte sie alle möglichen Bestellungen und viele liebe Grüße mitgeschickt.

Annes Mutter war an Krebs gestorben, und ein halbes Jahr später hatte ihr Vater wieder geheiratet. Mein Mann meint, Donald Cambus und Josie seien schon lange ein Liebespaar gewesen, und ich glaube, Anne argwöhnte das und wehrte sich deshalb heftiger gegen ihre Stiefmutter, als das vielleicht sonst der Fall gewesen wäre. Sie bildete sich ein, Josie, eine Witwe mit zwei Söhnen, habe sehnlichst auf den Tod der Frau des Liebhabers gewartet, habe frohlockt, als es endlich zu Ende ging, und habe es nicht erwarten können, in ihre Fußstapfen zu treten, obschon das Josie, wie ich sie kannte, nicht ähnlich sah. Ich lernte sie gut kennen, sehr gut sogar, und erkannte im Lauf der Zeit, daß es die Mütterlichkeit war, die ihren Charakter am stärksten prägte. Ihr Lebensinhalt war es, für andere Menschen zu sorgen, und als sie nach Sindon zog, ihre Stellung als Sekretärin, ihr Haus in einem Londoner Vorort aufgab, bestimmte sie dabei sicherlich ebenso sehr der Wunsch, Donald Cambus' Haushalt wieder in Ordnung zu bringen und seine Kinder zu versorgen wie für immer bei ihm zu sein.

An diesem Abend aber waren sie und Donald aus, und Anne und ich waren ein, zwei Stunden miteinander allein. Natürlich sprachen wir hauptsächlich über die Hochzeit, sprachen von Edens besorgten Erkundigungen am Hochzeitsmorgen (von denen ich, leider muß es gesagt werden, Anne bedenkenlos erzählte), und dann äußerte sich Anne sehr bösartig über die arme Josie und ihre berechnende Art, wie sie es nannte. Sie konnte es kaum noch erwarten, ans Lehrerseminar zu gehen, und dann, sagte sie, würde sie das Haus ihres Vaters nie mehr betreten.

Ich ging über den hinteren Weg nach Laurel Cottage zurück, was ich abends sehr selten tat. Von dem hinteren Gartentor der Cambus aus kam man auf einen schmalen Pfad, der an einem Feld entlang über ein Gehöft und zwischen hohen Feldsteinmauern am hinteren Gartenzaun von Laurel Cottage vorbeiführte. Ich mied den Pfad des Hofhunds wegen, es war ein schwarzer, reizbarer Labrador. Von Annes Wohnzimmerfenster aus hatte ich heute Herrn und Hund, letzteren brav angeleint, zu einem Spaziergang aufbrechen sehen. Deshalb entschloß ich mich für diese Strecke, nachdem ich meine Taschenlampe angeknipst hatte.

Es war kurz nach halb elf und sehr dunkel, eine feuchte, inzwischen ziemlich kalte, mondlose Nacht. Was Dunkelheit ist, weiß man erst, wenn man in einem englischen Dorf gewohnt hat, dessen Bewohner sich hartnäckig gegen eine eigene Straßenbeleuchtung sperren. In dieser Nacht war buchstäblich nichts zu erkennen außer einer Art lichterer Schwärze am Himmel und einer tieferen Schwärze dort, wo eine Hecke, eine Mauer oder ein Baum standen. Doch ich hatte ja die Taschenlampe und fand mich gut zurecht. Als ich zum hinteren Gartentor von Laurel Cottage kam, sah ich zum ersten Mal Licht, seit ich Annes Haus verlassen hatte. Veras Schlafzimmerfenster war hell, und aus dem »Kabäuschen« leuchtete ein ganz matter Schein.

Die Kate stand noch da, sie sah aus, als könne sie jeden Augenblick zusammenfallen, ohne diese Drohung je wahrzumachen – ein bißchen wie der Schiefe Turm von Pisa. Dort hatte Eden mit ihren Puppen gespielt, sie gewaschen, ihre Kleider geflickt und sie vermutlich um sechs ins Bett gesteckt. Die Wände aus Lehm und Flechtwerk hatten miterlebt, wie Anne und ich die Tragödie der Maria Stuart in Szene gesetzt, wie wir Darnley niedergeschlagen und Rizzio vergeblich hinter Marias Röcken versteckt hatten. Als ich näher herankam, sah ich, daß hinter der zerbrochenen Scheibe ein Licht flackerte und zuckte. Wie weit die kleine Kerze ihre Strahlen wirft; so leuchtet eine gute Tat in einer schlechten Welt!

Sie sahen mich nicht. Sie waren anderweitig beschäftigt und hatten keinen Blick für jemanden wie mich, der zufällig des Weges kam. Das Licht, eine Kerze, die in einer Untertasse auf dem Klapptisch stand, sollte ihnen nur bei ihrem Tun leuchten. Aus Höflichkeit machte ich meine Taschenlampe aus. Wenn das abgebrüht klingt, darf man daraus nicht folgern, ich hätte nicht Schock, Entsetzen, Fassungslosigkeit, tiefe Verstörung empfunden. All das empfand ich, trotzdem blieb mir ein Rest von Besonnenheit. Dazu kam die Angst, sie könnten sehen, daß ich sie gesehen hatte.

Ich blickte einmal hin und ging dann weiter in Richtung Haus. Kein Zweifel, Chad und Francis machten Liebe, waren Homosexuelle – denn all das erkannte ich in ihrer spindelbeinig-weißen Nacktheit – auf dem Boden des Kabäuschens.

12

Eden hätte sich unter den Häusern der Pearmains eins aussuchen können. Statt dessen entschied sie sich für Goodney Hall. Mein Vater war hochbeglückt, Helen ebenfalls. Nun bestand ja kaum mehr eine räumliche Trennung zwischen ihr und Vera, sie würden sich zwei-, dreimal in der Woche sehen können, denn Tony hatte seiner Eden zur Hochzeit einen Wagen geschenkt.

Wie lieb von Eden, hieß es, wie rücksichtsvoll, sich in der Nähe ihrer Schwester anzusiedeln. Später sprach man von Bosheit. Ich glaube nicht, daß es eine Frage von gut oder böse war. Eden war von Vera dazu erzogen worden, die Nase hochzutragen, und sie hatte ihre Lehrmeisterin weit hinter sich gelassen. Ihr Leben lang hatte sie sich Reichtum gewünscht und jene Macht, die der Reichtum bringt, und während Vera sich ehrlich und unverhohlen im Widerschein von Helens Ansehen sonnte und sich aus zweiter Hand daran freute, während sie stolz war, Helen als Schwester zu haben und in Gesellschaft mit ihrem Namen renommieren zu können, hatte Eden sie – ganz ähnlich wie mein Vater – beneidet und ihr gegrollt. Jetzt konnte sie den Spieß umdrehen. Walbrooks war genau genommen nur ein – wenn auch ziemlich großartig geratenes – Bauernhaus. Goodney Hall in Goodney Parva an jener Seite des Stour, an der auch Stoke liegt, war das, was meine Großmutter Longley »das Haus eines Gentleman« zu nennen pflegte – es war im Grunde mehr, denn es war 1786 von Steuart konzipiert worden, dem Erbauer von Attingham Park in Shropshire und St. Chad's Church in Shrewsbury. Es hatte einen Portikus mit unendlich hohen Säulen, einen Chinesischen Salon und ein sogenanntes etruskisches Schlafzimmer. Ein bißchen erinnerte mich das Haus an den Royal Pavilion in Brighton. Doch es war genau das, was Eden gesucht hatte, nun war sie Helen und den meisten ihrer Freunde und Bekannten über. Mein Vater schrieb an Vera, wie sehr er sich freute, aber in ihrer Antwort erwähnte Vera weder Eden noch deren neues Heim. Eden wiederum ging nicht auf seinen Vorschlag ein, sie möge sich jetzt, da sie in so angenehmen Verhältnissen lebte, doch einmal überlegen, ob er und sie nicht ihre Anteile an Laurel Cottage auf Vera überschreiben lassen sollten. Vielleicht war es ganz gut so, denn meine Mutter geriet in Rage, sobald das Thema angeschnitten wurde, und es kam zu unerfreulichen Auseinandersetzungen zwischen meinen Eltern.

»Wenn du das tust, verlasse ich dich, das darfst du mir glauben«, erklärte sie. »Dann kannst du keine Häuser verschenken, sondern mußt zusehen, daß du eins für mich kriegst.«

Mein Vater hoffte – und sprach häufig davon –, Gerald und Vera würden ihre Streitigkeiten begraben und wieder zusammenziehen. Sie waren nicht geschieden, und in einer Zeit, da eine Scheidung noch nicht so unkompliziert war wie Anfang der siebziger Jahre, erwartete auch niemand, daß es dazu kommen würde. Ehebruch wäre als Scheidungsgrund denkbar gewesen, aber im Lichte meiner neuesten Erkenntnisse überlegte ich, ob es denn wirklich einen Ehebruch gegeben hatte. Zehnmonatskinder waren zwar selten, aber nicht völlig unbekannt. Blauäugige Eltern können ein braunäugiges Kind bekommen, wenn irgendwo in der Ahnenreihe braune Augen aufgetreten waren. Vielleicht hatte Gerald all das gewußt, hatte gewußt, daß seine Frau sich keinen Seitensprung geleistet hatte, vielleicht war es zur Trennung nur gekommen, weil er und Vera sich nicht mehr liebten, weil sie einander gleichgültig geworden waren oder das einschichtige Leben vorzogen, das sie beide im Krieg kennengelernt hatten. Fest stand: Chad Hamner war nicht Veras Liebhaber und war es nie gewesen. Jamie war nicht sein Sohn.

Im Kerzenschein des Kabäuschens am Ende von Laurel

Cottage ging auch mir so manches Licht auf. Vieles hatte nun ein anderes Gesicht. Doch ich war kein Go-between, kein traumatisierter Zeuge einer Schlüsselszene. In dieser Nacht schlief ich nicht viel; das Geschehene hatte mich nicht getroffen wie ein Schock, ich empfand es eher wie ein faszinierendes Kuriosum, das vieles klärte, das für mich nicht unschmeichelhaft und eine große Erleichterung war.

Als ein möglicher – und vielleicht mein erster – Liebhaber war Chad aus dem Rennen, nachdem er sich Vera zugewandt hatte (wie ich dachte). Da er nun Vera gehörte, wäre es töricht gewesen, wenn ich ihn noch begehrt, mir noch Hoffnungen auf ihn gemacht hätte. Daß er Vera mir vorgezogen hatte, war mir doch nahe gegangen und hatte mich enttäuscht. Seine Liebe zu Eden, so glaubte ich, sei nur die Generalprobe für die Liebe zu mir gewesen. Daß er sich, statt auf mich zu warten, Vera zugewandt hatte, nahm ich als Zeichen von Unbeständigkeit oder Charakterschwäche. Ich war wie erlöst, weil nun alles ganz anders war. Ich sah zurück und konnte nicht schlafen, an nichts anderes denken vor Aufregung über die Enthüllungen, die Klärung so vieler Fakten, Worte und Taten der letzten Jahre.

Jetzt wußte ich, was Chad in Edens Abwesenheit ins Laurel Cottage getrieben hatte, und zwar immer an dem Tag, ehe mit Francis selbst oder seinem Anruf zu rechnen war. Das Geständnis seiner hoffnungslosen Liebe, die Bemerkung meinem Vater gegenüber, daß ein tapferes Herz und Beharrlichkeit nicht immer den Sieg davonträgt, sein Blick, der in der Kirche nicht Eden, wie ich geglaubt hatte, sondern Francis festhielt, der die Braut zum Altar führte – all das begriff ich jetzt, begriff Francis' Koketterien, seine Posen, seine Geistreicheleien, wenn Chad dabei war. Ich spürte auch, daß dies keine glückliche Beziehung war, kein gegenseitiges Begehren, keine gegenseitige Zuneigung, sondern daß hier ein Ungleichgewicht bestand, daß hier einer küßte und einer sich küssen ließ, nicht einmal oft, vielleicht sogar immer seltener und gegen entsprechende Bezahlung, daß Francis sich vermutlich absichtlich rar machte, um noch an Einfluß zu gewinnen.

Und noch etwas wurde mir klar, allerdings nicht in jener Nacht, sondern erst, als ich älter war und mich in diesen Dingen besser auskannte. Chad hatte Francis durch Eden kennengelernt. Chad, der sich einen Job bei der *Oxford Mail* besorgt hatte, um an dem Ort sein zu können, an dem sich Francis aufhielt, hatte damals, als Eden ihre Stellung in der Anwaltskanzlei hatte, bei einer Lokalzeitung in Colchester gearbeitet. Ob sie sich bei Gericht oder auf einer Cocktailparty oder in der Kanzlei kennengelernt hatten, war nicht von Belang. Wichtig war, daß sie sich kennengelernt hatten und daß Eden ihn mit Francis bekanntgemacht hatte. Demnach hatte sie Bescheid gewußt, mit achtzehn Jahren, als Francis erst dreizehn gewesen war. Sie hatte einem Verhältnis Vorschub geleistet, das in den vierziger Jahren strafbar war und den meisten Menschen als ekelhaft, monströs und absolut widernatürlich galt. Mit anderen Worten: Sie hatte einen Mann ins Haus ihrer Schwester gebracht, der Knaben liebte, und hatte ihm den Sohn ihrer Schwester als Lustknaben zugeführt. Als Edens Liebhaber oder Verehrer kam er ins Haus, um – wenn auch nicht sehr erfolgreich, nicht sehr glücklich, denn Francis war nun einmal, wie er war – einen noch nicht pubertierenden Jungen zu verführen.

Über Francis entrüstete ich mich nicht – ich kannte ihn ja! –, aber Eden hätte ich so etwas nicht zugetraut. Warum hatte sie es getan? Was hatte sie davon? Ich habe es nie erfahren, und ich weiß es auch jetzt nicht, ich kann nur Vermutungen anstellen. Eden brauchte Geheimnisse wie die Luft zum Atmen, sie genoß es, Geheimnisse zu schaffen, zu bewahren und halb zu bewahren, und hier bot sich die Möglichkeit, ein Geheimnis auch vor Vera zu haben. Vielleicht ist die Erklärung aber auch prosaischer, weniger neurotisch. Es ist denkbar, daß sie damals, ehe sie in den WRNS eintrat, als sie sich der Welt als schöne, unberührte Mädchenblüte präsentierte, als das fast viktorianische Ideal des jungen Mädchens – ruhig, sanft, rein, fein, gebildet –, in Wirklichkeit ein Verhältnis mit einem völlig unpassenden Mann hatte. Ich neige eher dieser Erklärung zu, auch wenn sie sich nur auf Vermutungen stützt. Es wäre sehr typisch für Eden, daß sie sich heimlich mit ihrem Liebhaber traf, einem primitiven oder auch nur verheirateten Mann, einem Mann jedenfalls, den Vera und mein Vater und Helen zutiefst mißbilligt hätten, während Vera sie in Chads Gesellschaft und daher gut aufgehoben wähnte. Chad hätte das Spiel bereitwillig mitgemacht, weil es ihm nützte, Francis hätte es amüsiert beobachtet und gelegentlich, wenn ihn die Lust ankam, das eine oder andere Blatt ausgespielt. Arme Vera! Ich hatte sie als starke Persönlichkeit gesehen, die alle Fäden in der Hand hielt. Allmählich hatte ich den Eindruck, daß sie überall nur die Angeführte war. Beides war nicht ganz richtig und nicht ganz falsch – sie hatte einmal in die eine, dann wieder in die andere Richtung tendiert.

Und jetzt war Eden Schloßherrin auf Goodney Hall, »einen Steinwurf« von Great Sindon entfernt, wie mein Vater zu sagen pflegte, in Wirklichkeit allerdings waren es zehn Autominuten, im Tal des Stour, noch in der Grafschaft Suffolk, dort, wo die Weeping Hills sich in weichen Wellen zum Tal von Dedham hinuntersenken. Es dauerte ein Jahr, bis ich das Haus zu sehen bekam, denn ich war im Herbst nach Cambridge gegangen, und als ich in den nächsten Sommerferien wieder in dieser Gegend war, wohnte ich bei den Chatteriss und nicht bei Vera oder Eden.

Man konnte inzwischen wieder Urlaub im Ausland machen. Tony war mit Eden in der Schweiz gewesen, in Luzern, und Helen hatte eine Postkarte mit einem Bild vom Pilatus bekommen, auf dessen Gipfel sich nach dem Glauben der Alten einer der sieben Eingänge zur Hölle befindet und in dem Pontius Pilatus für alle Zeiten sitzt und sich die Hände wäscht. Auf Veras Karte war ein Sessellift zu sehen; sie schien unverhältnismäßig entzückt darüber und brachte die Karte sogar mit, als sie und Jamie am nächsten Tag zum Essen kamen.

»Sie nützen wohl noch die Gunst der Stunde«, sagte sie. »So eine Reise werden sie jetzt lange nicht mehr machen können.«

»Eden wird eine Kinderfrau nehmen«, sagte Helen. »Grundlegendes ändert sich doch nicht an ihrem Leben.«

Ich hörte zum ersten Mal von Edens Baby. Sie war noch nicht einmal im zweiten Monat. Für Vera gab es jetzt kein anderes Thema. Sie war überglücklich. Eden war jetzt seit mehr als einem Jahr verheiratet, sie, Vera, hatte sich schon überlegt, ob vielleicht irgend etwas nicht stimmte, sie wußte doch, wie sehr sich Eden nach Kindern sehnte, aber jetzt war alles in Ordnung. Vera spekulierte über das Geschlecht des Kindes, über den Namen, die Ähnlichkeit, wann es zur Welt kommen und wie die Geburt verlaufen würde, während des ganzen Essens lag sie uns damit in den Ohren. Helen ließ, lieb wie sie war, keinerlei Ungeduld erkennen, sie hörte zu und ging auf Vera ein, aber der General, Andrew und ich rutschten gelangweilt hin und her, und Patricia, die auf eine Woche zu Besuch gekommen war, fragte ein- oder zweimal geradeheraus (wenn auch vergeblich), ob man nicht von etwas anderem sprechen könne.

»Ich habe es als erste erfahren«, sagte Vera. »Stellt euch das vor, Eden hat mir ihre Vermutung anvertraut, noch ehe sie mit Tony darüber gesprochen hatte. Ich glaube, ich hoffe, ich bin fast sicher, hat sie gesagt, daß ich ein Baby erwarte, und ich möchte, daß du Patin wirst. Ich habe mich so gefreut, daß mir die Tränen gekommen sind.«

Jamie war etwas über drei und sprach jetzt recht ordentlich, ein »artiger«, ruhiger kleiner Junge, der noch einen Mittagsschlaf machte und um halb sieben ins Bett ging. Er machte einen intelligenten Eindruck. Seine Redeweise war ziemlich altklug, was bei so einem kleinen Kind drollig wirkte. Er sprach nie von den »Großen«, sondern immer von den

»Erwachsenen«, er sagte nie »reitete« statt ritt, »eßte« statt aß. Und er war ein glückliches, zufriedenes Kind, das könnte ich bezeugen. Ich überlegte, ob er wohl an diesen Besuch in Walbrooks dachte, als er sich eine italienisierte Form von Richardson als Nachnamen zulegte. Nach dem Mittagessen zeigte uns Helen die »Überraschung«, die der General ihr zum Geburtstag geschenkt hatte, ein Bild des Malers Augustus John, auf dem eine sanfte, schlichte Frau in dunklem Kleid mit Spitzenkragen zu sehen war. Es war ihre Großmutter, gemalt in mittleren Jahren, das Bild war nach dem Tod der alten Richardsons vom Vermögensverwalter für Helen verkauft worden. Er hatte nicht gewußt, daß Helen jedes Andenken an Mary Richardson lieb und teuer war. Inzwischen war das Bild wieder auf den Markt gekommen, der kluge General hatte es gekauft, und jetzt hing es in Helens Salon.

Helen sprach kaum von den dunklen Seiten ihrer Kindheit, von ihrem Vater, der sie verlassen hatte, nachdem ihr gerade die Mutter genommen worden war, sie machte nie viel davon her, wie etwa Francis von seinen Deprivationen. Doch sie erwähnte ihre Großmutter nie ohne starke Bewegung, und als sie jetzt vor dem Bild stand und besonders die gefalteten Hände betrachtete, den Mittelfinger der linken Hand mit der Last des dicken goldenen Traurings und dem Verlobungsring aus Rubinen in der schweren viktorianischen Fassung, traten ihr Tränen in die Augen.

»Das ist eine nette Dame«, sagte Jamie. »Wenn sie hier wär, würd ich mich auf ihren Schoß setzen.«

Dies war ein großer Gunstbeweis, denn Jamie tat das sonst nur bei Vera.

»Wirklich, Liebchen?« sagte Helen beglückt. »Sie war eine ganz liebe, sanfte Dame und hätte ›mein Lämmchen‹ zu dir gesagt.«

»Ich möchte, daß du mein Lämmchen zu mir sagst«, verlangte Jamie von Vera, und natürlich mußte sie das von nun an tun. Jamie erinnerte sie prompt, wenn sie es einmal vergaß.

In diesem Sommer fanden wir uns alle zu einem Besuch bei Eden zusammen. Es sollte ein außergewöhnlicher, dramatischer und bestürzender Tag werden. Wir fuhren im Wagen des Generals, einem 1937er Mercedes Benz, der den Krieg in einem Stall auf Walbrooks verbracht hatte, weil die Dorfbewohner, wie der General sagte, einen deutschen Wagen vielleicht mit Steinen beworfen hätten. Und mit Recht, fügte er hinzu, es war schon damals unverantwortlich, einen deutschen Wagen zu kaufen, selbst wenn es ein gebrauchter war, eine blödsinnige Idee, damit warf man Hitler nur zusätzliche Mark für seine Kriegsvorbereitungen in den Rachen. Unterwegs luden wir noch Vera und Jamie ein, die beide neue, von Vera genähte Sachen trugen. Vera hatte aus alten Wolldecken eine Jacke für sich und Jacke und Hose für Jamie gemacht. 1947 trug man Utility-Mode, die »Zweckkleidung« der Kriegs- und Nachkriegszeit, oder man nähte selbst. Das Kleid, das Helen trug, hatte Vera aus dem Rock eines alten Ballkleides aus Crêpe de Chine gemacht. Ich trug den Rock eines alten Baumwollkleides mit einem von meiner Mutter gestrickten Oberteil aus Baumwolle. Ich erwähne das im Hinblick auf Edens Garderobe und wegen der Sachen, die sie aus der Schweiz mitgebracht hatte.

Wie das Haus aussah? Goodney Hall war – ist wohl noch – ein schönes, vornehmes, nicht sehr großes Landhaus aus dem 18. Jahrhundert, wie es, das kann ich wohl guten Gewissens behaupten, in England noch viele gibt. Die Gärten waren im französischen Stil angelegt, mit Rabatten und einem Irrgarten und mit berühmten Rhododendren und einem Gewächshaus voll protziger Blumen. Das Haus hatte nicht viel Individualität, von der Persönlichkeit der neuen Besitzer spürte man nichts. Ich erfuhr später, daß Tony es möbliert gekauft hatte, mit allem Drum und Dran, wie man sagt, aber vielleicht gab es ja gar keine andere Möglichkeit. Weder er noch Eden verstanden etwas von Antiquitäten, und die damals übliche Schlichtmöblierung hätte man in Goodney Hall schlecht stellen können. Wenn ich an Edens Haus denke, sehe ich die Einrichtung ganz in Rosa und Grün, aber das kann natürlich nicht sein. Sicher hat es doch im chinesischen Salon Gelb und im etruskischen Schlafzimmer Rot gegeben, aber ich erinnere mich nicht daran. Im Gedächtnis geblieben sind mir erbsengrüne Teppiche und französische Möbel mit rosaseiden gepolsterten Sitzen und große rosafarbige chinesische Vasen mit verwischten Mustern, schrecklich öde Bilder, meist Kupferstiche, von nordeuropäischen Städten und Schiffen auf stürmischer See und grüne Samtvorhänge mit schweren, angelaufenen Goldtroddeln.

Eden aber war ungeheuer stolz darauf. Und sie war maßlos glücklich. Sie sah anders aus. Nicht gut im Sinne von gesund; sie war schmaler und blasser, das Gesicht weniger voll, das machte wohl die Schwangerschaft. Nein, sie sah anders aus, weil sie nun eine reiche Frau war. Um jenen Dialog zwischen Hemingway und Scott Fitzgerald zu paraphrasieren: Die Reichen sehen anders aus, sie haben mehr Spielraum. Darin unterschied sich Eden sogar von Helen – Vera und ich konnten gar nicht erst konkurrieren –, denn Helen trug ein selbstgeschneidertes Kleid und hatte sich die Haare selbst gewaschen. Alles an Eden war vom Feinsten, Topqualität, der Haarschnitt vom besten Friseur Londons, das Make-up die kostbarste, teuerste Marke, die sich denken ließ. Sie trug ihren klotzigen Verlobungsbrillanten und einen Memoirering, den Tony ihr vor zwei Wochen geschenkt hatte, als sie ihm gesagt hatte, daß sie ein Kind erwarte. Ihr Kleid war aus weißem Stickereistoff, eins von einem halben Dutzend, die sie aus der Schweiz mitgebracht und auf dem (vermutlich) etruskischen Bett für uns ausgelegt hatte. Auch die Schweizer waren anders, dort gab es keine Sparmaßnahmen und keine Zweckkleidung. Die Läden waren voller Waren, erzählte Eden, voll von Kleidern und Kostümen und Schuhen und Seidenunterwäsche und Seidenstrümpfen, und sie hatte jede Menge gekauft, hatte eingepackt, soweit (ich wartete darauf, daß sie

»das Geld reichte«, sagen würde) der Platz in den Koffern es erlaubte.

Vera bedankte sich überschwenglich für ihr Mitbringsel, eine Edelweißbrosche aus Bein oder Horn, die aber wie Plastik aussah, geschmackloser Plunder, lieblos gemacht. Eden hatte offenbar einen Haufen dieser Dinger, Enzian und Edelweiß, als Geschenke für Freunde und Bekannte erstanden und machte dabei keinen Unterschied zwischen der geliebten Schwester, die Mutterstelle an ihr vertreten hatte, und der Frau aus dem Dorf, die nach Goodney Hall zum Putzen kam. Dann wurden aus einer hübschen geschnitzten Holztruhe ein Dutzend holzgeschnitzter Tiere auf das Bett gestellt, kunstgerecht gearbeitet, wie nur die Schweizer es können, der liegende Bernhardiner sah aus, als sei er drauf und dran, aufzustehen und gravitätisch davonzuschreiten, und man hätte sich nicht gewundert, wenn die Siamkatze sich gestreckt und ihre Schnurrbarthaare geputzt hätte.

Bei diesem Anblick geriet Jamie verständlicherweise in die allergrößte Aufregung. Zuerst erfüllte ihn nur ehrfürchtige Scheu. So etwas hatte er noch nie gesehen. Ich hatte damals nicht viel für Kinder übrig, hatte nie, wie andere Mädchen, das Bedürfnis gehabt, kleine Kinder zu herzen und zu kosen und mit ihnen spazierenzugehen, aber als Jamie jetzt zu Vera aufsah, rührte mich sein Gesichtsausdruck sehr. Er war so hingerissen, so überwältigt von Staunen, von Entzücken über die Figuren, die wie lebendige Tiere in Kleinformat aussahen. Er lächelte, und dann brach er in fröhliches Gelächter aus.

»Der Hund!« sagte er. »Die Katze! Schau, Mammi, da ist ein Bär. Schau, Mammi!«

Er war ein vorsichtiges Kind; behutsam berührte er den Rücken des Hundes, der aussah wie richtiges Fell.

»Nein, faß das bitte nicht an«, sagte Eden ziemlich scharf.

Es gab keine Spielsachen zu kaufen. Manche Kinder, die zu Beginn des Krieges oder kurz davor zur Welt gekommen waren, hatten nie ein Spielzeug besessen, das diesen Namen verdient hätte, hatten allenfalls Abgelegtes von Geschwistern geerbt. Wenn sie Glück hatten, verstand sich jemand in der Verwandtschaft darauf, Puppen zu nähen oder zu stricken oder Pferde und Wagen zu basteln. Dieses Glück hatte Jamie nicht gehabt. Falls Francis je Spielzeug gehabt hatte – natürlich hatte er welches gehabt, wenn man es sich bei ihm auch nicht vorstellen konnte –, war es längst verschollen oder verschenkt. Jamie hatte sich mit dem alten Baukasten behelfen müssen, der meinem Vater gehört hatte, Veras abgegriffenem, kahlen Teddy und mit Küchenutensilien. Er kümmerte sich nicht um Eden, er griff nach dem Hund, umfaßte ihn mit beiden Händen und hielt ihn nah ans Gesicht.

»Stell das hin, es ist kein Spielzeug.« Eden entriß ihm den Hund. Zu Vera sagte sie: »Warum läßt du das zu? Ich denke, er ist so brav?«

Mir fiel ein, was sie an meinen Vater geschrieben hatte: »Ich finde doch, du könntest deiner Tochter beibringen, sich besser zu benehmen ...« Ich empfand nicht oft Mitgefühl für Vera, aber jetzt tat sie mir leid. Sie gab Eden keine scharfe Antwort, sagte nichts zur Verteidigung des Kindes, für das diese Figuren Wunder und Beglückung waren. Die Liebe hatte sie gezähmt, hatte sie Demut gelehrt. Schweigend nahm sie Jamie auf den Arm, er weinte an ihrer Schulter. Er weinte – und das war das erstaunliche – nicht wild und hemmungslos, wie es normalerweise ein Kind tut, dem man etwas abgeschlagen hat, was es sich sehr wünscht, er weinte leise, gedämpft, es war mehr wie der Kummer eines Erwachsenen. Und doch hatte man den Eindruck – Andrew bestätigte es mir später –, daß Vera eine Zuflucht für Jamie war, daß er es noch in seinem Kummer fast genoß, in *diesen* Armen, an *dieser* Schulter zu liegen, *diese* sanft geflüsterten Worte zu hören. Auch für Vera war sein Jammer ein kleiner Trost, denn er flüchtete sich damit zu ihr, nur sie vermochte ihn zu beruhigen, ihm Halt zu geben, sie war die Welt für ihn.

Wir mußten Haus und Garten besichtigen. Vera hatte sich

wieder gefangen und lobte alles überschwenglich, es war fast schon peinlich, wie sie Eden schmeichelte, ihr Komplimente machte, als habe sie die Rosen gepflanzt und beschnitten, die Johannisbeeren gezogen, die Petitpoint-Polster der Sessel gestickt, die Lotusblumen und Drachen auf das Porzellan gemalt. Ich mußte an die Süßholzraspler denken, die sich im 18. Jahrhundert an den Adel zu hängen pflegten, an Mr. Collins und seine Lady Catherine de Bourgh in Jane Austens *Stolz und Vorurteil* zum Beispiel. Eden lächelte huldvoll, aber sie sah nicht wohl aus, sie wirkte müde, ihre Bewegungen waren schleppend. Lebhaftigkeit und Begeisterung, die sie bei dem Vorzeigen ihrer Schweizer Beute an den Tag gelegt hatte, kehrten erst zurück, als wir in das künftige Kinderzimmer kamen.

Es war ein Eckzimmer am Ende des Hauses mit Fenstern nach Westen und nach Süden, das schon früher als Kinderzimmer genutzt worden war, wenn das vielleicht auch schon lange her sein mochte, denn auf der Tapete waren verblichene Feen zu sehen, und zwischen zwei Fenstern stand ein grauscheckiges Schaukelpferd mit abgegriffenem Sattel und Geschirr. Ich erinnere mich sehr deutlich daran, wie ich in diesem Zimmer stand, auf dem rosa Teppich mit den Kanten aus verschlungenen weißen Winden und ungewöhnlich blaßgrünem Efeu, auf den die helle, weiche Augustsonne Kreise und Quadrate zeichnete. Beim Anblick der Tapete mußte ich an Edens Peter Pan denken und überlegte, ob sie das Bild in diesem Zimmer aufhängen würde. Aus dem Westfenster sah man auf die Weeping Hills, jene sanfte Kette von Hängen und Senken und bewaldeten Kuppen, die so gar nicht in die Landschaft von Suffolk zu passen scheinen. Die Südfenster gingen auf die von hohen Bäumen flankierten Rasenflächen hinaus. Auf der Terrasse waren steinerne Urnen aufgereiht, gleich der griechischen Urne aus der Keats-Ode mit Jünglingen und Maiden geziert, mit Menschen, die zum Opfer ziehen, geheimnisvollen Priestern und geweihten Tieren, die zum

Himmel brüllen, und ungestüm Verliebten, die niemals küssen können, und in den Urnen standen *Agapanthus africanus*, die blaue Lilie, und seltene Allium-Arten in Weiß und Purpur, wie Vera uns beflissen erläuterte. Jetzt lehnte sich Vera aus einem der Fenster und lobte die Aussicht. Helen machte ein etwas gelangweiltes Gesicht, soweit ihr das bei ihrer Gutherzigkeit überhaupt möglich war. Jamie hatte sich natürlich auf das Schaukelpferd geschwungen, und diesmal griff Eden nicht ein. Sie verbreitete sich über Ausstattung und Möblierung des Zimmers; die Nanny würde gleich nebenan schlafen. Überdies war das Pferd alt und schäbig, später kam es ja bestimmt doch weg, ebenso wie die Holzstühlchen und der Tisch und das Messingbettgestell, es war deshalb nicht schade drum, wenn Jamie jetzt damit spielte.

»Du müßtest Pfauen haben, Eden. Ein Pfauenpaar draußen auf der Terrasse.«

»Wo soll sie denn jetzt Pfauen hernehmen, Junge«, sagte Helen. »Die alte Mrs. Williams hat nicht mal einen Kanarienvogel bekommen, als ihr Bobby eingegangen ist.«

Eden wandte sich um. »Pfauen? Das fehlte mir noch«, sagte sie plötzlich ganz quengelig. »Gräßliche Biester, habt ihr sie schon mal schreien hören?« Ihre Lippen zuckten, ich konnte mir nicht erklären, was auf einmal mit ihr los war. »Ich habe nicht die Absicht, mich früh um vier durch Geschrei wecken zu lassen.«

»Dann ist ja gut, daß du eine Kinderfrau hast.«

Eden tat, als habe sie Andrews Witzchen nicht gehört. »Ein Aperitif gefällig?«

Wieder mußte man den armen Jamie von einem herrlichen Spielzeug loseisen. Diesmal weinte er nicht, er nahm Veras Hand und ging neben ihr den langen Gang entlang und die Treppe mit dem prunkvollen Geländer hinunter. Jetzt erschien auch Tony. Das Geschäft beanspruchte ihn nur drei Tage in der Woche, und heute war er nicht in London gewesen, sondern irgendwo auf dem Grundstück, um mit einem

Mann über den Holzeinschlag zu sprechen. Er machte sich sogleich daran, uns mit Drinks zu versorgen, und da er ein lieber, gutmütiger, gastlicher, langweiliger Mensch war, der keinen Nerv für Stimmungen hatte und nicht begriff, daß andere Menschen anders sein oder einen anderen Geschmack haben könnten als er, erläuterte er uns dabei in allen Einzelheiten, wo und wie er diesen Gin, jenen Whisky oder Sherry bekommen hatte und von wo er die nächsten Flaschen erwartete. Sie besaßen vielerlei Gläser in allen erdenklichen Formen und Größen, Tony nahm die richtige Wahl des Glases für die einzelnen Getränke überaus ernst. Er behauptete sogar, für Dry Sherry und für Medium Sherry seien unterschiedliche Gläser angezeigt, was ich seither nie wieder gehört habe.

»Und was machen wir mit unserem jungen Mann?«

Jamie könne Limonade haben, sagte Vera, oder Orangensaft aus der Zuteilung, sie hatte welchen mitgebracht. Doch da kam sie bei Tony schön an.

»Komm, komm, das wollen wir aber mal nicht so eng sehen. Ein Junge soll sich von klein auf an Wein gewöhnen, finde ich. So hat mein Vater es mit mir gehalten, und das habe ich nie zu bedauern brauchen.«

»Aber doch nicht mit drei Jahren?« sagte Andrew.

»Ach, ich weiß nicht, viel älter kann ich kaum gewesen sein. Mein alter Herr war fest entschlossen, einen Weinkenner aus mir zu machen, man kann nie früh genug damit anfangen, hat er immer gesagt.«

»Da hat er wohl ein Faß Montrachet für dich eingelagert«, sagte Andrew mit todernstem Gesicht.

Was Tony antwortete, hörte ich nicht, ich dachte nur, daß man Tony nicht foppen dürfe, es war genau so arg, als mache man sich über Jamie lustig. Und dann sah ich auf und griff nach meinem Sherry, blickte zufällig in Edens Richtung und sah Blut an ihrem Bein herunterlaufen.

Einen Augenblick war ich wie erstarrt. Meine Finger hatten gerade das Glas berührt, sie umfaßten oder vielmehr umklammerten die kühle, harte, rutschige Rundung, während sich mein Blick auf Edens linkes Bein heftete. Die Frau, die im Haus wohnte und ihnen die Wirtschaft führte – ihr Mann war als Gärtner und Faktotum auf Goodney Hall beschäftigt –, war mit zwei Canapéplatten hereingekommen, Ei- und Käsehäppchen und Gürkchen auf rund ausgestochenem Toastbrot. Eden nahm sie ihr ab und war dabei, die Platten Helen anzubieten. Als sie sich vorbeugte, hob sich der weite Rock ihres weißen Kleides ein wenig, so daß man ihre Kniekehlen sah. Wir trugen alle keine Strümpfe – man bekam sie, wenn überhaupt, nur auf Kleidermarken –, Eden aber hatte ganz dünne, helle Strümpfe an, wahrscheinlich ebenfalls aus der Schweiz, und das Blut lief in einem dicken, dunklen Rinnsal an der Innenseite ihres Beins entlang, erreichte das Knie, die Wade, näherte sich dem Fußgelenk und dem dünnen Riemchen ihrer weißen Sandale.

Merkwürdigerweise war mir nicht gleich klar, was das zu bedeuten hatte, ich dachte nur an die Menstruation und daß mir das so oder ähnlich auch schon passiert war. Vor allem dachte ich daran, daß sich Eden, wenn die Canapés verteilt waren, hinsetzen und ihr schönes weißes Stickereikleid schmutzig machen würde. Doch ich wußte noch immer nicht, wie ich mich verhalten sollte. Wahrscheinlich wüßte ich es auch heute nicht. Hätte ich ihr, wenn sie mit der Platte zu mir kam, zugeflüstert, sie möge einen Augenblick mit hinauskommen, ich müsse ihr etwas sagen, hätte sie bestimmt aufgesehen und gelacht und laut in die Runde gefragt, was *ich* ihr wohl so Geheimnisvolles zu sagen, was *ich* vor den andern zu verbergen hätte.

So war Eden. Ich schüttelte dankend den Kopf und ließ die Canapés vorübergehen, kam endlich auf die rettende Idee, Helen einen flehenden Blick zuzuwerfen, und die Gute, so klug, so taktvoll, so einfühlsam, stand sofort auf und sagte zu Eden, sie würde gern vor dem Essen noch einmal ins Badezimmer gehen und ich wohl auch.

Damals sprach man als Frau nicht über die Periode. Oder jedenfalls nur selten, vielleicht mit Gleichaltrigen und meist euphemistisch verbrämt. Sobald wir vor der Tür waren, sagte ich Helen kurz, was ich gesehen hatte. Ich nannte es »Edens Geschichte«, das war zumindest eine Spur besser als Veras »wir haben Besuch«. Helen legte mir eine Hand auf den Arm. »Aber das kann nicht sein, Liebes. Sie ist schwanger.«

»O Himmel! Das hatte ich ganz vergessen.«

»Und wenn du richtig hingesehen hast, Liebchen, ist sie es jetzt nicht mehr.«

So war es auch, aber wir brauchten es ihr nicht beizubringen. Als wir in Steuarts chinesischen Salon zurückkamen, den ich als rosa und grün in Erinnerung habe, obschon er mit Sicherheit gelb gewesen war, war Eden fort, Andrew machte ein ratloses Gesicht, und Tony, der allen Grund gehabt hätte, ratlos, wenn nicht besorgt dreinzuschauen, verbreitete sich noch immer über die Weltläufigkeit, die man Kindern nicht früh genug beibringen könne; er war jetzt beim Thema Zigarren angelangt. Wir saßen herum. Wir warteten. Jamie sagte, er habe Hunger. Rührei und Gürkchen auf kaltem Toast waren nicht sein Fall, was ich ihm nicht verdenken konnte. Plötzlich sagte Vera:

»Ist mit Eden alles in Ordnung?«

»Absolut«, sagte Tony. »Sie pudert sich nur mal die Nase.« Heute sagt jeder »absolut«, damals sagte es eigentlich nur Tony, er dafür um so häufiger.

Vera ging nach oben. Sie mußte Jamie mitnehmen, weil er nicht allein bleiben mochte. Mrs. King, die Haushälterin, kam herein und meldete, es sei angerichtet. Wir kämen gleich, sagte Tony. Auch er verschwand, aber nicht, um nach Eden zu sehen, wie ich glaubte, sondern um den Wein aufzumachen, der schon bereitgestellt worden war, um zu »atmen«.

»Eden hat eine Fehlgeburt«, sagte ich zu Andrew.

»Ach du liebe Güte.«

In diesem Moment hörten wir den Telefonapparat klicken,

der im Zimmer stand, demnach wurde von der Nebenstelle im Obergeschoß aus gesprochen. Wir wußten alle, ohne es aussprechen zu müssen, daß das Vera war, die den Arzt anrief.

»Ich finde«, sagte Helen, »wir sollten jetzt sofort gehen, ohne viel Aufhebens zu machen. Wir könnten ja Jamie mitnehmen, wenn Vera bei Eden bleiben möchte.«

»Bitte nicht«, sagte Andrew. »Dann schon lieber Pfauen. Aber ansonsten bin ich ganz deiner Meinung.«

»Ich könnte sowieso nichts essen«, sagte ich.

Es war erstaunlich schwierig, Tony begreiflich zu machen, worum es ging. Diese Aufgabe fiel natürlich Helen zu, aber wir waren dabei, und es war schier unglaublich, wie begriffsstutzig er war. Es müsse ein Scherz gewesen sein, sagte er immer wieder. Eden wolle ihn nur foppen, nervös machen – was mußte das bisher für eine Ehe gewesen sein! –, und sie und Vera säßen oben und »tratschten« nach Frauenart. Dann kam Vera herunter, blaß und verbissen, sie hatte Jamie auf dem Arm, er hing halb über ihrer Schulter.

»Ich habe den Arzt verständigt. Eden hat eine ziemlich starke Blutung, ich nehme an, sie hat das Kind verloren.«

Der einzige, der etwas aß, war Jamie. Vera war sichtlich todunglücklich und verzweifelt, aber Jamie war ihr nach wie vor das Wichtigste. Sie ging mit ihm in die Küche und ließ sich ein Glas Milch und ein Brot mit Huhn für ihn geben. Helen, Andrew und ich fuhren zurück nach Walbrooks, und im Lauf des Nachmittags brachte Tony Vera und Jamie nach Hause. Der Arzt ließ Eden sofort ins Krankenhaus schaffen.

Was sie dort mit ihr gemacht haben? Genaues habe ich nie erfahren. Tony müßte es wissen, falls er sich noch erinnert und falls er bereit wäre, darüber zu sprechen. Ob er Daniel Stewart davon erzählen würde? Bestimmt nicht. Eden hatte eine Fehlgeburt gehabt und mußte irgendeinen Eingriff machen lassen. Ich habe mir inzwischen überlegt, daß es vielleicht eine ektopische Schwangerschaft war, bei der sich der

Fötus in einem der Eileiter einnistet. Wenn der Embryo größer wird, kann in so einem Fall der Eileiter reißen und muß dann operativ entfernt werden, sonst besteht für die Frau Lebensgefahr. Es gibt aber auch Fälle, in denen der Fötus sich löst und ohne Gefahr für die Eileiter ausgestoßen wird. Ich weiß nur, daß nach dieser Fehlgeburt in der Familie geflüstert wurde, Eden könne oder solle keine Kinder mehr bekommen, eine weitere Schwangerschaft wäre zu gefährlich oder sogar unmöglich. Meine Mutter sagte:

»Da muß man sich wohl fragen, ob das von dem Lebenswandel kommt, den sie bei den ›Wrens‹ geführt hat.«

Ich wußte nicht, was sie meinte, mein Vater wußte nicht, was sie meinte. Wir dachten beide, hier äußere sich ein nicht ganz ausgegorenes, halb abergläubisches Überbleibsel viktorianischer Moral. Was sie hatte andeuten wollen, war aber in Wirklichkeit durchaus plausibel und medizinisch korrekt. Sie wollte damit sagen, daß sich Eden bei häufigem Partnerwechsel eine Gonorrhöe geholt hatte, die unter Umständen zu einem Eileiterverschluß führen kann. Angeblich war das früher der Grund für zahlreiche Einkindfamilien. Die junge Frau wurde bei der Empfängnis von ihrem Mann mit Gonorrhöe angesteckt, das erste Kind kam noch problemlos zur Welt, doch dann schritt die Krankheit fort, einer oder beide Eileiter verklebten, und zu weiteren Schwangerschaften kam es nicht mehr. Wenn Eden sich tatsächlich bei einem Liebhaber eine Gonorrhöe geholt hatte, konnte es danach zu einer ektopischen Schwangerschaft gekommen sein.

Einen triftigen Grund für diese Vermutung gab es nicht. Auch nach Bauchoperationen kommt es zu Eileiterverschlüssen. Eden hatte als Kind eine Blinddarmoperation gehabt. Vielleicht war es auch einfach Pech gewesen. Fest stand lediglich, daß Tony Pearmain keinen Erben hatte und höchstwahrscheinlich auch keinen bekommen würde.

13

Etwa fünfzehn Jahre nach diesen Ereignissen hat mir Chad Hamner beim Tee in Brown's Hotel seine Lebensgeschichte erzählt. Ich hatte ihn zufällig auf der Bond Street getroffen, wo ich bei Vidal Sassoon zum Haareschneiden gewesen war. Der Tee bei Brown's ist eine sehr kultivierte Angelegenheit. Sobald man sich in seinem Sessel niedergelassen hat, wird einem mit einer Zange ein kleiner, hausgebackener, getoasteter Teekuchen auf den Teller gelegt. Stillschweigend wird einem damit zu verstehen gegeben, daß man dies essen *muß*, daß dies die feine englische Welt zum Tee zu essen pflegt. Bei den übrigen Kuchen, die einem auf einer dreigeschossigen Kuchenplatte gebracht werden, ist einem die Wahl freigestellt, in jedem Fall aber kommen sie erst danach an die Reihe. Da stehen sie nun und sehen verlockend aus, aber erst muß der Teekuchen weg – es ist wie beim Tee in der Kinderstube.

In diesem Ambiente mögen Chad und ich fehl am Platz gewesen sein, was man uns natürlich nicht ansah. Äußerlich unterschieden wir uns in nichts von unserer Umgebung, waren ebenso elegant und weltgewandt, ich mit meinem frisch geschnittenen Haar, Chad schmaler und bereits ergraut. Er war der erste Mann überhaupt, den ich statt im Sportsakko in einer Freizeitjacke mit Reißverschluß sah. Wir trafen uns auf dem Gehsteig vor Asprey's. Er streckte die Arme aus, und ich fiel ihm um den Hals. Das seltsame daran war, daß wir uns früher nie umarmt, nie geküßt, uns – soweit ich mich erinnere – nicht einmal die Hand geschüttelt hatten. Doch es war ein seltsames Band, das uns einte. Es dürfte nicht viele Menschen geben, die durch eine Gehenkte miteinander verbunden sind.

Weshalb wir zu Brown's gingen, weiß ich nicht. Sicher

nicht, weil Chad in der Gegend wohnte oder es zu Wohlstand gebracht hatte oder normalerweise zum Tee dorthin ging. Er war als freiberuflicher Journalist tätig, hatte eine Wohnung in Fulham (einer Gegend, die 1963 weder große Mode noch interessant noch etwas für »Aufsteiger« war) und stand finanziell nicht besonders. Für Francis hatte er sein Leben zerstört, alle Aussicht auf Erfolg zunichte gemacht. Er erzählte davon, während wir unsere Teekuchen vertilgten. Lange war ihm über seiner Liebe die Welt versunken, aber leider währt keine Liebe ewig, und irgendwann wacht man auf und begreift, daß sich die Erde inzwischen weitergedreht hat.

Er hätte nicht davon angefangen, wenn ich nicht in einem plötzlichen emotionalen Bekenntnisdrang mit dem herausgeplatzt wäre, was ich an dem Abend von Edens Hochzeit beobachtet hatte. Ich hatte noch nie mit jemandem darüber gesprochen, nicht einmal mit Andrew, nicht einmal mit Louis. Chad sah mich ganz kühl und ruhig an, eigentlich überraschend nach dem, was ich ihm gerade erzählt hatte.

»Ich war krank vor Liebe, wie es im Hohelied heißt«, sagte er. »Ich hatte mich in Francis verliebt, als er dreizehn war. Ziemlich klassische Konstellation, wie? Kaiser Hadrian und Antinus, der häßliche alte Kerl und der schöne Jüngling.«

»Doch wohl nicht alt mit dreißig«, sagte ich.

Chad zuckte auf seine gallische Art die Schultern. »Alter ist ein Gemütszustand. Ich kam mir alt vor, wenn ich mit Francis zusammen war. Und häßlich. Was ich tat, würden die meisten Leute heute noch verdammen, aber ich habe es nicht oft getan, er ließ mich nicht. Und ich war nicht der erste. Überrascht dich das? Ich durfte ihn etwa dreimal im Jahr lieben. 1945 war mein Glücksjahr – er hat wohl das Kriegsende gefeiert –, da waren es vier Mal. Kein Wunder, daß ich nicht von ihm loskam.«

»Francis führt Freud ad absurdum, nicht?« meinte ich. »Die arme Vera war alles andere als eine dominante, despotische Mutter.«

»Stimmt, aber Francis war auch nicht richtig schwul. Nicht wie ich. Ich habe nie eine Frau gehabt. Francis machte es mit Männern und mit Frauen, wie es ihm gerade in den Kram paßte. Ich habe mich manchmal gefragt, weshalb er sich überhaupt mit mir abgegeben hat, und bin auf zwei Erklärungen gekommen. Nach wie vor meine ich, daß ich damit das Richtige getroffen habe. Erstens ist es wundervoll, angehimmelt zu werden, das denke ich mir jedenfalls, mich hat nie jemand angehimmelt, es ist ein herrliches Gefühl, wenn jemand dich anbetet und sicher sein kann, daß nichts, was du tust, dir deinen Anbeter entfremdet, nicht Indifferenz, nicht Vernachlässigung, nicht einmal unverhüllte Lieblosigkeit.«

»Und die zweite Erklärung?« fragte ich.

»Francis tat gern Dinge, die er und andere für Unrecht hielten. Einfach um des Unrechts willen. So etwas ist im Grunde sehr selten, seltener als man denkt. Selbst die großen Sünder dieser Welt – Hitler beispielsweise oder Stalin oder bestimmte Massenmörder – hielten ihre Handlungsweise für richtig – oder zumindest das Ziel, das sie damit erreichen wollten. Kaum einer sucht bewußt das Böse, wie etwa Miltons Luzifer, und der überzeugt uns gar nicht recht, ist einem eigentlich eher sympathisch. Und es handelt sich nicht um ›Sünde, sei du mein Gott‹. Für Francis sollte das Böse böse bleiben, sollte *sein* Böses und aus diesem Grund begehrenswert sein. Aber an meiner Liebe zu ihm änderte das nichts, ich wäre ihm bis ans Ende der Welt gefolgt.«

Eine Erinnerung regte sich. Ich dachte daran, wozu Anne und ich das »Kabäuschen« an Regentagen und wozu Chad und Francis es in Nebelnächten benutzt hatten.

»Wie Maria Stuart, die Bothwell im Hemd gefolgt ist.«

»In meinem Fall in Unterhosen«, sagte Chad. »Nur ließ er es selten so weit kommen. Was habe ich mir seinetwegen für Chancen entgehen lassen! Ich war freier Mitarbeiter für eine überregionale Zeitung, und als man mir eine Stelle in der Redaktion anbot, habe ich abgelehnt. Ich konnte Francis sowieso nur in den Ferien sehen. Hätte ich in der Fleet Street gearbeitet, wäre es überhaupt nicht mehr möglich gewesen, mich mit ihm zu treffen. Der Job bei der *Oxford Mail* schien mir wie ein Geschenk des Himmels. Wenigstens sehen konnte ich ihn täglich, wenn ich ihn schon nicht sprechen konnte. Und dann haben sie mich rausgeschmissen. Auch wegen Francis. Es war nicht seine, sondern meine eigene Schuld, aber er war der Anlaß.

Ich sollte über das alljährliche Festbankett eines Tennisclubs in Headington berichten. Zu so etwas geht man nicht, man läßt sich vorher das Programm schicken und sich den Rest hinterher von dem Sekretär oder irgendeinem anderen Gewährsmann erzählen. Ich hatte auch nie die Absicht gehabt hinzugehen, ich hatte Francis zum Essen eingeladen, das erste Mal seit einem Monat würde ich mit ihm allein sein. Es heißt, daß es im Leben eines jeden Menschen einen Gipfelpunkt gibt, einen Tag, ein paar Stunden, in denen er das vollkommenste Glück, die höchste Ekstase seines ganzen Daseins erlebt. Das war für mich jener Abend. So sah ich es damals, und ich habe keinen Grund, es heute anders zu sehen. Francis kam mit in meine Wohnung, und wir liebten uns, und er war gut zu mir, und ich war unbeschreiblich glücklich. Es war mein Gipfelpunkt. Und es war auf lange Zeit das letzte Mal, daß ich glücklich, daß ich auch nur einigermaßen zufrieden war. Ich schrieb die Tennisclubsache herunter, ohne sie noch einmal nachzuprüfen, die Zeitung erschien, und dann ließ mich der Redakteur kommen und wollte wissen, weshalb ich es nicht für nötig gehalten hatte zu berichten, daß der Gastredner, einer unserer Honoratioren, mitten in seiner Rede tot umgefallen war. Ich wurde gefeuert und ging zurück ins tiefste Nordessex, wo ich immerhin größere Chancen hatte, Francis zu sehen, und weil dort inzwischen jemand gegangen war, gaben sie mir meinen früheren Job zurück.«

Er erzählte mir an diesem Nachmittag noch viel mehr. Wie er Francis nach London nachgereist war und sich, weil er in

Fleet Street nicht ankam, als Reporter bei einer Lokalzeitung in Nordwestlondon, dem *Willesden Citizen*, verdingt hatte. Und wie Francis schließlich seiner überdrüssig geworden war und ihn geschlagen hatte, so daß er die Stufen hinuntergestürzt war, die zu seiner Einzimmerwohnung in Brondesbury Park führten, drei Treppen tief. Und noch Schmerzlicheres: Wie Francis seine noch immer sehr ausgeprägte Lust an Streichen und raffiniertem Schabernack jetzt gegen *ihn* kehrte, wie er Chad, entschlossen, ihn loszuwerden, in der Öffentlichkeit demütigte, und zwar noch abgefeimter, noch perfider, als er es damals mit Vera gemacht hatte. Und eines Tages – Francis war Mitte Zwanzig und Chad über Vierzig – war endgültig alles aus, und Chad war nicht mehr ganz gesund und nicht mehr robust genug für das rauhe Reporterleben in einem nördlichen Vorort von London.

»Ich bin in mehr als einer Beziehung wie Hadrian«, sagte er und deutete auf die Falten, die sich schräg über seine Ohrläppchen zogen. Diese Falten finden sich bei Menschen mit einer Veranlagung zu Herzkrankheiten; das ist eine medizinische Tatsache, kein Altweibergewäsch. Daß Hadrian diagonale Falten an den Ohrläppchen hatte, wissen wir von Büsten und Münzen, und Kaiser Hadrian ist an Herzversagen gestorben.

Vorher aber erzählte er von jenem Winter 1948 (in dem er wieder in Essex gearbeitet hatte, in seinem alten Job), von jenem Winter, in dem Vera krank gewesen war. Er ließ sich häufig in Laurel Cottage sehen. Auf die Idee, man könne ihn für Veras Liebhaber gehalten haben, wäre er nie gekommen. Frauen als Sexualpartner lagen ihm zu fern, und als ich es ihm beibrachte, fiel er aus allen Wolken. Nein, er hatte es nicht gewußt, es wäre ihm nie in den Sinn gekommen. Er hatte Vera gern gehabt, war mit ihr befreundet gewesen, aber nur deshalb, weil sie Francis' Mutter war und ihr Haus durchtränkt war von Francis' Geist. Er besuchte sie, um dort zu sein, wo Francis zu Hause war, um über Francis sprechen zu können, wenn es sich so ergab, ganz so, wie Hadrian vielleicht bei der Mutter des Antinus in Bithynien hereingeschaut haben mag. Als Freund der Familie, so dachte er damals, könne er Francis auf immer behalten. Vielleicht nur in ganz geringem Maße, von ferne, aus zweiter Hand, auf Jahre räumlich von ihm getrennt und doch noch ganz locker mit ihm verbunden, und es war immer noch besser, fand er, viel besser, diese Anlaufstelle zu haben, wo er hin und wieder etwas über ihn erfuhr, beiläufig seinen Namen hörte, als mit ganz leeren Händen dazustehen.

»Du wolltest nicht alle Brücken hinter dir abbrechen«, sagte ich.

»Ja, auch das. Unsere Beziehung – scheußliches Wort, aber wie soll man es sonst nennen – war so sensibel, so risikoreich, so vergänglich. Vergänglich aus seiner Sicht, ich hätte wohl eher fragil gesagt. Aber mit dieser Einstellung hatte ich zumindest die Aussicht, in zwanzig Jahren mit Vera alt zu werden, an Veras Kamin zu sitzen, als Veras Vertrauter, dem sie erzählte, wo er war und was er machte, der von seinen Beförderungen, seinen Veröffentlichungen erfuhr. Zumindest das würde mir bleiben, sagte ich mir, das würde mir niemand nehmen können, wenn ich es geschickt genug anstellte. Und es war ja auch immer wieder denkbar, daß ich eines Tages Francis dort antraf. Theoretisch wohnte er noch zu Hause. Bald, das hatte er mir erzählt, würde er endgültig ausziehen, nie wieder nach Hause kommen. So recht nahm ich ihm das nicht ab, außerdem war es noch nicht so weit, und ich lebte in der Gegenwart. Angeblich ist das etwas Positives, ein Idealzustand, wenn man der modernen Psychologie glauben will. Eigenartig, denn in Wirklichkeit lebst du in der Gegenwart, wenn eine schlimme Vergangenheit die Erinnerung nicht lohnt und eine düstere Zukunft keinen Gedanken wert ist.«

In jenem Winter kam er eine Woche nach Weihnachten zu Vera, weil er dort Francis anzutreffen hoffte. Francis war nicht da. Er war über Neujahr zu Bekannten nach Schottland gefahren und hatte sich natürlich nicht die Mühe gemacht, Chad zu verständigen. Es war eine grauenhafte Enttäuschung, sagte Chad, ein schlimmer Schock, daß Francis gleich wieder nach Oxford fahren würde, ohne noch einmal zu Hause vorbeizukommen, so daß er, Chad, ihn vier Monate lang nicht sehen würde. Er war so niedergeschmettert, daß er zunächst Veras Unwohlsein gar nicht zur Kenntnis nahm. Er wurde erst aufmerksam, als Vera sagte, er solle nicht böse sein, daß sie ihm keinen Tee anbot, sie sei zu schlapp zum Aufstehen. Jetzt bemerkte er auch ihre Blässe, die schweren Lider, und als er ihr die Hand auf die Stirn legte, brach ihr der Schweiß aus.

Das war der Beginn von dem, was Chad mir in Brown's Hotel erzählte. Manchmal, fuhr er fort, habe er sich gefragt, inwieweit er die kommenden Ereignisse ausgelöst habe. Angenommen, er hätte getan, worum Vera ihn gebeten hatte – man stelle sich vor, worum die Mutter eines kleinen Sohnes ausgerechnet *ihn* bat! –, hätte sich dann diese schreckliche Konvergenz menschlicher Schicksale nie vollzogen? Wäre alles gut gegangen? Ich glaube das nicht. Ich denke mir, daß Eden dennoch eine Möglichkeit gefunden hätte und Vera dennoch die Verliererin gewesen wäre, und das sagte ich ihm auch. Er solle sein Gewissen damit nicht belasten. An Wissen mochte er mir über sein, aber die Beteiligten kannte ich besser als er, es war meine Familie. Dann verabschiedeten wir uns und sahen uns nie wieder, hörten nie mehr etwas voneinander, bis Daniel Stewart in unser Leben trat.

Noch etwas fragte ich ihn, vielleicht hätte ich es nicht tun sollen, was ging es mich schließlich an?

»Ist das Echo nun endgültig erstorben, Chad?«

Er tat, als habe er nicht verstanden.

Und nun liegt Chads Bericht über seinen Besuch bei Vera an jenem Silvesterabend vor mir, buchstäblich vor mir auf dem

Tisch, so, wie er aus dem Umschlag gekommen ist. Er hat ihn für Stewart geschrieben, auf dessen Bitte, weil sonst niemand mehr am Leben ist, der damals dabei war. Chad, obschon inzwischen in den Siebzigern, obschon mit Hadrians Ohrläppchen gezeichnet, scheint sehr rege, scheint geistig voll da zu sein, aber was ist aus seinem Stil geworden, diesem einst so prägnanten, gefälligen, eleganten Stil? Er ist wohl der Liebe zu meinem Vetter Francis zum Opfer gefallen. Stewart möchte, daß ich mir Chads Darstellung ansehe und sie gegebenenfalls bestätige. Das geht natürlich nicht, ich war ja nicht dabei. Ich war in London und Cambridge und manchmal in Stoke-by-Nayland, und von Veras Krankheit erfuhr ich lediglich durch einen Brief, den sie meinem Vater schrieb. Trotzdem werde ich lesen, was Chad zu sagen hat. Ich möchte auch den Rest erfahren, das, was er mir in Brown's Hotel nicht erzählt hat.

Ich werde versuchen, einen nüchternen Bericht zu geben, schreibt Chad, *ohne nachträgliche Erkenntnisse in meine Schilderung einfließen zu lassen. Ich werde versuchen zu schreiben, was ich damals für wahr ansah. Am letzten Tag des Jahres 1948 wußte ich nichts von einem Geheimnis um James Ricardo, damals Hillyard, den wir Jamie nannten. Ich hielt ihn für Gerald Hillyards Sohn, Zweifel daran waren mir nie gekommen. Daß Mr. und Mrs. Hillyard sich getrennt hatten, führte ich auf ganz andere Gründe zurück. Auch von einem Bruch zwischen Vera Hillyard und Eden Pearmain war mir nichts bekannt. Solange ich sie kannte, hingen sie mit einer Zärtlichkeit aneinander, die mehr als schwesterliche Pflichtübung war. Für mich war zu diesem Zeitpunkt die Beziehung unverändert, und selbst damals war sie das ja auch noch – bis zu einem gewissen Punkt.*

Der 31. Dezember 1948 war ein Freitag. Ich mußte am nächsten Morgen für meine Zeitung einen Gerichtsreportage abliefern.

Wenn der Artikel geschrieben war, hatte ich den Rest des Tages frei. Es bestand eine lose Verabredung mit den Hillyards, den Silvesterabend bei ihnen zu verbringen. Um die Verabredung festzumachen, fuhr ich von Colchester aus über Great Sindon zurück und machte einen Besuch bei Vera Hillyard in ihrem Haus, Laurel Cottage.

Sie schloß tagsüber nie ab, damals waren die Zeiten noch nicht so unsicher. Ich ging ins Haus und rief nach ihr. Jamie, ihr kleiner Sohn, lief mir entgegen, Vera selbst saß in einem Sessel und stand nicht auf, als ich das Zimmer betrat. Es dauerte eine Weile, bis ich merkte, daß es ihr nicht gut ging. Ich hatte zwar gespürt, daß sie bedrückt schien, schrieb das aber der Tatsache zu, daß ihr älterer Sohn, Francis, es sich anders überlegt hatte und Neujahr nun doch nicht bei ihr sein würde. Dann aber sagte sie, sie habe wohl die Grippe, sie hatte gerade Fieber gemessen, das Thermometer zeigte 39 Grad. Ich fragte sie, ob ich einen Arzt holen sollte, aber sie sagte, der würde sie doch nur ins Bett schicken, und sie müsse doch Jamie versorgen.

Ich war in der Zwickmühle. Vera schien ernstlich krank zu sein, ihr Zustand verschlechterte sich zusehends. Ich sah, wie ihr der Schweiß ausbrach, und dann fing sie an zu frieren und bat mich, ihr eine Decke zu holen. Es war fast nicht zu verantworten, sie allein zu lassen, andererseits konnte ich nichts für sie tun und wollte mich nicht auch noch anstecken. Um sie doch ein bißchen zu entlasten, bot ich ihr an, Jamie auf ein paar Stunden mitzunehmen, damit sie sich ausruhen konnte. Sie stimmte zu. Ich nahm den Kleinen mit zu mir, machte uns etwas zu essen und schrieb meinen Artikel, während er sich mit einem alten Mah-Jongg-Spiel vergnügte, und gegen vier fuhr ich ihn heim.

Vera ging es viel schlechter, sie lag, völlig angekleidet, im oder vielmehr auf dem Bett, warf sich von einer Seite auf die andere, hielt sich die Brust und hatte offensichtlich Schwierigkeiten mit dem Atmen. Diesmal besann ich mich nicht lange, ich rief ihren Arzt an und bat ihn, so schnell wie möglich vorbeizukommen. Damals meldeten sich noch die Ärzte persönlich, nicht bloß die Sprechstundenhilfe oder – schlimmer noch – der Anrufbeantworter. Und sie kamen ins Haus, ohne daß ihnen ein Zacken aus der Krone gefallen wäre. Ich weiß nicht, wie der Arzt hieß, der Name ist mir entfallen, aber er wohnte in Great Sindon und war eine halbe Stunde später da.

Als Vera Fieber gemessen hatte, mochten es wirklich 39 Grad gewesen sein, aber als der Arzt Fieber maß, war das Thermometer schon auf 40 Grad geklettert. Es war eine echte Influenza, und er befürchtete, es könne eine Rippenfellentzündung daraus werden. Sie solle sich warm halten, sagte er, im Bett bleiben, viel trinken und Aspirin nehmen, und morgen früh werde er wieder vorbeikommen. Sie habe Glück, daß ich da sei und sie pflegen könne. Ich glaube, er hielt mich für den Ehemann. Ich belehrte ihn rasch eines Besseren, versprach aber, die Nacht über bei ihr zu bleiben. Was blieb mir anderes übrig?

Als der Arzt gegangen war, fragte ich Vera, ob ich Eden anrufen sollte, aber sie sträubte sich heftig. Auf keinen Fall dürfe ich Eden lästig fallen, schon gar nicht am Silvesterabend. Was mir Kummer machte, war Jamie. Ein paar Tage hätte ich Vera wohl pflegen, nicht aber außerdem noch einen Dreijährigen versorgen können. Immerhin schaffte ich es, ihn zu Bett zu bringen, und als Vera eingeschlafen war, versuchte ich Eden anzurufen. Die Wirtschafterin, eine Mrs. King, meldete sich und sagte, sie seien beide ausgegangen, es sei doch Silvester. In dieser Nacht schlief ich in Francis Hillyards Zimmer und stellte mir den Wecker, um gegen zwei und gegen fünf nach Vera zu sehen.

»Delirium« ist ein starkes Wort, und ich will nicht behaupten, Vera habe deliriert. Aber sie hatte hohes Fieber und war nicht ganz bei sich. Als ich zum zweiten Mal zu ihr ging, griff sie nach meiner Hand und begann mit hoher, rascher Stimme

zu reden, meist ungereimtes Zeug, wie ich damals dachte, dann wieder Verständlicheres, daß ein Leben ohne Kinder sinnlos sei, und dann sagte sie plötzlich ein Gedicht auf.

Ich hatte bei Vera nie literarische Neigungen vermutet, aber das Gedicht hatte sie wohl in der Schule gelernt, es muß ihr großen Eindruck gemacht haben.

Dein bester Freund die Schwester ist
bei Sonne wie im Sturm,
sie tröstet, wenn du traurig bist,
und ist ein fester Turm,
wenn um dich schwankt einmal die Welt
und Zank und Hader um dich gellt.

Ich legte mich wieder hin, und gegen sieben Uhr weckte mich Jamie. Er wollte zu seiner Mutter, aber ich mochte ihn nicht zu ihr lassen, weil ich Angst hatte, er könne sich anstecken. Der Arzt kam und meinte, man könne sie zu Hause lassen, wenn jemand zwei- oder dreimal am Tag nach ihr sehen könnte. Auf keinen Fall aber solle das Kind bei ihr bleiben. Wieder versuchte ich Eden anzurufen, und wieder war sie nicht da. Die Wirtschafterin sagte, sie würde Mrs. Pearmain bitten, sich bei mir zu melden, wenn sie wieder zu Hause sei. Sie wurde gegen zwölf zurückerwartet, weil sie zum Mittagessen Gäste hatte.

Vera atmete noch immer schwer und hatte Mühe mit dem Sprechen. Ich setzte mich zur ihr aufs Bett und sagte ihr, was der Arzt meinte. Ich müßte nun gehen, sagte ich, aber ich hätte mit Josie Cambus gesprochen, und Josie würde mittags und noch einmal gegen Abend vorbeischauen. Ich würde aber zumindest so lange bleiben, bis Eden zurückgerufen hatte, denn wir müßten jemanden finden, der sich um Jamie kümmere.

So elend sie sich auch fühlte – bei diesen Worten war sie wie elektrisiert. Sie griff nach meiner Hand und setzte sich auf. Ich müsse Jamie nehmen, ich müsse ihr versprechen, Jamie zu mir zu nehmen und für ihn zu sorgen. Das waren ihre Worte, ich erinnere mich genau.

»Nimm du ihn, Chad, er kennt dich, bei dir ist er gut aufgehoben. Ich wäre beruhigt, ich könnte schlafen, wenn ich wüßte, daß er bei dir ist.«

Sie würde sich bald wieder erholen, sagte sie, länger als ein, zwei Tage könne das unmöglich dauern. Sie könne sich nicht erinnern, auch nur einen Tag krank gewesen zu sein seit dieser Geschichte als Halbwüchsige, Eden war damals noch ganz klein, und damals war es Anämie gewesen, und wäre jemand auf die gute Idee gekommen, ihr Eisen zu geben, wäre die Sache schnell genug vorbei gewesen. So redete sie drauflos, sie warf sich hin und her und klammerte sich an meine Hand. Ich würde ihr versprechen, Jamie bis Montag zu behalten, nicht wahr? Bis Montag sei sie wieder frisch und munter, ganz bestimmt. Jamie würde mir keine Mühe machen, er würde essen, was ich aß, er wachte nachts nie auf, seine Sachen waren in der Kommode in seinem Zimmer, ich solle ihr nur einen Koffer bringen, dann würde sie alles packen.

Ich habe nie ernsthaft dran gedacht, ja zu sagen, ich fand, daß sie ein ausgesprochen lächerliches Ansinnen an mich stellte. Ich war Junggeselle und hauste in einer Einzimmerwohnung mit Kochnische. Was wußte ich über die Bedürfnisse, Neigungen, Grillen kleiner Kinder? Für den nächsten Morgen war ein Interview mit einem Unterhausabgeordneten verabredet, es war zwar Sonntag, aber der einzig mögliche Termin für ihn. Am Montagmorgen mußte ich um neun zum Dienst. Ich setzte mich mit Veras Bitte gar nicht ernstlich auseinander. Außerdem konnte ich mir nicht vorstellen, daß sie bis Montag wieder auf dem Damm sein würde. Eine der Frauen würde ihn nehmen, sagte ich, Eden würde ihn nehmen.

Sie bäumte sich im Bett auf, als sei ihr ein Geist erschienen. Sie starrte mich an, als sähe sie etwas Grauenvolles hinter mir, ein Gespenst, das mit hocherhobenen Armen mitten im Zimmer stand. Und so war es ja wohl auch, nur war die Erscheinung für uns andere eben noch unsichtbar. Sie umklammerte meine Hand, als wolle sie mich nie mehr loslassen.

»Bitte behalte Jamie, Chad.«

Sie flehte und bettelte, sie redete irre. Das kommt vom Fieber, sagte ich mir. Mehr dachte ich mir nicht dabei.

»Das kann ich nicht machen«, sagte ich. »Sei vernünftig, Vera. Du weißt doch, daß ich es nicht machen kann.«

»Ich habe dich noch nie um etwas gebeten, Chad, ich werde dich nie wieder um etwas bitten. Tu es, Chad, ich flehe dich an.«

»Es geht nicht, Vera«, sagte ich.

»Dann sorg dafür, daß Josie ihn nimmt. Er kennt Josie nicht so gut wie dich, aber sie ist eine liebe Frau, sie wird lieb zu ihm sein. Versprich mir, daß du Josie holst.«

Ich würde sie fragen, sagte ich, ich würde mir die größte Mühe geben. Unten läutete das Telefon. Ich ging hin, und natürlich war es Eden. Die Haushälterin habe ihr ausgerichtet, daß Vera krank sei, sie würde gleich nach dem Essen kommen, sie würde nicht warten, bis die Gäste weg waren. Tony war ja da, sie würde sofort losfahren und Vera und Jamie nach Goodney Hall holen.

Mir fiel ein Stein vom Herzen. Jetzt, dachte ich, brauchen wir uns keine Sorgen mehr zu machen. Josie kam, als ich gerade aufgelegt hatte, sie hatte für Vera etwas zu essen gemacht, aber natürlich brachte Vera nichts hinunter. Da Josie eine der damals seltenen Waschmaschinen besaß, nahm sie einen Berg Schmutzwäsche von Vera und Jamie mit. Als ich Vera sagte, daß Eden kommen würde, reagierte sie recht eigenartig.

Sie sah mich mit einem wilden Blick an, aber sie war nicht hysterisch, sie schien nicht einmal im Fieber zu reden. Sie sagte etwas ganz und gar Verrücktes, in einem völlig ruhigen, nachdrücklichen Ton.

»Jamie schläft immer nach dem Essen. Schließ ihn in seinem Zimmer ein, Chad, und erzähl Eden, daß er bei Josie ist.«

Was sollte ich sagen? Was sagt man zu scheinbar verrückten Einfällen dieser Art? Ich gab vor, Gott verzeih mir, ihr den Willen zu tun. Einverstanden, Vera, sagte ich.«

Mehr las ich zunächst nicht aus Chads Bericht. Er ging mir mehr unter die Haut, als ich für möglich gehalten hätte. Natürlich wußte ich, daß das alles schlimm gewesen war, ich hatte um Veras Verzweiflung gewußt, aber daß es so schlimm gewesen war, das hatte ich nicht gewußt. Die gewünschte Bestätigung hätte ich Daniel Stewart ohnehin nicht geben können. Doch eins konnte ich tun: Ich konnte den Brief heraussuchen, den Vera etwa eine Woche nach dem bewußten Samstag an meinen Vater schrieb. Er trägt das Datum 6. Januar 1948 und ist einer der seltenen Winterbriefe, die er aufgehoben hat. Aufschlußreich an diesem Brief ist nicht das, was er aussagt, sondern das, was er verschweigt.

Lieber John,
ich hätte schon längst schreiben müssen, um Dir für die Postanweisung zu danken, die Ihr Jamie netterweise zu Weihnachten geschickt habt. Leider liege ich seit einer Woche mit einer Grippe fest, eine scheußliche Sache mit Hals- und Brustkomplikationen, aber alle waren ganz lieb und haben mir geholfen. Josie und Thora Morrell haben täglich nach mir gesehen, und Helen war natürlich großartig, sie hat Stunden bei mir verbracht, mir vorgelesen und Essen von Walbrooks herübergeschickt. Jamie ist bei Eden. Ich hatte gewisse Bedenken, weil ich dachte, daß sie vielleicht noch nicht erholt genug ist, um ihn zu versorgen, aber sie hat mir versichert, daß sie wieder völlig auf dem Posten ist. Er ist in diesem schönen Haus wirklich am besten aufgehoben, bis nächste Woche müßte ich eigentlich so weit sein, ihn wieder zu mir zu nehmen. Eden hat ihn geholt, sobald sie erfuhr, daß ich krank war…

Natürlich wurde auch dieser Brief am Frühstückstisch verlesen. Meine Mutter hörte ihn sich mit dem üblichen Ausdruck gequälten Ärgers an.

»Ich bin froh, daß der Junge bei seiner Tante ist«, sagte mein Vater. »Da fällt mir doch ein Stein vom Herzen. Er könnte nicht in besseren Händen sein. Eden ist die Güte selbst. Nach der eigenen Mutter ist sie das Nächstbeste, was Jamie passieren könnte.«

»Der Unterschied dürfte nicht erheblich sein«, sagte meine Mutter ausdruckslos und meinte damit wohl, daß ihrer Ansicht nach Vera und Eden ein ihnen anvertrautes Kind gleich schlecht behandeln würden. Mein Vater hatte das vermutlich ebenso ausgelegt, denn er warf den Brief hin und fragte, was sie damit gemeint habe. »Du weißt, wie ich darüber denke«, sagte sie ausweichend. »Ich habe dir damals gesagt, daß diese Fehlgeburt für deine Schwester die beste Lösung war. Sie mag Kinder nicht, sei hat keine Geduld, das sieht man ihr doch schon an.«

Sie stritten eine Weile hin und her. Der Mutterinstinkt, behauptete mein Vater, sei bei seinen beiden Schwestern ganz besonders stark ausgeprägt, das hätten sie von seiner Mutter. Meine Mutter hat es Eden nie vergessen, daß sie damals, als sie bei uns gewesen war, ihr Zimmer auf Hochglanz gebracht hatte. Sie belferte über Edens Selbstsucht, ihre Rücksichtslosigkeit, Berechnung und und und. Ich dachte an Edens Hochzeit, als sie Jamie weggescheucht hatte. Höchstwahrscheinlich hätte sie ihn geschlagen, wenn er sich nicht geduckt hätte. Ich dachte daran, daß sie nie mit ihm sprach, wenn es sich irgend vermeiden ließ, ich sah im Geiste Jamie den Schweizer Holzhund in der Hand halten, hörte Eden ihn anfahren: »Leg das hin, das ist kein Spielzeug.«

Mein Vater stand auf, er mußte in die Bank. »Ich glaube wirklich, dort ist er am besten aufgehoben«, stellte er fest, als habe meine Mutter überhaupt nichts gesagt. »Bei seiner Tante hat er es wirklich gut.«

»Wenn ich es gewußt hätte, ich hätte ihn gern genommen«, meinte meine Mutter.

Von einer bestimmten Bezugsperson für Jamie, von einem, der die arme Vera durchaus hätte pflegen und versorgen können, wurde überhaupt nicht gesprochen. Wir hatten Francis als nützliches Mitglied der Gesellschaft, ja fast als Mitglied der Familie, wohl alle schon vor Jahren aufgegeben. Nach dem, was Chad schreibt, scheint Vera auch nicht vorgeschlagen zu haben, ihn aus Schottland zurückzuholen. Meine Eltern hatten offenbar vergessen, daß es ihn überhaupt gab. Hätten wir über eine andere Familie gesprochen, wäre mir die Frage ganz selbstverständlich gewesen, warum man nicht den Sohn der Kranken gerufen hatte. Francis aber zog ich in dieser Rolle gar nicht in Betracht. Ich las noch einmal Chads Schilderung, suchte vergeblich nach einem Hinweis auf Francis, registrierte nur, daß Chad zwei Nächte in Francis' Zimmer verbracht hatte, sicher in Francis' Bett, und fragte mich, was er dabei wohl empfunden hatte, höchstes Glück oder tiefste Qual oder vielleicht beides.

Ich schloß Jamie nicht in seinem Zimmer ein, fuhr Chad fort, *ich legte ihn einfach mit seinem Spielzeug aufs Bett und hoffte, er würde ein bißchen schlafen. Gegen drei kam Eden.*

Sie wollen die Fakten haben, alles, woran ich mich erinnern kann, ich muß also hier wohl festhalten, daß sie nicht direkt betrunken war, aber ersichtlich recht fleißig das Glas gehoben hatte. Sie roch nach Wein. Madame de Pompadour hat einmal gesagt, daß der einzige Wein, den eine Frau trinken kann, wenn sie hinterher noch schön aussehen will, Champagner ist, es muß unter anderem wohl auch Champagner gewesen sein, den Eden getrunken hatte. Sie hätte sich eigentlich gar nicht ans Steuer setzen dürfen. Sie ging sofort in Jamies Zimmer packte einen Koffer für ihn, und dann ging sie zu Vera.

Was dort gesprochen wurde, habe ich nicht gehört. Jamie war von Edens Kommen aufgewacht und weinte leise. Ich gab ihm Orangenlimonade und einen Keks. Inzwischen fieberte ich vor Ungeduld. Ich hörte Eden rufen und ging nach oben. Vera war auf dem Gang zusammengebrochen, sie war nicht bewußtlos, nur zu schwach, um wieder aufzustehen. Damals dachte ich, sie hätte ins Badezimmer gehen wollen, später aber sah ich es anders. Auch Eden war auf dem Gang, sie hatte die Handschuhe angezogen und die Handtasche unter dem Arm. Wahrscheinlich hatte sich Eden von Vera verabschiedet und war aus dem Zimmer gegangen. Vera war aufgestanden, um ihr nachzugehen, und dann, schwach wie sie war, hingefallen. Ich hob sie auf und trug sie wieder ins Bett. Sie legte sich mit geschlossenen Augen zurück. Unten weinte Jamie jetzt lauter.

Vera murmelte: »Jamie... bitte, Chad...« Tränen rollten ihr über die Wangen. Ich dachte, daß sie vor Schwäche weinte und vom Fieber.

»Am besten läßt man sie jetzt in Ruhe, damit sie schlafen kann«, sagte Eden. Die Worte liefen ein bißchen ineinander, aber wenn man nicht wußte, wie sie sonst sprach, fiel es überhaupt nicht auf.

Wir gingen zu Jamie. Er weinte, weil er sich mit Saft bekleckert hatte. Ich putzte ihn ab und goß ihm noch etwas ein. Eden sagte nichts mehr davon, daß sie eigentlich Vera und *Jamie hatte mitnehmen wollen, und ich erinnerte sie auch nicht daran. Vera war nicht transportfähig, der Arzt hatte selbst gesagt, sie solle in ihrem Zimmer und im Bett bleiben. Wir hatten ja gesehen, was dabei herauskam, wenn sie aufzustehen versuchte. Ich überlegte noch, ob ich es verantworten könnte, sie alleinzulassen, da kam Josie Cambus mit ihrem Strickzeug und einem Leihbibliotheksbuch. Sie war darauf eingestellt, den Rest des Tages und notfalls die ganze Nacht bei ihr zu bleiben.*

Ja, und das war's. Eden setzte Jamie auf die Rückbank ihres Wagens, stellte den Koffer in den Kofferraum und fuhr los. Ich würde Vera am Montag anrufen und nachfragen, wie es ihr ging, sagte ich zu Josie, und dann machte ich mich auch davon. Aber am Montag hatte ich die Grippe, ich mußte die ganze Woche und einen Teil der nächsten Woche zu Hause bleiben, und als ich endlich zum Anrufen kam, war Josie am Apparat und sagte, Vera ginge es viel besser, aber sie schliefe gerade. Danach hatte ich lange keinen Kontakt mehr mit Vera, und als ich sie wieder sprach, hatte sich vieles verändert. Eden Pearmain habe ich nie wiedergesehen. Meine letzte Erinnerung an sie ist der Augenblick, in dem sie sich ans Steuer setzte, die letzten Worte, die ich je von ihr hörte, waren eine Mahnung an Jamie, sich nicht die Finger in der Autotür zu klemmen.

Vera war lange krank. Als ich sie im Februar sah, erschrak ich über ihr Aussehen und mußte Helen recht geben, die meinte, Vera sei noch nicht so weit, sich wieder um Jamie zu kümmern.

Ich war übers Wochenende in Walbrooks, Andrew hatte mich am Freitagabend mitgenommen. Hätte mein Vater in den letzten Wochen von Vera oder Eden gehört, hätte ich nur so viel erfahren, daß Vera noch immer Rekonvaleszentin war. In Stoke-by-Nayland beschäftigte ich mich nur insofern mit ihr, als mir leise das Gewissen schlug. Aus Gründen, die eigentlich allen – einschließlich Vera und Eden – einleuchten mußten, wohnte ich jetzt bei Helen und nicht mehr bei Vera, wenn ich in der Gegend war. Das hatte Vera wohl auch begriffen. Trotzdem hatte ich das Gefühl, sie im Stich gelassen zu haben.

»Sie hätte dich nicht gebrauchen können, Liebes«, sagte Helen. »Es geht ihr gar nicht gut. Sie hat sich nie so richtig von dieser Grippe erholt. Aber morgen fahren wir hin, dann siehst du sie ja selber. Sie möchte Jamie zurückhaben, ständig bittet sie uns, zu Eden zu fahren und ihn zu holen, aber ich weiß nicht recht... Na, du wirst ja sehen.«

Sie war so dünn, daß ich mich zwingen mußte, sie nicht

ständig anzustarren, und hatte dieses verwaschene Aussehen, wie man es viel bei blonden Frauen sieht, wenn sie in die Jahre kommen. Sie sah aus wie ein welkes Blatt. Ihre Haut war knitterig, das Haar hatte graue Strähnen, Knöchel und Kniegelenke standen wie dicke Knoten hervor, und wenn sie lächelte, sah ihr Gesicht aus wie ein Totenschädel. Trotz ihrer augenscheinlichen Schwäche hatte sie in der vergangenen Woche Jamies Zimmer gestrichen. Wir mußten alle nach oben gehen und ihr Werk bewundern, Helen und der General und Andrew und ich. Es war das Zimmer, in dem ich früher geschlafen, das Zimmer, in dem ich Eden beobachtet hatte, wenn sie ihr Gesicht eincremte und sich Lockenwickler ins Haar drehte, und in dem ich mit ihrem Make-up experimentiert hatte, und es war kaum wiederzuerkennen. Vera hatte die Wände weiß und das Holz hellblau gestrichen, hatte Jamie einen Flickenteppich aus blauen und weißen Stoffstreifen gemacht und Beatrix-Potter-Bilder ausgeschnitten und gerahmt.

»Entzückend ist es geworden«, sagte Helen. »Er wird hingerissen sein. Aber meinst du wirklich, daß du der Belastung schon gewachsen bist?« Der Totenschädel lächelte. »Selbstverständlich. Hätte ich sonst all das hier geschafft? Außerdem glaube ich kaum, daß Eden ihn noch länger behalten kann, es wäre ein bißchen viel verlangt bei ihren vielen gesellschaftlichen Verpflichtungen. Wahrscheinlich hat sie ihn schon satt, sie wird froh sein, wenn sie ihn los wird.«

Das klang so munter, so sicher. So ... zum äußersten entschlossen?

»Ich könnte ihn eine Weile nehmen«, sagte Helen ohne große Begeisterung. Trotzdem wußten wir alle, daß das Angebot ehrlich gemeint war. Sie würde Jamie nehmen, wenn Vera es wollte. »Ich tu's gern, Liebes, wenn du es dir noch nicht so ganz zutraust und Eden eine Verschnaufpause braucht.«

Vera sagte nichts. Ich hatte den Eindruck, daß sie vor irgend etwas Angst hatte. Oder ist das auch nur eine dieser nachträglichen Erkenntnisse? Habe ich damals sonst noch etwas bemerkt außer ihrer Magerkeit, ihrer Erschöpfung, der Art, wie sie den Kopf schüttelte und Helen gleichzeitig dankbar und ablehnend zulächelte? Wir setzten uns alle in den Wagen und fuhren nach Goodney Hall. Die Zufahrt zum Haus bildete eine lange Lindenallee. Schneewehen lagen um die Wurzeln der Bäume herum und ungleichmäßig verteilt im Gelände. Schneewolken hingen schwer am Himmel. Wir hatten tiefsten, kältesten Winter, es war die schlimmste Zeit des Jahres, viel ärger als Dezember. Allmählich wurden die Tage nun wieder länger, dennoch war es kurz nach fünf schon dunkel.

Steuarts schönes Haus stand in vornehmer Distanz wie auf einem Floß aus Terrassen und Treppen und Balustraden. Kein Nadelbaum, kein immergrüner Busch unterbrach das einfarbige Bild, die Grautöne von Haus und Himmel. Es war drei, noch sah man nirgends Licht. Etwas Seltsames geschah, als wir auf den Kiesplatz vor der Terrasse rollten. Eden kam in Sicht, allein, sie ging sehr langsam. An der Ecke blieb sie stehen, an einer steinernen Urne, die im Winkel der Balustrade stand, legte die Hände um den Sockel und schaute erst über den Park hin und dann in unsere Richtung. Sie trug einen Pelzmantel mit hochgeschlagenem Kragen, der wie ein Rahmen um ihr Gesicht stand. Ich bin sicher, daß sie uns nicht erwartet, von unserem Kommen nichts gewußt hatte und unangenehm berührt war, als sie uns sah.

Es gelang ihr auch nicht ganz, das zu verbergen. Dieser Lebensstil war ihr nicht angeboren, die glattpolierten Umgangsformen, das Verschleiern von Gefühlen, das stets bereite künstliche Begrüßungslächeln waren ihr nicht in Fleisch und Blut übergegangen. Als sie die Treppe hinunterkam, verriet ihr Gesicht erst Ärger, dann Resignation. Ihr Haar steckte unter einem Turban aus dunklem Strickstoff, dies und der rote Fuchskragen erwiesen sich als Hindernisse für Willkommensküsse. Niemand küßte.

»Ach du Himmel! Wie nett euch alle zu sehen. So eine Überraschung.«

»Ich habe dir doch gesagt, daß wir am Samstag kommen würden«, sagte Vera.

»Vor zwei Wochen hast du nur gesagt, du würdest wahrscheinlich am Wochenende kommen.«

Man hatte den Eindruck, daß Vera, hätte sie versucht, Eden auf einen bestimmten Tag festzunageln, von ihrer Schwester entschlossen abgewimmelt worden wäre. Wir gingen ins Haus. Obgleich Heizmaterial und auch sonst fast alles knapp war, hatte ich damit gerechnet, daß es auf Goodney Hall warm sein würde. Eden und Tony werden schon etwas organisieren, hatte ich mir gedacht. Es war kalt, kälter als an der Uni oder in Walbrooks oder im Haus meiner Eltern. Im etruskischen Salon stand ein kleiner elektrischer Heizofen. Wir behielten die Mäntel an, vielleicht machte auch deshalb niemand Anstalten, sich zu setzen. Mrs. King habe heute frei, sagte Eden, aber es sei ohnehin ein bißchen früh für Tee, nicht wahr? Tony sei gerade nicht da.

»Macht Jamie noch seinen Mittagsschlaf?« Veras Stimme klang merkwürdig schüchtern.

»Jamie?« Eden tat, als habe sie diesen Namen irgendwo mal gehört und erinnere sich seiner jetzt vage aus ferner Vergangenheit. »Jamie? Ja, ich denke schon, ich weiß es nicht.« Einen Augenblick herrschte allgemeines Schweigen. Andrew sagte mir später, er habe in diesem Augenblick das seltsame Gefühl gehabt, daß sich Jamie gar nicht im Haus befand, gar nicht von Eden versorgt worden war, daß Vera unter Wahnvorstellungen litt. Sie bildete sich nur ein, Jamie sei bei Eden, dabei war er die ganze Zeit bei Josie oder Mrs. Morrell gewesen. Doch hier irrte Andrew, denn jetzt legte Eden den Rotfuchsmantel ab, warf ihn über einen Sessel und sagte – und es klang ebenso vernichtend wie ihre vorige Bemerkung:

»Soll ich Nanny bitten, ihn herzubringen, oder sollen wir hinaufgehen?«

Auf Veras Gesicht erschien eine Spur von Farbe, es sah aus, als habe sie zwei Insektenstiche auf den hageren Zügen, einen auf jeder Wange.

»Nanny?«

»Ganz recht«, sagte Eden liebenswürdig.

»Du hast eine Nanny für Jamie eingestellt?«

»Ja, wir hielten es für das Vernünftigste, uns jemanden zu nehmen, der von Berufs wegen etwas von der Sache versteht.«

Als sei Jamie autistisch oder schwachsinnig oder ein kleiner Verbrecher, sagte Andrew später zu mir.

»Ist er in diesem reizenden Kinderzimmer, das wir uns damals angesehen haben, Eden?« fragte Helen sehr lieb und sehr munter. »Ich würde furchtbar gern sehen, wie es sich macht, wenn es benutzt wird.«

Eden zuckte die Schultern. »Na, dann kommt.«

Der General verzichtete dankend. Er gehörte noch zu einer Männergeneration – vielleicht der letzten –, für die Frauen- und Männerrollen streng geschieden waren. Ein Mann setzte keinen Fuß ins Kinderzimmer, redete nicht mit Kindermädchen. Männer gaben sich, wie Sultane, mit Kindern, auch mit Knaben, erst ab, wenn man einigermaßen vernünftig mit ihnen reden konnte. Er griff sich den *Daily Telegraph*, in dem, wie ich feststellte, Eden das halbe Kreuzworträtsel bewältigt hatte, und setzte sich damit aufs Sofa. Der Part des Mannes sah vor, daß er den Wagen fuhr, und das gedachte der General auch zu tun, wenn es soweit war. Andrew kam mit, und als wir die Treppe hinaufgingen, nahm ich seine Hand.

Als Eden den Fuchs abgelegt hatte, präsentierte sie sich im Gutsherrinnenlook. Sie trug einen Tweedrock mit Kellerfalten, ein hellblaues Twinset, mehrere Perlenketten und den Memoirering. Das leuchtendgoldene Haar war kurz geschnitten, dauergewellt und in symmetrische Wurströllchen gelegt. Sie führte uns den langen Gang entlang zu dem Eckzimmer, das wir schon kannten. Auf dem Gang war es so kalt, daß ich mit den Zähnen klapperte. Im Kinderzimmer aber war es nicht kalt. Auf den Kamin hatte ich bei unserem ersten Besuch nicht geachtet. Jetzt war er nicht zu übersehen. Ein hell loderndes Feuer, kein Holz-, sondern ein Kohlenfeuer mit guten Eierbriketts aus Wales, verbreitete eine rotglühende Hitze, die sich mit der Leistung des elektrischen Heizofens zwischen den beschlagenen Fenstern – die Außentemperatur war eisig – mehr als messen konnte. Bei unserem letzten Besuch hatte die Sonne in diesem Zimmer gestanden und Muster auf den rosa Teppich mit den Kanten aus Efeu und Winden gemalt. An die Stelle des Teppichs war ein hellbeigefarbener Teppichboden getreten, vor den Fenstern hingen neue Vorhänge aus beigefarbenem Rips, aber Tisch und Stühle waren noch da und auch das Schaukelpferd. Ein junges Mädchen, das ein bißchen älter sein mochte als ich, vielleicht in Edens Alter, stellte gerade Teetasse und Untertasse, einen Teller und einen Becher mit einem Kaninchenbild auf den Tisch. Sie trug ein graues Kleid, keine richtige Schwesterntracht, aber so trist, daß man es für so etwas hätte halten können. Jamie saß auf dem Schaukelpferd, das er offenbar energisch bewegt hatte. Als wir hereinkamen, hörte er auf zu reiten, aber das Pferd wiegte sich weiter. Er blickte in unsere Richtung und sah rasch wieder weg.

Eden ging zu der Nanny und flüsterte ihr etwas zu, was wir nicht verstanden. Als habe man auf einen Knopf gedrückt, sagte das Mädchen: »Sag deiner Mutter guten Tag, Jamie.«

Sie sprach mit starkem Suffolk-Akzent. Jamie reagierte nicht.

Vera war vernünftig genug, sich ihre bittere Enttäuschung nicht anmerken zu lassen. Erst jetzt machte ich mir klar, daß sie und Jamie sich seit dem 1. Januar nicht mehr gesehen hatten. Das war jetzt sechs Wochen her, und sechs Wochen sind im Leben eines Vierjährigen eine lange Zeit. Jamie stieg vom Schaukelpferd und stellte sich dicht neben seine Nanny.

»Los jetzt, sei kein Baby«, sagte sie.

Jamie verzog das Gesicht und begann zu weinen. Das Mädchen nahm ihn, ziemlich ungeschickt, fand ich, auf den Arm. Eden hatte sich von dem kleinen Drama distanziert, das sich da anbahnte. Sie schob die sorgfältig manikürte, beringte Hand in einen Kaminhandschuh und stocherte mit einem kleinen Schürhaken aus Messing im Feuer herum.

Jetzt konnte Vera sich nicht länger zurückhalten. Sie lief auf Jamie zu und streckte die Arme aus. Natürlich klammerte sich daraufhin Jamie nur noch fester an die kräftige Schulter in grauer Baumwolle und versteckte sein Gesicht. Vera gab einen kleinen Jammerlaut von sich, und die Nanny schob ihr den Jungen hin. Die nachfolgende Szene war schmerzlich auch für uns, die wir nur zusahen. Szenen dieser Art, die sich häufig abspielen, wenn Mutter und Kind lange getrennt waren, sind immer schmerzlich. Jamie brüllte und zappelte, machte sich von Vera los, warf sich seiner Nanny in die Arme, umklammerte ihre Knie. Eden stocherte inzwischen unentwegt im Kamin herum. Draußen hatte es angefangen zu schneien. Dicke, nasse Flocken trieben dicht an dem beschlagenen Fenster vorbei. Die Nanny setzte sich und schmuste mit Jamie, Vera stand zitternd, mit geballten Fäusten daneben.

»Es ist doch klar, daß er zuerst nicht recht weiß, woran er ist, Liebes«, sagte Helen. »Reg dich nicht auf. Am besten pakken wir ihn warm ein, suchen seine Sachen zusammen und nehmen ihn mit.«

Eden trat zu ihnen. »Was sagst du da? Ihr wollt ihn mitnehmen?«

»Aber natürlich, Kind, ich dachte, das wüßtest du.«

»Ich hatte keine Ahnung. Das kommt überhaupt nicht in Frage. Schaut nur, wie es schneit. Er war stark erkältet, und es wäre sehr unklug, ihn diesem Wetter auszusetzen, nicht wahr, Nanny?«

Ich glaube, uns war allen klar, wie ungeeignet diese Person als Orakel war, und sie reagierte auch gar nicht auf Edens Frage. Sie machte Kuhaugen, ließ Jamie auf ihrer Hüfte wippen und hopste mit ihm von einem Fuß auf den anderen. Wir hatten wohl auch alle das Gefühl, daß man am ehesten noch Vera hätte befragen müssen, wenn es um Jamies Gesundheit ging. Jamie strampelte, bis die Nanny ihn freigab, dann setzte er sich auf den Kaminvorleger und steckte den Daumen in den Mund.

»Von einer Erkältung hattest du gar nichts gesagt«, meinte Vera.

»Wir haben uns ja auch seit etwa zehn Tagen nicht mehr gesprochen.«

»Ich habe so oft angerufen, du warst nie da, immer hat sich deine Haushälterin gemeldet.«

»Ich kann doch nicht den ganzen Tag zu Hause bleiben, nur weil du vielleicht anrufen könntest, Vera«, sagte Eden geduldig.

»Wann kann ich Jamie also haben?« fragte Vera, ein bißchen wie ein kleines Mädchen, dem man ein Vergnügen versagt hat und das versucht, den Eltern ein neues Versprechen zu entlocken. »Wann kann ich ihn haben?«

Andrew geriet allmählich in Wut, und Veras demütig-bittender Tonfall machte ihn noch wütender. Er studierte zwar noch, genau wie ich, aber er war viel älter, älter als Eden, fast dreißig, er war in der Schlacht um England gewesen und in Kriegsgefangenschaft und galt in der Familie schon lange nicht mehr als eins der »Kinder«, zu denen ich noch gerechnet wurde.

»Du kannst ihn haben, wann du willst, Vera. Er ist dein Sohn. Wir packen ihn warm ein, und wahrscheinlich macht ihm die Fahrt überhaupt nichts aus. Wir sind hergekommen, um ihn zu holen, und das werden wir jetzt tun.« Als er sich an die Nanny wandte, war er jeder Zoll ein Sproß der gutsituierten, standesbewußten Richardsons. »Packen Sie bitte seine Sachen zusammen.«

Ich bewunderte ihn sehr. Zwar hielt ich mich für emanzipiert und setzte mich auch damals schon für die Rechte der

Frau ein, aber daß ein Mann fähig sein mußte, »den Befehl zu übernehmen«, war für mich selbstverständlich. Auch Helen schien sehr mit ihrem Sohn einverstanden zu sein. Ich hatte ihr angesehen, wie tief Edens Selbstherrlichkeit sie getroffen hatte. Erstaunlicherweise äußerte jetzt Vera Bedenken. Sie wollte es offenbar nicht mit Eden verderben, obgleich diese nicht so sehr verärgert als vielmehr eisern entschlossen wirkte.

»Wenn du wirklich meinst, daß es ihm schaden würde...«

»Das sagte ich bereits.« Eden trat an ein Fenster und hob den Vorhang, wenngleich man auch so den Schneesturm deutlich genug sah. Andrew sagte, was wir wohl alle dachten: »Wenn man den Wagen bis vor die Tür fährt, ist Jamie nur etwa zehn Sekunden im Freien.« Ätzend fügte er hinzu: »Es ist ja nicht so, als müßte er drei Kilometer zum Bahnhof laufen.«

»Warum verabreden wir uns nicht fest zum nächsten Samstag?« fragte Vera. Auch damals kam uns diese Formulierung merkwürdig vor. »Wie wäre es am nächsten Samstag, Eden?«

»Da fragst du besser erst Vater, ob er am nächsten Samstag frei ist«, sagte Andrew ziemlich unliebenswürdig.

»Josie hat einen Wagen, sie kann mich fahren. Sagen wir nächsten Samstag, Eden?«

Eden ließ sich Zeit mit der Antwort. Das Feuer, vor dem Jamie jetzt saß und noch immer am Daumen lutschte (die Aloetherapie schien vergessen), war ungeschützt. Eden schob die Hand in den Kaminhandschuh, legte ein paar Kohlen nach und stellte ein Kamingitter davor. Dann streifte sie den Handschuh ab, streckte abwesend die Hand aus und zauste Jamies Haar. Er reagierte nicht.

»Du kannst nächsten Samstag kommen, wenn du willst«, sagte sie.

»Dann komme ich gleich morgens und hole ihn ab, ja?«

»Ja, komm morgens.«

Die Nanny erschien mit Tee für alle auf einem Tablett. Eden machte ein böses Gesicht. Sie schüttelte den Kopf, als die Nanny ihr einschenken wollte. Vera setzte sich auf eins der hölzernen Kinderzimmerstühlchen, sie wäre sonst wahrscheinlich umgekippt. Es blieb still, bis Helen auf das Thema Schnee verfiel. Sie erzählte Schneegeschichten aus ihrer Kindheit in Walbrooks. Unterdessen geschah etwas Seltsames und im Lichte der kommenden Ereignisse sehr Trauriges. Jamie stand auf, ging zu Vera hinüber und stellte sich neben ihren Stuhl. Wieder benahm sich Vera sehr vernünftig und ließ sich nichts von der Rührung anmerken, die sie vermutlich empfand. Sie streckte die Arme aus oder vielmehr die Hände, wie man es tut, wenn man einem Kind anbietet, ein bißchen mit ihm zu schmusen – wenn es will. Jamie wollte offenbar. Er setzte sich auf ihren Schoß. Zum ersten Mal, seit wir ins Zimmer gekommen waren, machte er den Mund auf.

»Eden kauft mir einen Hund«, sagte er zu Vera.

»Wirklich, mein Schatz? Das ist lieb von ihr.«

»Einen großen Hund. Aber erst ist er klein.«

»Ach je«, sagte Vera. »Eigentlich hatte ich einen Hund nicht eingeplant, aber wenn du es versprochen hast, Eden ...«

Jamie nickte. »Sie hat's versprochen.« Er legte Vera die Arme um den Hals und schmiegte sich an sie.

»Laßt euren Tee nicht kalt werden«, sagte Eden, und ich hörte aus ihrem Ton Großmutter Longley heraus, deren Stimme ich längst vergessen zu haben glaubte.

Der Schnee zwang uns zum Aufbruch. Der Sturm hatte sich etwas gelegt, aber es war abzusehen, daß es weiterschneien würde, die schmalen Straßen würden bald unpassierbar sein. In Goodney Hall über Nacht zu bleiben, das wäre, wie Andrew es später ausdrückte, ein Schicksal, schlimmer als der Tod.

Veras Stimmung hatte sich gehoben, nachdem Jamie aus eigenem Antrieb zu ihr gekommen war und ihr seine Zuneigung bewiesen hatte. Ich dachte – Helen und Andrew wohl auch –, daß es ihr nur darum ging. Daß seine Gleichgültigkeit sie getroffen hatte. Man merkte auch, daß er tatsächlich erkältet war, seine Nase lief, und ab und zu hustete er ein bißchen. Es war sehr heiß im Kinderzimmer, und es wäre sicher nicht klug gewesen, mit ihm ins Freie zu gehen, und sei es auch nur für zehn Sekunden. Als wir nach unten gingen und den General abholten, hatten wir uns wohl alle mit dieser Lösung abgefunden. Jamie hatte Vera einen Abschiedskuß gegeben, fühlte sich offenbar in den Armen der Nanny durchaus wohl und hatte von der Kinderzimmertür aus nachgewinkt. Auch Eden gab Vera einen Kuß, sie küßte uns alle, betrachtete schaudernd den Schnee und flehte uns an, sofort Bescheid zu geben, wenn wir in Walbrooks heil angekommen waren.

Das war das einzige Wochenende, das ich in diesem Trimester nicht in Cambridge verbrachte. Ich war nicht interessiert genug und nicht besorgt genug, um nachzufragen, was an dem kommenden Samstag geschah. Inzwischen, so dachte ich – wenn ich überhaupt darüber nachdachte –, war Jamie gewiß wieder bei Vera in Laurel Cottage. Ich weiß noch, daß ich mir überlegte, wie Vera wohl mit einem »großen Hund« fertigwerden würde; seit Menschengedenken waren bei den Longleys keine Haustiere gehalten worden.

Erst im April erfuhr ich, daß Jamie nicht zu Vera zurückgebracht worden war, sondern sich, offenbar mit ihrer Duldung, noch immer auf Goodney Hall befand.

14

Daniel Stewart ist ein Mann, der auf den ersten Blick sehr jugendlich wirkt. Wie jung er ist, denkt man, der reinste Knabe. Der Eindruck entsteht, weil er schlank ist und eine gute Haltung hat, lange Haare und noch keine Glatze. Helen hat eine Theorie, daß Frauen – und vielleicht auch Männer – am besten wirken, wenn sie sich zehn Jahre jünger kleiden, als sie sind – nicht mehr und nicht weniger. Stewart kleidet sich zwanzig Jahre jünger, als er ist, und das ist zuviel, grenzt ans Absurde. Nach einer Weile sind die Falten in seinem Gesicht nicht mehr zu übersehen, die so schmerzlich wirken, wenn er lächelt, die grauen Strähnen, die durch die Tönung nicht so dunkel geworden sind wie das übrige Haar, Kupferfäden zwischen dem Braun.

Doch das nur nebenbei. Er ist liebenswürdig, eine Spur liebedienerisch, intelligent. Er sitzt in meinem Wohnzimmer, einen Haufen Pilzbücher um sich herum, und wir warten auf Helen, die er ja schon kennt. Mit einem Ohr höre ich ihm zu, mit dem anderen horche ich auf das nagelnde Geräusch des Dieseltaxis, mit dem sie kommen wird.

»Ich würde das gern abklären«, sagte er. »War das Gift, das Vera Hillyard benutzte, das gleiche, an dem die alte Frau starb, die sie in ihrem Haus tot aufgefunden hat?«

»Mrs. Hislop«, ergänze ich. »Das fragen Sie mich? Ich wußte nicht einmal, daß sie durch Gift umgekommen ist. Ich wußte, daß sie sich immer Pilze kochte, Blätterpilze.«

»Die Jury ist zu dem Schluß gekommen, daß sie eines natürlichen Todes gestorben ist. Auf dem Totenschein steht Myokardinfarkt, eine Art Herzschlag. Mit anderen Worten: Sie ist an Herzversagen gestorben, aber daran sterben wir alle. Bei der Obduktion fand sich eine schwere Nierenschädigung, worauf aber nicht näher eingegangen wurde. Mrs. Hislop war schließlich fast achtzig. In ihrem Häuschen stand ein Korb mit ungekochten Pilzen, in einem Topf war eine Art Pilzragout. Beides wurde untersucht und für harmlos befunden.«

Ich frage ihn, ob man bei der Obduktion Giftpilze in Mrs. Hislops Körper gefunden hatte. Ich habe immer geglaubt, daß ich mich für diese Dinge nicht interessiere – zum Beispiel lese ich keine Krimis –, aber im Gespräch merke ich, daß mein Interesse erwacht.

»Nein, nichts dergleichen, und das erklärt auch den Spruch der Geschworenen. Bei der gerichtlichen Untersuchung war aber sehr viel von Giftpilzen die Rede, weil ja allgemein bekannt war, daß Mrs. Hislop sich damit beschäftigte. Vera Hillyard mußte auch aussagen, aber das wußten Sie sicher.«

»Nein, das habe ich nicht gewußt«, sagte ich sehr überrascht, und ich erinnere mich, daß Vera mir erzählt hat, wie sie Mrs. Hislop fand, nicht aber, daß sie bei der gerichtlichen Untersuchung eine Aussage machen mußte. Diese Aussage muß bei ihr, einer behüteten Vierzehnjährigen, einen bleibenden Eindruck hinterlassen haben. Die Folgen davon, daß sie mir diese Tatsache verschwiegen hat, sind mir natürlich nicht entgangen. Bei der Verhandlung muß sie viel Wissenswertes über Pilze erfahren und sich eingeprägt haben, um es später durchzudenken.

»Meiner Ansicht nach«, sagt Stewart, »ist Mrs. Hislop in Wirklichkeit doch an einer Pilzvergiftung gestorben, und zwar an dem gleichen Gift, dessen Vera Hillyard sich fast dreißig Jahre später bediente. Niemand weiß genau, was es war, und jetzt werden wir es auch nicht mehr erfahren. Wir können nur anhand der Symptome gewisse Schlüsse ziehen oder uns, anders ausgedrückt, auf das stützen, was wir wissen, und danach einigermaßen sachkundige Vermutungen anstellen.«

»Wie bei Kaiser Hadrians Ohren«, sage ich.

Darauf geht er nicht ein. »Ich frage mich, ob das Gift Orellanin war. Man findet es in der Gattung Cortinarius. Lange galten Pilze der Gattung Cortinarius als harmlos, erst 1962 entdeckte ein Pole namens Grzymala die Eigenschaften von *Cortinarius orellanus.* Er schädigt die Nieren. Bei Kindern trat der Tod nach mehreren Tagen, bei Erwachsenen nach Wochen oder Monaten ein. Die Nierenfunktion setzt aus.«

»Mrs. Hislop pflegte regelmäßig unbekannte Pilze zu essen«, stelle ich fest. »Sie sagen, bei der Obduktion habe sich eine Nierenschädigung herausgestellt. Vera hat mir erzählt, daß Mrs. Hislop ganz ›aufgedunsen‹ aussah, als sie die alte Frau gefunden hat. Das könnte Monate nach dem Verzehr Ihres – wie heißt es noch gleich – Ihres *Orellanus* gewesen sein.« Ich greife nach dem Bestimmungsbuch für Speise- und andere Pilze, lese den einschlägigen Abschnitt und sehe sogleich einen Widerspruch.

»Ja, aber hier steht doch, daß *Orellanus* in Großbritannien selten oder gar nicht vorkommt. Vera ist ja nicht zum Pilzesammeln nach Polen gefahren. Und den anderen, *Turmalis*, den gibt es hier auch selten oder gar nicht.«

»Ich weiß«, sagt Stewart. »Das ist mir nicht entgangen. Aber wie steht es mit dem Purpuregerling, der in diesem Buch gar nicht behandelt wird? Hier ist er.« Er reichte mir ein dünnes, flaches Büchlein, herausgegeben vom Landwirtschaftsministerium etwa zehn Jahre, ehe Vera mit ihrer Giftmischerei begann. »*Cortinarius purpurascens*«, sagt er. »Offenbar recht häufig. Ist als eßbar eingestuft, aber nur in dem Sinne, als beim Verzehr keine gesundheitlichen Schäden eintreten.«

Ich sehe dieses Buch – ein Exemplar dieses Buches – nicht zum ersten Mal. Obgleich ich weiß, daß Vera getötet, obgleich ich weiß, daß sie es, ehe sie zum Messer griff, mit Gift versucht hat, bleibt mir, wie es so treffend heißt, schier das Herz stehen. Das Buch (Druckschrift Nr. 23, Speise- und Giftpilze) ist dünn und dunkelgrün, auf dem Einband ist ein Pfifferling abgebildet, wie man ihn auf französischen Märkten kaufen kann. Herausgekommen ist das Buch 1940, Preis eine halbe Krone. Eine Fußnote zu dem Text neben der Aquarellzeichnung des Purpuregerlings weist darauf hin, daß die Sorte selbst für Fachleute Bestimmungsschwierigkeiten bietet, und warnt vor Experimenten. Von Orellanin steht allerdings nichts da, aber als ich das Stewart sagen will, fällt mir ein, daß die Eigenschaften dieses Stoffes erst zweiundzwanzig Jahre nach dem Erscheinen von Druckschrift Nr. 23 entdeckt wurden.

»Er gehört zur Sorte der *Cortinarius*«, sagt er, »und enthält daher mit größter Wahrscheinlichkeit das nierenschädigende Orellanin.«

Ich schaue mir das Bild an und sehe überdeutlich purpurfarbene Pilze in den Wäldern in Sindon vor mir. Schließlich war ich ja immer im Spätsommer da, lange Zeit nur im Spätsommer oder Frühherbst. Anne und ich streiften zusammen durch die Wälder. In der Nähe der Furt, wo eine hölzerne Brücke den Fluß überspannte, dort, wo Vera einst mit ihrer Schulfreundin schwätzte und Kathleen March aus ihrem Kinderwagen geraubt wurde, dort hatte ich *cortinarius* gesehen, die sich in Büscheln durch das welke Laub schoben, dattelbraun bis olivgelb (wie es in dem Büchlein heißt), klebrig und opak, Hut breit mit einer violetten bis bräunlichgrauen buckligen Erhebung in der Mitte, Stiel faserig, blaß, Lamellen bläulich, dann zimtfarben, an Druckstellen ins Violette spielend, breit und engstehend, Fleisch azurblau.

In diesem Augenblick kommt zu meiner großen Erleichterung Helen. Die Erinnerung an jene schlimmen Zeiten steckt mir wie ein Brechreiz in der Kehle. Sie umarmt mich und schüttelt Stewart die Hand.

»Ich habe mein Valium mitgebracht, wenn Sie also über Sie-wissen-schon-was sprechen wollen, melden Sie sich bitte rechtzeitig, dann nehme ich eins.«

Stewart möchte sich von ihr nur Goodney Hall beschreiben lassen, die Leute, die jetzt dort wohnen, haben ihm nicht erlaubt, sich dort umzusehen. Das dürfte sie eigentlich nicht aufregen, oder? Sie schüttelt den Kopf. Helens breitrandiger Hut hat die satte braun-violette Farbe des Purpuregerlings, nach innen gebogen, lila bis bräunlich-gelb, und ich bin froh, als sie ihn abnimmt und darunter der zierliche, weißflaumige Kopf zum Vorschein kommt.

»Gut, dann also kein Valium, aber ob wir unseren Sherry ein kleines bißchen früher als sonst haben könnten, Liebes?«

In Momenten, da ich meiner Phantasie die Zügel schießen lasse, habe ich mich manchmal gefragt, ob ich nicht nur geheiratet habe, um Helen als Schwiegermutter zu bekommen. Oder war das nicht die Ursache, sondern nur eine willkommene Wirkung? Denn sicher habe ich geheiratet, weil ich fürchtete – jung, unwissend und unerfahren, wie ich war –, daß niemand mich nehmen würde, wenn ich nicht innerhalb der Familie heiratete. Keiner, der nicht zur Familie gehörte, würde sich mit der Nichte einer Frau verbinden, die am Galgen geendet hatte.

Helen kann sich an Dinge, die fünfunddreißig Jahre zurückliegen, besser erinnern als ich. In meiner Erinnerung war Edens Salon rosa und grün, das ganze Haus war rosa und grün, aber Helen weiß auch von Scharlachrot und Gelb zu berichten. Sie erinnert sich noch, daß die Arthur-Rackham-Tapete im Kinderzimmer einer dunkelblauen Wandbekleidung weichen mußte, durch die der Raum selbst im Sommer und trotz eines Feuers im Kamin kalt wirkte. Und sie weiß noch, wie Jamies Nanny hieß: June Poole. Ich staune, daß ich das vergessen hatte, denn war nicht Grace Poole die Pflegerin und Wärterin von Mr. Rochesters Frau? Natürlich war die Situation anders, Jamie war weder geistig gestört noch eine Frau oder ein ängstlich gehütetes Geheimnis, wenn auch eine Weile ein Gefangener, und in diesem Drama war kein Platz für eine Jane Eyre.

June Poole war ein Dorfkind, sie stammte aus Goodney Parva, und als Eignungskriterium für diesen Posten – vielleicht nicht das schlechteste – konnte man geltend machen, daß sie das älteste von sieben Geschwistern war. Sie hatte ihr ganzes Leben lang nur Kinder gehütet, sie kannte nichts anderes. Ob sie es *gern* tat, ob sie Jamie gern gehabt hat, das ist eine ganz andere Frage. Doch davon spricht Helen nicht, ich weiß, daß es ihr sehr weh tut, von dem vier- oder fünfjährigen Jamie zu sprechen. Ich hatte sie mit ihrem Sherry versorgt, und sie erzählt gerade von dem Rhododendrongarten auf Goodney Hall, der in der ganzen Grafschaft berühmt war und den Eden in jenem Frühjahr der Öffentlichkeit zugänglich gemacht hatte, da kommt mein Mann herein.

Ich bin immer so glücklich, wie sehr die beiden, er und Helen, sich über jedes Wiedersehen freuen, wie sie sich küssen und ganz locker miteinander umgehen, als sei es das Natürlichste von der Welt. Ich aber habe mich nie ganz daran gewöhnt. Ich glaube, Stewart gefällt ihm nicht, und Stewarts Buchprojekt gefällt ihm schon gar nicht.

»Ich hoffe, Sie denken immer daran, was auf Verleumdung steht, Mr. Stewart«, sagt er und zwinkert mir hinter dem Rücken des alten jungen Mannes zu.

Krankheit bestimmte damals die Ereignisse. Erst war Vera krank, dann Jamie, dann Eden. Was Jamie gehabt hat, erfuhr ich nicht. Krupp vielleicht, obgleich er dafür eigentlich schon zu alt war, Bronchitis, Brustfellentzündung, irgend etwas in der Art. Jedenfalls mußte diese Krankheit als Grund dafür herhalten, daß er nicht nach Sindon zurückging. Veras Brief an meinen Vater vom 30. März 1949 ist noch da.

...Eden hat mich freundlicherweise eingeladen, ein paar Wochen bei ihnen auf Goodney Hall zu verbringen. Tony schickt mir morgen den Wagen...

Arme Vera! Selbst in ihrer tiefsten Angst war der Snobismus – hier Snobismus aus zweiter Hand – nicht vergessen.

Jamie ist jetzt seit einem Vierteljahr dort, er war seit der schweren Erkältung mit Komplikationen, die er Mitte Februar hatte, nicht transportfähig. Er fehlt mir furchtbar, wie Du Dir vorstellen kannst, aber ich mußte akzeptieren, was, wie ich weiß, am besten für ihn ist. Natürlich konnte man während der größten Kälte nicht mit ihm durch die Gegend fahren. Eden ist die Güte selbst, aber anders kennen wir sie ja auch gar nicht, das ist sicher auch Deine Meinung. Sie hat ihn mit Fürsorge überschüttet und mich täglich über sein Ergehen informiert. Ich freue mich darauf, wieder unter einem Dach mit ihm zu leben. Wir müssen uns wahrscheinlich erst wieder aneinander gewöhnen. Nach diesen vierzehn Tagen müßte er sich eigentlich wohl genug fühlen, um mit mir nach Laurel Cottage zurückzugehen.

Diese Zeilen sind in ihrer Art ein Meisterstück im Kaschieren echter Fakten, wahrer Gefühle. Sie sind vielleicht auch Brokken, die man dem Schicksal hinwirft, damit es eine Weile Ruhe gibt, ein Versuch, die Furien zu beschwichtigen. Wenn ich gute Miene zum bösen Spiel mache, wenn ich so tue, als sei alles in Ordnung, dann kommt auch alles in Ordnung... Dabei weiß ich, Faith, so wenig, aber es ist niemand mehr am Leben, der mehr wüßte als ich. Nur ein Beispiel: Hatten Vera und Eden damals schon über Jamies Zukunft gesprochen? Oder über seine Vergangenheit? Hatte Eden Vera gegenüber schon eine Absichtserklärung abgegeben? Oder war die arme Vera – und das halte ich für wahrscheinlicher – all die Monate im Ungewissen gelassen worden, hatte sie nicht mehr gewußt, als sie uns an jenem schneeverhangenen Februartag erzählt hatte, nicht mehr, als in dem Brief an meinen Vater stand, und war sie dennoch auf das Schlimmste gefaßt?

Wenn ich Chad Hamners Schilderung und meine eigenen Erinnerungen bedenke, hat sie wohl gewußt, daß sie seit Edens Hochzeit, vielleicht schon vorher, seit Bekanntgabe der Verlobung, Angst haben mußte. Die Angst wurde konkreter, wurde greifbar, war keine Chimäre mehr, als Eden eine Fehlgeburt erlitt. Seither habe ich mich oft gefragt, worüber die beiden Schwestern wohl miteinander sprachen, wenn sie in diesen beiden Aprilwochen allein waren. Mindestens dreimal in der Woche fuhr Tony mit dem Zug von Colchester nach London. Gelegentlich kamen sicher Bekannte von Eden vorbei, Mrs. King hatte dies und das in den Zimmern zu erledigen, June Poole ebenfalls. Beim Spazierengehen, im Garten und auch bei den Mahlzeiten war Jamie dabei. Aber was geschah in den langen Stunden, wenn sie unter sich waren?

Haben sie das Problem durchdiskutiert, haben sie versucht, einen Kompromiß zu finden, eine gemeinsame Zukunft zu schaffen, ein gemeinschaftliches Leben? Oder war Eden die Unerbittliche, Vera die Bittende? Ist die Identität von Jamies Vater je zur Sprache gekommen? Nach meiner Kenntnis der beiden Frauen neige ich zu der Ansicht, daß nichts offen angesprochen wurde. Sie haben nie klar und deutlich über Empfindungen oder Absichten geredet, immer nur in Halbtönen und Halbwahrheiten. Überdies hielt Eden nach wie vor an der Fiktion fest, Jamie sei »zart«, sei »nicht kräftig«, und Vera hatte Angst, sie gegen sich aufzubringen.

Ergingen sie sich in Gedanken über die Vergangenheit? Das wäre gewiß zu schmerzlich gewesen. Damals war es ihnen wohl nicht gegeben, zurückzublicken in die ferne Vergangenheit, als Vera der kleinen Eden das Leben gerettet, als sie ihren eigenen Sohn zurückgesetzt hatte, um an ihr Mutterstelle zu vertreten, als sie bitterlich weinte, weil der Krieg ihr Eden nahm, zurückzublicken in jene Tage, als sie sich zärtlich geliebt hatten. Im Fernen ...

In jenem Sommer verbrachte ich einen Teil der Ferien mit Andrew in Walbrooks. Natürlich habe ich ihn geheiratet, nicht damals, erst über ein Jahr später, nach unserem Examen, das er mit Auszeichnung und ich mit einem enttäuschenden

»noch gut« bestanden hatte. Damals waren wir noch nicht einmal verlobt. Ein paar Monate war ich in ihn verliebt, aber da ich keine Desdemona war, konnte ich ihn nicht der bestandenen Gefahren wegen lieben. Die Gefahren, die er bestanden hatte, begannen mich entsetzlich anzuöden, und ich zitterte vor jeder neuen Erwähnung der Luftschlacht um England. Wäre Vera nicht wegen Mordes gehängt worden, hätte ich mich bemüht, Helens Sohn mit Anstand fallenzulassen und gehofft, daß wir vielleicht wieder Vetter und Base werden könnten.

Doch hier geht es um Veras und nicht um meine Geschichte. Was war ich denn damals – oder jemals – anderes als eine Gestalt in einem von Veras Träumen, eine potentielle Verbündete gegen Eden? War irgend jemand ihr etwas anderes als das?

Sie hatte den größten Teil des Sommers auf Goodney Hall verbracht, manchmal war sie für eine Woche oder ein paar Tage wieder nach Laurel Cottage gegangen, immer aber ohne Jamie. Er war im Mai fünf geworden, die Schulfrage mußte geklärt werden. Natürlich rechneten wir alle damit, daß er in die Dorfschule von Sindon gehen würde, bis er elf war. Vera würde bei Jamie nicht zulassen, was man Francis angetan hatte. Ihr geliebter Jamie sollte sich nicht von ihr trennen müssen und ins Internat gesteckt werden. Gerald, so dachten wir, würde sich da nicht einmischen. Es war allein Veras Entscheidung. Inzwischen glaubten wir wohl alle nicht mehr – obgleich wir niemals untereinander darüber sprachen –, daß Gerald Jamies Vater war. Natürlich mußte Jamie einen Vater haben, und da es nicht Chad war, mußte Vera einen anderen Liebhaber gehabt haben. Ich neigte damals zu der Ansicht, über die ich nicht einmal mit Andrew sprach, daß ein früherer Freund oder Verehrer von Vera, den sie vor Gerald gekannt hatte, auf Heimaturlaub gekommen war, daß sie sich zufällig getroffen hatten, daß Frust und Nostalgie und vielleicht eine Flasche unter dem Ladentisch ergatterter Wein ein übriges getan hatten. Es sah Vera nicht ähnlich, aber anderer Leute Sexualleben ist selten so, wie man es sich vorstellt.

Vera bat Andrew und mich, ihr bei Jamies Entführung behilflich zu sein.

Wir waren in dem alten Mercedes in Bury St. Edmunds gewesen, nur wir beide. Auf der Rückfahrt überquerten wir bei Sudbury den Stour und fuhren auf dem Heimweg in Great Sindon vorbei. Vielleicht war es dieser Tag, an dem wir im Wald von Sindon unten an der Furt Kiefernzapfen für Helens Kamin im Salon sammelten und ich den Purpuregerling aus dem Laub ragen sah. Laut Daniel Stewarts Buch ist *Cortinarius purpurascens* im Juli und August reichlich vorhanden, und wir schrieben Juli. Vielleicht war es aber auch an einem anderen Tag, viel früher, als Anne Cambus und ich durch die Wälder streiften, oder vielleicht sogar Jahre später, als ich allein dort war.

Ich denke nicht gern daran, daß es, wären wir Veras Bitte nachgekommen, vielleicht nicht zu dem Mord gekommen wäre. Außerdem ist das auch nicht wahr. Nur wenn wir zugestimmt und unser Unternehmen erfolgreich abgeschlossen hätten, wäre es möglich gewesen, die Katastrophe zu verhindern. Und aus dem, was danach geschah, geht nur zu deutlich hervor, daß wir mit unserem Unternehmen keinen Erfolg gehabt hätten.

Vera erwartete uns nicht, wir wollten auf gut Glück bei ihr vorbeischauen. Ich war dafür gewesen, ohne Aufenthalt weiterzufahren und die Straße zu meiden, in der Laurel Cottage stand, aber Andrew sagte, es würde keinen guten Eindruck machen, wenn jemand aus dem Dorf uns gesehen hatte und es Vera erzählte. Er war immer ängstlich darauf bedacht, die Form zu wahren.

Josie Cambus war bei ihr. An diesem Tag mag ich zum ersten Mal von Josies Sohn aus erster Ehe gehört haben, denn als wir kamen, hatte sie gerade von diesem Sohn und seinem

Jurastudium erzählt. Vera war noch ebenso mager und wirkte so gealtert wie bei meinem letzten Besuch, schien aber ihre drahtige Kraft wiedergewonnen zu haben. Sie war sehr nervös, ständig zupfte sie an der Kordel der Sessellehne herum, und ein, zwei Mal verschränkte sie wie gewohnt die Hände und drückte sie nach unten, angestrengt, mit verzerrtem Gesicht, als betätige sie einen Bohrer.

Etwa fünf Minuten, nachdem wir gekommen waren, verabschiedete sich Josie.

»Seid ihr mit dem Wagen da?« fragte Vera, dabei war es anders gar nicht möglich, nachmittags nach Sindon zu kommen, der Mittagsbus war seit zwei Stunden weg, der nächste kam erst um fünf.

Als zweifelte sie an unserer Antwort, ging sie zum Fenster und besah sich den Mercedes, der vor ihrer Fuchsienhecke stand. Sie nickte. Vera mit zweiundvierzig bot einen jämmerlichen Anblick, sie war hager und ausgemergelt und wirkte zehn Jahre älter. Ihr Mund war leer, aber er arbeitete, als habe sie Kaugummi darin.

Plötzlich begann sie zu sprechen, ohne Zusammenhang mit dem Vorangegangenen, aber dennoch so, als sei dies nur die Fortsetzung eines Gesprächs, das sie seit Wochen führte. Und in gewisser Weise verhielt sich das auch so, denn später erfuhr ich, daß sie mit dieser Bitte auch an Josie, an die Morrells, sogar an Helen herangetreten war. Helen hatte uns nichts davon erzählt.

»Wenn wir jetzt hinfahren würden«, sagte Vera, »wäre Tony nicht zu Hause, das weiß ich bestimmt. Und es ist Junes freier Nachmittag. Ich war so oft da, daß ich genau weiß, wie der Haushalt läuft. Außer Eden wäre nur Mrs. King da, und die hat nicht viel Kraft, sie muß mindestens sechzig sein. Das schaffen wir leicht, ich schaffe es allein, wenn ihr Eden ablenkt. Es wäre ganz einfach.«

Eine fixe Idee beschäftigt die meisten Menschen so ausschließlich, daß sie meinen, ihre Umwelt müsse sofort, ohne

Erläuterungen, erfassen, wovon sie reden. So war es auch bei Vera. Im Rückblick staune ich, daß ich keine Ahnung hatte, worauf sie hinauswollte, und daß es Andrew ebenso ging.

»Jamie holen natürlich. Ihn heimbringen. Ihn mit Gewalt wegschaffen. Das ist die einzige Möglichkeit.«

Wir dachten, wie wir hinterher feststellten, in diesem Augenblick beide, Vera habe den Verstand verloren.

»Will er denn nicht nach Hause, Vera?« fragte Andrew sehr sanft und behutsam.

»Natürlich will er nach Hause, er ist doch erst fünf, er hat doch keine Ahnung. Aber Eden läßt ihn nicht. Jeder weiß das. Eden will ihn behalten, weil sie keine eigenen Kinder bekommen kann.«

»Jetzt warte mal, Vera.« Man hörte Andrew die Bestürzung an, die ich empfand. »Das kann doch nicht stimmen. Du bist ein bißchen überreizt, wie? Du siehst nicht gut aus. Aber du darfst nicht übertreiben. Hat Eden dich unter Druck gesetzt, weil sie Jamie adoptieren will?«

»Druck!« Vera stieß ein schaurig-kehliges Lachen aus, setzte sich auf die äußerste Sesselkante und verschränkte die Hände.

»Denn da brauchst du nur Nein zu sagen. Sie können ihn dir nicht wegnehmen, das läßt die Justiz nicht zu, das weißt du im Grunde auch, nicht wahr?«

Sie schüttelte ungeduldig und ziemlich heftig den Kopf. »Ihr habt den Wagen, ihr seid zu zweit, ihr seid jung und stark. Ihr kommt gegen Eden an. Ihr könntet Mrs. King in ihrem Zimmer einschließen, und Faith könnte Eden ablenken, während ich Jamie aus dem Kinderzimmer hole, und wenn Eden es merkt, könntest du Eden festhalten, und Faith und ich fahren weg.«

»Ich kann nicht autofahren«, sagte ich.

Andrew warf mir einen bösen Blick zu. Es hatte sich wohl so angehört, als nähme ich sie tatsächlich ernst.

»Jetzt paß mal auf, Vera«, sagte er. »Ich finde, du solltest mal mit deinem Arzt sprechen, dir was für deine Nerven verschreiben lassen.« Damals sprachen die Leute noch von Nerven und nicht von Neurosen. »Leg dich ein bißchen hin und denk in Ruhe darüber nach. Wenn du Jamie wieder hier haben willst, holen wir ihn dir. Einverstanden? Jederzeit, du brauchst es nur zu sagen.« Ich hätte ihn umarmen können. Er war der starke Mann, so ist er immer, dachte ich bei mir. »Nur muß das offen und ehrlich über die Bühne gehen«, fuhr er fort. »Sag es Eden, laß dich nicht einschüchtern. Aber wir müssen uns auch wie zivilisierte Menschen benehmen, nicht wahr?«

Sie warf ihm einen unsagbar verächtlichen Blick zu. »Warum will mir niemand helfen?«

»Du brauchst keine Hilfe, Vera. Oder nicht diese Art von Hilfe. Du gehörst in ärztliche Behandlung, wenn du mich fragst.«

»Ich habe dich nicht um deinen Rat gebeten. Ich habe dich nur um eins gebeten, und das schlägst du mir ab.«

Wir zögerten beide, sie in diesem Zustand alleinzulassen, aber ich glaube, die ganze Geschichte war uns mittlerweile ausgesprochen zuwider. Wir glaubten zu verstehen, worum es ging, glaubten den Druck, den Widerstand zu begreifen. Wir sagten, sie solle mit uns nach Walbrooks kommen, zu Helen, ein paar Tage dort bleiben, vielleicht mit Helens Arzt sprechen. Doch das wollte sie nicht. Wenn sie ihr Haus verließ, dann nur, um Eden zu besuchen, um mit Jamie zusammenzusein.

»Will Eden ihn denn wirklich adoptieren?« fragte ich Helen an diesem Abend.

»Es scheint so, Liebes. Sie kann selbst keine Kinder bekommen, und offenbar hat sie Vera im letzten Vierteljahr schwer zugesetzt, um ihn offiziell adoptieren zu können, das hat sie mir selbst erzählt. Daß sie ihn gegen Veras Willen bei sich behält, ist natürlich Unsinn.«

»Wirklich? Was passiert, wenn Vera sagt, sie will ihn jetzt

haben, auf der Stelle, und ihn einfach mitnimmt? Sie hat keinen Wagen. Ich meine, würde Eden ihn festhalten? Würde sie ihn im Kinderzimmer einschließen? Würden Tony und June Poole ihr helfen?«

»Ich merke schon, Vera hat mit dir geredet.«

»Hat sie nicht. Jedenfalls nicht über diese Einzelheiten.«

»Es ist wohl so, Liebes, daß Vera keinen Ärger will. Sie mag es nicht auf einen Bruch mit Eden ankommen lassen. Und das ist ja auch verständlich. Wir waren immer so eine harmonische Familie.«

Das fand ich nun nicht gerade und sagte es auch. Arthur Longley hatte ganz offensichtlich kein harmonisches Verhältnis zu Helen gehabt, als sie ein kleines Mädchen war und er zum zweiten Mal geheiratet hatte. Gerald und Vera harmonierten schon längst nicht mehr, und für Francis war wohl der Begriff Harmonie immer ein Fremdwort gewesen. Die beiden Schwestern mochten meine Mutter nicht, was auf Gegenseitigkeit beruhte, und mein Vater und Helen verstanden sich auch nicht besonders. Soviel zum Thema Harmonie. Zu meiner Überraschung sagte Andrew:

»Versteht mich nicht falsch, aber wäre es für Jamie nicht auf lange Sicht das Beste, wenn Eden ihn adoptieren würde? Vera ist offenbar neuerdings geistig nicht ganz in Ordnung, sie ist alleinstehend, und finanziell geht es ihr nicht gut. Da muß man sich doch fragen, wie ideal sie für eine Elternschaft eigentlich ist.«

»Wieso muß man sich das fragen?« wollte ich wissen. Ich hasse solche Phrasen. »Was ist eine ideale Elternschaft? Der springende Punkt ist doch, daß sie seine Mutter ist und damit die einzige, die Anspruch auf seine Elternschaft erheben kann, soviel man weiß.« Helen gab Entrüstung zu erkennen, auf die für sie typische Art, mit rundem Mündchen und hochgezogenen Augenbrauen. »Vera liebt ihn, das scheint euch nicht klar zu sein. Sie liebt ihn leidenschaftlich, sag du, ob das nicht stimmt, Helen. Ich glaube, du hast die beiden nie zusammen erlebt, Andrew, sonst würdest du nicht so von idealer Elternschaft daherreden.«

»Ich dachte an den Jungen«, sagte Andrew. »An seine Chancen. Er hätte dann zwei Eltern, junge Eltern. Und ein wunderschönes Heim. Geld für seine Ausbildung. Das richtige Milieu.«

Ich geriet in Rage. »Eden haßt ihn«, sagte ich. »Sie haßt Kinder.«

»Das stimmt nicht, Liebes«, wandte Helen ein. »Ich habe die beiden zusammen gesehen, letzte Woche erst, und sie ist jetzt ebenso vernarrt in ihn wie Vera.«

An diesem Abend begannen wir Partei zu ergreifen. Niemand drückte es so aus, niemand sagte gerade heraus, Eden solle ihn haben oder Vera müsse ihn behalten, aber insgeheim engagierten wir uns. Seltsamerweise schlug sich Andrew trotz seiner ersten Beteuerung auf Veras Seite, einzig und allein deshalb, glaube ich, weil er Eden nicht leiden konnte und ihr eine Strafe gönnte. Der General war auf Veras Seite, weil er sentimentale Ansichten in puncto Mutterschaft hatte. Helen verblüffte mich, indem sie sich zu dem zuerst von Andrew vertretenen Standpunkt bekannte. In einer Adoption durch Eden und Tony sah sie beispiellose materielle Chancen für Jamie. Außerdem, fand sie, war dann die Gefahr einer Spaltung innerhalb der Familie nicht so groß, denn Vera würde die Hälfte ihrer Zeit auf Goodney Hall verbringen, um bei Jamie zu sein. Falls hingegen Vera gewann, würde Eden nie mehr ein Wort mit ihr wechseln. Ich dachte an die innige Schwesternliebe, die diese beiden einst verbunden hatte, und konnte mich nur wundern.

»Zu dumm, daß Vera die Grippe bekommen mußte«, sagte Helen, als sei die an allem schuld. Gedacht aber haben wir das damals alle.

Ich muß mich davor hüten, den Eindruck zu erwecken, als hätte sich all unser Tun und Treiben ausschließlich um diese Vera-Eden-Jamie-Geschichte gedreht. Wir dachten viel darüber nach, wir sprachen davon, aber es gab auch anderes, was uns beschäftigte, insbesondere Andrew und mich. Aus Freundschaft, Verwandtschaft war inzwischen eine Liebschaft geworden. Auch Patricia trug sich mit Heiratsplänen; sie brachte den Mann, mit dem sie in London zusammenlebte, auf zwei Wochen mit nach Walbrooks. Von der älteren Generation wußte natürlich niemand, daß sie mit ihm zusammenlebte, so etwas gab man 1949 nicht offen zu, und als sie auf Besuch zu Helen kamen, war es ganz selbstverständlich, daß sie getrennte Zimmer bezogen. In jenen Augustnächten tappten oftmals heimliche Schritte durch die Gänge des alten Richardson-Hauses.

Etwa eine Woche nach unserem Besuch in Laurel Cottage kam eines Vormittags Eden vorbei. Sie kam allein, Jamie hatte sie zu Hause gelassen, in der Obhut von Mrs. King und June Poole. Sie sei unterwegs zu Vera, sagte sie, die bis Ende des Monats zu ihr nach Goodney Hall kommen würde. Das Problem Jamie muß wohl Helen sehr auf der Seele gelegen haben, sonst wäre sie kaum vor uns und Alan, Patricias Freund, damit herausgeplatzt.

»Sag mal, Liebes, findest du es fair der armen Vera gegenüber, so weiterzumachen? Du mußt dich jetzt wirklich entscheiden, was du willst, und mußt es dann auch tun. Und denk auch an den armen Jungen, wie dem zumute sein muß.«

Eden gab sich sehr kühl und gelassen. Sie trug ein Kleid aus dünner indischer Baumwolle mit großen abschattierten Karos in Marineblau und Gelb mit breitem Kragen und tiefem Ausschnitt, in dem sich gerüschte Spitze bauschte. Der Rock war weit und ziemlich lang, und so formell kleidete man sich damals, selbst für eine ländlich-vormittägliche Spritztour mit dem Auto, daß sie Nylonstrümpfe mit eingewebten Verzierungen und dunkler Naht und hochhackige Schuhe mit Fesselriemchen aus marineblauem Wildleder trug. Mund und Fingernägel waren scharlachrot angemalt, ihr Parfüm schwer, fast aufdringlich, Emeraude von Coty.

»Ich *habe* mich entschieden, Helen«, sagte sie. »Tony und ich wissen genau, was wir wollen. Wir wollen Jamie haben. Aus unserer Sicht gibt es da keine Probleme, du solltest mit Vera sprechen.«

»Wenn Vera nicht einverstanden ist, liebe junge Dame«, sagte der General, »wird nichts aus der Sache, das ist dir doch klar, nicht?«

Ich merkte, daß die »liebe junge Dame« Eden ebenso gegen den Strich bürstete wie mich. Es war eine Anrede, mit der er Patricia und Eden und mich beglückte, wenn er unzufrieden mit uns war.

»Ich habe keine Lust, vor Hinz und Kunz mein ganzes Privatleben auszubreiten«, sagte sie.

»Vor Hinz und Kunz? Na hör mal, Kind! Wir gehören doch hier alle zur Familie.«

Eden fand nicht, daß Alan zur Familie gehörte, traute sich aber wohl doch nicht so recht, das zu sagen. »Jedenfalls ist das eine Privatsache zwischen Vera und mir.«

»Nicht, wenn du deine Schwester damit aufregst«, erklärte der General. Ob er mit »Schwester« Vera oder seine Frau meinte, ließ er offen. Mich ritt der Teufel, denn ich wußte, daß meine Einmischung Eden am meisten aufbringen würde. Nein, nicht ganz. Über ein Eingreifen meiner Mutter hätte sie sich noch mehr geärgert.

»Warum adoptierst du nicht einfach irgendein Baby?« fragte ich. »Warum gehst du nicht zu einer Adoptionsvermittlung? Ich würde denken, daß du ein Kleinkind möchtest. Jamie ist fünf.«

»Ich weiß selber, wie alt Jamie ist, Faith. Reizend von dir, deinen Senf dazuzugeben. Was dich das angeht, möchte ich wirklich wissen.«

»Bitte streitet doch nicht, Kinder«, flehte Helen. »Ich kann schon verstehen, daß du deinen Neffen adoptieren möchtest, Eden, doch, das verstehe ich durchaus. Er ist ja so ein lieber kleiner Kerl, und ... du könntest ihn nach Eton schicken.«

Das war so albern, daß wir lachen mußten, was die Luft ein bißchen reinigte. Noch immer lächelnd sagte Eden:

»Da du schon davon angefangen hast, kann ich dir ja sagen, daß wir alles geregelt haben. Ich wollte nur noch nicht darüber sprechen, bis alles fest ist. Wir werden Jamie behalten, er wird unser Sohn sein, es geht nur noch um ein paar Formalitäten. Und natürlich wird Vera bei uns sein, so oft sie möchte, bis sie sich an die neue Regelung gewöhnt hat.«

Wir waren alle wie vor den Kopf geschlagen. In welchem Lager wir auch standen – daß es so schnell gehen könnte, hätten wir nie geahnt. Ich dachte daran, wie Vera uns angefleht hatte, Jamie zu entführen. Es war erst eine Woche her, daß sie Andrew und mich um Hilfe gebeten hatte.

»Aber Vera liebt ihn«, sagte ich. »Er ist ihr Lebensinhalt.«

Eden war wütend auf mich, und das gab mir Mut.

»Um so mehr Grund für sie, das Beste für ihn zu wollen.«

»Du weißt genau, daß es so nicht läuft. So viel Selbstverleugnung bringt kein Mensch auf.«

»Darüber rede ich nicht mit dir, Faith, du bist nicht alt genug, um so etwas zu begreifen. Du bist ja praktisch noch ein Schulmädchen.«

»Ich kann sehr wohl erkennen, was echte Liebe ist«, sagte ich. »Vera hat Andrew und mich letzte Woche gebeten, Jamie von dir wegzuholen. Sie hat angedeutet, daß du ihn mit Gewalt bei dir behältst.«

»Ach, Faith«, sagte Helen.

Andrew ließ mich im Stich. Er hüllte sich in Schweigen. Sein Vater wollte von ihm wissen, ob das stimmte, und Andrew zuckte nur die Schultern. Hätte er mich unterstützt, wäre es uns gelungen, sie alle zu überzeugen – was hätten wir tun können? Patricia verließ mit Alan das Zimmer. »Komm, Alan, wir gehen ein bißchen an die frische Luft.«

»Glaubt ihr wirklich«, sagte Eden mit abgrundtiefer Verachtung, »daß Vera Besuche bei mir machen, daß ich sie jetzt holen würde, wenn sie gegen Jamies Adoption wäre? Glaubt ihr wirklich, sie würde uns dann den Willen lassen? Warum nimmt sie dann nicht einfach Jamie und geht mit ihm auf und davon? Oder glaubt Faith, ich halte ihn wie einen Gefangenen?«

Darauf ließ sich nichts mehr sagen. Eden ging wenig später, nach einem kühlen Abschied. Der General war böse auf mich und nannte mich eine Jungfer Unbedacht. Ich hatte entsetzlichen Krach mit Andrew und zwang ihn zuzugeben, daß Vera uns gebeten hatte, Jamie zu entführen. Ich brachte ihn auch dazu, dies seinen Eltern zu erzählen, allerdings stark abgeschwächt und verwässert, er stellte es dar, als sei Vera hysterisch und brauche einen Nervenarzt.

Darüber geriet Helen in unverhältnismäßige Aufregung. Damals akzeptierte man psychische Erkrankungen noch nicht so selbstverständlich wie heute, man war immer rasch mit der abwehrenden Erklärung bei der Hand, in der Familie sei so etwas noch nie vorgekommen. Das sagte auch Helen, aber obgleich die Vorstellung einer seelischen Störung bei Vera sie zutiefst erschreckte, kam es ihr offenbar nicht ganz ungelegen, eine solche Störung für alles verantwortlich zu machen. Sie würde sich selbst einen Eindruck verschaffen, sagte sie, sie würde in ein, zwei Tagen nach Goodney Hall fahren und unter vier Augen mit Vera sprechen.

Ich wäre gern mitgefahren, aber das ließ sie nicht zu. Sie deutete an – ohne es geradeheraus zu sagen –, ich würde Eden nur aufbringen. Die Chatteriss hatten keinen Sparsamkeitstick, was das Telefonieren betraf, ich rief also meinen Vater an und erzählte ihm von Vera und Jamie. Er hatte sich nie recht mit dem Telefon anfreunden können, er war wohl schon zu alt, als er es bekam, und neigte dazu, mit dem Mundstück zu reden statt mit dem Gesprächspartner am anderen Ende der Leitung. Was er am Telefon sagte, hörte sich immer so an, als sei es für Leute bestimmt, die englische Laute nicht gewöhnt waren. Es wurde deshalb – und weil er es, wie Eden, in Anbetracht meiner Jugend unpassend und für eine bloße Nichte *anmaßend* fand, daß ich mich in dieser Sache engagierte – ein unbefriedigendes Gespräch. Er sagte immer wieder, ihm sei die ganze Geschichte unklar, aber Vera und Eden würden wohl wissen, was sie täten. Das Wichtigste sei, mich nicht mit meinen Tanten zu überwerfen.

Helen kam recht zufrieden zurück. Vera sei völlig normal, sie wisse gar nicht, was Andrew da redete. Sie und Jamie waren auf einem Spaziergang bis nach Goodney Parva gewesen, als Helen eintraf. Damit sei wohl die Behauptung widerlegt, Jamie werde als Gefangener gehalten. Vera war mit ihm zurückgekommen und hatte ihn nach oben zu June Poole geschickt. Helen hatte sie erzählt, daß Jamie jetzt bald in die Schule käme. Er würde im September in Goodney Parva eingeschult werden.

»Ich fragte sie, ob sie auch dort wohnen würde und sie sagte nein, sie würde Ende August wieder in ihr Laurel Cottage zurückgehen. Dann gab ich mir einen Ruck und fragte, ob es wahr sei, daß Eden und Tony Jamie richtiggehend adoptieren würden. Also richtiggehend adoptieren sei vielleicht nicht der richtige Ausdruck, meinte sie, aber sie würden ihn behalten, er würde bei ihnen leben. Dann habe ich sie nach dem Grund gefragt. Sie sagte nichts, sondern zog nur ein Gesicht. Sie stickte an einer dieser lächerlichen Kissenplatten, wie sie und Eden das ständig tun, als wenn sie – wie heißt das – Beschäftigungstherapie brauchen. Sie stichelte einfach weiter, ohne mich anzusehen.«

»Bist du denn bis zum springenden Punkt gekommen?« wollte der General wissen. »Hast du sie gefragt, ob das ihren Wünschen entspricht?«

»Ja, Lieber, bitte stell kein Verhör mit mir an. Sie sagte ganz gelassen, es entspreche durchaus ihren Wünschen, und ich solle bitte nicht mehr darüber sprechen. Ich finde sie überhaupt nicht durchgedreht, Andrew, wirklich nicht. Eigentlich eher *apathisch*, wenn ihr wißt, was ich meine.«

Mein Vater schrieb mir einen Brief. Er sei davon überzeugt,

daß seine Schwestern das Richtige täten und in erster Linie ihre Pflicht und erst in zweiter Linie persönliche Erwägungen im Auge hätten. Sie seien ordentlich erzogen worden, und das käme ihnen jetzt zustatten. In unserer Familie habe es nie seelische Störungen gegeben, das dürfe ich ihm glauben, und das solle auch im übrigen nicht meine Sorge sein. Offenbar hätte ich mich durch die Abneigung meiner Mutter gegen seine Schwestern, die er auf Eifersucht zurückführte, beeinflussen und gegen sie einnehmen lassen. Es würde ihn sehr bekümmern, wenn er denken müsse, jemand habe versucht, die Zuneigung und Bewunderung zunichte zu machen, die ich Vera und Eden entgegenbrachte, wie er wohl wußte. Und so weiter. Ich solle sie doch noch auf ein paar Tage besuchen, ehe ich nach Hause käme. Es sei doch nicht nötig, so lange bei Helen zu bleiben, die schließlich nur meine Halbtante sei.

Nichts hätte mich dazu gebracht, einen Logierbesuch auf Goodney Hall zu machen – immer vorausgesetzt, man hätte mich eingeladen. Eden lud mich natürlich nicht ein, Eden hätte vermutlich eine schriftliche Entschuldigung verlangt, ehe sie mich auch nur zum Tee gebeten hätte. Ich blieb etwa drei Wochen in Walbrooks, und dann fuhr ich nach Hause zu meinen Eltern, nachdem ich versprochen hatte, im September wiederzukommen und mit Andrew zusammen zu Beginn des Herbsttrimesters nach Cambridge zu fahren. Es war unmöglich, meinem Vater begreiflich zu machen, warum ich Eden und Vera nicht besucht hatte. Ich war es langsam leid, ständig Erklärungen abgeben zu müssen, zumal ich zu ahnen begann, daß es Dinge gab, die außer Vera und Eden keinem von uns bekannt waren, und es wäre sinnlos gewesen, etwas zu unternehmen, ohne genau Bescheid zu wissen. Von Vera kam ein Brief, der nicht erhalten ist, warum, das weiß ich nicht, denn im September hatten wir bestimmt noch kein Feuer im Kamin. Sie teilte meinem Vater mit, daß sie Ende der Woche nach Sindon zurückkehren würde (sie war schon vierzehn Tage länger als geplant geblieben) und daß Gerald sie um die

Scheidung ersucht hatte. Er hatte eine Frau kennengelernt, die er heiraten wollte, und würde Vera einen Scheidungsgrund liefern. Damals mußte die Frau nachweisen, daß ein konkreter Grund zur Auflösung der Ehe vorlag – Ehebruch oder böswilliges Verlassen oder Grausamkeit. Daß die Ehe gescheitert war, genügte nicht.

»Sie kann froh sein, daß sie ihn los ist, er hat sie ungeheuerlich behandelt«, sagte mein Vater.

Edens Krankheit kam für Goodney Hall recht ungelegen. June Poole hatte eine Woche Urlaub, Tonys Vater hatte einen leichten Herzanfall gehabt, und Tony war nach Yorkshire gefahren. So etwas ließ sich nicht planen, es war reiner Zufall. Was Eden fehlte, erfuhren wir nicht, und natürlich wurde darüber gerätselt. Eine Erkältung oder die Grippe war es nicht. Eine zweite Fehlgeburt vielleicht? Als ich wieder nach Walbrooks kam, hatte man sie ins Krankenhaus gebracht.

Vera blieb mit Jamie, Mrs. King, der Haushälterin, und einer Frau aus dem Dorf, die zweimal in der Woche zum Putzen kam, auf Goodney Hall allein. Was vorgefallen war, erfuhr ich von ihr selbst an einem regnerischen Abend, zwei Tage, bevor ich wieder nach Cambridge fuhr. Ich war dem Wunsch meines Vaters zur Hälfte nachgekommen und verbrachte zwei Tage bei Vera, aber nicht auf Goodney Hall, sondern in Laurel Cottage. Oben, in seinem frisch tapezierten Zimmer, schlief Jamie. Irgendwann im Lauf der Nacht würde Francis zurückkommen. Zu Veras Ärger und Entsetzen hatte er ihre Abwesenheit genutzt, um in ihrem Haus mit einem Mädchen zu flirten, das er, wie sie sagte, in einer Bar in Ipswich aufgegabelt hatte. Das Dorf schauderte ob des schändlichen Skandals. Das Mädchen war fort, und am nächsten Tag würde auch Francis abreisen, aber heute erwartete sie ihn noch einmal, vermutlich erst im Morgengrauen.

»Der Arzt hat gesagt, daß Eden ins Krankenhaus muß, er könne sonst für nichts garantieren.« Vera senkte die Stimme ein wenig und sah sich um, als sei das Haus voller Leute, die sie hören und sich entrüsten könnten. »Sie konnte kein Wasser lassen, es kam einfach kein Urin mehr. Ihre Nieren seien angegriffen, meinte der Arzt. Wenn du mich fragst, kommt das von irgendwelchen Sachen, die sie mit ihr gemacht haben, als sie das Baby verlor. Aber genug davon, über so etwas dürfte ich mit dir gar nicht sprechen.

Wir ließen einen Krankenwagen kommen, ich rief Tony an, der ja bei seinem Vater war, und er versprach, sofort zurückzukommen. Jamie war in der Schule. Er hatte vor zwei Wochen angefangen. Zu Mrs. King habe ich kein Wort gesagt, ich habe einfach unsere Koffer gepackt, Jamies und meine, es war unglaublich, was sich alles angesammelt hatte, habe sie in die Halle gestellt und Mrs. King einen Zettel geschrieben, sie solle mir das Gepäck nachschicken, dann bin ich ins Dorf gegangen und habe Jamie von der Schule abgeholt, und wir sind zusammen ausgerissen. Es war ein großer Jux, wir haben sehr gelacht und hatten einen Mordsspaß, es war wie ein Kinderstreich. Ich mußte immer daran denken, wie schrecklich Eden sich ärgern würde. Und es ist fast ein Ding der Unmöglichkeit, von Goodney nach Sindon zu kommen, wenn man keinen Wagen hat. Wir mußten dreimal umsteigen und waren erst um acht zu Hause. Und dann fand ich Francis und ein grauenvolles Durcheinander hier vor. Ich war halbtot, aber ich habe mich über nichts mehr aufgeregt. Ich habe Jamie in mein Bett gepackt und mich eine Stunde später dazugelegt, und so haben wir die ganze Nacht geschlafen. Es war eine Wonne.«

Am nächsten Tag stand Tony bei Vera vor der Tür. Er könne nicht begreifen, warum sie nicht auf Goodney Hall geblieben sei, sagte er. Vera hatte gelacht und gesagt, sie käme nicht mehr zurück und Jamie auch nicht, und wenn er sich einbilde, sie würde Eden im Krankenhaus besuchen, habe er sich gründlich geirrt, sie würde ihm keine Chance geben, herzukommen und Jamie mitzunehmen. Tony muß entgeistert gewesen sein, er war so ein konventioneller, steifer Typ.

Außerdem wußte er ehrlich nicht, was sie meinte. Eden hatte ihm damals nur erzählt, daß sie Jamie adoptieren wollte, weiter nichts. Er hatte zugestimmt, wahrscheinlich, um seine Ruhe zu haben.

All das erzählte Vera mir mit glitzernden Augen, hin und wieder lachte sie darüber, wie geschickt sie Eden hereingelegt hatte. Ich hatte das unbehagliche Gefühl, daß sie kurz davor stand, durchzudrehen. Damals ahnte ich nicht – keiner von uns ahnte es –, daß sie selbst die Schuld an Edens Krankheit trug. Ich bildete mir ein, die Situation begriffen zu haben: Eden hatte Vera unter Druck gesetzt, ihre Zustimmung zu Jamies Adoption zu geben mit der Begründung, es sei zu Jamies Bestem. Vera hatte nach langem Zaudern ja gesagt, aber später, als ihr Zweifel gekommen waren, die unerwartete Chance genutzt. Was all das bei einem Kind anrichten konnte, daran dachte ich damals nicht, dazu war ich wohl zu jung.

Am nächsten Tag traf ich Francis. Meist wohnte er bei seinem Vater und bereitete sich an der London University auf die Promotion vor. Zu seinem Überfall auf Laurel Cottage war es gekommen, weil er das Mädchen nicht über Nacht mit nach Hause nehmen konnte, Gerald hätte es nicht erlaubt. Gerald mußte in seiner Beziehung zu der neuen Frau vorsichtig sein, als Scheidungsgrund wollte er ein Mädchen präsentieren, das eigens dafür bezahlt wurde. Ich hatte Francis seit Edens Hochzeitstag nicht mehr gesehen, als ich ihn und Chad in der kerzenflackernden Dunkelheit überrascht hatte, und war sehr befangen.

»Man müßte sie wegstecken«, sagte Francis. »Sie macht es mit dem Jungen genauso, wie sie es mit mir gemacht hat.«

»Wohl kaum«, wandte ich ein. »Dich hat sie abgeschoben, Jamie will sie zurückhaben.«

»Ganz typisch. Sie ist eine paranoide Schizophrene.«

Jamie war ins Zimmer gekommen. Er war sehr still. Mir war schon aufgefallen, wie ruhig, wie »artig« er geworden war. Wenn Vera ihn um sechs zu Bett brachte, schlief er durch bis spät am nächsten Morgen. Heute war es nach neun gewesen. Er hatte einen kleinen Traktor mit Raupenrädern aus Gummi in der Hand, den er im ganzen Zimmer herumrollte, über Sessellehnen, Bücherregale, Fensterbretter, bedächtig und mit angestrengter Konzentration.

»Na und?« sagte Francis. »Ich mag den Jungen nicht. Soll er doch leiden. Darum geht es nicht. Sie ist gestört, total verschroben. Ich würde sie mit Vergnügen wegstecken lassen. Schöne Schauergeschichte, wie? Sohn bringt Mutter ins Irrenhaus.«

Er schüchterte mich nicht mehr ein, und es war mir gleichgültig geworden, was er von mir dachte. Ich empfand ihm gegenüber eine Art von indifferentem Widerwillen.

»Wozu?« fragte ich. »Was hast du davon? Du lebst nicht hier. Jamie und seine Zukunft können dir doch im Grunde ganz egal sein.«

»Seine Zukunft? Soll ich dir sagen wie die aussieht? Eden wird wieder gesund werden, wird herkommen und sich den Jungen holen, und *sie* steht machtlos vis-à-vis, du wirst schon sehen.«

»Das werde ich nicht, ich muß ja wieder weg. Außerdem irrst du dich, Vera wird ihn nicht hergeben. Sie läßt ihn nie länger als fünf Minuten aus den Augen. Gleich wird sie wieder hier sein, um ihn beobachten zu können.«

Er lächelte und schüttelte gemessen den Kopf. Er hat verhangene Augen, mein Vetter Francis, der Effekt hat sich verstärkt, seit er Anfang zwanzig ist, man hat den Eindruck, als seien die Augäpfel mehr herausgetreten, und die Lider, die eine seltsame purpurviolette Färbung haben, wie Lidschatten, hätten sich entsprechend gestreckt. Die verhüllenden Lider senkten sich, und er lächelte.

»Ich sage dir, sie steht machtlos vis-à-vis. Eden wird ihn holen, sobald sie aus dem Krankenhaus kommt.« Er warf dem Jungen einen scharfen Blick zu. Jamie ließ unentwegt den

Traktor rollen, am Fensterbrett entlang, am Türrahmen hoch. »Ich würde ihn selber hinbringen, wenn ich sicher sein könnte, daß Tony, dieser Trottel, ihn sich nicht durch die Lappen gehen läßt.«

»Das würdest du tun?«

»Gott, was bist du naiv«, sagte Francis.

Wir alle waren es. Mir schien, daß die Familie jetzt eher zu der Lösung tendierte, Jamie bei Eden zu lassen, weil sie offen oder insgeheim Vera für geistig labil hielt. Das fand ich ungerecht. Sie hätte nicht liebevoller, sanfter, fürsorglicher zu ihm sein können. Erst als ich, wieder in Cambridge, eines Tages über Vera und ihre Probleme und eine mögliche Lösung nachdachte, fiel mir ein, daß während meines Besuchs bei Vera Jamie nicht zur Schule gegangen war. Gewiß, ich war nur zwei Tage und zwei Nächte dort gewesen, aber in der Dorfschule hatte das neue Trimester schon angefangen. War er nicht in Goodney Parva eingeschult worden? Vielleicht aber hatte die Schule in Great Sindon ihn nicht aufnehmen können.

In Sindon hatte ich Josie Cambus wiedergesehen. Anne studierte am Lehrerseminar in London, wir hatten uns dort in der Vorwoche getroffen, und sie hatte mir erzählt, daß sie inzwischen ihre Stiefmutter liebgewonnen hatte. Meines Wissens war Vera noch nie so eng mit jemandem befreundet gewesen. Sie und Mrs. Morrell zum Beispiel, hatten sich stets beim Nachnamen genannt, und was Chad Hamner anging, so hatte die Freundschaft einen anderen Hintergrund. Josie und Vera sahen sich fast täglich, zwischen ihnen bestand ein echtes Vertrauensverhältnis – allerdings kein hundertprozentiges, wie ich später erfahren sollte. Josie war die einzige, der Vera Jamie anvertrauen mochte. In den wenigen Beziehungen ihres Lebens rückhaltlos engagiert, schien Vera die Liebe, mit der sie einst Eden überhäuft hatte, auf Josie übertragen zu haben. Sie war stolz auf Josie und deren Leistungen, während sie gleichzeitig den armen Donald Cambus als unfähig, undankbar und seiner zweiten Frau gänzlich unwürdig heruntermachte. Josie kochte hervorragend, sie war, laut Vera, eine Cordon-bleu-Köchin, sie sang im Kirchenchor, aquarellierte recht ordentlich, gab Yoga-Unterricht, als Yoga bei uns noch völlig unbekannt war. Vera tat sich unablässig mit ihr groß. Was Josie an Vera fand, habe ich nie erfahren, und obgleich ich später oft Gelegenheit gehabt hätte, sie danach zu fragen, tat ich es nie. Ich habe Josie nie so geliebt, wie ich Helen liebte, aber ich mochte sie sehr, wir kamen gut miteinander aus. Doch über Vera habe ich mit ihr nur einmal gesprochen, im Beisein meines Vaters. Wir hatten alle – seltsame Zechgefährten – absichtlich mehr getrunken, als wir eigentlich vertragen konnten, um uns von der einzigen Zeugin erzählen zu lassen, was am Ende geschah, ohne zuviel Schmerz, zuviel schamvolles Leid dabei zu empfinden.

Josie sagte bei Veras Prozeß aus, aber ich war nicht dabei. Ich las damals keine Zeitung und habe das Protokoll erst jetzt gesehen.

Sie ist jetzt zehn Jahre tot. Als ich sie kennenlernte, war sie um die fünfzig, eine große, schwere, brünette Frau, die erst grau wurde, als sie um die siebzig war. Sie hatte eine sehr schöne Stimme – eine schöne Sprechstimme, meine ich, denn ich habe sie nie singen hören –, und sie gehörte zu den Menschen, die sehr beruhigend wirken, sehr locker, so daß man sich bei ihnen entspannen kann und nie das Gefühl hat, daß sie unerfüllbare Ansprüche an einen stellen. Diese beiden Eigenschaften hat ihr jüngerer Sohn ebenso geerbt wie ihre spanisch anmutende Schönheit, obschon er, genau wie seine Mutter, durch und durch englisch ist.

Josie hatte einen eigenen Wagen und erbot sich, mich an dem Abend, ehe Andrew und ich zurückfahren mußten, nach Stoke-by-Nayland zu bringen. Vera mochte nicht mitkommen, obgleich Helen sie eingeladen hatte. Die Straße nach Stoke, sagte sie, führe durch Goodney.

»Dann fahren wir eben außen herum«, sagte Josie.

Die Umfahrungsstraßen, die Landwege zu Hauptstraßen gemacht haben und den Dörfern wieder Ruhe brachten, kannte man damals noch nicht. Wenn man nicht durch Goodney wollte, mußte man einen langen Umweg fahren, durch Langham und Higham.

Das sagte auch Vera und setzte hinzu: »Ich würde den Wegweiser sehen«, woraus wir wohl schließen sollten, daß selbst der Name »Goodney Parva« ihr zusetzen würde. »Aber trink ruhig eine Tasse Tee bei Helen, ich möchte, daß Helen dich kennenlernt.«

Das war typisch Vera. Ihr war nicht wichtig, daß Josie Helen, sondern daß Helen Josie kennenlernte, sie wollte Josie vorzeigen, wie sie früher Eden und in jüngerer Zeit Jamie vorgezeigt hatte.

Warum sprachen wir, als wir im Auto saßen, nicht über Jamie und seine Zukunft, obgleich das Thema uns doch bestimmt auf der Seele brannte? Vielleicht fand Josie, ich sei zu jung. Nicht zu jung, um darüber zu sprechen. Zu jung, um Interesse dafür zu haben. Sie fragte nach meinem letzten Studienjahr und meinen Berufsplänen. Erst in Walbrooks, als schon Helen die Treppe hinunterkam, um uns zu begrüßen, sagte Josie:

»Ich würde viel darum geben, wenn die Pearmains sich definitiv entschlossen hätten, nach Südafrika auszuwandern.«

»Ich wußte gar nicht, daß sie mit dem Gedanken gespielt hatten.«

»Doch, aber jetzt nicht mehr, leider.« Und dann ging sie auf Helen zu und schüttelte ihr die Hand.

Kurz nach Weihnachten schrieb Vera an meinen Vater und fragte ihn, als Besitzer eines Drittels von Laurel Cottage, ob er damit einverstanden wäre, wenn sie das Haus verkaufen und weggehen würde. Der Brief ist nicht erhalten, ich erinnere mich nur noch in etwa, was darin stand. Meine Eltern waren im Herbst übers Wochenende bei Vera gewesen und hatten bei dieser Gelegenheit auch Eden im Krankenhaus besucht. Sie mußte Wochen, ja, Monate im Krankenhaus verbringen, während die Ärzte versuchten festzustellen, was ihr fehlte. Was sich an diesem Wochenende abgespielt hat, weiß ich nicht. Hat Vera meine Eltern ins Krankenhaus begleitet? Haben sie mit Tony gesprochen? Wurde Jamies Zukunft erörtert? Meine Mutter schrieb nur, sie hätten bei Vera gewohnt, Eden müsse mindestens noch einen Monat im Krankenhaus bleiben, und es habe die ganze Zeit geregnet. Veras Brief schlug ein wie eine Bombe. Vorübergehend hatte sich meine Mutter wohl mit einem Waffenstillstand einverstanden erklärt, sonst hätten sie kaum bei Vera wohnen und Eden besuchen können, aber jetzt war wieder Krieg.

»Wenn das Haus verkauft wird, ziehen wir unseren Anteil heraus, und sie kann sich mit dem Rest etwas Eigenes kaufen.«

Mein Vater erhob sofort Einspruch. »Was könnte die arme Vera mit tausend Pfund schon kaufen?«

»Soll doch Eden die Differenz zulegen. Sie hat Geld wie Heu. Was mußt du deine Schwester unterstützen, deren Mann gutes Geld in der Army verdient, deren Sohn alt genug ist, um sie zu unterhalten, während ich nicht mal einen Kühlschrank habe.«

Auch mein Vater war gegen den Umzug – darin zumindest waren sie sich einig. Sie habe ihr ganzes Leben in Sindon verbracht, sagte er – wobei er die Jahre in Indien vergaß –, all ihre Freunde seien dort. Mit »all ihre Freunde« war Josie gemeint, und tatsächlich fragte ich mich, wie sie die Trennung von Josie verkraften würde.

»Warum will sie nur weg?« fragte er immer wieder.

Ich fürchtete sehr, die Antwort könnte lauten, um Jamie Edens Griff zu entziehen. Eden war noch im Krankenhaus, befand sich aber auf dem Wege der Besserung und hoffte, nun bald entlassen zu werden. Was mit ihren Nieren gewesen war, kam nie heraus, inzwischen waren alle Funktionen wieder normal. Eden war im Grunde gesund und kräftig. Würde sich, wenn sie wieder zu Hause war, Francis' Voraussage erfüllen, würde sie – vielleicht mit Mrs. Kings und June Pooles tatkräftiger Unterstützung – nach Laurel Cottage kommen und Jamie rauben? Es schien unwirklich, erinnerte an ungesetzliche Sitten und Gebräuche aus grauer Vorzeit, an Viehdiebstahl auf der Weide des Nachbarn. In Essex hatte mir jemand von einem Viehdiebstahl erzählt, der sich noch kurz vor dem Krieg auf einer Farm in der Nähe zugetragen hatte. Warum also nicht auch eine Entführung?

»Warum will sie nur weg?«

»Schreibt sie denn nichts davon?« fragte meine Mutter.

Er hatte das Verlesen der Briefe – besiegt von ihrem erbarmungslosen Spott – inzwischen aufgegeben.

»Sie möchte mal was anderes sehen, schreibt sie.«

Man würde Eden fragen müssen, sie besaß einen Drittelanteil an Laurel Cottage. Sie lag auf der Privatstation, er hätte sie anrufen können, was er natürlich nicht tat. Statt dessen bat er schriftlich um ihre Ansicht. Es war Tony, der uns anrief, Eden sei wieder zu Hause, er habe sie an diesem Nachmittag heimgebracht, sie sitze neben ihm über dem Kreuzworträtsel des *Daily Telegraph*... Im Februar wolle er mit ihr zur Erholung nach Mallorca fliegen. Heute klingt das alltäglich, nach Mallorca reist, wer sich nichts Besseres leisten kann, aber 1950 war Mallorca noch eine unverdorbene, praktisch unbekannte Mittelmeerinsel. Ich kannte sie knapp dem Namen nach. Sie würden in Formentor wohnen, dem Refugium französischer Filmstars. Veras Haus? Laurel Cottage vielmehr? Nein, sie hatten nichts von Verkaufsplänen gehört. Eden kam an den Apparat und stellte meinem Vater sofort eine knifflige Frage aus dem Kreuzworträtsel. Vera solle nicht verkaufen, fand sie, zumindest solle sie es sich noch einmal in Ruhe durch den Kopf gehen lassen. Sie würde ihr sagen, sie solle es sich überlegen, und wenn sie, Eden, aus Mallorca zurück sei, könne man noch einmal darüber reden.

»Die reiche Dame will sich mit den Problemen ihrer Schwester nicht mehr den hübschen Kopf beschweren«, sagte meine Mutter.

Wütend knüllte mein Vater den Brief zusammen und warf ihn ins Feuer, weshalb er der Nachwelt nicht erhalten blieb.

Dieser Anruf beruhigte mich etwas. Es soll nicht der Eindruck entstehen, ich hätte mir ständig wegen Vera und Jamie Gedanken gemacht, so selbstlos war ich nicht, aber hin und wieder machte mir das Problem doch zu schaffen. Vor allem wollte ich nicht, daß Francis recht behielt, und jetzt schien es tatsächlich, als würde sich seine Voraussage nicht erfüllen. Eden würde es sich nicht zu Hause wohl sein lassen, sich mit Plänen für einen noch fast einen Monat entfernten Urlaub beschäftigen und dann nicht einen guten Monat lang auf Urlaub gehen, so argumentierte ich, wenn sie die Absicht hatte, erneut ihren Anspruch auf Jamie geltend zu machen. Ich hatte den Jäger vergessen, der sich von dem sorgfältig zugestopften Bau entfernt, um in aller Ruhe zu Mittag zu essen, die Katze, die guten Gewissens darauf verzichten kann, vor dem Mauseloch zu lauern, solange heller Tag ist.

15

Alle paar Wochen machen Helen und ich einen Besuch bei Gerald. Er ist, obgleich sieben Jahre jünger als Helen, ein armer, hinfälliger, sabbernder Greis und trotz seines Hörgeräts stocktaub. Er sitzt den ganzen Tag im Rollstuhl herum, während Helen mit Schwung das Zimmer betritt, in dem er sich aufhält, mit noch immer raschen, graziösen Bewegungen, noch immer scharfem Gehör. Nur die Augen sind trüber geworden, so daß sie genau hinschauen muß, um einen zu erkennen. Beim letzten Besuch sprach sie ein paar Augenblicke lang mit einem anderen alten Herrn, den sie für ihren Schwager gehalten hatte.

Ich könnte gar nicht recht sagen, weshalb ich hingehe. Ich kannte Gerald nur flüchtig aus der Zeit, als er mit meiner Tante verheiratet war. Die Frau, deretwegen er Vera um die Scheidung bat, hat er nie geheiratet. Wahrscheinlich hat die Hinrichtung sie überfordert, konnte sie sich nicht mit dem Gedanken anfreunden, die Frau von Vera Hillyards Witwer zu werden. Uns alle hat sie überfordert; mich hat sie in eine vorschnelle Ehe getrieben, Patricias Liebhaber verschreckt, den General (laut Helen) umgebracht, das, was meinen Eltern an Gemeinsamkeit geblieben war, so endgültig zerstört, daß sie einander fremd wurden und nur noch selten ein Wort wechselten. Helen aber hatte nie den Kontakt mit Gerald verloren. Sie hatte ihn ja noch als Unteroffizier gekannt, lange ehe er Veras Bekanntschaft machte. Sie waren beide allein, beide gewissermaßen im Exil, und deshalb trafen sie sich gelegentlich in London. Nachdem er das Haus, das er in Highgate gekauft hatte, Francis übergeben hatte und in das Heim für pensionierte Offiziere gezogen war, besuchte sie ihn regelmäßig einmal in der Woche. Er hatte sich für Baron's entschieden, weil es am Baron's Court und damit nicht allzu weit von Helens Wohnung in Kensington entfernt ist. Ihre Besuche sind jetzt, ihres hohen Alters wegen, seltener geworden, und vielleicht begleite ich sie auch deshalb, weil ich finde, eine Neunzigjährige sollte nicht unbedingt allein in London herumfahren.

Es ist ein viktorianisches Haus, roter Backstein mit weißer Verblendung, in einer jener lauten Einbahnstraßen, durch die der Verkehrsstrom nach Süden und auf das andere Themseufer rollt. Vorn ist Isolierverglasung in einer Stärke, wie ich sie sonst noch nirgends gesehen habe, aber hinten ist ein großer, ummauerter Garten mit prachtvollen Feigenbäumen, die inmitten von Schmutz und Auspuffgasen sichtlich gedeihen. Die meisten Bewohner sind Männer, allerdings nicht alle, was mich immer wieder überrascht. Ich weiß natürlich, daß es im Zweiten Weltkrieg auch weibliche Offiziere in den Streitkräften gab, aber ich finde es immer noch verwunderlich, daß es zwei von ihnen hierher, zwischen die Veteranen der Libyschen Wüste und die Helden der Landung in der Normandie, verschlagen hat. Alle sitzen fast den ganzen Tag in einem großen Aufenthaltsraum mit Glastüren, die in den Feigengarten führen. Der Fernseher läuft ständig, obgleich keiner richtig hinschaut, höchstens einmal ganz flüchtig, aber wenn man vor dem Schirm vorbeigeht oder Anstalten macht, auf einen anderen Kanal umzuschalten, erhebt sich grollendes Gemurmel. Nichts im Raum weist darauf hin, daß dies alte Kämpfer (alte Seebären, alte Flieger) sind, keine Karte, kein Bild, kein Kriegsbuch. Einer der alten Herren hat das Viktoriakreuz, aber er ist der kleinste und schüchternste von allen, und einmal sah ich, wie er aufstand und sich unauffällig davonmachte, als ein Kriegsfilm über den Fernsehschirm flimmerte.

Gerald ist noch immer hager, aber sehr zusammengeschrumpft, sein Gesicht ist knittrig wie Leder, das lange im Wasser gelegen hat. Er ist senil und hat alles vergessen, nicht nur Begebenheiten aus der jüngsten Vergangenheit, sondern weit zurückliegende Ereignisse. Vielleicht ist das ganz gut so. Die Heimleiterin behauptet, er freue sich unheimlich, uns zu sehen, unsere Besuche seien Höhepunkte in seinem Leben, aber man merkt es ihm nicht an. Er lächelt nie. Während unseres ganzen Besuches starrt er auf den Fernseher, unentwegt. Wenn wir hereinkommen, wenn wir neben ihm, vor ihm stehen, schaut er uns einmal an und sagt:

»Ah, Helen.«

Mich erkennt er nicht, hat mich nie erkannt. Er hält mich für eine Tochter von Helen, nicht Patricia, sondern eine, deren Namen er vergessen hat. Früher habe ich versucht, mich mit ihm zu unterhalten, aber das habe ich inzwischen aufgegeben. Er hat es gern, wenn ich seine Hand halte. Er legt die rechte Hand mit der Handfläche nach oben in den Schoß, nimmt meine Hand in die andere, legt sie in seine Handfläche und greift recht kräftig zu. Und dann sitzen wir mit verschlungenen Händen da, so lange wir bei ihm sind. Es fällt kein Wort, denn uns über Geralds Kopf hinweg zu unterhalten, kommt uns irgendwie herzlos vor. Gerald hat das Gesicht, häufig mit geschlossenen Augen, dem Fernseher zugewandt. Ich schaue durch die Glastüren auf die hohen, braunen, rückwärtigen Hausfassaden und die schmalen Schluchten dazwischen, durch die man gelegentlich einen kurzen Blick auf einen der roten Busse erhascht, die draußen vorbeifahren, auf die Gärten, in denen man nur Büsche und Bäume anpflanzen kann, die häßlich genug und zäh genug sind, Blei und Benzindämpfen, Schmutz und Wasserentzug standzuhalten. Etwa zur Halbzeit unseres Besuchs kommt der Tee für die Alten, auch wir bekommen unsere Tasse Tee, allerdings – und das bleibt rätselhaft – nie ein Stück Kuchen oder einen Keks dazu.

Gestern – der Tee war gerade ausgeteilt worden, wir hatten unsere Tassen mit einem eingewickelten Zuckerstück auf der Untertasse in Empfang genommen – betrat ein Mann den Aufenthaltsraum und sah sich um. Wie sich herausstellte, suchte er nach Gerald und begriff nicht gleich, daß es der Mann im Rollstuhl zwischen zwei Frauen war. Dann kam er zu uns herüber, ohne zu lächeln, ganz wie sein Vater. Es war Francis. Ich hatte ihn seit fünfundzwanzig Jahren nicht mehr gesehen, damals traf ich ihn zufällig mit seiner Frau und seinen Kindern, Giles und Elizabeth, im Freilufttheater von Regent's Park. Liz und ihre Kinder sah ich später noch einmal, nicht aber Francis, denn kurz nach der Begegnung in Regent's Park hatte er sie verlassen und war nach Südamerika auf Käferjagd gegangen. Francis hat zwei populärwissenschaftliche Werke über das Leben der Insekten geschrieben. Ich habe ihm zum Erfolg seiner Bücher gratuliert, von denen ich eins gelesen – und zwar gern gelesen – hatte, es war kein bißchen typisch für Francis, fand ich, aber er hatte nicht geantwortet.

Er sieht jetzt aus wie Vera, von dem Sebastian-Flyte-Look ist nichts geblieben. Er ist sehr mager, fast ausgemergelt – kein Wunder bei diesen Eltern –, und vielleicht weil er Entomologe ist, drängte sich mir der Vergleich mit einer Gottesanbeterin auf. Er wirkt verdorrt, eingeschrumpelt, abgestorben und grau-verblichen, wie ein dürrer Baum, dessen Borke sich gelöst hat und der nun ungeschützt Wind und Wetter ausgesetzt ist. Ich habe ihn wohl nur deshalb erkannt, weil dieser Besucher niemand anders hätte sein können.

Helen rückte einen Sessel weiter, um ihm den Platz neben seinem Vater zu überlassen. Er gab ihr einen Kuß und ließ sein Gesicht eine Idee länger an dem ihren liegen, als für eine formelle Begrüßung nötig gewesen wäre. Mir fiel ein, daß er sie immer gern gehabt hatte. Francis gehört zu den Menschen, die es fertigbringen, der einen Frau zur Begrüßung einen Kuß zu geben und der anderen, die er ebenso gut kennt, nur einen gleichgültigen Blick zu schenken. Er trug zu einem alten, abgewetzten grauen Samtanzug ein sündhaft teuer und neu aussehendes Hemd, eine Krawatte von Spook (tippte ich) und Schuhe von Tricker's. Er machte einen wohlhabenden Eindruck, der Anzug wäre demnach die Marotte eines reichen Mannes. Helen erzählte mir später, daß er wieder geheiratet hat, diesmal die Witwe eines Millionärs und Unterhausabgeordneten, der in Irland einem Attentat zum Opfer gefallen war. Warum sie mir das nicht früher erzählt hätte, wollte ich wissen. Sie habe es vergessen, ebenso wie den Namen der neuen Frau und sonst das meiste über sie. Wenn ich sie hingegen nach dem Namen seiner ersten Frau gefragt hätte und wo und wann sie geheiratet hätten ...

»Wie geht es dir, Francis?« fragte ich.

»Es geht mir gut.« Ich finde es affektiert (wenngleich ich das nicht begründen könnte), das »gut« nicht durch ein »sehr« oder »ganz« zu modifizieren. Wenn er je Briefe schreibt, fängt Francis vermutlich mit dem Namen des Empfängers an und nicht mit »Lieber« oder »Liebe«. Wie es mir ging, fragte er nicht. Er setzte sich neben seinen Vater und nahm zu meiner Überraschung seine andere Hand.

Ob er das immer macht? Hält Gerald alle Besucher bei der Hand, die unter neunzig sind? Helens Hand hält er nie. Oder sollte Francis, den ich für nicht liebesfähig und den Chad nur der Liebe zum Bösen fähig hielt, seinen Vater gar lieben? Der Mensch ist ein Geheimnis, ein Rätsel. Gerald hat seinen Namen nie geändert. Hillyard war *sein* Name, nicht der ihre, und er hielt daran fest, aber Francis, der scheinbar nichts, aber auch gar nichts auf die Meinung anderer Leute gab, nannte sich Hill von dem Tag an, als sie verhaftet wurde, in Erwartung des Schlimmsten. Typisch ... Bei seinen Vorlesungen, in seinen Büchern und bei seinen Käfern ist er Professor Frank Loder Hill.

Da saßen wir also, von Gerald bei der Hand gehalten, und Gerald griff immer fester zu, bis der wachsende Schmerz einen mahnte, daß es Zeit sei, aufzustehen und zu gehen. Geralds Druck auf meine Finger wurde nicht schwächer, als er auch Francis' Hand zum Halten hatte, sondern verstärkte sich eher noch, er machte, matt und schwach wie er ist, dennoch den Eindruck, als hole er sich von uns den Schwung zu einem Hechtsprung aus dem Rollstuhl. Ob Gerald noch an sie denkt? Erinnert Francis ihn nicht manchmal an sie, Francis, der ebenfalls hellhaarig, zerknittert, ausgetrocknet ist, die gleichen himmelblauen Augen hat? Selbst jetzt muß er doch sicher hin und wieder daran denken, wie sie versuchte, ihm ein fremdes Kind unterzuschieben, ein Kind mit ebenso dunkler Haut, wie sein puertorikanischer Vater sie hatte. Ich hatte die Augen vergessen, hatte vergessen, wie ich als Halbwüchsige versucht hatte mich zu erinnern oder herauszufinden, welche Farbe Geralds Augen hatten. Als Daniel Stewart mit dem Buch anfing, fiel mir das wieder ein, und bei unserem nächsten, dem gestrigen Besuch, blicke ich Gerald in die Augen. Sie sind blau, aber dunkler als die von Francis, ein dunkles Kornblumenblau.

Wir verließen Baron's zusammen, alle drei; Helen und ich wollten mit einem Taxi nach Hause fahren, Francis wollte zu seinem Parkplatz. Er unterhielt sich mit Helen. Nicht über die Familie, nicht über seinen Vater, sondern – ausgerechnet – über einen russischen Science-fiction-Film, der zur Zeit in unserem Stadtteilkino, dem Paris-Pullman, läuft. Offenbar ist es jetzt auch sein Stadtteilkino, er und seine Frau haben ein Haus am Creswell Place gekauft.

Ich beteiligte mich nicht an diesem Gespräch, sondern schaute mich nach einem Taxi um. Auf der anderen Straßenseite sah ich einen alten Mann in der Tür eines Ladens stehen, eines jener Läden, denen man ansieht, daß sie nicht sehr frequentiert sind. Im Schaufenster waren Keramikfliesen ausgestellt. Er schien aufmerksam zu uns herüberzusehen, oder vielmehr schien er Francis anzusehen, der den Kopf zurückgeworfen hatte und über etwas lachte, was Helen gesagt hatte. Es war ein ziemlich kleiner Mann mit grauem Kopf und überlangem Regenmantel ohne Gürtel, ein Mann mit unauffälligem Gesicht und Augen, die selbst auf diese Entfernung traurig wirkten. Ich spürte ein Ziehen in der Brust. So war das

Echo denn noch nicht verhallt, die Stimme noch nicht verstummt...

Francis wandte sich mir zu. »Wie ich höre, greifst du Stewart bei diesem merkwürdigen Buch unter die Arme, das er schreiben will.«

»Ja.«

»Ich finde so etwas vulgär und ausgesprochen unpassend.«

»Vulgär vielleicht, aber nicht unpassend. Er hat den Auftrag von seinem Verlag.«

»Wenn er meinen Namen nennt, wenn er mich identifiziert, verklage ich ihn, das kannst du ihm ausrichten.«

»Ich?«

»Ganz recht. Es würde mich dem Haß, der Lächerlichkeit und der Verachtung preisgeben, drei gute Gründe für eine Verleumdungsklage. Dein Mann ist doch Anwalt. Frag ihn.«

»Das waren schon zwei Aufträge, die du mir in den letzten fünf Minuten gegeben hast, Francis oder Frank oder wie immer du dich nennst. Wie gut, daß wir uns nur alle fünfundzwanzig Jahre einmal treffen.«

Ein Taxi hielt. Während Francis Helen hineinhalf, warf ich noch einen Blick über die Straße. Eine Frau war zu dem Mann in der Ladentür getreten, er gab ihr einen Kuß, und untergehakt gingen sie in Richtung Blythe Road davon.

Welche heimliche Sehnsucht nach romantischen, ja, tragischen Verwicklungen hatte mich einen Augenblick zu der Meinung verführt, dies sei Chad Hamner? Der Mann sah ihm überhaupt nicht ähnlich, es war völlig ausgeschlossen, daß der Alterungsprozeß Chad so hätte verwandeln können. Wäre er nah genug an uns vorbeigekommen, hätte ich gewiß babyglatte Ohrläppchen gesehen, ohne die Spur einer Falte.

Und plötzlich – obschon ich wußte, daß zwischen diesen beiden Erkenntnissen kein Zusammenhang bestand – plötzlich wußte ich mit unumstößlicher Gewißheit, daß es zu dem, was Francis so grimmig, mit zorndunklen Augen voraussah, nie kommen würde.

»Keine Sorge«, sagte ich. »Stewart wird das Buch nicht schreiben.«

»Wie kommst du darauf?«

»Wenn ich ihm hinreichend unter die Arme gegriffen habe, wie du es nennst, wird er keine Lust mehr dazu haben.«

Der Besuch, bei dem Francis in Veras Abwesenheit das Mädchen mit ins Haus gebracht hatte, war sein letzter Besuch überhaupt in Sindon gewesen. Man wundert sich, daß jemand, der Entomologe geworden ist, als Kind, soweit ich das beurteilen kann, nie auch nur das leiseste Interesse an Insekten bekundet hat. Er hat nicht einmal Fliegen die Flügel ausgerissen, was man bei Francis durchaus hätte erwarten dürfen. Als er nach London ging, um zu promovieren, wandte er Sindon auf immer den Rücken. Wie ich höre, ließ er viele teilweise recht wertvolle Habseligkeiten zurück, darunter auch Geschenke von Chad. Und Chad selbst, der (unbeschadet seiner angeblichen Unschuld in dieser Sache) Vera als Tarnung mißbraucht und etliche Leute zu dem Irrglauben verführt hatte, sie seien ein Liebespaar, hat nach Francis' Auszug Laurel Cottage nie wieder betreten. Der Besuch am Silvesterabend, als Vera krank wurde, war praktisch sein letzter gewesen. Francis ging ans Queen Mary College, und Chad folgte ihm so bald als möglich, schrieb Reportagen über Bürgerversammlungen und Kirchenbasare in Willesden und hauste in einer kleinen Wohnung in jenem Haus, in dem Francis ihn die Treppe hinunterwarf.

Vera blieb allein. Doch sie hatte Josie, sie hatte Jamie, sie hatte häufig auch Helen. Während Eden in Formentor war, fuhr mein Vater nach Sindon und übernachtete dort, weil er versuchen wollte, Vera den Umzug auszureden. Natürlich hätte sie das Haus ohne meines Vaters und Edens Erlaubnis auch gar nicht aufgeben können, aber mein Vater wollte erreichen, daß es aussah, als sei es ihre eigene Entscheidung. Sie meinte recht bedrückt, sie habe eigentlich nie geglaubt, daß er und Eden einwilligen würden, das heißt, von Eden wisse sie sogar genau, daß sie dagegen sei. Es sei einfach ein Schuß ins Blaue gewesen, sagte sie, und einen Versuch wert.

Von diesem Gespräch erfuhr meine Mutter durch meinen Vater, sie erzählte mir irgendwann zwischen Veras Verhaftung und dem Prozeß davon. Mein Vater hatte Vera gefragt, warum sie sich verändern wolle, aber sie sagte nur, sie habe Sindon satt. Er wußte, daß sie ihm ihre wahren Gründe verschwieg.

»Sie hat gedacht, sie könnte Eden entkommen«, sagte meine Mutter. »Sie hat sich eingebildet, sie könnte mit Jamie fliehen. Und wenn sie bis ans Ende der Welt geflohen wäre – gegen Edens Geld konnte sie doch nicht an.«

»Und gegen ihr Recht wohl auch nicht«, sagte ich.

Nachdem Vera, wie sie geahnt hatte, bei ihm und Eden ihr Ziel nicht erreicht hatte, versuchte sie Gerald zum Kauf ihres Hausanteils zu bewegen. Jedenfalls erzählte sie meinem Vater, daß sie das beabsichtigte, und vermutlich hat sie es auch versucht. Wenn er die Scheidung wolle, sagte sie, müsse er dafür zahlen. Kein Geld, keine Scheidung. Mein Vater muß entsetzt gewesen sein, eine seiner Schwestern, vermeintliche Perlen der Tugend und Rechtlichkeit, so reden zu hören. Sagte meine Mutter. Sie konnte eben nicht aus ihrer Haut.

Wenn Gerald ihm anbieten würde, seinen Anteil zu kaufen, sagte mein Vater zu Vera, würde er ihr keine Hindernisse in den Weg legen, aber für Eden könne er sich nicht verbürgen. »Du mußt sie herumkriegen. Du mußt!« ereiferte sich Vera und klammerte sich an seinen Arm, aber dann wandte sie sich ab und sagte, es sei zu spät, alles sei zu spät. Meine Mutter erzählte, Vera habe damals etwas Rätselhaftes zu ihm gesagt, was wir später zu begreifen meinten, aber er hat es natürlich damals nicht begriffen.

»Warum habe ich es so gemacht?« sagte sie. »Ich hätte es jederzeit selber tun können.«

Eden und Tony waren viel länger als vorgesehen auf Mallorca. Einen Monat hatten sie bleiben wollen und blieben fast ein Vierteljahr. Es wurde zu der Zeit wohl gerade warm, und die Insel zeigte sich von ihrer schönsten Seite, so daß sie die Abreise immer wieder hinausschoben. Wir erhielten Ansichtskarten, Helen erhielt Ansichtskarten, aber laut Mutter – woher mag sie das gehabt haben? – erhielt Vera keine Karte. Mitte April kamen sie zurück, ich war gerade in Walbrooks. Sie kamen an einem Samstag und müssen todmüde gewesen sein. Sie waren von Palma nach Barcelona geflogen, mit der Bahn von Barcelona nach Paris und von Paris nach Calais gefahren, von dort hatten sie die Kanalfähre nach Dover und dann wieder den Zug nach Victoria Station genommen, waren quer durch London zur Liverpool Street Station und mit der Bahn nach Colchester gefahren. Am Montagvormittag aber stellte sich Eden in Sindon, in Laurel Cottage ein, um Jamie mitzunehmen.

Sie hatte sich nicht angemeldet. Daß Eden und Tony wieder zu Hause waren, wußte Vera nur, weil Helen sie – ich war dabei – angerufen und es ihr erzählt hatte, selbst sehr erstaunt, daß Vera völlig ahnungslos war. Sie hatte einen ganzen Tag, hatte streng genommen Monate zur Vorbereitung gehabt. Josie sei die einzige gewesen, der Vera Jamie anvertrauen mochte, sagte ich, aber eigentlich ließ sie ihn kaum je allein. In den letzten eineinhalb Jahren war Josie wohl nur einmal als Babysitter eingesprungen, als Vera zur Hochzeit einer Verwandten aus der Naughton-Linie gefahren war.

Vera schwindelte Josie an, bat sie, Jamie zu nehmen, weil ihr Anwalt wegen der Scheidung mit ihr sprechen wolle. Hat Josie ihr das abgenommen? Ihr Sohn hatte inzwischen selbst eine Anwaltspraxis, sie dürfte gewußt haben, daß Anwälte gewöhnlich nicht viele Meilen aufs Land fahren, um morgens um neun unwichtige Mandanten zu besuchen. Denn so früh rechnete Vera mit Edens Besuch, und um diese Zeit hatte sie

Jamie schon zu Josie gebracht. Als ich das hörte, fiel mir Moses ein, den seine Mutter in den Binsen versteckte, und ich las die Geschichte in Exodus nach und stellte fest, daß sie ganz anders gewesen war. Sie hatte ihm ein Körbchen aus Binsen geflochten und es im Schilf am Flußufer versteckt. Aber Jamie zu verstecken, das war etwas ganz anderes, schließlich war er fünf und kein Säugling mehr, auch wenn er für sein Alter noch sehr an Veras Schürzenzipfel hing. Gegen Mittag fing er an zu weinen und nach seiner Mutter zu jammern, und Josie beschloß, genervt von dem Geheul, ihn nach Hause zu bringen. Wenn es denn diesen Anwalt wirklich gegeben hatte und er um neun gekommen war, mußte er um zwölf längst weg sein.

Vera hatte sich verrechnet, sie hatte offenbar nicht einkalkuliert, daß Eden, wohl weil sie nie viel zu tun hatte, immer spät aufstand. Statt um neun kam sie um elf. Noch heute mag ich mir nicht vorstellen, wie Vera in diesen zwei Stunden zumute gewesen sein muß. Immerhin war Jamie nicht da, das war ein kleiner Trost. Man kann sich wohl denken, was Vera gesagt hat, jedenfalls wenn man sie so gut kannte wie ich.

»Ich habe ihn versteckt, und zwar so, daß du ihn nie finden wirst.«

Und dann kam Josie. Vera und Eden saßen sich im Wohnzimmer gegenüber, beide sichtlich entschlossen, auf unbestimmte Zeit dort auszuharren, wie bei einer Belagerung. Als Vera ihren Sohn sah, streckte sie die Arme nach ihm aus, und er lief zu ihr. Eden lachte verächtlich auf.

»Diesen dramatischen Auftritt hast du wohl sorgfältig geübt?«

Das alles weiß ich, weil Josie bei Helen anrief, kaum daß Eden abgezogen war. Sie war wütend und tief betroffen und ließ bei mir Dampf ab, ehe ich sie an Helen weiterreichte. Eden war letzten Endes ohne Jamie gegangen, hatte aber versichert, sie würde wiederkommen.

Vera forderte Josie auf, ihr physischen Beistand zu leisten, falls Eden versuchen sollte, den Jungen mitzunehmen. Sie scheint damals alles vom Physischen her gesehen zu haben, als könnten nur Taten, könnte nur noch Kraftaufwand etwas retten, nicht aber Argumente und Vernunft. Und das sah sie sicher nicht ganz falsch.

»Ich halte Jamie fest, und du setzt sie inzwischen vor die Tür«, hat Vera – laut Josie – gesagt.

Josie war empört. Bei so etwas würde sie nicht mitmachen, sagte sie zu Vera. Eden könne Jamie auf gar keinen Fall seiner Mutter wegnehmen. Wo gibt's denn so was, sagte sie. Ja, wo wohl... Sie fragte Eden – offenbar streng und sehr scharf – wieso sie sich das Recht anmaße, Jamie gewaltsam von seiner Mutter und aus seiner Umgebung zu entfernen.

»Er hat hier nicht die nötige Pflege«, sagte Eden. »Er hat keine gleichaltrigen Freunde. Er wird isoliert wie ein Einsiedler. Er ist fast sechs, und bisher ist er alles in allem nur zwei Wochen zur Schule gegangen, in der Zeit, als er bei uns war nämlich. Sie vernachlässigt ihn. Schauen Sie sich doch nur seine Schuhe an.«

Es war einfach so, daß Vera kein Geld hatte. Außer der recht dürftigen Summe, die sie wöchentlich von Gerald bekam, besaß sie nichts. Was gegen Jamies Schuhe einzuwenden war, weiß ich nicht, vermutlich aber waren sie nur nicht recht passend für die Jahreszeit, oder die Schnürsenkel hatten nicht die richtige Farbe. Vernachlässigt war er nicht, eher im Gegenteil, es hätte ihm gut getan, wenn man ihn mehr sich selbst überlassen hätte. Josie nahm das auch gar nicht zur Kenntnis. Wenn Eden Jamie adoptieren wolle, sagte sie, sei das eine Sache fürs Gericht und könne nicht durch Zank und Streit entschieden werden.

»Wirf sie hinaus«, sagte Vera und hielt Jamie fest.

»Sie haben gehört, was sie sagt«, erklärte Josie. »Es ist besser, wenn Sie jetzt gehen.«

Der Haß zwischen den beiden Frauen habe in der Luft gehangen wie Giftgas, sagte sie zu Helen. Später sollte man so etwas *Vibrations* nennen. Es sei schrecklich gewesen, so viel Zwietracht zwischen Schwestern zu erleben. Was hätte sie erst gesagt, wenn sie die beiden, wie ich, von früher gekannt hätte?

»Ich gehe jetzt, aber ich komme wieder«, sagte Eden.

Josie hatte Eden noch nie zuvor gesehen. Sie war kein bißchen eingeschüchtert von ihrem Reichtum und ihrer »Macht«, wie Vera es nannte.

»Wenn das noch einmal passiert«, sagte sie, »verständige ich die Polizei.«

Helen ließ sich von Andrew nach Laurel Cottage fahren und nahm Vera und Jamie mit nach Walbrooks. Dort versuchte sie Vera zu einer Erklärung zu bewegen. Wir waren alle dabei. Die Situation war inzwischen so ernst, daß es sinnlos gewesen wäre, den Schein zu wahren oder irgend jemanden aufgrund seines Alters auszuschließen.

Vera war inzwischen ganz ruhig, fast kühl. Ich glaube, sie fühlte sich in Walbrooks sicher, und gerade deshalb hat sie wohl das, was dann geschah, besonders getroffen. Es war ein herrlicher Tag, sehr warm für April, wir saßen in dem großen Salon, in dem Edens Hochzeitsempfang gewesen war, die Glastüren zum Garten standen offen, die Sonne schien in den Raum, überall am Rand der ausgedehnten Rasenflächen, die bis zum See reichten, standen Narzissen in dichten Gruppen, am Haus blühten blaue Scilla und die kleinen roten Wildtulpen, die schöner sind als Orchideen.

»Wenn du Eden energisch genug erklärst, daß eine Adoption nicht in Frage kommt, muß sie aufgeben«, sagte Helen zu Vera. »Am besten ist es vielleicht, wenn du ihr schreibst. Wir könnten gleich einen Brief aufsetzen, ganz entschieden formuliert, und Faith und Andrew gehen ins Dorf und geben ihn für dich auf. Nicht wahr, Kinder? Dann hat Eden ihn morgen früh.«

Vera schien von der Idee nicht begeistert. Das habe keinen Zweck, sagte sie, dadurch würde alles nur noch schlimmer.

»Aber warum denn nur, Vera?« fragte Helen. »Hast du Eden, als du krank warst, so halb und halb versprochen, daß sie Jamie haben könnte, und ist es dir jetzt unangenehm, das Versprechen zu widerrufen? Aber unter diesen Umständen brauchst du dich daran nicht gebunden zu fühlen, wirklich nicht.«

»Natürlich habe ich so etwas nie versprochen«, sagte Vera. »Wie käme ich denn dazu?«

Der General haßte Eden. Er war dafür, rechtliche Schritte zu unternehmen.

»Mein Anwalt wüßte sich da schon zu helfen«, sagte er. »Er würde zum Gericht gehen und eine einstweilige Verfügung erwirken, mit der diese Hexe daran gehindert wird, dir und dem Jungen zu nahe zu kommen.«

»Na, na, General«, sagte Helen. »Sie ist schließlich meine Schwester.«

»Halbschwester«, widersprach er und hatte offenbar vergessen, daß dies auch für Vera galt.

Doch weder an diesem noch am nächsten Tag geschah etwas. Eden war wieder krank geworden, aber diesmal waren es nicht die Nieren. Der Anklagevertreter behauptete bei Veras Prozeß, Vera habe einen zweiten Mordversuch unternommen, indem sie ihr am Montagvormittag in Laurel Cottage eine gesundheitsschädliche Substanz verabreicht habe. Dagegen läßt sich zweierlei sagen. Erstens klagte diesmal Eden über Durchfall und Übelkeit, was zumindest auf eine andere Art von Gift schließen läßt, und zweitens kann man sich beim besten Willen nicht vorstellen, daß Eden unter diesen Umständen bei Vera etwas gegessen oder getrunken hätte.

Von Edens Erkrankung hörten wir, weil Helen sie anrief, um sich »mit ihr auszusprechen«, doch dazu kam es nicht. Mrs. King war am Apparat und sagte, Eden läge im Bett, und sie hätten den Arzt kommen lassen. Vera stieß ein irres Lachen aus, als Helen es ihr erzählte und sagte: »Gott läßt sich nicht spotten.« Sie gab häufig solche Sinnsprüche oder abgerissene, unzusammenhängende Sentenzen von sich, wie Ophelia. Zunächst blieb sie in Walbrooks, wo sie zwischen Phasen fast versteinerter Ruhe immer wieder Ausbrüche nervöser Energie hatte. Ich mußte ein paar Tage später wieder nach Hause, und Andrew begleitete mich für den Rest der Ferien. Es war das letzte Trimester vor dem Examen. Zum ersten Mal konnte ich es kaum erwarten, von Walbrooks wieder nach London zu kommen. Während eines ihrer Anfälle rastlosen Tätigkeitsdranges erbot sich Vera, für Helen die Küchenvorhänge zu verlängern. Sie waren schlecht gewaschen worden und stark eingelaufen. Die Küche von Walbrooks hat fünf Fenster, es war also ein beachtliches Vorhaben. Seit damals muß ich beim Anblick einer nähenden Frau, die ein großes Stück Stoff wie eine Gobelinstickerei auf dem Schoß ausgebreitet hat und mit gesenktem Kopf die gekrümmten Finger auf und nieder gehen läßt, immer an Vera denken. Vielleicht nehme ich deshalb nie Nadel und Faden in die Hand, vielleicht wäre es mir deshalb nie in den Sinn gekommen, selbst die Vorhänge für die Häuser zu nähen, die ich im Lauf meines Lebens bewohnt habe.

Am Freitagvormittag fuhren Andrew und ich in dem klapprigen Wagen, den Andrew sich gekauft hatte, einem alten Morris Ten, nach London. Helen meinte, wir sollten nicht auf Vera warten, sie und der General würden sie nach Hause bringen. Sie habe das Gefühl, sagte sie, daß die Geschichte mit Eden und ihren Ansprüchen auf Jamie ausgestanden sei, es sei nur ein Überrumpelungsversuch gewesen. Wahrscheinlich habe der General den Nagel auf den Kopf getroffen, als er meinte, Vera habe, als sie krank und schlapp war, irgendwelche Versprechungen gemacht.

Erleichtert fuhren wir los, ohne indes einen wirklichen Grund zur Erleichterung zu haben. Ich erzählte meinem Vater nichts von der Sache, und auch Andrew sagte nichts zu ihm darüber, obgleich wir uns nicht abgesprochen hatten. Ich glaube, wir spürten, wie alle nicht unmittelbar Beteiligten, daß hinter dieser Geschichte mehr steckte, als sich auf den ersten Blick erkennen ließ, daß so viele verschüttete Geheimnisse hineinspielten, Fakten, die man uns absichtlich vorenthalten hatte, daß wir uns mit Meinungsäußerungen oder Ratschlägen nur lächerlich gemacht hätten. Auch Andrew und ich berührten in diesen Tagen das Thema untereinander nicht, aber als wir – allein im Abteil – im Zug nach Cambridge saßen, sagte er plötzlich, und es klang wie ein Geständnis:

»Ich habe dir das nicht erzählt, ich habe es niemandem erzählt, weil ich keinen unnötigen Wirbel machen wollte, aber nach all dem Gerede von Anwälten und einstweiligen Verfügungen liegt es mir doch auf der Seele. An dem Tag vor unserer Abreise habe ich June Poole oben an der Einfahrt gesehen.«

Die Einfahrt führte von der Straße her zum Herrenhaus, vorbei an Kätnerhäusern, die zu Walbrooks gehörten, und einem seit zwanzig Jahren nicht mehr bewohnten Gebäude mit verbretterten Fenstern und Türen, vorbei an Scheunen und Stallungen.

»Vielleicht wollte sie in eine der Katen. Es kann ja sein, daß sie eine Cousine oder Tante dort hat. Bei euch sind die Leute doch alle untereinander versippt oder verschwägert.«

»Ich habe nur ihren Rücken gesehen, sie ging von mir weg, aber ich hatte das Gefühl, daß sie dicht an der Ecke gestanden hatte, in Wartestellung sozusagen. Und dann hat sie mich gesehen ...«

Ob es auch bestimmt June Poole war, wollte ich wissen. Wie groß war die Entfernung zwischen ihnen?

Er war bereit, nach jedem Strohhalm zu greifen. Mindestens hundert Meter, vielleicht mehr. Beschwören könne er es nicht. Das hat man später auch nicht von ihm verlangt, aber er kam der Sache näher, als er ahnen konnte, als er diese dramatisch klingende Erklärung abgab. Ich meine also, er brauche seinem Vater nichts davon zu erzählen?

»Was würde das nützen?« fragte ich.

All das erinnert mich jetzt – ohne daß ich recht sagen könnte warum – an Sunny Durham und den Mord von Kirby Theiston. Dabei gibt es kaum Ähnlichkeiten zwischen den beiden Fällen. Damals dachte ich an Kathleen March, die geraubt und getötet worden war, während sie sich in Veras Obhut befand. War es wirklich June Poole gewesen, die Andrew gesehen hatte? Und hatte sie sich am Haus herumgedrückt in der Hoffnung, Jamie entführen zu können?

Ich habe Vera nie wiedergesehen. An jenem Freitagvormittag wechselten wir einen pflichtschuldigen Abschiedkuß, will sagen, wir legten unsere Wangen aneinander und küßten in die Luft.

»Grüß deinen Vater herzlich von mir«, sagte sie. »Vielleicht komme ich irgendwann mal nach London und überrasche ihn.«

Das waren die letzten Worte, die ich von ihr hörte, abgesehen von einem Auf Wiedersehen. Die Longleys sagten nie Tschüß oder dergleichen, solche Ausdrücke waren tabu, genauso wie das Essen mit der rechten Hand.

»Auf Wiedersehen«, sagte Vera, sie stand neben Helen in der Auffahrt und winkte. »Auf Wiedersehen.« Auch Jamie winkte, er hatte beide Hände gehoben und öffnete und schloß die kleinen Fäuste, als male er Anführungszeichen in die Luft, wie ich es einmal einen amerikanischen Professor während seiner Vorlesung tun sah. Als ich noch einmal zurückblickte, sah ich ihn und Vera Hand in Hand zum Haus zurückgehen.

Alles andere weiß ich von Helen und Josie. Am gleichen Nachmittag fuhr der General Vera und Jamie nach Sindon, fest überzeugt davon, daß alles in Ordnung war und der größere Teil der Ereignisse sich nur in Veras (wenn nicht in Josies) Phantasie zugetragen hatte. Er blieb eine halbe Stunde und kam dann wieder nach Hause. Am Tag darauf rief Helen bei Vera an. Vera war heiter und ruhig. Helen rief Eden an. Eden fühlte sich sehr viel besser, sie erwartete sechs Gäste zum Essen und weigerte sich, über Jamies künftige Vormundschaft zu sprechen. Es gäbe nichts zu besprechen, sagte sie, es sei alles geregelt. Helen legte das so aus, als habe Eden kapituliert und gebe sich hoffärtig in der Niederlage.

Am Sonntag geschah nichts. Ich habe manchmal versucht, mir vorzustellen, wie damals so ein Tag in Veras und Jamies Leben verlief. Es fällt mir schwer, denn ich habe nie so gelebt, allein in einem abgelegenen Dorf, mit nur wenigen Bekannten, ohne Auto, in gepflegter Armut. Vera hätte es sich nicht leisten können, sechs Gäste zum Mittagessen einzuladen, selbst wenn sie es gewollt hätte. Wie haben sie die Zeit verbracht? Zunächst standen sie bestimmt früh auf, dann machte Vera sich an die Hausarbeit, das tägliche Staubwischen und Putzen, das ich beobachten konnte, während ich da war, und Jamie beschäftigte sich mit seinen Spielsachen. Danach wartete auf Vera der *Sunday Express*, später gingen sie vielleicht spazieren, dann kam das Mittagessen, immer ein Braten, ein Minibraten, 1950 war es die gesamte wöchentliche Fleischration, mit Röstkartoffeln, Yorkshire Pudding und Gemüse, als Nachtisch Marmeladentörtchen oder Pudding. Und danach? Vielleicht noch ein Spaziergang? Ein Mittagsschlaf? Radiohören? Natürlich Nähen oder Stricken. Vera hat Jamie gewiß eine Geschichte vorgelesen, mehrere vielleicht, hat mit ihm geredet, mit ihm gespielt. Dennoch ist die Phantasie überfordert mit der Aufgabe, diese langen Stunden zu füllen, besonders wenn es kalt oder naß war oder früh dunkel wurde. Vera nahm nie ein Buch in die Hand, abgesehen von den Kinderbüchern zum Vorlesen. Das Bücherregal im Wohnzimmer barg die Sammlung eines Nichtlesers, Pflichtlektüre für die Schule und unwillkommene Geschenke.

Wenn ich die Augen schließe, sehe ich das Bücherregal vor mir. Ich sehe Jamie mit seinem Spielzeugtank über das untere Brett und an den Buchrücken entlangrollen. Stand Druckschrift Nr. 23, *Speise- und Giftpilze*, damals darin? Ich glaube nicht. Ich sehe die Titel, die dort standen: *Precious Vane*,

Anthony Adverse, *Sesam and Lilies* (Bücher, die sie als Schulpreise bekommen hatte), *Black Bartlemys Treasure*, *Das Buch der Schmetterlinge* von Frohawk... Vielleicht hätte ich also gar nicht sagen dürfen, Francis habe als Junge kein Interesse an Entomologie gehabt. War das ein Buch von Francis? War es denkbar, daß auch das Pilzbuch ihm gehörte und damals in dem Bücherregal in seinem Zimmer stand? *Sturmhöhe* von Emily Brontë, *The History of Mr. Polly*, Lambs Nacherzählung der Shakespeare-Dramen... Und ist dieser dunkelgrüne Rücken daneben vielleicht *Druckschrift Nr. 23*? Sie kann nicht an zwei Stellen zugleich gestanden haben. Daß ich sie einmal dort gesehen habe, im Bücherregal von Veras Wohnzimmer, weiß ich genau, dunkelgrün mit dem goldfarbenen Pfifferling auf dem Einband und der faszinierenden Pilzkunde zwischen den Buchdeckeln.

An jenem Sonntag – ob das Wetter gut oder schlecht war, weiß ich nicht – war ich in Cambridge. Damals befand ich mich gerade in einem rapiden Ablösungsprozeß von der Familie. Als bald unabhängiger Mensch wollte ich nichts mehr mit den Schwestern meines Vaters zu schaffen haben und zog bedauernd auch einen Bruch mit Helen in Erwägung, der unvermeidlich sein würde, wenn ich Andrew aufgab. Da ich mich mit diesen Fragen ziemlich häufig beschäftigte, tat ich das wohl auch an jenem Sonntag, zwischen der Rekapitulation von Spensers *Faerie Queene* und einem Rendezvous mit Andrew. Ich glaube aber nicht, daß ich Vera als leidenden Menschen sah, hineingezogen in die schlimmstmögliche Konvergenz menschlicher Schicksale. Ich glaubte – wir alle glaubten –, sie und Eden hätten ihre Meinungsverschiedenheiten bereinigt. Und da ich mich damals in der Rolle der wacker-feministischen Intellektuellen gefiel, habe ich wohl leider auch gedacht, ihre kleinlichen Streitigkeiten seien unter meiner Würde.

Die Strafe folgte gewissermaßen auf dem Fuß. Mord ist eine Sache der ganzen Familie, er zeichnet das Kainsmal auf viele Stirnen. Zwar wird es um so blasser, je entfernter der Verwandtschaftsgrad ist, aber es ist da und brennt sich ins Gehirn. Eine Frage, ein zufälliges Wort enthüllt es, so wie eine Geheimschrift schimmernd ans Licht kommt, wenn man sie ans offene Feuer hält. Nur die Zeit nimmt es fort und macht es möglich, mit einem gewissen Maß an Gelassenheit in die Vergangenheit zurückzublicken.

Es wurde Montag. Vera dachte an Flucht. Später sagte sie zu Josie, sie habe sich überlegt, ob sie weglaufen sollte. Sie hatte sogar angefangen, einen Koffer zu packen, Jamies Sachen und ein paar Bücher und Spielsachen für ihn zusammenzusuchen. Sie begriff sich als Flüchtling – die vergangenen Jahre hatten uns, wie ahnungslos wir vorher auch gewesen sein mochten, immerhin gelehrt, was Flüchtlinge sind –, der in dem Bemühen, den anrückenden Heerscharen zu entkommen, die einzige Kostbarkeit, die er besitzt, mitnimmt und alles andere bedenkenlos zurückläßt. Wohin aber hätte sie fliehen, wovon hätte sie leben sollen? Sie hatte kein Geld, keine Möglichkeit, etwas zu verdienen, und nichts zu verkaufen.

Um zehn kam Eden mit June Poole und Mrs. King. June trug das graue Kleid, in dem wir sie gesehen hatten, und einen grauen Filzhut, die herkömmliche Kindermädchen-Tracht. Mrs. King hatte eine Schachtel Pralinen mitgebracht, *Black Magic*; im Frühjahr 1950 (und noch viele Jahre danach) waren Süßigkeiten rationiert und Pralinen eine hochgeschätzte Rarität, wenn auch als Bestechungsgeschenk für einen Sechsjährigen nicht sehr passend. Es war ein sonniger, ziemlich warmer Vormittag, und Jamie spielte im Garten von Laurel Cottage in einem Sandkasten, den Vera in der Nähe des Hauses für ihn aufgestellt hatte. In meiner und Edens Kindheit war der Sandkasten hinten im Garten gewesen, in der Nähe des »Kabäuschens«, das jetzt für mich untrennbar mit der Liebe von Chad und Francis verbunden war, aber das war Vera zu weit weg, sie legte Wert darauf, Jamie immer im Auge zu behalten.

Sie erfaßte sehr rasch, was vorging, denn sie war in der Küche beim Waschen. Es war Montag, Veras Waschtag. Es sollte der schlimmste Tag ihres Lebens werden, und ich glaube, das hat sie auch gewußt, aber es war auch Montag, der Tag für die Wäsche. Sie konnte vom Fenster aus beobachten, was vorging. June Poole in ihrer grauen Tracht hockte neben der Sandkiste und hatte den Arm um Jamie gelegt, und Mrs. King beugte sich über ihn und zeigte ihm die Pralinen. Wie hatte Eden die Frauen für ihre Privatarmee rekrutiert? Vermutlich hatte sie die beiden davon überzeugt, daß sie für eine gerechte Sache kämpfte.

Vera sah Eden nicht gleich. Sie lief mit nassen Händen aus dem Haus und wurde dort buchstäblich von Eden abgefangen, die auf dem Weg zur Hintertür stand. Eden packte sie an den Schultern und sagte:

»Jetzt sei vernünftig, Vera. Du weißt, daß du dich früher oder später doch fügen mußt, wozu also eine Szene machen?«

Vera schrie auf, sie wehrte sich und befreite sich aus Edens Griff. Sie lief zu Jamie, aber June hatte ihn schon gepackt und trug ihn zur Straße.

»So ist's recht«, sagte Eden. »Setz ihn in den Wagen, und dann los.«

In diesem Augenblick erschien Josie. Sie kam meist vormittags vorbei, um Vera zu fragen, ob sie ihr etwas mitbringen sollte, oder auch nur auf einen Plausch oder eine Tasse Kaffee. Zunächst wollte sie ihren Augen nicht trauen – eine nicht ungewöhnliche Reaktion, wenn wir Zeuge sensationeller Begebenheiten werden, die im Kontext eines einförmigen Lebens den Anstrich des Unwirklichen haben. Da wird geschauspielert, dachte Josie, es ist alles nur ein Spiel. Aber dieser Eindruck währte nur Sekunden. Sie sah, wie Vera June umklammerte und von Eden und Mrs. King mit vereinten Kräften weggezerrt wurde, sie hörte Vera schreien und schluchzen.

»Was fällt Ihnen eigentlich ein?« fuhr sie Eden an.

»Sie halten sich da bitte raus, Mrs. Cambus«, sagte Eden. »Das geht nur meine Schwester und mich etwas an.«

»Laß sie nicht weg, Josie«, schrie Vera. »Laß sie nicht weg mit ihm.«

Inzwischen saß Jamie im Wagen und brüllte wie am Spieß. Zwei, drei Nachbarinnen kamen heraus, allerdings wohnte man in Great Sindon nicht Tür an Tür, es war nicht wie auf einer Londoner Straße. Josies erste Sorge galt Vera, sie versuchte die Arme um sie zu legen, aber Vera warf sich gegen den Wagen, schlug mit den Händen an die Scheiben und rief Jamies Namen.

Eden setzte sich mit Schwung ans Steuer. Um ein Haar, sagte Josie, hätte sie Vera beim Zuschlagen der Tür die Hand eingeklemmt. Sie startete den Wagen und wandte kurz noch einmal den Kopf in Josies Richtung. Ganz schlimm war, sagte Josie, daß Eden die Tränen übers Gesicht liefen. Mrs. King und June saßen hinten und hielten Jamie fest, der wie von Sinnen strampelte und »Mammi! Mammi!« schrie.

Eden fuhr los, und Vera wäre zu Boden geschleudert worden, wenn Josie sie nicht aufgefangen hätte. Sie legte einen Arm um Vera, Vera lehnte den Kopf an ihre Schulter. So brachte Josie sie zurück ins Haus.

16

Mit der heutigen Post kam von Daniel Stewart ein Auszug aus der Niederschrift über Veras Prozeß. Bis dahin hatte ich nicht wissen wollen, was sich in jener Woche des Sommers 1950 im Obersten Strafgerichtshof abgespielt hatte. Mein Vater starb, ohne es zu erfahren. Statt dessen hatten wir Josies Augenzeugenbericht über die Ereignisse auf Goodney Hall an jenem Montag. Den Bericht über den Abend aber, den Josie und mein Vater und ich in Klausur in unserem Wohnzimmer verbrachten, gewappnet durch einen steifen Whisky, dem weitere folgen sollten, möchte ich noch etwas vertagen.

Stewart bittet um »Ihren Kommentar dazu, Mrs. Severn«. Was gäbe es da zu kommentieren? Ich war nicht dabei. Ich war in Cambridge und rührte in jenem Trimester keine Zeitung an. Mein Vater bestellte den *Daily Telegraph* ab – von dem Tag an, als Vera vor dem Untersuchungsrichter erschien, bis eine Woche nach der Urteilsverkündung. Als dann die Zeitung wieder ins Haus kam, fiel ihm nach dieser Unterbrechung das Kreuzworträtsel so schwer, daß er es nie wieder vollständig gelöst hat. Ich versuchte, Vera aus meinen Gedanken zu verbannen, mich von ihr zu lösen, dennoch fiel mein Examen schlechter als erwartet aus. Der eine Absatz, den ich gelesen hatte, ehe ich mir alle Zeitungen verbot, ging mir nach und schob sich häufig zwischen meinen Blick und bedrucktes Papier mit eher literarischem Anspruch.

Vera Ivy Hillyard, 43, Bell Lane, Great Sindon, Essex, wird heute dem Untersuchungsrichter in Colchester vorgeführt. Ihr wird vorgeworfen, ihre Schwester, Edith Mary Pearmain, ermordet zu haben ...

Andrew und ich heirateten in blinder Hast – damit es in der Familie blieb. So viele Leute wußten, daß Vera und Eden unsere Tanten waren. Ich stellte mir vor, wie sie klatschten, stellte mir vor, wie der Klatsch seine Fangarme bis nach London, bis nach Cambridge recken würde. Mein Entschluß, mich von der Familie zu lösen, sie zurückzulassen wie die alte, überflüssig gewordene Schlangenhaut, ließ sich nicht mehr durchhalten. Was diese beiden getan hatten, machte es unmöglich. Ich gehörte zu ihnen, auf Gedeih und Verderb, mit den anderen Geschwistern und Vettern, Nichten und Neffen in einer Art Ghetto zusammengedrängt. Mir scheint jetzt, daß ich Andrew heiratete, um mich in Sicherheit zu bringen, so wie andere Leute um der begehrten Einbürgerung willen heiraten oder um der Ausweisung zu entgehen. Oder vielleicht wie Blinde oder Behinderte, die sich unter ihresgleichen einen Partner suchen. Zwei Jahre dauerte diese Ehe, ehe wir uns in beiderseitigem Einvernehmen trennten.

Kurz nach der Scheidung heiratete Andrew erneut, und seine zweite Frau schenkte Helen bald eine Enkelin. Inzwischen war Helen Witwe geworden, Walbrooks war verkauft, und Tony war weiß Gott wo im Fernen, nachdem er mit Billigung der Behörden Jamie in ein Internat gesteckt hatte. Jamie stand unter Amtsvormundschaft, war, wie Melchisedek, der Priesterkönig, ohne Vater, ohne Mutter, ohne Anverwandte, stand so allein wie sonst kein Mensch, den ich kannte oder von dem ich je gehört hatte.

Nächste Woche werde ich ihn sehen. Er wird mir das versprochene Essen kochen, und wir werden in seinem Garten in der warmen Florentiner Dämmerung sitzen und – Erfahrungen austauschen.

Ich frage mich, ob ich das Protokoll überhaupt lesen soll. Wozu sich selbst neue Schrammen zufügen, sich dem unvermeidlich aufzuckenden Schmerz aussetzen, den die Lektüre bringen wird? Lebten wir in den vierziger Jahren, hätte ich einen Kamin mit einem prasselnden Feuer, würde ich mit diesen Blättern vielleicht ebenso verfahren wie mein Vater mit den Winterbriefen …

Aber nein, mein Vater hat die Briefe vorher immer gelesen und zwar – man bedenke, von wem sie kamen! – oft viele Male.

Also los. Zum Glück ist es nicht das vollständige Protokoll, er habe mir nur die wichtigsten Abschnitte beigelegt, schreibt Stewart. Josie war die Hauptzeugin für die Verteidigung, und dies ist ein Teil ihrer Aussage. Der Verteidiger hatte sie gebeten zu schildern, was geschah, nachdem Eden und ihre Hilfstruppen Jamie weggebracht hatten.

Josephine Cambus: *Ich ging mit ihr zurück ins Haus. Sie war völlig außer sich, sie schrie und weinte. Sie hatte Brandy im Haus, ich goß ihr einen Schluck in ein Glas Wasser und sagte, ich würde die Polizei verständigen, aber sie meinte, das sei sinnlos, und dann sagte ich, ich würde meinen Sohn anrufen, der würde wissen, was zu tun sei.*
Richter Lambert: *Ist Ihr Sohn Polizeibeamter?*
Mrs. Cambus: *Nein, Euer Ehren, er ist Anwalt.*
Verteidiger: *Haben Sie Ihren Sohn angerufen, Mrs. Cambus?*
Mrs. Cambus: *Ich habe es versucht, ich hatte das Gespräch schon angemeldet, aber Vera – Mrs. Hillyard – nahm mir den Hörer aus der Hand. Anwälte und Polizisten, sagte sie, seien sinnlos.*
Verteidiger: *Haben Sie nach dem Grund gefragt?*
Mrs. Cambus: *Sie sagte, nur sie und ihre Schwester seien genau im Bilde. Das waren ihre Worte. Sie würde nach Goodney Hall fahren und mit ihrer Schwester und deren Mann sprechen. Es sei wichtig, mit ihrem Schwager zu sprechen, und sie würde dort warten, notfalls vor der Tür, bis er nach Hause kam. Sie war inzwischen ganz ruhig, schien geradezu fatalistisch. Sie schien –*
Richter Lambert: *Lassen Sie mal beiseite, was sie zu sein*

schien, Mrs. Cambus. Die Geschworenen möchten hören, was Sie gesehen und gehört, nicht, was Sie gemutmaßt haben.
Verteidiger: *Ist Mrs. Hillyard dann nach Goodney Hall gefahren, und haben Sie Mrs. Hillyard begleitet?*
Anklagevertreter: *Wird damit nicht der Zeugin etwas suggeriert, Euer Ehren?*
Richter Lambert: *Das könnte sein.*
Verteidiger: *Ich bitte um Entschuldigung, Euer Ehren. Ich formuliere die Frage neu. Was hat Mrs. Hillyard dann getan, Mrs. Cambus?*
Mrs. Cambus: *Sie hat den Mantel angezogen und ihre Handtasche geholt und gesagt, sie würde mit dem Bus nach Bures fahren und dort auf den Anschluß nach Goodney warten, wenn ich sie nicht mit dem Wagen hinbringen würde. Ich hatte keine große Lust, ich wollte nicht in diese Sache hineingezogen werden, aber schließlich sagte ich doch, ich würde sie hinbringen, ich brauchte ja nicht hineinzugehen, dachte ich mir, sondern würde sie absetzen und dann wieder nach Hause fahren. Ich holte meinen Wagen und fuhr sie nach Goodney Hall. Dort flehte sie mich an, mit ihr bis zur Tür zu gehen, wenn sie allein käme, sagte sie, würde man sie nicht einlassen.*
Verteidiger: *Haben Sie diesem Wunsch entsprochen?*
Mrs. Cambus: *Ich habe zunächst nein gesagt, ich mochte nicht, aber schließlich habe ich nachgegeben. Mr. Pearmain machte auf. Er sagte –*
Verteidiger: *Was Mr. Pearmain sagte, dürfen Sie uns nur dann erzählen, wenn Mrs. Hillyard dabei war. War sie dabei?*
Mrs. Cambus: *Nein, sie war im Wagen.*
Verteidiger: *Danke. Was taten Sie aufgrund der Worte, die Mr. Pearmain an Sie richtete?*
Mrs. Cambus: *Ich ging zum Wagen und holte Mrs. Hillyard, und wir gingen beide mit Mr. Pearmain ins Haus. Sonst war niemand da. Wir gingen in ein Zimmer, das sie wohl den Salon nennen. Mrs. Hillyard sagte, sie habe Mr. Pearmain etwas unter vier Augen zu sagen, etwas, was er wissen müsse, und*

ich möge bitte einen Augenblick hinausgehen. Ich sagte, ich würde heimfahren, ich hätte keinen Grund zu bleiben, aber sie bat sehr, ich solle auf sie warten, ich möge nur einen Augenblick aus dem Zimmer gehen. Mr. Pearmain sagte, er glaube zu wissen, was sie sagen wolle, aber er wisse es schon, seine Frau habe es ihm vor ein paar Tagen gesagt. In diesem Moment kam Mrs. Pearmain herein und sagte zu Mrs. Hillyard: »Ich habe ihm alles erzählt ...«

Ich legte das Protokoll aus der Hand. Ich las solche Niederschriften nicht zum ersten Mal, kannte sie durch meinen Mann und aus *Notable British Trials*. Sie sind praktisch alle gleich, wirken allesamt ein wenig unwirklich, die Leute reden wie programmiert in einer Sprache, die sich ausschließlich auf dieses spezielle Milieu bezieht. Dabei sollen doch Gerichtsprotokolle angeblich wortwörtlich das festhalten, was gesprochen wurde. Sonderbar... An diesem Punkt setzte Josies Schilderung ein, in der stillen, intimen, ein wenig stickigen Atmosphäre des überheizten Wohnzimmers meiner Eltern. Sie wiederholte, was Eden gesagt hatte, als sie an jenem Vormittag im April den Salon betreten hatte:

»Damit kommst du nicht durch, Vera. Ich habe Tony alles erzählt. Ich habe ihm erzählt, daß Jamie mein Sohn ist.«

Wir wußten es natürlich, inzwischen wußten wir es, kannten die nackten Tatsachen, auch wenn wir es, was den Prozeß betraf, vorgezogen hatten, den Kopf in den Sand zu stecken. Was wir von Josie erwarteten, waren Details, waren Subtilitäten, von denen wir uns eine freundlich-verschleiernde Wirkung auf die nackten Tatsachen erhofften. Sie lehnte sich in ihrem Sessel vor, sah uns nicht an, sondern blickte ins Feuer.

»Vera schrie auf. Ich weiß bis heute nicht, ob das als Dementi gemeint war oder nicht. Tony – ich habe ihn nie mit Vornamen angeredet, aber ich will ihn hier mal so nennen –

Tony wirkte verkrampft und unglücklich. Er stand da und nickte, mit fast geschlossenen Augen. Ihre Schwester – ich meine Edith, Eden – sagte: ›Er ist mein Kind, Vera hat ihn nur großgezogen. Sie hatte es mir angeboten. Das war sehr generös von ihr, ich gebe es zu, es war großartig, aber es war nie die Rede davon, daß sie ihn behalten würde.‹ ›Das ist gelogen‹, sagte Vera. Tony war die ganze Sache furchtbar peinlich, er ist wohl der Typ, der in einer tragischen Situation vor allem Verlegenheit empfindet. Er sagte: ›Das alles interessiert Mrs. Cambus doch gar nicht. Es ist eine Privatangelegenheit, können wir es nicht dabei belassen?‹ ›Nein, das können wir nicht‹, sagte Vera, ›alle sollen es erfahren, ich lasse es nicht zu, daß die Sache von euch vertuscht wird. Überall ausposaunen werde ich es, was sie mir angetan hat, diese falsche Schlange, diese grausame Person. Ich will meinen Sohn sehen. Wo ist mein Sohn?‹ ›Er ist nicht dein Sohn‹, sagte Eden. ›Er gehört mir. Er gehört mir und Tony, wir werden ihn adoptieren.‹ ›Wie kannst du dein eigenes Kind adoptieren?‹ fragte Vera, und das war alles, was sie Eden gegenüber je zugegeben hat. Aber man kann das eigene Kind tatsächlich adoptieren, wenn es unehelich ist, ich habe mich bei meinem Sohn erkundigt.

Vera begann Eden zu beschimpfen. Was sie gesagt hat, wollen Sie wohl nicht wissen, oder? Wörtlich, meine ich ...«

Mein Vater schüttelte den Kopf. »Nur das Wesentliche.«

»Ja, also man könnte wohl sagen, daß sie Edens Moral in Frage stellte. Eden wurde furchtbar wütend. Tony sah aus, als könne er jeden Augenblick in Ohnmacht fallen, aber Eden blieb eiskalt. Sie erzählte uns die ganze Geschichte. Mir und Tony, meine ich. Die Einzelheiten hatte er offenbar noch nicht gehört. Er setzte sich und legte den Kopf in die Hände.«

Im Herbst 1943 hatte Eden gemerkt, daß sie schwanger war. Von wem, das sagte sie nicht. Vera warf ein, sie habe mit einem halben Dutzend Männern geschlafen, unter anderem auch mit einem GI, einem Puertorikaner aus Spanish Harlem, der damals als der Adonis von Londonderry galt. Josie meinte, das habe Vera wohl gewußt, weil Eden in ihrer Not zu ihr gekommen und ihr das Herz ausgeschüttet hatte. Tatsächlich hatte Jamie trotz seiner hellen Haare südlich-dunkelbraune Augen und einen hellolivfarbenen Teint, der sich auch bei stärkster Sonne nie schmerzhaft rötete. Eden hatte offenbar Vera einzureden versucht (und Vera hatte es sich damals einreden lassen), sie habe ein leidenschaftliches Verhältnis mit einem Offizier der Royal Navy gehabt, der im September 1943 mit der *Lagan* versenkt wurde. Wer hätte da nicht gleich an jenen anderen Marineoffizier gedacht, Edens angeblichen Liebhaber und Gegenstand von Francis' spektakulärstem Streich, der ebenfalls mit seinem Schiff unterging? Vera und Eden, die Ärmsten, waren Snobs bis zum bitteren Ende.

Eden hatte es Francis erzählt, ehe sie es Vera gestand, davon bin ich überzeugt, es lag nur zu nahe, und Francis' rätselhafte Bemerkungen an dem Vormittag vor dem ersten Entführungsversuch war nur die Bestätigung dafür. Francis hat ihr vermutlich eine Adresse für eine Abtreibung genannt, er kannte sich in diesen Dingen aus. Und vielleicht hat er ihr auch das Geld – oder einen Teilbetrag – für den Eingriff gegeben. Francis hatte immer Geld, ich nehme an, daß er sich prostituierte. Aus irgendeinem Grund ließ sie das Kind dann doch nicht abtreiben. Hat sie es Vera erzählt, hat Vera sie davon abgebracht, Vera, die selbst nicht empfangen konnte, die sich aber ein Kind wünschte und das auch Helen gesagt hatte? Eden muß Monate, ja, Jahre, ehe wir davon erfuhren, den WRENS verlassen haben, sie kam nach Sindon, flüchtete sich zu Vera.

Es ist heutzutage selbst für Leute in meinem Alter schwer vorstellbar, was für eine Katastrophe es noch 1944 für eine konventionelle, ledige Frau aus dem Mittelstand bedeutete, ein uneheliches Kind zu bekommen. Und Eden hatte die Nase immer so hoch getragen, hatte sich selbst als einen solchen Tugendbold ausgegeben, war von ihrer Schwester, dieser eifrigen Reklametrommlerin, als besonders tugendsam ausgegeben worden! Wie hätte sie es in einem Brief ihrem Bruder gestehen, ihrer Stiefschwester und deren Mann eröffnen, den guten Leuten von Sindon beibringen sollen, wo man sie noch als liebreizend-ernsthafte, früh verwaiste Halbwüchsige gekannt hatte? Wenn hingegen ihre Schwester, die ältere Schwester, die Mutterstelle an ihr vertreten hatte, ein Kind erwartete, dieses Kind zur Welt brachte, das Baby der Öffentlichkeit präsentierte...

Das haben wir nicht alles an jenem Winterabend von Josie erfahren. Einiges habe ich später zusammengestückelt, aus eigenen Erkenntnissen, aus mir damals unverständlichen Beobachtungen, aus meiner Phantasie und der Kenntnis meiner Tanten, meiner toten Tanten, von denen die eine die andere auf dem Gewissen hat.

Vera mag den Vorschlag aus Liebe zu Eden gemacht haben, aus schierem Altruismus und aus dem Bestreben heraus, ihren guten Ruf zu schützen. Sie mag ihn gemacht haben, weil sie sich ein Baby wünschte, weil sie es, nachdem sie bei Francis so kläglich versagt hatte, noch einmal versuchen wollte. Oder es war – und das ist am wahrscheinlichsten – von beidem etwas. So wie sie es sah, bot diese Lösung allen Beteiligten nur Vorteile. Wer weiß denn, was zwischen ihnen abgesprochen wurde? Hat Vera wirklich zugesagt, das Kind nur so lange zu behalten, bis Eden es haben wollte? Oder hat sie Jamie vorbehaltlos als ihren eigenen Sohn zu sich genommen? Eden hat die erste Version bejaht. Vera sagte – laut Josie – kein Wort. Sie saß da wie erstarrt und hörte nur zu.

Das Kind kam in der Klinik in Colchester zur Welt, die im Jahr darauf ausgebombt wurde, so daß alle Unterlagen verlorengingen. Eden war, wie sie sagte, als Mrs. Hillyard in die Klinik gegangen, war auch als Mrs. Hillyard bei den Schwangerschaftsuntersuchungen gewesen. Vera zog, während Eden in der Klinik war, in eine Pension in Felixstowe. Verabredungsgemäß verließ dann Eden mit dem Baby die Klinik per Taxi, Vera verließ Felixstowe, sie trafen sich in der Halle des

George Hotel in Colchester und ließen sich zusammen von einem anderen Taxi heimfahren. Vera lachte höhnisch, als Eden dies erzählte, als könne keine Dichtung bizarrer sein.

»Eden verließ das Zimmer«, sagte Josie, »und kam mit einem länglichen Umschlag zurück. In dem Umschlag war eine Geburtsurkunde. Jamies Geburtsurkunde.«

»Hast du sie gesehen?« fragte ich.

»Allerdings. Sie war ausgestellt auf James Longley, Mutter Edith Mary Longley, Vater unbekannt. Vera riß mir das Dokument aus der Hand. Es sei eine Fälschung, sagte sie. Und dann: Eden habe beim Standesamt eine unwahre Erklärung abgegeben, und dafür könne man mit vielen Jahren Gefängnis bestraft werden. Das war natürlich lächerlich. Auf der Geburtsurkunde stand ja alles schwarz auf weiß. Vera selbst hatte die Urkunde noch nie gesehen, ich glaube, sie hatte Angst gehabt, sie zu lesen, hatte nie darum gebeten. Sie wußte nur zu gut, was darin stand.«

»Aber wenn sie das alles verabredet hatten«, wandte ich ein, »müssen sie sich doch auch über die falschen Angaben beim Standesamt geeinigt haben. Warum ist nicht Vera selbst hingegangen? Sie war gesund und munter, sie hatte nicht gerade entbunden.«

Das konnte Josie uns nicht sagen, aber ich glaubte die Antwort zu kennen. Ich konnte mir vorstellen, wie es gewesen war. Es ging nicht so sehr darum, daß Eden auf Nummer Sicher gehen wollte oder vorbaute für den Fall, daß sie Jamie eines Tages doch würde haben wollen, nein, sie hatte einfach Angst davor, nicht der Wahrheit entsprechende Angaben zu machen. Man wird im Standesamt sehr streng vor einer solchen Gesetzwidrigkeit gewarnt. War sie, als sie hinging, entschlossen, Jamie als den Sohn von Vera Hillyard und Gerald Hillyard anzumelden, hatte sie vielleicht die Nerven verloren, als sie im Standesamt ankam? Damit ist aber immer noch nicht die Frage beantwortet, warum nicht Vera selbst hingegangen ist. Höchstwahrscheinlich deshalb, weil Eden ihr zuvorkam, ein paar Tage nach der Rückkehr aus der Klinik eines Tages das Haus verließ und Vera vor vollendete Tatsachen stellte.

»Vera hatte die Urkunde in der Hand«, sagte Josie, »und versuchte sie zu zerreißen. Solche Schriftstücke sind aus besonders starkem Papier und reißen nur schwer, aber ein Stück war schon ab, ehe Tony ihr das Schriftstück wegnahm. Es hätte ihr natürlich gar nichts genützt, die Urkunde zu vernichten, in Somerset House liegt ja eine Kopie.«

Vera erzog Jamie also als ihren eigenen Sohn, und Eden ging als Gesellschafterin zu Lady Rogerson nach London. Wieviel leichter wäre für Vera alles gewesen, wenn Jamie nur einen Monat früher zur Welt gekommen wäre! Ein Zehneinhalbmonatskind konnte Gerald nie akzeptieren. Hätte er wohl, wenn sie ihm die Wahrheit gesagt hätte, zugelassen, daß sie Jamie als ihren eigenen Sohn ausgab? Vielleicht. Vielleicht hätte er aber auch herumerzählt, daß Eden Jamies Mutter war. Ich glaube, Vera war, nachdem sie Gerald verloren hatte, gar nicht böse, daß man Chad für ihren Geliebten und Jamies Vater hielt. Das gab ihr eine gewisse Distinktion, gab ihr ein Stück Jugend zurück. Und sie hatte Jamie. Sie konnte ja nicht voraussehen, wie sehr sie ihn einmal lieben würde.

Eden kam nur noch selten. Sie fragte nicht nach Jamie, sie wollte gar nichts wissen. Es gibt da einen jüdischen Witz von dem Mann, der über einen Feind sagt: Warum haßt er mich so? Ich habe ihm doch nie etwas Gutes getan. Empfand so auch Eden Vera gegenüber? Vera hatte ihr zu viel Gutes getan, hatte ihr einen unschätzbaren Dienst erwiesen. Das konnte sie nicht verkraften, die Schuld wog zu schwer. Eden transponierte sie um in Aversion gegen Vera. Und dann lernte sie Tony kennen und verlobte sich mit ihm. Jetzt wird sie sich Kinder anschaffen, muß Vera gedacht haben, jetzt ist alles in Ordnung. Vera wähnte sich in Sicherheit, Eden würde gewiß nicht wollen, daß ihr Mann von Jamie erfuhr. Doch als sich keine Kinder einstellten, als es aufgrund einer ektopischen

Schwangerschaft zur Fehlgeburt kam, als die Möglichkeit einer risikolosen Schwangerschaft, die Möglichkeit, daß Eden ein Kind würde austragen können, in weite Ferne rückte, – ja, was dann? Vera bekam es mit der Angst zu tun. Daß sie die Geburtsurkunde nie zu Gesicht bekommen hat, ist möglich, aber sie konnte sich natürlich denken, was darin stand. Wenn Eden Anspruch auf Jamie erhob, stand Vera, wie Francis sich ausgedrückt hatte, machtlos vis-à-vis. Vielleicht wurde für sie alles noch schlimmer dadurch, daß Jamie ihrer Schwester so sichtlich gleichgültig war. Das würde sie aber nicht daran hindern, ihn zu sich zu nehmen, um einen Sohn zu haben, einen Erben für Tony und sein Warenhausimperium.

»Vera sprang ganz unvermittelt auf«, sagte Josie, »und lief aus dem Zimmer. Damit hatte niemand gerechnet, am allerwenigsten Eden. Die blieb schließlich gewissermaßen als Siegerin auf der Walstatt zurück, die Ehe zerbrochen, die ganze Familie gegen sie, aber trotz allem triumphierend, unangreifbar, wenn ihr wißt, was ich meine. Jedenfalls kam es mir so vor. Sie stand recht gemächlich auf und sagte: ›Wahrscheinlich sucht sie ihn. Ich weiß gar nicht genau, wo er ist.‹

Wir gingen ihr nach. Ich habe mir oft gewünscht, ich hätte es nicht getan. Was ging es mich schließlich an? Ich war nur eine Freundin von Vera und hatte sie hergebracht. Ich hätte heimfahren sollen und weiß eigentlich nicht, weshalb ich es nicht getan habe. Es war nicht ungesunde Neugier. Ich hatte genug von Enthüllungen, von Seelenstriptease. Es war wohl das Gefühl, daß ich Vera dort im Haus ihrer Feinde nicht im Stich lassen durfte, denn es waren alle ihre Feinde, bis hinunter zu dieser kriecherischen June Poole.«

Ich konnte meinen Vater nicht ansehen, und ihm ging es mit mir genauso. Er war wunderlich, war unbedacht genug gewesen, die Idealisierung der Weiblichkeit Longleyscher Prägung, verkörpert in seiner Mutter und dann in seinen Schwestern, zu einem Eckpfeiler seines Lebens zu machen. Es war, wie die meisten Idealisierungen, ein Trugbild. Und es war sehr töricht von ihm, daß er diesem Trugbild seine Ehe geopfert und sich lächerlich gemacht hatte, indem er seinen Schwestern Eigenschaften zuschrieb, die sie nicht nur nicht besaßen, sondern die geradezu die Antithese ihres Charakters waren. Trotzdem konnte er einem in diesem Augenblick sehr sehr leid tun. Es war ihm wenig geblieben, seine Welt war verändert. Sogar im Hinblick auf seine Frau und seine Tochter, die er bislang durch eine Longleysche Brille betrachtet hatte (ein Glas Vera, ein Glas Eden), mußte er nun umdenken. Er hatte sie nur unter dem Aspekt von Vergleichen und Kontrasten gesehen. Meiner Mutter rechne ich es hoch an, daß sie seit dem Mord und Veras Verhaftung kein Wort der Geringschätzung über seine Schwestern mehr äußerte. Wenn sie von ihnen sprach, dann immer voller Mitleid. Dennoch wurde sie eine schweigsame Frau.

Josie erzählte uns den Rest, bis zum bitteren Ende. Jamie war oben im Kinderzimmer. Er war eigentlich schon ein bißchen zu alt, um ständig in die Kinderstube verbannt zu werden, aber beide Frauen hatten – jede auf ihre Art – dafür gesorgt, daß er der Kleinkindphase noch nicht entwachsen war. Josie erinnert sich, daß es ein wunderschöner Raum war, sie war ja noch nie dagewesen, hatte die Feentapete nicht gesehen und nicht den Teppich mit der Efeukante. Der neue Teppich war hellbeige, die Möbel waren weiß. Segelschiffe glitten auf hellblauen Wellchen in einem Fries an der Wand entlang, und Möwen flogen über die Segel hin. Drucke hingen an der Wand, *Raleighs Knabenzeit*, Pferde von Stubbs, der *Fighting Temeraire*.

Der Tag war nicht kalt, aber wir schrieben erst April, und im Kamin brannte Feuer. Ein Kamingitter stand davor. Im Hintergrund legte June Poole Wäsche zusammen. Jamie stand auf dem blau-weißen Kaminvorleger, Vera kniete vor ihm. Josie hatte den Eindruck, daß er nichts zu tun gehabt hatte, als Vera hereinkam, daß er nur dagestanden oder dagesessen hatte, tatenlos, verwirrt von den noch nicht lange zurückliegenden Handgreiflichkeiten. Sie stürzten ins Zimmer – Eden, Tony, Josie und Mrs. King. Warum und zu welchem Zeitpunkt die Haushälterin dazugestoßen war, wußte offenbar niemand.

»Eden sagte: ›Wenn du nicht freiwillig gehst, wird man dich dazu zwingen!‹, und sie sah Mrs. King und June an. Mrs. King reagierte nicht, aber June Poole legte den Kopfkissenbezug aus der Hand, mit dem sie sich gerade beschäftigt hatte, und kam, ziemlich drohend, wie mir schien, auf uns zu. ›Mach Schluß damit, Eden‹, sagte Tony, und Eden sagte: ›Ich bin schon dabei!‹ und streckte den Arm nach Jamie aus.«

Ich zitiere jetzt aus dem Protokoll. Immerhin ist das ja die offizielle Version, und was Josie vor Gericht aussagte, liegt um ein halbes Jahr früher als das, was Josie uns erzählte.

Verteidiger: *Was geschah dann, Mrs. Cambus?*
Mrs. Cambus: *Mrs. Hillyard hatte ein Messer in der Hand.*
Verteidiger: *Was meinen Sie damit, sie hatte ein Messer in der Hand? Hat sie das Messer von irgendwoher genommen? Hat sie es mitgebracht?*
Mrs. Cambus: *Ja, das muß sie wohl. Sie nahm es aus der Handtasche. Es war ein langes Küchenmesser.*
(Mrs. Cambus wurde das Messer gezeigt, Beweisstück B*)*
Verteidiger: *Ist dies das Messer?*
Mrs. Cambus: *Ja, so eins war es.*
Verteidiger: *Hatten Sie es vorher schon einmal gesehen?*
Mrs. Cambus: *Muß ich darauf antworten?*
Richter Lambert: *Selbstverständlich müssen Sie dem Herrn Verteidiger antworten.*
Mrs. Cambus: *Also gut. Ja, ich hatte es schon gesehen.*
Verteidiger: *Wo?*
Mrs. Cambus: *In Mrs. Hillyards Küche. Sie hat damit Gemüse geschnitten. Ich habe gesehen, wie sie es mit einem Stein geschärft hat.*

Verteidiger: *Mrs. Hillyard holte also ein Messer aus der Tasche. Was geschah dann?*
Mrs. Cambus: *Mrs. Hillyard machte mit dem Messer einen Satz auf Mrs. Pearmain zu. Jemand griff sich den Jungen, ich glaube, es war Mrs. King, ja, Mrs. King war es. Sie griff sich den Jungen und brachte ihn aus dem Zimmer. Mr. Pearmain versuchte, Mrs. Hillyard festzuhalten. Sie stach ihn in den Arm, den rechten Arm. Dann attackierte sie Mrs. Pearmain und verwundete sie am Hals und an der Brust. Es gab viel Blut, überall war Blut. Mrs. Pearmain schrie und fiel hin, auf Hände und Knie, sie blutete fürchterlich.*

Das Blut ging über die blauen Wände und die Segelschiffe und die Wellchen und die Möwen. Eden erbrach Blut und starb. Sie rollte auf den Kaminvorleger und war tot. Vera wollte das Messer gegen sich selbst richten, fast wäre es ihr gelungen, aber June Poole packte sie bei den Armen und fesselte sie mit dem Gürtel ihres eigenen Kleides.

17

Statt Veras Geschichte wird Daniel Stewart jetzt eine Darstellung des Mordes von Kirby Theiston schreiben und wird dabei eine Verbindung zwischen dem Mord an Sunny Durham und dem Verschwinden von Kathleen March herstellen. Es soll eine Neubewertung unter Zugrundelegung der zusätzlichen Hinweise werden, auf die er bei den Recherchen über meine Familie gestoßen ist. Und er wird vieles von dem verwenden können, was ich ihm erzählt habe, wenn er schildert, welche Rolle Vera dabei gespielt hat. Ich glaube, er ist ganz froh über diese Wendung, freut sich auf die Arbeit und ist erleichtert, daß er sich nicht mehr mit den komplizierten Verhältnissen bei den Longleys und den Hillyards herumzuschlagen braucht. Ich hatte also recht, als ich Francis – wiewohl innerlich nicht ganz überzeugt – damals sagte, die Geschichte seiner Mutter würde nie geschrieben werden.

Das Prozeßprotokoll habe ich nach zweimaligem Lesen vernichtet. Wer weiß, ob nicht eine morbide Versuchung mich ankommen würde, es wieder vorzunehmen, an regnerischen Nachmittagen oder Abenden, wenn ich allein bin. Ich mag nicht so unmittelbar an das Leid der armen Vera oder mittelbar an meine eigenen Fehlschläge erinnert werden, an meine triste erste Ehe, mein unbefriedigendes Examen, Folgen der Angst, daß Veras traurige Berühmtheit mich mein Leben lang nicht wieder loslassen würde. Mit zweiundzwanzig fehlte es mir an Voraussicht, so wie es Francis' Tochter Elizabeth an Urteilsvermögen fehlt, wenn sie glaubt, daß in den achtziger Jahren der Name Vera Hillyard noch eine Spur von Interesse erwecken könnte. Da wir weder Kamine noch Öfen besitzen, habe ich das Protokoll meinem Mann gegeben, und er hat mit diesem besonders aufregend-exotischen Leckerbissen den Aktenvernichter in seiner Kanzlei gefüttert.

Als Angeklagte in einem Mordprozeß konnte Vera von ihrem Recht der Aussageverweigerung Gebrauch machen, was sie auch tat. Vielleicht hatte der Verteidiger ihr dazu geraten, da jede Aussage sie nur noch mehr belasten mußte, oder aber Vera selbst hatte nichts zu ihrer Verteidigung vorzubringen und keine Erklärung für ihre Tat. Josie hatte uns von Veras völliger Apathie erzählt, von dem Dämmerzustand, in den sie bei Josies Besuchen im Gefängnis verfallen war, dem Rückzug in sich selbst, dem tiefen Schweigen. Ich bin sicher, daß sie sterben wollte. Die Alternative wären lange Jahre der Haft gewesen und die tägliche Qual zu wissen, daß Jamie draußen in der Obhut fremder Leute war, die nichts für ihn empfanden. Natürlich machte der Verteidiger einen Versuch, sie zu entlasten. Sie hatte ihrer Schwester nur Angst einjagen, sie vielleicht nur verletzen wollen. Doch dann hatte Raserei sie gepackt, und sie hatte wieder und wieder zugestochen...

Daß Stewart von seinem Plan abgegangen war, hat noch einen anderen Grund: die Ungewißheit im Kern der Sache. Es mag zwar stimmen, daß ein Hauch von Geheimnis den Reiz eines solchen Buches erhöhen kann, aber die unbeantwortete Frage ist immer die nach dem Täter oder dem Tathergang. Darüber nun kann es in Veras Fall keinen Zweifel geben. Angelpunkt der Ungewißheit ist etwas ganz anderes, ist ein bizarres genetisches Problem, wie es selten einmal in einer Familie – in welchem Milieu auch immer – auftaucht, und das auch durch eingehende Recherchen nicht zu enträtseln ist.

Das Gedächtnis ist eine unvollkommene Einrichtung. Wir haben uns damit abgefunden, uns an dieses oder jenes nicht zu erinnern. Was wir nur schwer akzeptieren, ist die uns von maßgeblicher Seite vermittelte Erkenntnis, daß etwas, woran wir uns erinnern, nie stattgefunden hat. Jamie erzählte mir, als wir nach dem Essen im Garten saßen, daß Edens Blut an jenem Tag auf ihn gespritzt sei und seine Sachen befleckt habe. Es war das einzige, was er in Erinnerung behalten hatte. Doch nachdem er das Prozeßprotokoll gelesen hatte, begriff er, daß er sich geirrt hatte. Er erinnerte sich an etwas, was nie geschehen war, denn Mrs. King hatte ihn weggebracht, ehe Vera mit dem Messer zustieß, Sekunden vorher. Seine Angewohnheit, mit einer wischenden Bewegung Blut abzustreifen, beruht also auf einem Trugschluß.

Jamie ist in ein kleines Haus hinter einer hohen Mauer in den Orti Orcellari gezogen. In der Mauer ist ein schön geschmiedetes Tor mit einer Verstärkung aus Eisenstäben, und auf dem Portikus, flankiert von zwei Urnen, die eine steinerne Lorbeergirlande verbindet, sind die Dante-Worte eingemeißelt:

Ahi, quanto nella mente mi commossi,
quando mi volsi per veder Beatrice,
per non poter vedere: ben ch'io fossi
presso di lei, e nel mondo felice!

Ist auch Jamie aus der Bahn geworfen, seine Seele in Aufruhr, nachdem ihm nochmals deutlich gemacht worden ist, was ihn verfolgt, sehend und nicht sehend? Ohne bestechenden psychotherapeutischen Lehrmeinungen nach dem Motto »Du mußt es nur hochkommen lassen, dann bringst du's auch los« zu huldigen, ist er, wie er mir sagt, doch froh, daß er das Protokoll gelesen hat. Zumindest hat ihn die Lektüre gezwungen, sich seiner Geschichte zu stellen, sie ist nicht mehr Schreckgespenst, Schimäre, halbes Phantasiegebilde, sondern liegt offen zutage, nicht schlimmer und nicht besser als erwartet: die Wirklichkeit. Um im einschlägigen Fachjargon zu bleiben: Er hat sie konfrontiert.

Er lacht immer noch so viel, fährt sich unverändert über die Schulter, obschon er dabei jetzt ungeduldig den Kopf schüttelt und bewußt mitten in der Bewegung innehält. Und er hat sein Versprechen gehalten und für mich gekocht, Köstlichkeiten wie *farfalle con asparaghi, manzo per un dio biondo* (Rindfleisch mit Trauben, Rindfleisch für einen blonden Gott, wobei ich an Francis denken mußte), *crema d'arancia* und *amaretti*. Die Sauce für das *manzo* muß, um höchsten Ansprüchen zu genügen, in letzter Minute bereitet werden, und während er am Herd steht, erzähle ich ihm, daß die Bilder, die Francis mit diesen albernen Titeln versehen hat, aus dem Hotel Cavour verschwunden sind. Denn dort wohnen wir wieder, Louis und ich, und ich habe einen Blick in das bewußte Zimmer geworfen und festgestellt, daß man statt ihrer harmlose, ja, sogar ansprechende venezianische Aquarelle hingehängt hat. Francis' und sein Buch liegen nebeneinander auf dem Küchentisch, beides Neuerscheinungen, beide druckfrisch, in bunten Hochglanzumschlägen: *Nymphen, Najaden und Eintagsfliegen* und *Cucina Ben Riuscita*. Und ein Gefühl des Friedens überkommt mich, als habe sich schließlich alles doch zum Guten gefügt.

Jamies Garten hat keine Blumen, es ist ja ein italienischer Garten. Zwischen den Steinplatten wachsen Sauerklee und Arenaria mit ihren gelben und weißen Blütchen, aber ansonsten herrschen hier die dunklen Moosfarben der Immergrüne und das verwitterte Grau der Steine. In Urnen, die mich an die auf der Terrasse von Goodney Hall erinnern, wachsen Pflanzen, die Aspidistras sein mögen, und die spitzblättrigen Sukkulenten, die man Schwiegermutterzungen nennt, zwischen lang rankendem Efeu. Ein kleiner Teich ist da, mit Seerosen und ohne Fische, und an den Mauern, hinter den Mauern und in den Löchern zwischen Stein und Ziegel streichen Katzen herum, die streunenden Katzen aller italienischen Städte. Wir hören sie manchmal, wenn sie sich zwischen einem Zweig und einer zerbrochenen Säule hindurchschieben, und als es dunkel geworden ist, sehen wir ihre Augen. Jamie hat eine Lampe auf den Tisch gestellt, die die Nachtfalter anlockt, und ich muß daran denken, wie Vera mich gebeten hat, sie eine Weile friedlich im Dämmerlicht sitzen zu lassen, kein Licht zu machen, in das die Motten fliegen könnten.

»Erzähl mir von meiner Mutter«, bittet er, äußerlich ganz gelassen und mit ruhiger Stimme.

Das ist eine Fangfrage. Ich denke an seine Bemerkung auf dem Englischen Friedhof, daß seine Mutter eine gute Köchin gewesen sei. Das Sprichwort sagt: »Das ist ein weiser Sohn, der seinen Vater kennt.« Ich nehme all meinen Mut zusammen und sage, Zweifel an der Person der eigenen Mutter zu haben sei eigentlich weniger üblich.

»Ich habe keine Zweifel«, erwidert er. »Mag die Familie, mag die Welt denken, was sie will: Ich weiß, daß Vera Hillyard meine Mutter war.«

Wie könnte ich mit ihm streiten? Es wäre irgendwie anmaßend, ich weiß nicht einmal, ob ich es gern täte. In der Dämmerung, nein, jetzt in völliger Dunkelheit, während die Falter um die Lampe schwirren, erzähle ich ihm von Vera, die schönen Dinge, sorgsam meine Erinnerungen redigierend, erzähle ihm, wie sehr sie ihn liebte, erzähle von ihrer hingebungsvollen Fürsorge, ihrer selbstlosen Liebe zu Eden, ihren hausfraulichen Tugenden, ihrem Leben der Pflichterfüllung. In meiner Darstellung ist sie die ideale Frau, ein edles Werk der Schöpfung. Verschwunden sind die scharfe Zunge, der Snobismus, die Vorurteile, die Vorliebe für Banales, die Kälte. Ich spreche nicht von der Regel, die das Essen mit der linken, das Trinken mit der rechten Hand vorschrieb. Ich sage nichts von ihrer Angst, ihrem Widerwillen vor Francis. Vielleicht wiegen diese Tugenden ja wirklich schwerer als Veras Schwächen, und vielleicht ist ja wirklich etwas daran, als ich zu Jamie sage, daß man an ihr mehr gesündigt hat als sie selbst sündigte.

»Ich bin froh, daß Stewart seine Pläne aufgegeben hat«, meint Jamie. »Er hätte das Thema natürlich von der anderen Seite her aufgezäumt, oder zumindest hätte er in seinem letzten Kapitel Pros und Kontras erörtert, die es im Grunde gar nicht gibt. Vielleicht schreibe ich noch mal ein Buch über sie. Würdest du mir dabei helfen?«

»Nein, Jamie«, sage ich. »Nein, das glaube ich nicht.«

Ein prächtiger goldener Mond erhebt sich hinter den dunklen Bäumen in den Gärten der Orcellari. Ich müsse gehen, sage ich zu Jamie, und es gibt ein kleines Hin und Her, weil er mich unbedingt zu dem Taxistand an der Santa Maria Novella begleiten will und ich entschlossen bin, bis zur Via Cavour zu Fuß zu gehen. Diesmal küssen wir uns zum Abschied, und ich habe das Gefühl, als schmiege sich ein Braunbär an mich. Doch diese Illusion schwindet rasch, als er hastig zurücktritt und unsichtbares Blut von der Schulter streift. Schließlich begleitet er mich bis zur Ecke. Von dort an ist die Straße hell und belebt, Menschen drängen sich auf der Piazza della Stazione, und ich kann ihn davon überzeugen, daß mir nichts passieren wird. Die Speisekarte vor dem Otello lenkt ihn ab. Ich schaue noch einmal zurück und sehe, wie er sie noch immer ernsthaft studiert, ganz so, als habe er keine Sorgen und keine Vergangenheit. Mein Mann hat versprochen, mir ein Stück entgegenzugehen, und da kommt er auch schon von der Via Nazionale her auf mich zu. Nach so vielen Jahren noch verspüre ich ein Ziehen in der Brust, wenn wir einander sehen, einander zuwinken, und das ist ein gutes Gefühl. Er hat den Abend mit einem englischen Geschäftsmann verbracht, der in Florenz lebt und einer Zeitung eine Verleumdungsklage anhängen will. Louis' Spezialgebiet ist das Führen von Prozessen oder vielmehr, wie er es ausdrückt, der Versuch, den Leuten einen Prozeß auszureden. Zu ihm ging ich, um von Andrew loszukommen. Auf Josies Sohn war ich verfallen, weil er der einzige Anwalt war, den ich – wenn auch nur dem Namen nach – kannte. Ich ging zu ihm, um einer Falle zu entkommen, und geriet – diesmal mit der nie widerlegten Überzeugung, hier mein Glück zu finden – sogleich in eine neue.

Ich hake mich bei ihm ein. Ich erzähle ihm von Jamie und was Jamie gesagt hat. »Was glaubst du denn?« frage ich ihn.

»Du meinst, wessen Sohn Jamie nun wirklich war? Sicher doch der Sohn von Edith Pearmain.«

»Viele Jahre«, sage ich, »habe ich das nicht geglaubt, und dann war ich jahrelang davon überzeugt.«

»Der springende Punkt ist«, sagt Louis, als wir uns dem Hotel nähern, »daß die Frage für die Verhandlung gegen deine Tante Vera nicht relevant war. Oder sagen wir so: daß beide Seiten gut beraten waren, die Sache nicht zur Sprache zu bringen. Es war *gerechter* so.«

»Wie kannst du das sagen?«

»Denk an den Fall Edith Thompson in den zwanziger Jahren. Es steht fest, daß sie ihren Mann nicht umgebracht hat. Bywaters hat ihn erstochen, und sie hat ihn nicht dazu angestiftet. Aber Bywaters war ihr Liebhaber, sie war eine verheiratete Frau, und das hat sie an den Galgen gebracht. Denk an Ruth Ellis, ein paar Jahre nach Vera Hillyard. Die Stimmungslage hatte sich noch nicht geändert. Es heißt, Ruth Ellis sei nicht gehängt worden, weil sie ihren Liebhaber erschossen hatte, sondern weil sie einen Liebhaber *hatte*. Hätte die Verteidigung drauf bestanden, Jamie sei Veras Kind, statt die Vermutung bestehen zu lassen, daß er Ediths Sohn war, hätte auch herauskommen müssen, daß sein Vater nicht Gerald Hillyard hieß. Verstehst du?«

»Es spielte im Endeffekt keine Rolle.«

»Nein. Eine schlimmere Strafe als den Tod am Galgen gibt es nicht. Aber es hätte möglicherweise eine Rolle spielen können.« Louis zieht die Augenbrauen hoch und sieht mich an. »Er war Ediths – Edens – Sohn, nicht?«

»Ich weiß es nicht. Es wird ein Rätsel bleiben. Für immer.«

Und dieses Rätsel ist es, das Daniel Stewart frustriert und veranlaßt hat, das Handtuch zu werfen.

Am wahrscheinlichsten ist es wohl, daß Eden Jamies Mutter war, es läßt sich aber auch vieles dagegen sagen. Fest steht, daß sie im Sommer 1943 schwanger wurde und in ihrer Not zuallererst zu Francis ging. Zwischen ihnen hatte es immer Heimlichkeiten, verborgene Dinge gegeben. Wenn aber Francis ihr den Namen eines Arztes genannt und ihr das Geld – oder einen Teilbetrag – für eine Abtreibung gegeben hat, warum hat Eden sich das Kind nicht wegmachen lassen? Weil sie Angst hatte? Weil Vera es ihr ausredete? Laut Stewart wurde bei Eden eine Obduktion vorgenommen, aber nicht mit dem Ziel festzustellen, ob sie je schwanger gewesen war, das heißt, ein Kind ausgetragen und zur Welt gebracht hatte.

Es spricht einiges dafür, daß sie das Kind, das sie erwartete, tatsächlich hat abtreiben lassen. 1949 erlitt Eden aufgrund einer Extrauterinschwangerschaft eine Fehlgeburt. Einer der Hauptfaktoren, der zu einer Extrauterinschwangerschaft oder zur Einnistung des Fötus in einem Eileiter statt in der Gebärmutter führt, ist eine schlecht gemachte Abtreibung mit nachfolgender Entzündung und Verklebung eines Eileiters. Andere Möglichkeiten sind Gonorrhöe (wie meine Mutter mit ihrer skandalträchtigen Bemerkung hatte durchblicken lassen) und eine frühere, nicht sorgfältig genug überwachte Geburt. Ganz ausschließen kann man die Geschlechtskrankheit vielleicht nicht, wohl aber eine nachlässig überwachte Entbindung. Die Klinik, in der Jamie – welcher Mutter auch immer – geboren worden war, hatte einen guten Ruf. Von Vorwürfen gegen das Personal wegen irgendwelcher Schlampereien habe ich nie etwas gehört.

Vielleicht hatte also Eden das Kind, dessen Vater irgendein in Londonderry stationierter GI war, wirklich abtreiben lassen und machte sich später deswegen bittere Vorwürfe. Denn in jenem Sommer erfuhr sie, daß ihre Schwester, ihre sehr viel ältere Schwester, ein Kind erwartete, und beneidete sie fast darum. Freilich war es nicht Geralds Kind, soviel steht fest. Hat es sich so abgespielt, wie ich es mir früher einmal zurechtgelegt hatte? War Vera einem alten Bekannten begegnet, der auf Heimaturlaub gekommen war, und hatte sie mit ihm geschlafen? Anne Cambus erzählte mir einmal (in einem ganz anderen Zusammenhang), daß eine Familie in Sindon, die Warners, ihren dunklen Teint der Tatsache verdankte, daß der Großvater der Kinder, ein alter Seebär, der in meiner Kinderzeit noch lebte, sich seine Frau aus Agadir mitgebracht hatte. Zwei der Söhne waren während des Krieges als Offiziere in der Army. Zu weit hergeholt? Albern? Vielleicht.

Vera stillte Jamie selbst. Ich habe es gesehen, in diesem Punkt kann ich mich nicht geirrt haben. Mittlerweile habe ich in Zeitungen und Zeitschriften – soviel ich weiß, gibt es sogar ein ganzes Buch zu diesem Thema – Berichte über Frauen gelesen, die, nachdem sie ein Kind adoptiert oder in Pflege genommen hatten, durch intensive Zuwendung, durch beharrliches Anlegen des Kindes an die trockene Brust den Milchfluß in Gang gebracht haben. Warum nicht Vera? Sie war genau der richtige Typ dafür, – angespannt, gewissenhaft, zu Obsessionen neigend, erfüllt von einem hohen Pflichtbewußtsein. Nachdem sie Edens Sohn zu sich genommen hatte, ist es durchaus denkbar, daß sie ihn an die Brust legte und saugen ließ, bis sie eines Tages einen Tropfen Milch austreten sah, daß sie dann aus den verschiedensten Gründen am Stillen des Kindes festhielt: Um ihn sich noch mehr zu eigen zu machen; weil es gut für ihn war; um Zweifel Außenstehender an ihrer Mutterschaft zu zerstreuen.

Andererseits ist es wohl doch wahrscheinlich, daß Jamie ihr leibliches Kind war und die Laktation auf normale Weise nach der Geburt einsetzte. Vera war eine prüde, pingelige Frau, sie hätte ein Gesicht gezogen und »Wie abscheulich!« gesagt, hätte man ihr von dem Buch über den selbstinduzierten Milchfluß erzählt. Ihren Sohn Francis hatte sie nicht gestillt, obgleich sie sehr jung war, als er zur Welt kam, und ihr das Stillen damals sicher leichter gefallen wäre. Sie hätte nie versucht, ein Kind an die Brust zu nehmen, das nicht ihr eigenes war, so etwas wäre ihr gar nicht in den Sinn gekommen.

Warum aber hat Vera es zugelassen, wenn Jamie ihr leiblicher Sohn war, daß Eden sich in der Geburtsurkunde als seine Mutter eintragen ließ? Vielleicht hatte das gar nicht in ihrer Absicht gelegen, vielleicht hat sie es erst erfahren, als alles zu spät war. Andererseits mag sie auch die Falschangabe gebilligt haben. Aus ihrer Sicht hatte sie sich schuldig gemacht, sie hatte das Kind eines Mannes zur Welt gebracht, mit dem sie nicht verheiratet war. Das war schlimm genug. Sollte sie sich noch tiefer ins Unglück stürzen, indem sie ihrem Mann gestand, daß Jamie nicht ihr Sohn war? Dazu fehlte ihr der Mut. Warum also nicht sicherheitshalber Edens Angebot annehmen, die Jamie als ihren Sohn beim Standesamt anmelden wollte? Beide hatten ihn zu diesem Zeitpunkt nicht haben wollen, für beide war er eine Belastung, doch das Verhältnis der beiden Schwestern zueinander war unverändert innig. Eden würde sich großmütig für Vera opfern, und wenn – falls! – Gerald zurückkam, wenn er Zweifel anmeldete, wenn das Kind weder ihm noch sonst irgendwem ähnlich sah, konnte sie Gerald die Urkunde zeigen und ihm sagen, sie habe Eden zuliebe Jamie adoptiert. Als er zur Welt kam, konnte sie nicht voraussehen, wie sehr sie ihn später lieben würde oder daß Eden ihn einmal selbst würde haben wollen.

So war denn Jamie Veras Sohn, wie er selbst glaubte, und ihre Angst, ihn zu verlieren, beruhte lediglich auf einer falschen Angabe in einer Geburtsurkunde. Kein einziges Mal – weder vor Gericht noch als der Mord geschah oder davor, nicht Helen oder meinem Vater gegenüber, als diese Vera im Gefängnis besuchten – hat sie zugegeben, daß Eden die Wahrheit gesagt hatte und Jamie Edens Sohn war. Nie hat Vera von dem Anspruch gelassen, Jamies Mutter zu sein.

Und dennoch war es wohl Edens Kind. Warum hätte sie sonst so unvermittelt den WRNS verlassen, ohne in der Familie auch nur ein Wort davon verlauten zu lassen, warum war sie vom Herbst 1943 bis zum Sommer 1945 praktisch von der Bildfläche verschwunden? Welche auch nur einigermaßen vernünftige Frau hätte sich auf dem Standesamt fälschlicherweise als die ledige Mutter eines unehelichen Kindes ausgegeben, um eine Schwester vor möglichen künftigen Mißhelligkeiten von seiten des Ehemannes zu bewahren? Damals konnte sie noch nicht voraussehen, daß sie einmal den Wunsch haben würde, das Kind zu adoptieren. Außerdem hatte da ja auch ein Ehemann – der noch nicht in Sicht war – ein Wörtchen mitzureden. Sie hatte Angst vor dem Risiko einer Abtreibung, hatte Angst, das Kind nicht zur Welt zu bringen, Angst, den Standesbeamten zu belügen, klammerte sich an Vera als Halteseil, Mutter-Schwester-Retterin in der Not, die sich erboten hatte, das Kind als ihr eigenes aufzuziehen. Jamie war Edens Sohn. Sie hätte sonst – zielstrebig auf der Jagd nach einer guten Partie – eine solche Behauptung nie aufgestellt. Damals wollten die Männer – jedenfalls die Männer, auf die Eden es abgesehen hatte, – noch jungfräuliche Bräute haben, oder zumindest legten sie keinen Wert auf eine Frau, die ein uneheliches Kind hatte.

Und so drehte sich das Rad im Kreise, ohne je auf Edens oder auf Veras Feld stehenzubleiben. Im Lauf der Jahre habe ich erfahren, was die anderen darüber denken. Die Meinungen sind widersprüchlich. Helen ist für Eden. Jamie war Edens Sohn, sagt sie und glaubt daran so felsenfest, wie Jamie selbst das Gegenteil glaubt. Vera hätte nie so große Angst vor Eden gehabt, meint sie, wenn sie wirklich Jamies Mutter gewesen wäre und es sich nur um eine dubiose Geburtsurkunde gehandelt hätte. Gerald hingegen hat Helen einmal anvertraut, er sei davon überzeugt, daß Jamie Veras Sohn sei, denn wenn er Edens Sohn gewesen wäre und Vera ihn nur ihrer Schwester zuliebe zu sich genommen hätte, wäre sie bei ihm, Gerald, damit nicht erst nach seiner Rückkehr herausgerückt, sie hätte es ihm sofort geschrieben. Solche feinsinnigen Charakteranalysen hätte ich ihm gar nicht zugetraut. So wie er Vera kenne, hat er zu Helen gesagt, hielte er es für wahrscheinlicher, daß sie ihm gesagt hätte, Jamie sei Edens Sohn, obgleich er in Wirklichkeit ihr eigener war, als ihm den Kleinen, um Eden zu schützen, als ihr eigenes Kind zu präsentieren. Und was hat sie Gerald nun wirklich gesagt? Nichts. Sie lehnte es ab, über Jamies Vaterschaft zu sprechen, und letztlich hat Gerald sie deshalb verlassen.

Francis hat einmal zu Chad gesagt (und Chad hat es Stewart berichtet), er wisse, daß Jamie Edens Kind sei. Sie sei im Herbst 1943 zu ihm gekommen, habe ihm von ihrer Schwangerschaft erzählt und ihn um das Geld für eine Abtreibung gebeten. Er habe ihr das Geld beschafft und es ihr mit der Bemerkung ausgehändigt, er wolle es zurückhaben, falls sie es sich anders überlegte. Sie wisse, daß sie das Kind abtreiben lassen müsse, habe sie gesagt, habe aber entsetzliche Angst davor. Angst, der Arzt würde sie vielleicht umbringen oder so verpfuschen, daß sie keine Kinder mehr bekommen könnte. Dann habe er sie über ein Jahr nicht mehr gesehen, und sein Geld habe er nie zurückbekommen. Chad selbst hat nie daran gezweifelt, daß Jamie Veras Sohn war, denn er hat sie, wie ich, mit dem Kind an der Brust gesehen. Josie, meine Schwiegermutter, hat immer behauptet, Jamie sei Veras Sohn. In den vielen Stunden, die sie zusammen verbrachten und in denen Vera von ihren Ängsten sprach, meint Josie, hätte sie ihr irgendwann bestimmt gebeichtet, daß er Edens Sohn war und nicht der ihre. Tony wiederum war überzeugt davon, daß Jamie das Kind seiner Frau war, er wußte, daß sie nie riskiert hätte, ihren Mann und ihr Heim durch ein solches Geständnis zu verlieren, wenn es nicht der Wahrheit entsprochen hätte. Und Anne Cambus erinnert sich, daß sie im Frühjahr 1944 an Laurel Cottage vorbeikam, als Eden gerade auf einen Augenblick vor die Tür getreten war, und daß sich im Äquinoktialwind ihr Kleid über dem gewölbten Leib straffte, ehe sie wieder ins Haus flüchtete. Freilich ist sich Anne dieser Erinnerung nicht ganz sicher, beschwören könnte sie nicht, daß es Eden war und nicht Vera, und sie und ich haben uns zuweilen überlegt, ob sie, wie Jamie, in aller Unschuld die Vergangenheit verfälscht hat.

Wir sind aus Italien zurück, wie immer hat sich viel Post angesammelt, diesmal ebensoviel für mich wie für Louis, denn Daniel Stewart hat mir alle Briefe und Fotos zurückgeschickt. Ich verschiebe das Öffnen der drei wattierten Umschläge bis zum nächsten Tag, bis ich allein bin. Diesmal aber gibt es keine Tränen, nur einen Hauch kummervoller Nostalgie, ein Gefühl von Torheit und Vergeblichkeit.

Hier ist Edens Brief, in dem sie meinem Vater Vorwürfe wegen meiner schlechten Manieren macht, hier das Schreiben Veras, in dem sie ihm mitteilt, daß sie Laurel Cottage behalten möchte, als ein Zuhause für Eden. Vera, mit Francis auf dem Schloß abgelichtet, hat einen braunen Punkt im Haar, Blut von dem Finger meines Vaters, als er sich beim Herausreißen des Bildes aus dem Rahmen am Glas geschnitten hatte. Die seelenvoll blickende Eden aus dem Fotoatelier von Londonderry liegt zwischen der strahlenden Eden in dem Hochzeitskleid mit dem Blütenkragen und Vera und Gerald mit der Kuppel und dem Banyan-Baum.

Ich gehe nach oben, hole die Kassette und packe alles wieder ein. Obenauf lege ich das Foto aus Veras Garten zur Sommerzeit, das eine harmonische Familie zeigt, unschuldig lächelnde Menschen, die noch nichts ahnen von dem, was an Geburt, Heirat und Tod auf sie zukommen wird.